U0083482

民國文化與文學_{研究文叢}

研究文叢

十四編

李 怡 主編

第 8 冊

民國文學中的辛亥革命敘事（1912～1949）

豐 杰 著

國家圖書館出版品預行編目資料

民國文學中的辛亥革命敘事（1912～1949）／豐杰 著 -- 初
版 -- 新北市：花木蘭文化事業有限公司，2021〔民110〕
目 4+254 面；19×26 公分
（民國文化與文學研究文叢　十四編；第 8 冊）
ISBN 978-986-518-519-0（精裝）
1. 中國文學史 2. 敘事文學 3. 辛亥革命
820.9　　　　　　　　　　　　　　　　110011210

特邀編委（以姓氏筆畫為序）：

丁　帆	王德威	宋如珊
岩佐昌暲	奚　密	張中良
張堂錡	張福貴	須文蔚
馮　鐵	劉秀美	

ISBN-978-986-518-519-0

9 789865 185190

民國文化與文學研究文叢
十四編　第八冊
ISBN：978-986-518-519-0

民國文學中的辛亥革命敘事（1912～1949）

作　　者	豐　杰
主　　編	李　怡
企　　劃	四川大學中國詩歌研究院
總 編 輯	杜潔祥
副總編輯	楊嘉樂
編　　輯	許郁翎、張雅淋、潘玟靜　美術編輯　陳逸婷
出　　版	花木蘭文化事業有限公司
發 行 人	高小娟
聯絡地址	235 新北市中和區中安街七二號十三樓
	電話：02-2923-1455／傳真：02-2923-1452
網　　址	http://www.huamulan.tw 信箱 service@huamulans.com
印　　刷	普羅文化出版廣告事業
初　　版	2021 年 9 月
全書字數	228043 字
定　　價	十四編 26 冊（精裝）台幣 70,000 元

版權所有・請勿翻印

民國文學中的辛亥革命敘事（1912～1949）

豐杰 著

作者簡介

豐杰，湖南長沙人，先後就讀於湖南師範大學、暨南大學、南京師範大學，2015 年獲文學博士學位。2015 年入職湘潭大學，現為湘潭大學文學與新聞學院副教授，碩士生導師。主要從事民國文學研究、魯迅研究、少數民族文學研究。主持國家社科基金青年項目「百年文學中的辛亥革命敘事研究」，發表學術論文 20 餘篇。

提　　要

　　本書系統性地總結了民國文學（1912～1949）辛亥革命敘事歷史嬗變的規律與價值。作者將民國時期的辛亥革命敘事分為「在場性敘事」和「歷時性敘事」。在探討「在場性敘事」時，作者將革命者、清遺民、旁觀者、宗教界等不同立場的敘事主體並置，以「還原」辛亥革命的立體景觀。對歷時性敘事的梳理與探究，則回答了「辛亥革命到底帶給我們什麼」的問題。在宏觀的歷史帷幕之下，一場場「小我之戰役」伴隨著艱難與陣痛，書寫著個體與社會的翻天覆地之變化，並最終構築了中華民族的現代人格。辛亥革命最為偉大的意義即是開啟了國人由臣民向國民的身份轉換過程。作者認為民國時期辛亥革命敘事在藝術上有兩大突出貢獻。其一，作為題材內容的辛亥革命，促進了稗官體裁的現代革新。龐雜的人物架構和多線性的情節推進，令歷史敘事逐漸具備了史詩氣質。歷史故事的風雲變換也不再為論證天命與皇權，而是傳達著對歷史偶然性和個體生命價值的尊重。其二，民國作家的辛亥革命敘事接續了傳統英雄傳奇的浪漫主義精神，打造了 20 世紀中國革命文學的敘事模式之雛形。「革命加戀愛」「神魔二元對立」等模式被後來的「中國無產階級革命文學」所直接沿用，而其內部存在的「人性還原」思想又與新時期以來的革命書寫遙相輝映，精神相接。

研治文學史的方法與心態——代序

李　怡

　　我曾經以「作為方法的民國」為題討論過中國現代文學研究的「方法」問題，最近幾年，「作為方法」的討論連同這樣的竹內好－溝口雄三式的表述都流行一時，這在客觀上容易讓我們誤解：莫非又是一種學術術語的時髦？屬於「各領風騷三五年」的概念遊戲？

　　但「方法」的確重要，儘管人們對它也可能誤解重重。

　　在漢語傳統中，「方」與「法」都是指行事的辦法和技術，《康熙字典》釋義：「術也，法也。《易‧繫辭》：方以類聚。《疏》：方謂法術性行。《左傳‧昭二十九年》：官修其方。《注》：方，法術。」「法」字在漢語中多用來表示「法律」「刑法」等義，它的含義古今變化不大。後來由「法律」義引申出「標準」「方法」等義。這與拉丁語系 method 或 way 的來源含義大同小異——據說古希臘文中有「沿著」和「道路」的意思，表示人們活動所選擇的正確途徑或道路。在我們後來熟悉的馬克思主義哲學中，「世界觀」與「方法論」的相互關係更得到了反覆的闡述：人們關於世界是什麼、怎麼樣的根本觀點是「世界觀」，而借助這種觀點作指導去認識世界和改造世界的具體理論表述，就是所謂的「方法論」。

　　在我們的傳統認知中，關於世界之「觀」是基礎，是指導，方法之「論」則是這一基本觀念的運用和落實。因而雖然它們緊密結合，但是究竟還是以「世界觀」為依託，所以在「改造世界觀」的社會主潮中，我們對於「世界觀」的闡述和強調遠遠多於對「方法」的討論，在新中國改革開放前的國家思想主流中，「方法」常常被擱置在一邊，滿眼皆是「世界觀」應當如何端正的問題。這到新時期之初，終於有了反彈，史稱「1985 方法論熱」，

一時間，文藝方法論迭出，西方文藝社會學、心理學、語言學、原型批評、接受美學、結構主義、解構主義、新批評、現象學、存在主義、解釋學、以及借鑒的自然科學方法（系統論、控制論、信息論、模糊數學、耗散結構、熵定律、測不準原理等等），這些令人眼花繚亂的「新方法」衝破了單一的庸俗社會學的「舊方法」，開闢了新的文學研究的空間。不過，在今天看來，卻又因為沒有進一步推動「世界觀」的深入變革而常常流於批評概念的僵硬引入，以致令有的理論家頗感遺憾：「僅僅強調『方法論革命』，這主要是針對『感悟式印象式批評』和過去的『庸俗社會學』而來的，主要是針對我們把握世界的『方式』而言的。『方法論革命』沒有也不能夠關注到『批評主體自身素質』的革命。」〔註1〕

平心而論，這也怪不得 1985，在那個剛剛「解凍」的年代，所有的探索都還在悄悄進行，關於世界和人的整體認知——更深的「觀念」——尚是禁區處處，一切的新論都還在小心翼翼中展開，就包括對「反映論」的質疑都還在躲躲閃閃、欲言又止中進行，遑論其他？〔註2〕

1960 年 1 月 25 日，日本的中國研究專家竹內好發表演講《作為方法的亞洲》。數十年後，他已經不在人世，但思想的影響卻日益擴大，2011 年 7 月，溝口雄三《作為方法的中國》在三聯書店出版。〔註3〕此前，中文譯本已經在臺灣推出，題為《做為「方法」的中國》。〔註4〕而有的中國學者（如孫歌、李冬木、汪暉、陳光興、葛兆光等）也早在 1990 年代就注意到了《方法としての中國》，並陸續加以介紹和評述。最近 10 年的中國思想文化與文學批評界，則可以說出現了一股「作為方法」的表述潮流，「作為方法的日本」、「作為方法的竹內好」、「亞洲」作為方法，以及「作為方法的 80 年代」等等都在我們學術話語中流行開來，從 1985 年至 1990 年直到 2011 年，「方法」再次引人注目，進入了學界的視野。

這裡的變化當然是顯著的。

雖然名為「方法」，但是竹內好、溝口雄三思考的起點卻是研究者的立場和研究對象的特殊性。中國何以值得成為日本學者的「方法」總結？歸

〔註1〕吳炫：《批評科學化與方法論崇拜》，《文藝理論研究》，1990 年 5 期。
〔註2〕參見夏中義：《反映論與「1985」方法論年》，《社會科學輯刊》，2015 年 3 期。
〔註3〕溝口雄三：《作為方法的中國》，孫軍悅譯，北京：三聯書店，2011 年。
〔註4〕林右崇譯，國立編譯館，1999 年。

根結底，是竹內好、溝口雄三這樣的日本學者在反思他們自己的學術立場，中國恰好可以充當這種反省的參照和借鏡。日本學人通過中國這樣一個「他者」的來參照進行自我的批判，實現從「西方」話語突圍，重新確立自己的主體性。竹內好所謂中國「迴心型」近現代化歷程，迥異於日本式的近代化「轉向型」，比較中被審判的是日本文化自己。溝口雄三批評那種「沒有中國的中國學」，其實也是通過這樣一個案例來反駁歐洲中心的觀念，尋找和包括日本在內的建立非歐洲區域的學術主體性，換句話說，無論是竹內好還是溝口雄三都試圖借助「中國」獨特性這一問題突破歐洲觀念中心的束縛，重建自身的思想主體性。如果套用我們多年來習慣的說法，那就是竹內好－溝口雄三的「方法之論」既是「方法論」，又是「世界觀」，是「世界觀」與「方法論」有機結合下的對世界與人的整體認知。

事實上，這也是「作為方法」之所以成為「思潮」的重要原因。在告別了 1980 年代浮躁的「方法熱」之後，在歷經了 1990 年代波詭雲譎的「現代－後現代」翻轉之後，中國學術也步入了一個反省自我、定義自我的時期，日本學人作為先行者的反省姿態當然格外引人注目。

如果我們承認中國當代學術需要重新釐定的立場和觀念實在很多，那麼「作為方法」的思潮就還會在一定時期內延續下去，並由「方法」的檢討深入到對一系列人與世界基本問題的探索。

在中國現當代文學的領域中，我堅持認為考察具體的國家社會形態是清理文學之根的必要，在這個意義上，「民國作為方法」或「共和國作為方法」比來自日本的「中國作為方法」更為切實和有效。同時，「民國作為方法」與「共和國作為方法」本身也不是一勞永逸的學術概念，它們都只是提醒我們一種尊重歷史事實的基本學術態度，至於在這樣一個態度的前提下我們究竟可以獲得哪些主要認知，又以何種角度進入文學史的闡述，則是一些需要具體處理、不斷回答的問題，比如具體國家體制下形成的文學機制問題，國家觀念與民族意識的互動與衝突，適應於民國與共和國語境的文學闡述方法，以及具體歷史環境中現代中國作家的文學選擇等等，嚴格說來，繼續沿用過去一些大而無當的概念已經不能令人滿意了，因為它沒有辦法抵近這些具體歷史真相，撫摸這些歷史的細節。

「民國作為方法」是對陳舊的庸俗社會學理論及時髦無根的西方批評理論的整體突破，而突破之後的我們則需要更自覺更主動地沉入歷史，進

入事實，在具體的事實解讀的基礎上發現更多的「方法」，完成連續不斷的觀念與技術的突破。如此一來，「民國作為方法」就是一個需要持續展開的未竟的工程。

對文學史「方法」的追問，能夠對自己近些年來的思考有所總結，這不是為了指導別人，而是為自我反省、自我提高。自我的總結，我首先想起的也是「方法」的問題，如上所述，方法並不只是操作的技術，它同樣是對世界的一種認知，是對我們精神世界的清理。在這一意義上，所有的關於方法的概括歸根到底又可以說是一種關於自我的追問，所以又可以稱作「自我作為方法」。

那麼，在今天的自我追問當中，什麼是繞不開的話題呢？我認為是虛無。

在心理學上，「虛無」在一種無法把捉的空洞狀態，在思想史上，「虛無」卻是豐富而複雜的存在，可能是為零，也可能是無限，可能是什麼也沒有，但也可能是人類認知的至高點。是一個複雜的概念。在今天，討論思想史意義的「虛無」可能有點奢侈，至少應該同時進入古希臘哲學與中國哲學的儒道兩家，東西方思想的比較才可能幫助我們稍微一窺前往的門徑。但是，作為心理狀態的空洞感卻可能如影隨形，揮之不去，成為我們無可迴避的現實。這裡的原因比較多樣，有個人理想與社會現實感的斷裂，有學術理念與學術環境的衝突，有人生的無奈與執著夢想的矛盾……當然，這種內與外的不和諧本來就是人生的常態，對於凡俗的人生而言，也就是一種生活的調節問題，並不值得誇大其詞，也無須糾纏不休。但對於一位以實現為志業的人來說，卻恐怕是另外一種情形。既然我們選擇了將思想作為人生的第一現實，那麼關乎思想的問題就不那麼輕而易舉就被生活的煙雲所蕩滌出去，它會執拗地拽住你，纏繞你，刺激你，逼迫你作出解釋，完成回答，更要命的是，我們自己一方面企圖「逃避痛苦」，規避選擇，另一方面，卻又情不自禁地為思想本身所吸引，不斷嘗試著挑戰虛無，圓滿自我。

這或許就是每一位真誠的思想者的宿命。

在魯迅眼中，虛無是一種無所不在的「真實」，「當我沉默著的時候，我覺得充實；我將開口，同時感到空虛」（《野草》題辭）「絕望之為虛妄，正與希望相同」（《希望》）「於浩歌狂熱之際中寒；於天上看見深淵。於一

切眼中看見無所有；於無所希望中得救。」(《墓碣文》)所以，他實際上是穿透了虛無，抵達了絕望。對於魯迅而言，已經沒有必要與虛無相糾纏，他反抗的是更深刻的黑暗——絕望。

虛無與絕望還是有所不同的。在現實的世界上，盼望有所把捉又陡然失落，或自以為理所當然實際無可奈何，這才是虛無感，但虛無感的不斷浮現卻也說明在大多數的時候，我們還浸泡在現實的各自期待當中，較之於魯迅，我們都更加牢固地被焊接在這一張制度化生存的網絡上，以它為據，以它為食，以它為夢想，儘管它無情，它強硬，它狡黠。但是，只要我們還不能如魯迅一般自由撰稿，獨自謀生，那就，就注定了必須付出一生與之糾纏，與之往返。在這個時候，反抗虛無總比順從虛無更值得我們去追求。

於是，我也願意自己的每一本文集都是自己挑戰虛無、反抗虛無的一種總結和記錄。

在我的想像之中，每一個學術命題的提出就是一次祛除虛無的嘗試，而每一次探入思想荒原的嘗試都是生命的不屈的抗爭。

回首這些年來思想歷程，我發現，自己最願意分享的幾個主題包括：現代性、國與族、地方與文獻。

「現代性」是我們無法拒絕卻又並不心甘情願的現實。

「國與族」的認同與疏離可能會糾結我們一生。

「地方」是我們最可能遺忘又最不該遺忘的土地與空間。

「文獻」在事實上絕不像它看上去那麼僵硬和呆板，發現了文獻的靈性我們才真的有可能跳出「虛無」的魔障。

如果仔細勘察，以上的主題之中或許就包含著若干反抗虛無的「方法」。

2021 年 6 月於長灘一號

目

次

導　言

一、問題的緣起

2021 年，是辛亥革命一百一十週年。在以往的歷史教科書中，辛亥革命常常被這樣評價：它結束了中國兩千多年的封建統治，但沒有改變中國半殖民地半封建的社會性質。在辛亥革命百週年紀念時，學界對辛亥革命又有了很多新的看法與質疑。其中一大爭議點在於辛亥革命的必要性。張鳴認為：「辛亥革命的發生，不是改革引發了革命，而是改革進入了自己的陷阱」〔註1〕。針對辛亥革命「不必要論」，楊天石等學者則認為其「不符合歷史的本來面目」〔註2〕。筆者無意於越界指謫歷史學者的觀點，卻非常好奇於百年文學中的辛亥革命敘事是否可以回答「辛亥革命是否必要」這一問題。

如果歷史存在一個客觀的本體，那麼時間確實可以帶走作為本體的歷史。但是，留在人們心間的記憶卻可以存儲、改寫、甚至製造「歷史」。客觀歷史看起來是與人們漸行漸遠的，然而作為記憶存在的歷史卻有著無形而深刻的影響。它決定著我們如何認識自己的來路，也啟迪著我們如何走向未來。這或許是人們始終無法拋開歷史的內在原因。人們對於辛亥革命的文學書寫始終綿延不斷，也正是來自於這份認知歷史及其影響的渴求。丁帆認為：「在民族歷史的記憶中還存在著一個明顯的斷層：許多人對屬於

〔註1〕張鳴：《新政與辛亥革命——改革是否必然引發革命？》，《中國圖書評論》2011年第 10 期。

〔註2〕楊天石、馬國川：《辛亥革命是必要的》，《江淮文史》2011 年第 5 期。

資產階級的『辛亥革命』的評價仍抱有天然的恐懼和排拒心理；還有許多人因為史料知識的缺乏和長時期政治宣傳的扭曲，對它產生了疑惑和眩惑；也有些人對這段歷史根本就不以為然，認為那是一場沒有什麼意義的革命。無論是歷史的懷疑主義，還是歷史的虛無主義，都會給我們這個國家與民族的現在和未來歷史走向產生誤讀和空洞的價值理念。鑒於此，我們站在100 年後的今天來回眸恍如昨日的革命，以及這場革命所帶來的深遠影響，是應該可以說出一些能夠普及人心的常識性價值理念來，以正視聽的。」〔註3〕換言之，在百年視域中評價辛亥革命的本質與意義，對「辛亥記憶」進行還原與梳理，已然不僅是歷史這一門學科的課題。

辛亥革命作為 20 世紀中國第一場具有劃時代意義的現代革命，其所存在於文學中的影像亦是中國文學「革命敘事」的第一批成果。正如克羅齊所說：「歷史存在我們每一個人身上，它的資料就在我們自己的胸中。因為，只有在我們自己的胸中才能找到那種熔爐，使確鑿的東西變為真實的東西，使語文學與哲學攜手去產生歷史。」〔註4〕作家的敘事作品，便是復活辛亥革命歷史的一座座「熔爐」。社會、政治、文學之間的碰撞與博弈，作家與時代的投合或背反，注定了對革命歷史的文學演繹不可能成為純粹藝術的非功利言說。正如格非所說：「作家的沉默在任何情況下都無法做到完全、徹底。作者可以不介入故事，不作道德、是非判斷，甚至不表露個人的傾向。但是作者勾勒的故事本身（包括詞語的情感色彩）也能反映他們引導讀者的意圖。」〔註5〕時代之作家首先是時代之個人，「革命」這一令新舊時代同樣躁動不安的詞彙，席捲、包納、改寫了所有時代之個人的命運圖譜。在一場舊規則被架空、新規則又不確定的遊戲之中，人的個性、潛能、信仰以及思維方式都出現了和平時代所無法企及的可能性。革命的歷史因此存在著闡釋的困境。它像一個頂級工匠打造的具有極多棱面的鑽石，任何一個角度、位置的變化都可以帶來全然不同的景觀。每一個時代之個人對革命歷史的敘述都會帶來一個豐滿的世界。還原和梳理辛亥革命的文學形象和其演變軌跡，找尋到 20 世紀「革命敘事」一些基本模式的由來，這也是

〔註3〕 丁帆：《今為辛卯，何為辛亥？》，《隨筆》2011 年第 5 期。
〔註4〕 〔意〕貝奈戴托・克羅齊：《歷史學的理論和實際》，傅任敢譯，北京：商務印書館，1986 年，第 14 頁。
〔註5〕 格非：《小說敘事研究》，北京：清華大學出版社，2002 年，第 31 頁。

筆者研究辛亥革命敘事的題中之義。

以辛亥革命敘事為研究對象，與現代文學研究的兩個具體趨勢有關。第一個趨勢是現代文學史邊界的前推。在以 1912 年為現代文學起點的文學史場域中，在單一價值觀的「捆綁」被摘除之後，辛亥革命敘事有望呈現出更接近於歷史與文學原場的面貌。近十多年來，丁帆、張福貴、秦弓、李怡等學者著力推動的「1912 年說」使得書寫「民國文學史」再次成為現代文學史研究領域的焦點。丁帆認為：「無論是從推翻封建王朝和孫中山倡導的民國核心人文理念與價值內涵看，還是從『白話文運動』、通俗文學和『文明戲』的發生與發展看，中國現代文學史的開端都應該始於 1911 年辛亥革命之後的民國元年 1912 年。」〔註6〕李怡將構建民國文學史最重要的原因歸結為：「當『清』的歷史在外部世界——一個正在推進『現代化』的外部世界——的衝擊下難以為繼的時刻，中國歷史需要在『民國』的框架中獲得新的生機，中國的知識分子也需要在『民國』的想像中開啟一輪新的文學之夢。在這個時候，『民國』作為歷史發展特殊的意義就顯示了出來。」〔註7〕採用「非 1919 年說」來編撰現代文學史的實踐一直都存在。早在 20 世紀 30 年代，錢基博所著的《現代中國文學史》中，「現代文學」就以 1911 年為起點；90 年代中期，「民國文學史」的概念已經被學界關注和實踐，出現了葛留青、張占國的《中國民國文學史》等著述；2004 年，周曉明、王又平編撰的《現代中國文學史》出版，將現代文學的起點再一次前推〔註8〕。儘管「1919 年說」仍佔據著高等院校現代文學教材中的「權威」位置，但丁帆、張福貴、秦弓、李怡等學者的理論倡導和葛留青、張占國、周曉明、黃又平等學者的編撰實踐也勢必使得中國現代文學史擁有更為鬆動包容的土壤。

起點說的爭論，不僅代表了學界對於對中國文學「現代轉型」在時間起點上的認同分歧，還反映了 20 世紀 80 年代以來學界對中國現代文學更為寬鬆的感知和更為理性的判斷的學術渴求。換句話說，「起點的推進」應有之義

〔註6〕丁帆：《新舊文學的分水嶺——尋找被中國現代文學史遺忘和遮蔽了的七年（1912～1919）》，《江蘇社會科學》2011 年第 1 期。

〔註7〕李怡：《「民國文學史」框架與「大後方文學」》，《重慶師範大學學報（哲學社會科學版）》2009 年第 1 期。

〔註8〕周曉明、王又平：「本書所論現代中國文學的源流較之周作人從晚明又上溯到元代，以為現代中國文學直接源於元明清文學。」見周曉明、王又平編：《現代中國文學史》，武漢：湖北教育出版社，2004 年，第 2 頁。

還在於，文學史在空間上的拓展。當多元價值被更廣泛地認同，很多被遮蔽的作家作品重新被「打撈」回來並獲得被重新闡釋的可能。相應地，對辛亥革命敘事的考察也獲得了一個相對完整的時間段落和相對寬廣的空間範圍。

文學史邊界的拓展，也會帶來文學史中具體文學類型內涵的拓展。革命文學是中國現代文學乃至 20 世紀中國文學的一條主流脈絡。在文學史邊緣拓展的影響下，對革命文學外延的拓展也越來越被作家和學人關注。李彥姝認為：「新時期以來，『革命歷史敘事』的概念逐漸超越了『紅色經典敘事』的範式，將解構傳統革命歷史的『灰色敘事』也納入到了自己的範疇中來。很多作家將視角從新民主主義革命延伸到辛亥革命、文化大革命等另類革命中，或者對傳統革命持反思和質疑的態度。……『革命歷史敘事』外延的擴大，已經是當代文學發展史中不爭的事實。」〔註9〕筆者非常贊同這種觀點。我們反觀中國革命文學的起源時不難發現，「革命文學」作為文學與政治聯姻的產物，其誕生伊始所承載的「當下」革命任務的重要性遠遠超過其文學使命。這也就注定了在完成革命任務之後或在革命利害關係被時間沖淡稀釋之後，「革命文學」過於濃重的政治化痕跡又將成為損害其文學性的存在。革命文學的文學史價值將被重新估定。而隨著文學史時間端點的拓展，即從1919 年前推到 1912 年，「革命文學」的命名本身也需要重新考量。

黃子平將「革命文學」定義為「反映新民主主義革命時期的鬥爭歷史」〔註10〕的文學。這一文學史教材的固化判斷，在此刻產生了鬆動。其一，「革命」的外延存在爭議。「革命」一詞最早來自日本媒體對英文 Revolution 的翻譯。馮自由回憶說：

> 在清季乙未（清光緒二十一年）年興中會失敗以前，中國革命黨人向未採用「革命」二字為名稱。從太平天國以至興中會，黨人均沿用「造反」或「起義」、「光復」等名辭。及乙未九月興中會在廣州失敗，孫總理、陳少白、鄭弼臣三人自香港東渡日本，舟過神戶時，三人登岸購得日本報紙，中有新聞一則，題曰支那革命黨首領孫逸仙抵日。總理語少白曰，革命二字出於易經湯武革命，順乎天而應乎人一語，日人稱吾黨為革命黨，意義甚佳，吾黨以後即稱

〔註9〕李彥姝：《「革命歷史敘事」的雙重面孔》，《聊城大學學報（社會科學版）》2012 年第 5 期。

〔註10〕黃子平：《「灰闌」中的敘述》，上海：上海文藝出版社，2001 年，第 1 頁。

　　革命黨可也。〔註11〕

很明顯，「革命」在中國近代史上最早被用來定義孫中山領導的民主革命。狹義的「革命」應該包含辛亥革命、新民主主義革命等以暴力為手段、以政治變革為目的的運動。而廣義的「革命」則為政治、經濟、文化、社會等層面的大變革。無論從狹義還是廣義來看，「革命」的範疇都包含辛亥革命。

　　其二，「革命文學」的起點存在爭議。郭沫若在 1923 年 5 月發表的《我們的文學新運動》中，首次提出「革命文學」這個名詞〔註 12〕。學界以往默認左翼文學是「革命文學」的源頭。這種觀點的前提在於，將「革命」內涵限定在無產階級性質的革命運動上。這種限定自然是左聯作為無產階級革命宣傳組織的立場和性質所決定的。然而，這一立場的歷史侷限也就帶來了革命文學內涵的侷限。這不僅不利於後來的人們認識歷史的全貌和革命題材文學的全貌，也會忽略窄義的「革命文學」所受到的其他革命文學的影響。當「革命文學」的引號被去掉，革命文學作為一種以題材界定的文學類型，其源頭便是 20 世紀初以孫中山領導的民主革命運動為描寫對象的文學。因此，辛亥革命敘事可以也應該被納入 20 世紀中國文學「革命敘事」這一整體之中進行研究。

　　在現代文學史教材中，文學中的辛亥革命面貌相對單一。如劉勇所說：「辛亥革命這樣一場轟轟烈烈的重大歷史事變，距五四新文化和新文學發生的時間並不久遠。但客觀地說，在現代作家的筆下，直接描寫這場革命的作品並不多，即使加上那些在作品中有所隱喻的也沒有多少。相對來說，倒是在魯迅的作品中，對辛亥革命的描寫比較多，且下筆也比較重。」〔註 13〕這是「辛亥革命」給人的普遍印象。但客觀的文學面貌並不如此。秦弓指出：「現有的文學史著作在文學革命的背景敘述中，對辛亥革命一破一立的歷史功績是沒有異議的，但是，到了具體闡釋作品——如《阿 Q 正傳》——時，則往往偏重於對辛亥革命的批評，認定阿 Q 的悲劇是辛亥革命失敗的必然結果。其實，成功的革命也可能伴隨著期盼者、參與者或觀望者的個人悲劇，況且一個中篇小說未必要承擔起對辛亥革命全面評價的任務，然而，在通常的闡釋看來，彷彿辛亥革命除了留下遺憾之外，並沒有什麼值得珍惜的遺

〔註11〕馮自由：《革命逸史》第 1 卷，北京：中華書局，1981 年，第 1 頁。
〔註12〕郭沫若：《我們的文學新運動》，《創造週報》1923 年第 3 期。
〔註13〕劉勇：《五四新文學視野下的辛亥革命》，《學習與探索》2011 年第 5 期。

產。……通常的闡釋之所以偏重於負面性的表現，而對正面表現輕描淡寫、甚或視而不見，一是因為辛亥革命自身存在著缺陷，經歷過辛亥革命的魯迅那一代作家品味到期待落空的失望，在作品中留下了苦澀的記憶與痛切的批判；二是因為中華人民共和國是在推翻民國政府的前提下建立的，而民國是辛亥革命的政治成果，要否定『舊民主主義革命』、否定民國，就自覺不自覺地忽視或貶低了辛亥革命的偉大功績。殊不知如果沒有辛亥革命結束封建專制、創建民國，哪裏會有後來的社會變革、文化演進與新文學的萌生發展。」〔註14〕在以往，以辛亥革命為直接或間接描寫對象的作品，所能進入「權威文學史」的非常有限。唯一的評價標準，又讓進入文學史的「辛亥革命」存在闡釋的固化傾向。這就造成了作為歷史形象和文學形象存在的辛亥革命內涵的窄化。

實際上，面對「辛亥革命敘事」這一研究對象，民國的時空框架具有兩方面的重要意義。一方面，它還原了辛亥革命敘事客觀所屬的時間段落。按照「現代文學三十年」來研究就忽略了「1912 年至 1919 年」這關鍵的七年多，而僅研究這七年時間，又無法考察辛亥革命敘事的演變史。更為重要的一方面是，民國對於辛亥革命敘事而言，還是一個完整的意義段落。辛亥革命是民國的開元之戰。從辛亥年革命到民國成立、頒布臨時約法這一過程，意味著作為中華民國之根基的「民主共和」獲得了合法性。從這一層面來說，辛亥革命及其精神是民國的靈魂和信仰。因此，在民國這一時空範圍內考察辛亥革命敘事，才能從整體上考察民國文人辛亥革命敘事的共同特徵與演變軌跡，並深入理解辛亥革命之於民國國人的價值和意義。基於以上的認識和思考，並以前述兩大趨勢為支撐，筆者決定將民國時期（1912～1949）作為考察的時間邊界研究辛亥革命敘事。基本思路為，從橫向上「打撈」和擴充辛亥革命敘事的作品，以期從不同層面還原和闡釋民國文學中辛亥革命敘事的代表性作品；從縱向上梳理和歸納辛亥革命文學形象的演變軌跡和辛亥革命敘事的一些基本模式，對民國文學中辛亥革命敘事的特點、價值、意義進行重新評價。

二、現狀及趨勢

在構思過程中，有很多學人的成果給予了筆者啟示與幫助。其一是陳穎

〔註14〕秦弓：《現代文學的歷史還原與民國史視角》，《湖南社會科學》2010 年第 1 期。

的《中國戰爭小說史論》。這本文學史著分為上下兩編，對中國戰爭題材的
小說進行了宏觀與微觀、審美評價與文化評價相結合的研究，是以某一類
型事件為關鍵詞對中國文學進行「史」的梳理的典型著述。上編「流變論」
著重對中國戰爭小說的發展脈絡加以梳理，分析各個時代有代表性的戰爭
小說，探尋中國古今戰爭小說的繼承關係。下編「文化論」從文化學的視角
觀照中國戰爭小說，分別以中華民族的政治倫理觀、英雄崇拜意識的演進、
中國兵學文化等作為切入點，研究中國歷代戰爭小說與上述文化思想之間
的互動關係及其對塑造民族精神的重大作用。以題材為分類標準進行史的
牽引，勢必打通以往文學史「時間段」的限定。其二是張冀的博士論文《左
翼小說革命敘事經驗的後世影響（1942～1966）》。張冀在論文中將普羅文
學、左聯文學、解放區文學和十七年文學，統稱為「中國無產階級革命文
學」〔註15〕，將1942～1966年這一時間段作為一個整體進行研究。這就打
通了以往現代文學和當代文學之間的壁壘。三是沈杏培的博士論文《小說
中的「文革」：當代小說對「文革」的敘事流變史（1977～2009）》。該論文
以「文革」為關鍵詞，對當代小說進行敘事史的梳理。沈杏培認為：「文革
敘事並非是一個純粹的文學命題，而是夾雜著政治反思、歷史評價、重構記
憶等政治學、歷史學、社會學與思想史學科與層面的任務與功效。」〔註16〕
他在論文中試圖解析文革是如何被當代作家敘述的，又受到了哪些非文學
因素的影響，以及不同時期、不同作家群體與個體受到了哪些制約從而形
成了文革敘事的走向與變異。

　　具體到梳理辛亥革命的文學呈現，有如下著述對筆者起到了較大的啟
示作用。20世紀80年代中期以來，章開沅主編的《辛亥人物文集》叢書陸
續出版。這套叢書將與辛亥革命有著密切關係的人物的文、詩、詞、演說等
各種體裁的文章一併收錄了起來。其中包括以往受關注較少的一些革命家，
如黃宗仰、吳祿貞、經元善、馬軍武等。這套叢書為學界同人從文與史的角
度研究辛亥革命提供了寶貴的資料。與此類似的還有一套中國文史出版社
於1998年出版的《清末民初文人叢書》。這套叢書在選取「文人」時，有意

〔註15〕張冀：《左翼小說革命敘事經驗的後世影響（1942～1966）》，博士學位論文，
　　　　南京師範大學中文系，2011年，第1頁。
〔註16〕沈杏培：《小說中的「文革」：當代小說對「文革」的敘事流變史（1977～2009）》，
　　　　博士學位論文，南京師範大學中文系，2011年，第3頁。

擱置了政治立場的區隔。如劉納所說：「從政治態度說，清末民初的中國文人曾經分屬不同的、甚至對立的營壘。維新與革命、保守與激進、擁護帝制與主張共和曾經成為後人區別他們的標識。無論持有激進主張還是保守態度，那年代的中國文人承載過真實的痛苦，發抒過對自己悲劇命運的慨歎。……這一代人的人生沉浮與情感經歷都已成為中國文人文化經驗的組成部分。」〔註17〕正是基於這種認識，編者將「倍享時名」的、「獲得過驟漲驟落的評價」的、「幾乎被淹沒和遺忘了」的文人們——如陳三立、八指頭陀、沈曾植、吳梅、林紓、呂碧城、蘇曼殊——的作品都收編成冊，並且由各分冊的編者為之各立一評傳。這套叢書顯然已經是一套具有學術理想和使命感的編著，不僅為後人研究清末民初的文人與文學提供了材料，更提供了一種開闊和理性的研究思路。章開沅和劉納主編的兩套作品集都體現了文史融通的學術視野，可以說是歷史學與文學研究界對辛亥革命及辛亥革命時期文學這一研究對象產生共鳴的表現。李怡、張中良主編的《民國歷史文化與中國現代文學研究》叢書則是近十年來民國文學研究的重要實績，也為民國文學與現代文學的研究提供了新的思路。李怡認為：「從民國歷史文化的角度研究中國現代文學，可以為我們擴展一系列新的學術空間。」〔註18〕張中良也認為：「民國絕不能簡化為政府，民國是辛亥革命的勝利成果……把中國現代文學還原到民國歷史文化背景下去認識與敘述……是要還原民國歷史文化的原生相」〔註19〕。在歷史文化意義上的民國空間中，現代文學也能夠得到更為客觀與完整的呈現。也是在此意義上，重回辛亥革命的原點對於民國文學的研究變得至關重要。

對辛亥革命的文學書寫進行學術研究的成果，主要有三類。首先是對辛亥革命與近現代文學的關係進行跨學科的研究。最典型的是王愛榮的《論辛亥革命與中國近代文學的關係》。該著分為「辛亥革命與近代文藝思潮的關係」「革命與文學運行機制的轉變」「辛亥革命與新問題的興衰」「辛亥革命與近代小說創作」「近代文學對辛亥革命的書寫」五個部分，梳理了辛亥革命與近代文學相互促進、互相催生的關係，對革命者及革命文學家作品中的

〔註17〕劉納：《清末民初文人叢書序》，嚴明編著：《沈曾植評傳·作品選》，北京：中國文史出版社，1998年，第3～5頁。

〔註18〕李怡：《作為方法的「民國」》，濟南：山東文藝出版社，2015年，第3頁。

〔註19〕張中良：《歷史還原是現代文學學科拓展的有效途徑》，載李怡《作為方法的「民國」》，濟南：山東文藝出版社，2015年，第7～9頁。

革命思想都有較為詳盡的論述。

　　其次是對近現代文學中的辛亥革命敘事進行的梳理。如王鳳仙的著述《民初小說的辛亥革命敘事研究（1912～1919）》。王鳳仙關注的是民初七年間小說的辛亥革命敘事，對陸士諤、林紓等作家並未進入現代文學史教材的創作進行了細緻探究，開拓了辛亥革命敘事研究的視野。秦弓的論文《現代文學中的辛亥革命》高度概括性地梳理了現代文學時期辛亥革命敘事的面貌。秦文先對現代文學中魯迅、胡適、郭沫若、郁達夫等第一代作家對辛亥文學的文學書寫進行了梳理，接著對自 1911 年伴隨著革命演進而產生的革命者的詩詞、祭辭進行了線性的梳理。最後，秦論著重對李劼人《大波》的辛亥革命敘事進行了闡述。這篇論述將現代文學史的邊界前推到了 1911 年，將革命家和魯迅、李劼人等作家的作品放在一起進行了探討。

　　最後也是最多的成果是針對具體作家的辛亥革命敘事的研究。學界關注得最多的兩位作家是魯迅和李劼人。近年來，以李劼人的辛亥書寫為研究對象的主要成果有王永兵的《辛亥革命的三種演義方式——〈死水微瀾〉、〈大波〉與〈銀城故事〉》、陳思廣的《歷史還原·文體選擇·審美接受——談李劼人〈大波〉辛亥書寫的得與失》和張中良的《李劼人的辛亥革命敘事》。在「辛亥百年與四川小說創作」學術會議上，張中良對李劼人書寫的辛亥革命內容進行了線性的梳理，並指出「李劼人富於獨創性的歷史小說與川味敘事，在 20 世紀小說史上應佔有一席之地。」〔註20〕

　　研究魯迅作品中的辛亥書寫的成果更為豐碩。20 世紀 80 年代，王富仁首次提出魯迅的《吶喊》《彷徨》是「中國反封建思想革命的鏡子」〔註21〕，也賦予了魯迅的辛亥革命敘事以一種標杆式的意義。劉炎生又撰寫了《怎樣評價魯迅有關辛亥革命的小說？——與王富仁同志商榷》，指出魯迅小說是「中國民主革命的一面鏡子」〔註22〕。通過作品來解讀魯迅對辛亥革命的態度和反思，有黃喬生的《魯迅對辛亥革命的描寫與反思》、袁芳的《魯迅看孫中山與辛亥革命》、王兆輝的《試論魯迅對辛亥革命的反思》、丁輝的《魯迅與辛亥革命的評價問題》等等。這類研究通常有這樣的旨歸：「魯迅對於辛

〔註20〕張中良：《李劼人的辛亥革命敘事》，《當代文壇》2011 年第 12 期。
〔註21〕王富仁：《中國反封建思想革命的鏡子——論〈吶喊〉〈彷徨〉的思想意義》，《中國現代文學研究叢刊》1983 年第 1 期。
〔註22〕劉炎生：《怎樣評價魯迅有關辛亥革命的小說？——與王富仁同志商榷》，《江西大學學報（哲學社會科學版）》1988 年第 4 期。

亥革命的反思，在某種程度上為我們對辛亥革命失敗的理解提供了指導與方向性的認知。」〔註23〕前兩種研究思路，確立了魯迅對辛亥革命的評價的權威性。還有不少學者運用考據手法，研究魯迅與辛亥革命之間的關係。如易竹賢的《魯迅、胡適與辛亥革命》、林辰的《魯迅在辛亥前後》、范豔娥的《魯迅與中國近現代歷史事件》、黃侯興的《辛亥革命與魯迅》等。這一類研究以「史」的角度梳理辛亥革命與魯迅的現實關係和魯迅受到的辛亥革命的影響，帶有傳記色彩。新世紀以來，學界同人開始純粹從文學角度對魯迅作品中的辛亥書寫進行研究。如張鐵榮的《在骨子「依舊」中上下求索——魯迅小說中的辛亥言說》、王小惠的《魯迅雜文中的辛亥革命想像》和《魯迅的辛亥革命想像》。王小惠指出：魯迅「所建構的辛亥革命想像並不完全等同於歷史中的辛亥革命，呈現出如下兩大特徵：一是刻意地去弱化了辛亥革命的歷史影響力；二是過度責備辛亥革命的陰暗面。」〔註24〕王小惠將魯迅作品中的辛亥革命視作一種想像是具有重要意義的。

　　以上學者的研究成果都給與了筆者不同程度的啟發。筆者認為，對辛亥革命敘事的研究，在這些成果的基礎之上還有很大的拓展空間。以民國作為時空範圍對辛亥革命敘事進行研究，是辛亥革命敘事研究的學術增長點，其與辛亥革命的本質與意義的研究有著直接的關聯，又與重建民國文學史和拓展革命文學外延的學術趨勢有著緊密的聯繫，對還原辛亥革命敘事的文學全貌和重新確認20世紀中國革命文學的起點與傳統都有著重大的價值。

三、概念與意義

　　對民國文學中的辛亥革命敘事進行史的梳理，需要對兩個時間概念，即辛亥革命的歷史時間和文學時間進行界定。

辛亥革命

　　辛亥革命最為核心的事件是武昌起義。首義打響後，南方各地方省份紛紛響應，最後促成了1912年元旦中華民國臨時政府的成立。辛亥年發生的這些舉義通常都囊括在辛亥革命這一統稱之下。在歷史學範疇內，辛亥革命並不是一個孤立的存在。作為一場推翻清朝的全國性的大變革，它經歷了

〔註23〕王兆輝：《試論魯迅對辛亥革命的反思》，《理論導刊》2008年第9期。
〔註24〕王小惠：《魯迅雜文中的辛亥革命想像》，《重慶工商大學學報（社會科學版）》
　　　　2011年第4期。

長期的謀劃和實踐，如孫中山領導的廣州起義、徐錫麟安慶起義、黃興雲南邊境起義等等，而在民國政府成立之後，又發生了南北議和、孫中山退位、二次革命、袁世凱稱帝、護國運動等一系列事件。因此廣義的辛亥革命實際上是一個從籌備到革命再到捍衛革命成果的時間段。這個時間段被稱為「辛亥革命時期」。在文學研究領域，對辛亥革命前後的邊界也沒有定論。秦弓認為：「廣義的辛亥革命歷史，從 1894 年興中會成立，直到 1916 年反袁勝利；狹義的辛亥革命，指辛亥年從黃花崗起義到民國成立之初。」〔註25〕王愛榮則認為：「狹義地來講，『辛亥革命』是 1911 年秋爆發的武昌起義，隨後各省紛紛響應，宣布脫離清廷，推翻帝制，建立民國的一場革命。……廣義概念，是指圍繞辛亥革命的一段時期，具體的是指從 1894 年革命團體興中會的成立到 1916 年袁世凱去世這一段歷史時期。」〔註26〕關於廣義的辛亥革命，秦弓和王愛榮的兩種界定之相同點在於，都認為起點是 1894 年興中會的成立。對於結點是 1916 年 3 月袁世凱宣布取消帝制，還是 6 月袁世凱去世則有分歧。在狹義辛亥革命的界定上，秦弓認為辛亥革命始於黃花崗起義，而王愛榮則認為始於武昌起義。當然，無論是廣義還是狹義的辛亥革命邊界，還存在很多可爭論的地方。如馮自由回憶中提到的「革命」二字的緣起：孫中山等人第一次自覺使用「革命黨」的稱呼，是在興中會策劃的廣州起義失敗以後。也就是說，興中會成立直到舉義失敗，國內反清陣營中都沒有「革命」這一說法。為明確研究對象，本書取狹義的辛亥革命，其時間範圍採用秦弓所說的「辛亥年從黃花崗起義到民國成立之初」。

辛亥想像・辛亥敘事

　　當歷史走進文學，歷史的客觀存在就化身為文學的主觀言說。這是對歷史的再創造過程。因此，文學中的辛亥革命，與其說是對辛亥革命的客觀書寫，不如說是作者對辛亥革命的想像。從這一層面來看，辛亥敘事某種程度上等同於辛亥想像。換言之，本書中的「辛亥敘事」特指文學作品中作為故事存在的辛亥革命被作者敘述的這一行為。為了更精確地區分研究對象，本書所涉及的主要是虛構性的敘事作品，諸如詩歌、小說、劇本等。而散文、傳

〔註25〕秦弓：《現代文學中的辛亥革命》，《徐州師範大學學報（哲學社會科學版）》2011 年第 5 期。

〔註26〕王愛榮：《論辛亥革命與中國近代文學的關係》，博士學位論文，南京師範大學中文系，2011 年，第 6 頁。

紀、回憶錄、自傳、隨筆等具備敘事性，但同時建立在非虛構性基礎上的文本則不納入考查範圍。

值得注意的是，既然辛亥革命並非僅指武昌起義這一事件，那麼我們有必要對文學中可能存在的辛亥革命進行具體的界定。文學對辛亥革命的描寫會出現如下幾種情況：第一，正面描寫 1911 年各個地方的舉義活動。此時，文學創作的時間在 1911 年各大起義發生後，是對歷史的追憶性敘述。這一類是本書所要研究的內容。第二，描寫武昌起義之後，袁世凱掌權、復辟等一系列奪權活動或者二次革命等反袁運動，並且將辛亥年的舉義作為背景。這一類也是本書研究的內容。第三，描寫 1911 年之前的革命活動。1905 年同盟會成立之後，無論是武裝舉義，還是輿論宣傳，實際上都已經有了較為明確的革命意識和革命話語體系。早期的革命運動與武昌起義是一系列聯繫的不可割斷的存在。然而，辛亥敘事這一名詞是以辛亥革命作為參照物的。辛亥年間的革命還未發生，文學中的革命敘事就不能稱為辛亥敘事。只有當 1911 年的起義發生之後，辛亥敘事才具備存在的合法性。因此單單對 1911 年之前的革命進行描寫的文學作品，不是本書的研究範疇。另外，還有一些作品並不直接描寫辛亥革命，但是或以之為背景或對其有所表現，也作為本書研究對象的一個參照系。

對民國文學的辛亥革命敘事進行研究有四個主要的意義向度。第一個向度是借助文學來認識辛亥革命。在很長的一段時間裏，現代文學史的意識形態化遮蔽了很多作家作品。因此，認識辛亥革命的完整性，首先需要對文學場域的歷史遺跡進行清點。例如，筆者在找尋資料的過程中發現，《肅忠親王遺集》《白崖詩存》《爰居閣詩集》等具有珍貴文獻價值的作品都沒有鉛印版。由於年代久遠，其在全國圖書館的保存數量僅在個位數，傳播和研究都有極大障礙。這意味著保存有關辛亥革命敘事的文學遺跡已經刻不容緩。在進行文獻保護與整理的同時，重建辛亥革命敘事多維立體的文學面貌也是學界研究的一個重要內容。近十年來，學界對林紓、穆儒丐等清遺民的辛亥敘事作品的研究已經頗有成效。這項工作仍有很大的進行空間。不僅對清遺民的辛亥敘事研究可以從個案研究發展到宏觀研究，對黃興、譚人鳳等實際參與辛亥革命的革命黨人的詩詞研究也應該被提上日程。革命的同情者、旁觀者，乃至宗教界的文學言說也理應納入到辛亥革命敘事的整體之中來。只有打撈與整理曾經被忽略與遺漏的作家作品，才有可能還

原一個相對真實的革命歷史現場。只有研究不同版本的革命敘事作品，才能夠認識辛亥革命的複雜性與多元性。

第二個向度是意義研究。民國文學中的辛亥敘事，集中呈現了辛亥革命的三大價值。其一，它改變了中國的政治體制，引領國人從帝制走向了共和。正如丁帆所說：「辛亥革命最大的功績就在於推翻了帝制，在中國歷史上劃出了一條紅線，即告別了幾千年的封建社會，走向了現代民主的資本主義社會。」〔註27〕其二，每一個國人的身份從「臣民」變為了「國民」。這種身份概念的轉變，所帶來的是豐富且具體的，從外在形式到內在心理的一種全面更新。剪辮、放腳、服飾更新，進城、戀愛、上學校，這些看似關於個人的外在形貌和生活方式上的變化卻實實在在的包含著國人心理和精神上的翻天覆地的撼動。由人而輻射開來，工廠、媒體、學校等機構的產生和發展又令客觀生存、生活環境有了激劇的變化，從而催生了一個前所未有的社會。民國作家對於辛亥革命所帶來的這一轉變，投入了極大的創作熱情。丁玲表現舊式女性艱難而頑強地完成破殼之役的《母親》，魯迅揭示在「臣民」到「國民」轉換過程裏國人病態心理的《阿Ｑ正傳》，葉紹鈞表現小知識分子的實踐與幻滅的《倪煥之》，都代表了民國文學對隨辛亥革命而來的「國民身份轉換」這一問題的深入思考。本書的第二章將以這一問題切入，梳理民國不同時期對「臣民與國民」問題的典型書寫。其三，「革命精神」和「革命傳統」的確立。辛亥革命在20世紀中國的開端意義毋庸多言。辛亥革命的領袖孫中山，及其所代表的辛亥革命黨人的革命精神與民主精神，是民國時期乃至整個百年中國，革命黨人及至全體國人的精神源頭。正如楊天石所說：「我們過去所認為的軟弱性，或者說革命的不徹底性，恰恰是孫中山的高明之處。也就是說，對孫中山思想的現代價值，我們以前估計得不夠……經過這麼長時間的革命，最後我們還是回到了孫中山的起點上。」〔註28〕民國文學中的許多作品正表現了作家群體對辛亥革命所蘊含的革命精神的一種回溯和梳理，緬懷與召喚。前兩個向度的研究，將集中開掘民國文學辛亥革命敘事的歷史認知價值。

第三個向度是提煉與歸納出民國時期「辛亥革命」形象的流變歷程。民國（1912～1949）這一時間段落，給予了辛亥革命敘事一個完整的意義空

〔註27〕丁帆：《今為辛卯，何為辛亥？》，《隨筆》2011年第5期。
〔註28〕楊天石、馬國川：《辛亥革命是必要的》，《江淮文史》2011年第5期。

間。民國文學中的辛亥敘事作品，按其與辛亥革命的時間距離來劃分，大致可分為在場性敘述和歷時性敘述。在辛亥革命「歷史現場」的作家，所進行的在場性敘述通常具有較為明顯的政治立場，專注於功過是非的直接判斷。由於在場性敘述的作品具有即時性，追求對歷史的如實反映，所以其體裁大多為古體詩歌、民謠、政論體小說、文明戲等，集中產生於 1911 年至 1916年。自「五四」開始，作家對「辛亥革命」形象的建構有了深刻的變化：從關注革命本身的問題到關注人的問題，從關注歷史真實到關注歷史精神的真實，從關注故事到關注故事如何被講述。具體來看，一部分作品深入記敘和剖析辛亥革命中人的變化，透過人的變化來演繹辛亥革命對於中國的深廣影響。一部分作品在演繹歷史時將民初「片段化」的辛亥革命轉化為具有一定時空跨度的辛亥革命整體，形成了具有史詩架構的長篇小說。還有一部分作品以革命者為主人公，關注革命者在革命過程中的成長和變化，深入剖析革命者的心靈史。不難發現，「五四」之後的辛亥敘事，建構了更為宏觀、細膩、藝術化的「辛亥革命」形象，具有更大的藝術張力和思想闡釋空間。

第四個向度在於考察 20 世紀中國革命敘事的一些基本模式的濫觴與成長。在民國文學的辛亥革命敘事中產生了一些基本的敘事模式，如「革命加戀愛」模式、英雄成長模式、神魔對立模式、父子對立模式等等。在人物塑造方面，已經呈現出了知識分子革命化、知識分子工人化的傾向。這些模式的建構與確立，與革命者的神化過程互為促進，使得人性與革命性在革命主人公身上的失衡日趨嚴重。除此之外，民國文學辛亥敘事還存在一個對這些基本模式的突圍和轉換過程。陳去病的《莽男兒》、田漢的《孫中山之死》，都存在著拆解固化敘事模式，將英雄還原為普通人的敘事痕跡。所以，「革命敘事」基本模式的建構與解構同時存在於民國文學的辛亥敘事之中，使民國文學的辛亥敘事作品具有豐富性和互補性。它所建構的一些「革命敘事」的基本模式被後來的左翼革命文學所沿用，而其內部存在的「人性還原」又與新時期以來的革命書寫遙相輝映，精神相接。後兩個向度關注的是民國文學辛亥敘事的文學史價值。

第一章　辛亥敘事的歷史生成語境

　　清末，立憲與革命的論爭，與現代媒體的萌芽發展相輔相成。以暗殺和起義為主要方式的早期革命運動，促生了一些初具形態的革命敘事作品；不同立場的作家對民族國家未來的想像又促生了很多寫夢的幻想作品。辛亥革命是國人對「革命」第一次大規模的真實體驗。之前不斷蓄力的革命想像與革命現實產生了巨大的化學反應，從而成就了辛亥革命書寫的文學潮流。一方面，辛亥革命所帶來的社會各個層面的新與變，觸發了文學家們記錄現實的寫作衝動。另一方面，夢想與現實之間的反差，又促使國人對革命與民族未來進行重審和反思。

第一節　立憲與革命：時代語境與現代媒體的催生

　　1894 年，甲午戰爭的爆發無情擊碎了古老大國的迷夢和洋務運動的幻夢。而同年，孫中山在檀香山成立了革命團體興中會，並提出了「驅除韃虜，恢復中華，創立合眾政府」的政治綱領，是為廣義辛亥革命的序幕。這恰似一種歷史的接力。「革命」這一對中國人而言全新的詞彙，開啟了中國土地上一種空前的政治與文化的內涵。中國文人對孫中山領導的革命運動的書寫，也就從「革命」這一詞彙發散開去，產生了複雜茂密的篇章。

一、洋務運動與維新變法

　　第二次鴉片戰爭以後，清朝內外交困。統治集團內部一些較為開明的官

員主張利用西方先進的生產技術富國強兵、擺脫困境，維護清朝統治。魏源
編撰了《海國圖志》，在書中闡明了「師夷長技以制夷」的思想。這些官員被
稱為「洋務派」，其在中央以恭親王奕訢、文祥為代表，在地方以曾國藩、李
鴻章、左宗棠、張之洞為代表。從19世紀60年代到90年代，洋務派創辦了
一批近代軍事工業（安慶內軍械所、江南製造總局等）和民用工業（漢陽鐵
廠、湖北織布局等），同時還籌劃了海防（北洋、南洋、福建三支海軍），創辦
了新式學堂（京師同文館等），派學生出國。但是洋務運動並沒有使中國走出
困境，中日甲午戰爭爆發了。梁啟超曾說：「吾支那四千餘年之大夢之喚醒，
實自甲午戰敗割臺灣償二百兆以後始也。」〔註1〕而與此同時，日本的政體革
命卻非常成功，已經讓其擺脫了以往追隨於中國的角色。中國內部的有識之
士認識到若不尋求改變，勢必有亡國之患，於是從倡導學習西方科技轉變為
倡導學習西方政體。以康有為、梁啟超為代表的知識分子主張通過改革政治
來實現國家的富強，希望清政府能向日本學習明治維新。而在民眾一面，不
僅未曾感受到清政府救亡圖存的真誠，相反卻一次次失望於其虛偽、愚昧與
殘酷。魯迅說：「戊戌變政既不成，越二年即庚子歲而有義和團之變，群乃知
政府不足與圖治，頓有抨擊之意。其在小說，則揭發伏藏，顯其弊惡，而與時
政，嚴加糾纏；或更擴充，並其風俗。」〔註2〕清末的譴責小說是一種民聲的
自覺表達，而清政府為了掩飾其腐敗無能與粉飾立憲假象，對譴責小說進行
了打壓。但越是打壓，文學的反作用力也就越強。清末譴責小說的繁榮正印
證了意識形態與民間文學之間相互作用這一顛撲不破的規律。

　　1898年對中國的政治與社會而言都具有重大的意義。這一年，發生了
三件重要的事情。其一是嚴復譯介了英國生物學家赫胥黎的《進化論與倫
理學》。赫胥黎是達爾文進化論學說的忠誠擁護者。《天演論》宣揚了「物競
天擇，適者生存」的觀點。吳汝綸給嚴復的譯著寫序時有云：「天演者，西
國格物家言也。其學以天擇物競二義，綜萬匯之本原，考動植之蕃耗，言治
者取焉。因物變遞嬗，深研乎質力聚散之義，推極乎古今萬國盛衰興壞之
由，而大歸以任天為治。赫胥黎氏起而盡變故說，以為天下不可獨任，要貴
以人持天。以人持天，必究極乎天賦之能，使人治日即乎新，而後其國永存，

〔註1〕梁啟超：《戊戌政變記（第2版）》，臺北：文海出版社，1937年，第1頁。
〔註2〕魯迅：《清末之譴責小說》，《魯迅全集》第9卷，北京：人民文學出版社，2005
　　　年，第282頁。

而種族賴以不墜，是之謂與天爭勝。」〔註3〕這部譯著的出現給國人以當頭棒喝：若不爭存，就將滅亡！其二，張之洞發表勸學篇。在《勸學篇》中，張之洞提出：「三知變，不變其習不能變法，不變其法不能變器。四知要，中學考古非要，致用為要，西學亦有別，西藝非要，西政為要。」〔註4〕張之洞作為洋務運動的代表，此時倡導學習西方政體以變法，也就是承認了洋務運動實質上的失敗，並意識到清政府的統治方式已經嚴重阻礙了中國的生存與發展。其三，百日維新。康有為、梁啟超作為維新派的領頭人和晚清知識階層的發言人，終於得以踐行其維新理想。但這種踐行很快被施以殘暴的懲戒，康梁二人流亡日本。康梁二人，尤其是梁啟超，作為立憲派最為忠實的理論家，曾一度支撐著那個危機時代裏人們對清政府的幻想。但百日維新的潦草結束給了這種幻想以致命的一擊。康有為在日本成為了堅定的保皇黨。梁啟超雖在觀點上較康有為進步，但實質上也是或明或暗堅持著立憲保皇的立場。阿英認為：

> 由於帝國主義侵略的激刺，在晚清產生了康（有為）、梁（啟超）領導的維新運動。反映在政治方面，便是君主立憲。這運動和孫中山領導的革命運動是不同的，它的目的，固是要躋中國於富強，然也就是要幫助統治階級的政治復興。主張種族革命的人，自然持著反對的態度，就是那守舊的人，一樣是不能同意的。所以這一回的變法，結果是失敗的，而收穫，卻在許多維新事業的提倡上，如學校的創立，西洋文化的介紹，婦女解放運動，反迷信運動諸方面。要說政治上也有成果，那是決不在一紙的「立憲詔書」上，而是使青年更進一步感到清室的不可與有為，打破對統治者最後幻想，走上「革命」的道路。

> 因此，對於維新變法，反映在小說方面，也就有了兩種不同傾向，一是擁護立憲運動，一是反對立憲。其擁護立憲的，要以梁啟超的《新中國未來記》為代表作，此外則有春颿的《未來世界》，佚名的《憲之魂》。其屬於反對方面的，有黃小配的《宦海升沉錄》、

〔註3〕吳汝綸：《吳序》，〔英〕赫胥黎：《天演論》，嚴復譯，上海：商務印書館，1933年，第1頁。

〔註4〕張之洞：《〈勸學篇〉序》，《張之洞全集》第11卷，石家莊：河北人民出版社，1998年，第9705頁。

> 《大馬扁》，有專對康、梁而作的《康梁演義》、《新黨發財記》、《上
> 海之維新黨》、《一字不識之新黨》、《立憲鏡》，以及各種反維新的
> 《現形記》之類。而對清廷的立憲，明知其欺騙而加以諷刺，也有
> 吳研人的短篇《立憲萬歲》。在其他小說裏涉及到這一問題的更多，
> 絕大部分是採取反對的態度。〔註5〕

阿英對維新變法給中國社會帶來的正面影響的評價是準確的。值得注意的
是，中國首批官費留學生赴美是在 1872 年 8 月，之後持續了三年。到 1895
年 10 月，清政府派赴美國留學的孩童一共一百二十餘名。這個留學計劃，
最後因留學生受到西方文化的浸染，引起清政府的不滿而停止。作為官費留
學的首度嘗試，留學生中的很多人歸國後成為了國家各個方面的棟樑，從而
對清政府重新往國外輸送留學生起到了奠基作用。甲午戰爭之後，向西方學
習有了更為明確的目標，即維新變法成功後的日本。在遣送留學生、主張學
習西方政體等事宜上，洋務派和維新派的領袖達成了共識。張之洞認為去歐
美不如去日本：「至遊學之國，西洋不如東洋：一路近省費，可多遣；一去
華近，易考察；一東文近於中文，易通曉；一西書甚繁，凡西學不切要者，
東人已刪節而酌改之。中東情勢風俗相近，易仿行，事半功倍，無過於此。
若自欲求精求備，再赴西洋，有何不可？」〔註6〕康有為也認為「惟日本道
近而費省，速成尤易」，建議「效強敵為師」〔註7〕，學習日本明治維新，並
親身赴日。自 1896 年清政府官費派遣首批赴日留學生起，至 1911 年，為近
代以來中國學生赴日留學的高潮期。此前一千餘年的中日文化交流史上，主
要是日本向中國輸送學生和僧侶，而清末卻發生了逆潮。

　　清政府向日本輸送留學生的本意是學習日本的維新經驗和科學文化以挽
救自己垂危的統治和處於危機之中的國家。但事情卻並未隨著設想的方向發
展。這一場由官方開啟的留學生潮，具有兩個重要意義：第一是為中國培養
了一批具有留學背景的知識分子，第二是為後來的辛亥革命提供了骨幹力
量。在培養中國留學生的事宜上，清政府和日本政府自然各有所圖。但當中
國學生到了日本之後，見識的增長和思想的開化，都注定著他們不可能真正

〔註5〕阿英：《晚清小說史》，北京：東方出版社，1996 年，第 86～87 頁。
〔註6〕張之洞：《勸學篇·外篇》，《張之洞全集》第 11 卷，石家莊：河北人民出版
　　　社，1998 年，第 9738 頁。
〔註7〕康有為：《請廣譯日本書派遊學摺》，載陳學恂、田正平編《中國近代教育史
　　　資料彙編·留學教育》，上海：上海教育出版社，1991 年，第 321 頁。

被官方意識形態控制。在看到日本發達的現狀後，留日學生無不意識到中國的落後，並痛心於清廷的腐敗無能。由於日本媒體對中國政治與社會的報導是較為及時的，所以，在中、日兩國發生的大大小小的關乎民族國家的事件都能引起留學生群體強烈的反應。儘管清政府與日本官方達成共識，對留日中國學生進行嚴格監管，但這種監管行為反而加速了留學生反叛情緒的發展。於是，與學校的抗爭也成為留學生群體一項日常的議題。

二、拒俄運動與愛國風潮

八國聯軍侵華之後，按照《辛丑條約》，各國侵略軍要撤離中國。但是俄羅斯不僅不從東北撤兵，更提出了十二條約款企圖在實質上吞併中國的東北。1903 年 4 月 28 日，日本媒體紛紛報導了這一事件，引發了中國留日學生的「拒俄運動」。29 日，五百餘名留學生聚集在東京神田錦輝館決議成立拒俄義勇隊，並致電清政府希望收編入正規軍下。30 日，黃興、陳天華等130 餘人簽名加入義勇軍，其中不乏女留學生。5 月初，旨在「拒俄」的學生軍自行擬定了一些章程並進行了編制，推選了軍隊長。但是，清政府非但沒有讚賞和鼓勵學生的愛國行為，反而認為學生軍以拒俄為名，實則企圖謀反，並要求日本政府進行干預。日本政府於 5 月 8 日出動警察，勒令學生軍解散。為響應東京爆發的拒俄運動，上海各學校學生也開始罷課。章士釗不顧學堂總辦俞明震勸阻，率陸師同學三十餘人赴上海，加入蔡元培等人組織的軍事民教育會。後來，由於派回國內請願的代表受到冷遇，中外學生的愛國熱情被當頭澆了一盆冷水。在中、日政府的壓力下，學生軍在形式上解散了，但仍以「軍國民教育會」的名義保持了較為緊密的聯繫。激進的留學生將鬱積心中多時的排滿情緒通過《發起軍國民教育會意見書》表達出來，將宗旨由原來的「養成尚武精神，實行愛國主義」改為「養成尚武精神，實行民族主義」。

拒俄運動雖然以失敗告終，但其意義和影響卻很深遠。其一，拒俄運動是中國留日學生從愛國走向革命的轉折點。原本學生群體有改良和革命兩種救國思路，但清政府對拒俄運動的態度讓留學生心灰意冷。主張革命的學生更為堅定；一些原本主張改良的學生也加入到革命隊伍中來。以陳去病為例：1903 年初，時年三十歲的他抱著愛國熱誠到日本留學，寫過讚揚清政府官派留學生的文章《於本邑人士遊學書》。留日之前，他持改良思想，

是《新民叢報》在吳江的發行人。但自拒俄運動被鎮壓始，他就成為了一個堅定的革命者。陳去病在江蘇同鄉會的刊物《江蘇》第三、四期上，為《明太祖陵圖》和《中國鄭成功大破清兵圖》各題了一首長詩。在第四期上，他還以季子為名做了一篇呼籲革命的文章。文中有語：「革命乎！革命乎！其諸海內外英材傑士，有輟耕隴畔而憮然太息者乎？則予將仗劍從之矣。」〔註 8〕陳去病回國之後，任愛國女校的教員，與革命黨人有了更緊密的交往，並編輯了《陸沉叢書》。其二，這一運動是留學生群體第一次有組織的政治運動。雖然拒俄運動僅持續了十餘天，但已經使愛國學生緊密團結起來，為以後的革命運動打下了基礎。留日學生中還產生了一批學生領袖。這些領袖中的大部分人後來成為了革命的骨幹力量，如陳天華、鄒容、徐錫麟、秋瑾、黃興等人。其三，梁啟超、章太炎等人提倡的「尚武」精神、俠客精神，在拒俄運動中得到了第一次大規模的實踐。一批原本手無縛雞之力的學生結成「義勇隊」。這種棄文從武、亦文亦武的愛國知識分子形象，也為革命文學的創作提供了最為鮮活的原型，對革命文學的審美風格提供了現實參考。其四，東京和上海成為了中國革命思潮的中心。儘管拒俄運動發生在留日學生中，但其影響已經擴展到了國內，撼動了國人精神上對清政府的最後一絲幻想。

值得一提的是，這一時期誕生了一種特殊的文學樣式——傳奇體小說。傳奇體小說介於戲曲傳奇和小說之間，因其不需像政論文章那樣言出有據、邏輯嚴密，可以動用抒情、假設等等文學手法，創作時間相對較短，能夠即時性地反應時代脈搏和民心向背，一時成為了引領風潮的文學形式。傳奇體小說也成為了革命宣傳的重要載體。1903 年《江蘇》第四期上刊載的《新中國傳奇》頗具寓言色彩。它假想譚嗣同的魂魄託生成為當代（清末）知識分子，不僅熱衷於鑽研哲理諸科，還旁通大乘之經。鬼雄託生的設計是對譚嗣同獄中詩的致敬。譚嗣同在獄中有詩云：

> 獄中題壁
> 望門投止思張儉，
> 忍死須臾待杜根。
> 我自橫刀向天笑，

〔註 8〕季子：《革命其可免乎？》，《江蘇》1903 年第 4 期。

—20—

　　去留肝膽兩崑崙。〔註9〕

譚嗣同以杜根自喻，表達他當時保皇的決心，希翼如杜根一樣忍死須臾，在太后死後仍能繼續為皇帝和國家效命。作者在小說中讓譚嗣同「忍死須臾」成功。但和杜根不同的是，鬼雄譚嗣同在目睹了清政府的腐朽無能後，摒棄了對「皇帝」的幻想：

> 昔日理想幼稚，所以墮落魔障，生為保皇黨魁，死作革命雄鬼。
> 正是昨非今是，處且前番。一度流血也只算革命間接的流血罷哩。
> 咱們今日已酒醒夢醒抖擻精神，把一椿天大的革命案從頭記起。寄語昔日保守黨一息尚存，難道必像咱們至死方悟麼？〔註10〕

「譚嗣同」從維新到革命的立場轉變，正是這一時期民心動向的文學縮影。1903 年至 1904 年間的這一稚嫩卻轟烈的文學創作潮流，是 20 世紀中國革命敍事的雛形。它對國人有著革命啟蒙的思想作用，團結和發展了更多的革命青年，為後來的革命積蓄了力量。

三、三界革命與現代媒體

　　梁啟超在晚清社會扮演了一個政治啟蒙導師的角色。他的維新主張曾是很多革命者的青春養料。流亡海外之後，梁啟超與康有為在思想上的分歧也加速暴露出來。梁啟超一度與孫中山親近，稱支持革命，並撰寫了《中國武士道》等鼓吹尚武精神的文章，但之後又重申自己的「立憲」立場。梁啟超的餘熱在東京時期有一系列爆發，其所介紹的西方資產階級政治社會學說給當時的青年很多「醍醐灌頂」的啟發。孫寶瑄在 1902 年 9 月 2 日的日記中說：「凡居亞洲者，人人心目中莫不有一梁啟超，非奇人而何？」〔註11〕可見當時梁啟超的影響之大。梁啟超在這一時間段裏的海外活動讓孫中山所經營的成果受到了嚴重的打擊。

　　流亡日本期間，梁啟超在文學上的貢獻或許並不亞於他在政治上的貢獻。這種貢獻主要表現為其所積極倡導的「三界革命」，即詩界革命、文界革命、小說界革命。鴉片戰爭之後，隨著西方文明地不斷滲透和中國近代實業地持續發展，傳統的文體和語彙已經不能再完全勝任表現近代生活的工作

〔註9〕譚嗣同：《譚嗣同全集》，北京：生活・讀書・新知三聯書店，1954 年，第 496 頁。

〔註10〕橫江健鶴：《新中國傳奇》，《江蘇》1903 年第 4 期。

〔註11〕孫寶瑄：《忘山廬日記》上卷，上海：上海古籍出版社，1983 年，第 563 頁。

了。光緒二十二年至二十三年間，夏曾佑、譚嗣同、梁啟超等開始提倡並創作「新詩」。於是，一種用古體詩說近代話的詩歌產生了，如譚嗣同的《金陵聽說法》：

> 而為上首普觀察，承佛威塵（神）說偈言。
>
> 一任法（血）田賣人子，獨從性海救靈魂。
>
> 綱倫慘以喀私德，法令（會）盛於巴力門。
>
> 大地山河今領取，庵摩羅果掌中論。〔註12〕

詩中的典故不再只從中國古代典故中出。譚嗣同在援引佛教典故的同時，也引入了聖經典故，以及印度、英國的政治專有詞彙。戊戌變法失敗後，梁啟超逃亡國外，開始倡導「詩界革命」，並在《清議報》《新民叢報》《新小說》等刊物上發表譚嗣同、唐才常、康有為、黃遵憲、丘逢甲、夏曾佑等人的作品，又撰寫了《飲冰室詩話》以闡發新詩理論。這批新派詩人的創作對詩界的影響很大。在南社詩人的筆下，也往往能夠看到將荊軻、阮籍、張子房、鄭成功和拿破崙、馬志尼、華盛頓、拜倫等中西方不同身份、不同立場的「英雄」混合入詩的情況，顯然也是受到了「詩界革命」的影響。「三界革命」在戲曲領域的影響，便是催生了很多隱射現實的歷史劇作。陳獨秀曾以「三愛」為筆名在 1904 年的《新小說》上發表了《論戲曲》。他提出：「惟戲曲改良，則可感動全社會，雖聾得見，雖盲可聞，誠改良社會之不二法門也。」〔註13〕同年，陳去病、柳亞子等人響應號召，辦起了《二十世紀大舞臺》，提倡「今以《霓裳羽衣》之曲，演玉樹銅駝之史，凡揚州十日之屠，嘉定萬家之慘，以及虜酋醜類之惦淫，烈士遺民之忠藎，皆繪聲寫影，傾筐倒篋而出之」〔註14〕。

梁啟超所投入最多，影響最大的是「小說界革命」。1902 年冬，梁啟超在《新小說》創刊號上開始連載自己的《新中國未來記》，並發表《論小說與群治之關係》，扛起了「小說界革命」的大旗。他標榜「小說為文學之最上乘也」，「欲新一國之民，不可不先新一國之小說。故欲新道德，必新小說；欲新宗教，必新小說；欲新政治，必新小說；欲新風俗，必新小說；欲新文

〔註12〕譚嗣同：《金陵聽說法三首》，《譚嗣同全集》，北京：生活・讀書・新知三聯書店，1954 年，第 485 頁。

〔註13〕三愛：《論戲曲》，《新小說》1905 年第 2 卷第 2 期。

〔註14〕柳亞子：《〈二十世紀大舞臺〉發刊詞》，柳亞子著，李昌集選注：《柳亞子詩文選》，上海：華東師範大學出版社，1995 年，第 19 頁。

藝，必新小說；乃至欲新人心，欲興人格，必新小說。何以故？小說有不可思議之力支配人道故。」〔註15〕周作人在《關於魯迅之二》中說:「《清議報》與《新民叢報》的確都讀過也很受影響，但是《新小說》的影響總是只有更大不會更小。梁任公的《論小說與群治之關係》當初讀了的確很有影響，雖然對於小說的性質與種類後來意見稍稍改變，大抵由科學或政治的小說漸轉到更純粹的文藝作品上去了。不過這只是不看重文學之直接的教訓作用，本意還沒有什麼變更，即仍主張以文學來感化社會，振興民族精神，用後來的熟語來說，可以說是屬於為人生的藝術這一派的。」〔註16〕魯迅最初翻譯科幻小說便是受了《新小說》的影響。在《〈新中國未來記〉緒言》中，梁啟超說「《新小說》之出，其發願專為此編也。」〔註17〕可見梁啟超對自己這部《新中國未來記》的重視程度。該小說作為晚清政治小說的代表，具有「演說」和「寓言」的修辭特點，以主張立憲和主張革命的兩個青年之間的激烈論辯為主體內容，其主旨在於宣傳立憲的政治主張。自戊戌變法失敗以來，政治上的挫敗讓梁啟超轉而將熱情投入到了小說領域，期待「曲線救國」。有意思的是，梁啟超1902年的這一系列文學行動產生的巨大影響，卻與其初衷大相徑庭。

梁啟超這場風生水起的小說界革命，主要的影響有三。其一，提升了小說的文體地位。梁啟超在政治家、思想家等頭銜之餘，又戴上了小說家的帽子。這不僅將古代以來士大夫階層輕視小說的慣性打破，更鼓吹和帶動了更多的國人投身到小說創作的隊伍中來。據阿英統計，自1902年《新小說》開小說雜誌先河以來，至1910年，產生了專門刊載小說的報刊共十餘家。〔註18〕其二，《新中國未來記》成為了20世紀初小說與政治互相捆綁的始作俑者。梁啟超認為通過小說能夠達到群治的目的，並大張旗鼓地進行了示範。於是，通過創作小說來表達政治思想，通過發行小說來傳播政治思想，成為了當時愛國人士關心時政、拯國救民的流行方式。其三，間接地推進了革命風潮。《新中國未來記》寫的是李去病和黃克強兩人的論爭，但李去病對中國非革命不可的論述鞭闢入裏，氣勢磅礴。因此，這場爭論在讀者

〔註15〕梁啟超:《論小說與群治之關係》，《新小說》1902年第1期。
〔註16〕周作人:《關於魯迅之二》，《宇宙風》1936年第30期。
〔註17〕梁啟超:《〈新中國未來記〉緒言》，《新小說》1902年第1期。
〔註18〕阿英:《晚清小說史》，北京:東方出版社，1996年，第2頁。

心中，並未演繹出梁啟超預設的結局。而現實歷史中的立憲派和革命派兩者的發展，也證明了《新中國未來記》某種程度上只是梁啟超個人的烏托邦想像。

當革命已經成為時代主潮的時候，梁啟超又滑入了保皇的營壘。這代表梁啟超作為偶像的時代已經過去。流亡期間的梁啟超，已經頂著一個清政府懸賞十萬兩白銀的通緝犯的帽子，後因維護「立憲」與革命派大興筆戰幾年，在 1908 年再次得到了清政府的一道通緝令，二度成為朝廷的罪犯。這無疑具有強烈的反諷意味。「革命黨者，以撲滅現政府為目的者也。而現政府者，製造革命黨之一大工廠也。」〔註19〕這句話既是梁啟超對革命成為不可逆之時代潮流的一種判斷，也是對自己人生的一個悲涼注腳吧！

晚清以來，梁啟超等人在文學領域的革新不僅促進了文學創作的發展，同時也促進了現代媒體的生成。1900 至 1901 年國內創刊的報紙主要有《便覽報》（1900 年）、《寓言報》（1900 年）、《勵學譯編》（1901 年）、《世界繁華報》（1900 年）、《譯林》（1900 年）、《春江風月報》（1901 年）、《杭州白話報》（1901 年）、《蘇州白話報》（1901 年）、《通俗日報》（1901 年）。這九份報紙可歸為兩類：一為介紹外國情況和翻譯外文著述的報刊，數量占三分之一；二為具有消遣娛樂性的通俗刊物，占二分之一；三為初步具備反封建意義的白話報，占不到三分之一。《蘇州白話報》的主編是包天笑。他的這份刊物將「世界新聞、中國新聞、本地新聞都演成白話，真是『麻雀雖小，五臟俱全』。關於社會的事，特別注意，如戒煙、放腳、破除迷信、講求衛生等等，有時還編一點有趣而使人猛省的故事，或編幾隻山歌，令婦女孩童們都喜歡看。」〔註20〕在《通俗日報》中，出現了《科舉魂》《俄國立憲之奇話》《甘民淚》《黑籍魂》等關心時政，飽含愛國情感的文學作品。總體而言，這些報紙大部分都體現了一種改良的政治主張，仍然是官方意識形態規約的產物。

此時的革命刊物，只是中國大陸外圍的一種零星的存在，並沒有與學生群體聯繫起來。如 1900 年創刊於香港的《中國旬報》，由陳少白主編，中國報館出版發行。作為興中會的陣地刊物，《中國旬報》的貢獻在於為後來革命文學的發展打開了出版渠道，提供了出版發行的經驗。同時，作為對梁啟超 1898 年提倡譯介「政治小說」的響應，在宣傳革命的白話報刊上，描寫

〔註19〕飲冰：《現政府與革命黨》，《新民叢報》1906 年第 4 卷第 17 期。
〔註20〕包天笑：《釧影樓回憶錄》，香港：大華出版社，1971 年，第 169 頁。

印度、法國、美國等國家的民主革命戰爭或獨立戰爭的小說大量出現。盧梭、華盛頓、拿破崙、馬志尼等被塑造為革命偶像。一時間，中國的有志青年都以成為「中國之盧梭」「中國之華盛頓」為志向。1901 至 1902 年，也是上海新學書報最風行的時代：「蓋其時留東學界翻譯之風大盛，上海作新社、廣智書局、商務印書館、新民叢報支店、鏡今書局、國學社、東大陸圖書局等各競出新籍，如雨後之春筍。」〔註 21〕在這場日漸繁榮的報刊浪潮中，中國第一批職業報人誕生了。

1902 年開始，東京逐漸成為了華人報刊的中心。這一年誕生的具有較大影響的報紙主要有四份，即《新民叢報》《民報》《遊學譯編》《新小說》。《新民叢報》和《新小說》前面已經談及，是梁啟超宣傳立憲主張的陣地。《民報》則是孫中山領導的革命組織的宣傳陣地。1902 年 11 月創刊於東京的《遊學譯編》月刊，是東京弘文學院湖南留日學生楊敏麟、周家樹所辦。黃軫（黃興）也參與其中。《遊學譯編》以記錄留學生的生活見聞，翻譯外國文藝為主要內容，是留日學生群體主辦的最早的刊物。

拒俄運動之後，全國各地及東京留學生界紛紛辦起了宣傳革命的白話報，包括魯迅在內的文學青年開始嶄露頭角。1903 年至 1904 年間，創刊的刊物有《大陸報》《群治白話報》《繡像小說》《國民日日報》《中國白話報》《浙江潮》《江蘇》《湖南俗話報》《女子世界》《安徽俗話報》《新新小說》《蘇州白話報》《小說林社》《揚子江》《新新小說》《蘇州白話報》《小說林社》《新白話報》《福建白話報》等多達二十餘種。這一場辦報潮流，為中國革命及中國革命文學的發展提供了強大的前期蓄力。具體來看，這場辦報潮有幾個值得注意的特點：其一，以東京、上海為兩大中心。自中國向日本派遣留學生以來，東京逐漸成為了一個華人政治文化交流的據點。如果說《遊學譯編》是留學生群體辦報的一次成功嘗試，那麼 1903 年創刊的《浙江潮》等白話雜誌則是留學生報刊的成熟形態。魯迅等留日學生由此走上文學的道路。而上海自 19 世紀末 20 世紀初出現租界以來，就是國內的一個輿論集散中心，言論環境也相對寬鬆一些。很多言論較為激進的地方刊物都將發行處設立在上海，如《女子世界》《福建白話報》等。一些在國內無法出版的刊物則在東京出版發行。東京與上海的民間輿論形成了一種相互影響、相互促進、日趨同步的狀態，為留學生與國內學生的交流，以及革

〔註21〕陳玉申：《晚清報業史》，濟南：山東畫報出版社，2003 年，第 115 頁。

命組織的建構都提供了相對暢通的渠道。其二，與小說的創作發展相輔相成。這時候，不僅出現了幾本專門的小說雜誌，如《繡像小說》《新新小說》《小說林》《小說叢報》《中華小說界》等，其他綜合性的刊物也大都專門開設了小說專欄。其三，從刊物的思想內容來看，這一批新報刊絕大部分傾向於革命。「革命」這一詞彙，開始頻繁地出現在文學作品中。其中又以在東京創辦的幾個同鄉會刊物，如《浙江潮》《江蘇》等最具革命性。留學生群體與革命、文學兩者的碰撞，為辛亥革命的發生提供了輿論和思想的助力，也催生了中國文學史上現代革命與文學聯姻的第一批作品。

第二節　暗殺與起義：早期革命與革命敘事的發生

一、早期革命的主要形態與文學呈現

　　自拒俄運動開始，暗殺成為了革命黨人所常用的一種手段，甚至被引為革命道德的體現。在同盟會的前身興中會、華興會、光復會三會中，光復會的排滿目的最為明確。馮自由稱，光復會的前身是軍國民教育會成員龔寶銓歸國後組織的暗殺團。該團「所行規章，頗為嚴密」〔註22〕。這時，原中國教育會會長蔡元培已經從青島回到上海，參與了這一組織的改組。暗殺團改名為光復會，又稱復古會，「推舉元培為會長，壁壘為之一新」〔註23〕。最初軍國民教育會分設鼓吹、暗殺、起兵三部。這三種革命行動顯然也是實現革命最終目的的三個步驟。當時在東京留學的蘇鵬回憶說：

　　　　清癸卯、甲辰間，予遊學於日本，適日、俄交戰於我滿洲之野，
　　留學同人，組織義勇隊，欲效命疆場，冀以敵俄人，而有以鉗日人
　　之口。主之者，為黃君瑾午（後更名克強），每星期三、星期六午後，
　　及星期日，分赴京橋區及各體育場，實彈射擊，練習槍法，每次各
　　人自備彈費金三十錢（即三角），意氣激昂，精神發越。無何，為清、
　　日兩政府協謀所解散，群情更憤，遂改為秘密結社，效俄虛無黨之
　　所為，實行暗殺。名曰「軍國民教育會」。本部設東京，由黃瑾午、
　　楊篤生、陳天華……與予等主之。設支部於上海，由蔡孑民、吳稚
　　暉、章行嚴、劉申叔、趙百先、吳樾、徐錫麟、于右任等主之，以

〔註22〕馮自由：《革命逸史》第5卷，北京：中華書局，1981年，第55頁。
〔註23〕馮自由：《革命逸史》第5卷，北京：中華書局，1981年，第55頁。

愛國女校為機關。後吳樾之在天津狙擊出洋五大臣（恐其假立憲之名，阻礙種族革命），徐錫麟之在安徽刺殺恩撫，皆軍國民教育會實施之政策也。當此之時，孫總理中山先生，組合南部會黨，謀革命，與留學界為桴鼓之應。自瑾午返國到湘，棲身教育界，暗結會黨起義，在瀏陽、醴陵失敗，馬福益死之，瑾午間關出走脫險，再赴日本，與中山合作，組織同盟會，而革命黨勢力，遂有一日千里之勢。……軍國民教育會之組織，是謀對滿清君臣，實行暗殺之政策，則主要所需之武器，為炸藥與炸彈。〔註24〕

由馮自由和蘇鵬的話不難看出，光復會的革命願景是排滿復漢，而其主要的革命手段是暗殺。黃興作為華興會的領導，也同出一暗殺團。孫中山也與這一暗殺團有聯繫。

在革命黨人中，有過暗殺計劃、學習並研製過炸彈的人很多，但總體而言真正付諸行動、并造成了較大影響的卻不多，而成功了的更是少之又少。革命暗殺史上的第一人首推吳樾。吳樾是安徽桐城人，字孟俠。《清碑類鈔》稱其「品學頗高，恒以暗殺黨之先鋒自任」〔註25〕。他1902年入讀保定高等師範學堂，曾組織軍國民教育會支部，創辦《直隸白話報》。1905年，吳樾在北京加入了楊守仁等人組織的北方暗殺團。陳獨秀也是這個團體中的一員。吳樾在暗殺五大臣之前，寫下了一篇轟動一時的革命檄文——《暗殺時代》。他在文中說：

> 號召革命者，夫亦曰：人類之不齊，人心之不一，一言革命，則畏首畏尾，顧身命而不前，未足與有為也。予於是西驗歐洲，東觀日本，而見其革命之先，未有不由於暗殺以布其種子者。俄之虛無黨，其近事矣。今日大地之上，轟轟烈烈，傾人耳目者，莫若虛無黨之名。夫亦知虛無黨之於今日，為何時代乎？於昔日又為何時代乎？吾敢斷言曰：十九世紀下半期，為虛無黨之暗殺時代。二十世紀上半期，則為虛無黨之革命時代。不有昔日之因，焉得今日之果？我漢族何為乎？我同志諸君何為乎？吾又敢斷言曰：今日為我

〔註24〕楊天石、王學莊編：《拒俄運動（1901～1905）》，北京：中國社會科學出版社，1979年，第315～316頁。

〔註25〕徐珂編撰：《清稗類鈔·會黨編》，《清稗類鈔》第8卷，北京：中華書局，2010年，第3696頁。

同志諸君之暗殺時代。他年則為我漢族之革命時代。欲得他年之果，
必種今日之因。〔註26〕

這位二十七歲的青年就抱著必死的決心踏上了暗殺之路。革命黨人執行暗殺
任務的結局是慘烈的。吳樾暗殺未遂而身先死。

清末革命黨人暗殺行動的高潮事件，是汪精衛刺殺攝政王載灃。1905
年，孫中山聯合海外革命人士組成同盟會，主張用暴力的方式來推翻清王
朝。到 1908 年冬，同盟會已經發動了六次武裝起義，但都接連失敗。大批
革命青年為此失去了寶貴的生命。梁啟超等保皇黨又趁機攻擊革命黨的暴
力革命。汪精衛為了給革命事業一劑強心針，於是和喻培倫、黃復生等人到
北京什剎海準備炸銀錠橋。儘管孫中山曾極為反對汪精衛的暗殺計劃，但
是汪精衛還是義無返顧地走上了暗殺之路。汪精衛在臨行前寫下了《與南
洋同志書》。其中有一段廣為流傳的話：「此行無論事之成否，皆必無生還之
望。……嗟乎！革命之責任，必純潔而有勇者，乃能負之以趨，非諸同志之
望而誰望？願諸同志同心協力，固現在之基礎，努將來之進行，則革命之成
功，有如明朝旭日之必東升矣。弟雖流血於菜市街頭，猶張目以望革命軍之
入都門也！」〔註27〕其悲壯色彩與吳樾、徐錫麟的獨白何其相似。

每一次暗殺行動被曝光後都引起了巨大的社會反響，於革命黨人更是樹
立了一個個道德榜樣。由文人到暗殺先鋒的轉變，是當時革命黨人的一種真
實寫照。蔡元培、章士釗、魯迅、柳亞子、劉師復等人都有過一段熱衷於試驗
炸彈、準備暗殺清廷要人的經歷。這群對時局感到絕望的年輕人，以小眾之
力支撐起了那個屢戰屢敗的革命年代裏國人的革命理想，以一種決絕的方式
敲響了清王朝的喪鐘。英雄的暗殺之路，也成為了早期革命敘事的核心主題
之一。在同盟會的機關報《民報》上，隨處可見鼓吹暗殺的圖畫與文字。秋瑾
自號「鑒湖女俠」，在《寶刀歌》中詠志道：「不觀荊軻作秦客，圖窮匕首見盈
尺。殿前一擊雖不中，已奪專制魔王魄。」〔註28〕蘇曼殊的改譯小說《慘世
界》，也塑造了一個孤身從事暗殺行動的革命青年。時隔二十多年，蔣光慈所
寫的《短褲黨》裏，「暗殺」也是工人革命的一種常用手段。華月娟在將自己

〔註26〕吳樾：《吳樾遺書‧暗殺時代》，《民報臨時增刊‧天討》1905 年第 12 期，第
147～148 頁。

〔註27〕汪精衛：《與南洋同志書》，《汪精衛集》第 4 卷，上海：光明書局，1929 年，
第 86～87 頁。

〔註28〕秋瑾著、王燦芝編：《秋瑾女俠遺集》，上海：中華書局，1929 年，第 39 頁。

喬裝成一個老婆婆時，就以此振奮自己：

> 女虛無黨人的那種熱心運動，那種行止的變化莫測，那種冒險
> 而有趣的生涯……難道說我華月娟不是他們一類的人嗎？啊！中
> 國的女虛無黨人！〔註29〕

暗殺作為一種早期革命的形態，經由文學作品的藝術重塑，成為了在革命語
境下具備某種道德合法性的存在。

　　革命黨人在辛亥革命之前領導的起義大小共計十餘次，分別為 1895 廣
州起義，1900 年惠州起義，1907 年 5 月潮州黃岡起義，6 月七女湖起義，7
月浙皖起義，9 月欽州起義，12 月鎮南關起義，1908 年 3 月黃興欽州起義，
4 月雲南河口鎮起義，1910 年新軍起義，1911 年 4 月黃花崗起義等。在這
些起義中，為文學家們表現得最多的是浙皖起義和黃花崗起義。徐錫麟、秋
瑾二人在出國之前已經是紹興地區的革命領袖。徐錫麟等人回國後，辦大通
學堂，招收了很多學生進行軍事和體能訓練，名義上是為培養新軍儲備，實
際上是打算培養後來浙皖起義的主力軍。這種放著榮華富貴不享，自己籌資
培養青年革命黨的行為，使徐錫麟成為了江浙滬皖地區革命黨人和傾向於革
命的文人心中的偶像人物。而秋瑾以女俠自居，佩刀而行，是中國第一個獻
身革命的女領袖。徐錫麟與秋瑾的遇害事件在江浙滬皖乃至全國都產生了很
大的影響。1907 年，徐錫麟經親戚介紹獲得了安徽巡撫恩銘的信任，成為了
巡警處會辦兼巡警學堂監督。伺機發動起義之際，革命黨人的花名冊卻落到
了恩銘手中。花名冊上徐錫麟用的是假名。恩銘將花名冊交給徐錫麟，讓他
查辦革命黨。因為起義敗露，徐錫麟便打算趁著巡警學堂舉行畢業典禮之際
刺殺恩銘。擊斃恩銘後，徐錫麟大聲宣告：「恩銘待我甚厚，是私恩，余為
國家革命，是公義，我不能以私忘公」〔註30〕。革命軍攻下了軍械所，但在
激戰過後仍以失敗告終。在起義行動敗露後，秋瑾將自己的財資送給學生們
讓他們趕緊撤離，自己卻毅然被捕。這個起義事件成為了一個反覆被文學敘
述的主題事件。魯迅在小說及雜文裏談到「吃人」時，多次提及徐錫麟被吃
的事件，更以秋瑾為原型寫了小說《藥》。

　　黃花崗起義中殉難的英雄一直被文學家所追憶，而「黃花」也成為了革

〔註29〕蔣光赤：《短褲黨》，上海：泰東圖書局，1927 年，第 47 頁。
〔註30〕童杭時：《徐先烈柏蓀先生事略》，浙江省社會科學院歷史研究所編：《辛亥革
　　　　命浙江史料選輯》，杭州：浙江人民出版社，1981 年，第 435 頁。

命黨人的一個象徵符號。在黃花崗起義後不久，黃小配發表了《五日風聲》。這是辛亥年間第一部反映辛亥革命的筆記小說。陸士諤寫的以武昌起義為題材的小說也命名為《血淚黃花》，無疑是對黃花崗起義的一種紀念。民國成立後，國民政府將黃花崗起義的日子定為黃花節。民元反映黃花崗起義的歌謠有佚名作詞、趙元任作曲的《黃花歌》，佚名作詞、蘇格蘭民歌曲調的《黃花崗烈士殉國紀念》，劉質平作詞曲的《黃花崗》，佚名作詞曲的《黃花崗烈士紀念》，周玲蓀作詞曲的《黃花崗七十二烈士紀念》等。《黃花歌》中「黃花黃，黃花黃，黃花黃時清朝亡⋯⋯黃花黃，黃花黃，黃花黃時民為王」〔註31〕的詞句，流傳甚廣。

民元之後，以武昌起義為題材的歌曲，有華航琛作詞、沈心工作曲的《光復紀念》，沈心工作詞曲的《革命軍》，佚名作詞、美國梅森作曲的《革命紀念》等等。佚名作詞、日本鈴木米次郎作曲的《中華大紀念》勾勒了辛亥年間的革命進程，節奏昂揚：

> 十月十號義旗揚，革命軍隊起武昌，霹靂一聲江漢平，漢口漢陽樹漢旌。各省聞風爭響應，秦晉滇粵皆反正，江浙聯軍平金陵，大江以南無膻腥。十七省代表，選舉到江寧。元帥黃興黎元洪，組織政府討虜廷。虜廷聞之心膽驚，遣使求和到滬濱。和議不成戰禍緊，孫文歸國民氣振。共和元年元旦辰，孫大總統履任到南京。中央政府告成功，誓師北伐搗黃龍，黃龍指日平，四萬萬人多安寧。〔註32〕

在暗殺與起義等行動中，革命者甘為大我犧牲小我，為革命拋頭顱灑熱血的犧牲精神，成為革命黨人標誌性的精神品格。這種精神品格常常作為一個參照系，存在於民國的革命題材作品當中。1938年，郁達夫在黃花節時寫下了《廿七年黃花崗烈士紀念節》：

> 年年風雨黃花節，
> 熱血齊傾烈士墳。
> 今日不彈閒涕淚，
> 揮戈先草冊倭文。〔註33〕

〔註31〕毛翰編著：《辛亥革命踏歌行——1900～1916 中國歌曲選》，合肥：安徽文藝出版社，2011 年，第 157 頁。

〔註32〕毛翰編著：《辛亥革命踏歌行——1900～1916 中國歌曲選》，第 120～122 頁。

〔註33〕郁達夫：《郁達夫文集》第 10 卷，廣州：花城出版社，1985 年，第 362 頁。

在抗日的背景下，人們依舊緬懷著黃花崗上的那些英雄們，從他們的精神中汲取前行與奮鬥的力量。

二、知識精英的革命實踐與文學活動

在清末的革命黨人中，很大一部分是留學生或在國內已經有名望的知識分子，如章太炎、蔡元培、劉師培、陳獨秀、徐錫麟、秋瑾、黃興、于右任、陳天華、許壽裳等等。在這些知識分子中，對暗殺的推崇是較為普遍的，如劉師培說：「今日欲行無政府革命，必以暗殺為首務也。」〔註34〕章太炎則從禪宗的角度賦予暗殺合法性：「殺了一人，能救眾人，這就是菩薩行」〔註35〕。這是章太炎從西牢放出來之後在東京講演的內容。他將佛教與革命聯繫在一起，認為：「提倡佛教，為社會道德上起見，固是最要；為我們革命軍的道德上起見，亦是最要。總望諸君同發大願，勇猛無畏。我們所最熱心的事，就可以幹得起來了。」〔註36〕

拒俄運動前後，清政府加緊了對留學生群體的監督，於是兩者之間的矛盾也日益加劇，一些言行激進的學生主動或被迫回國，如秋瑾、鄒容等人。這些青年歸國之後成為了國內進步學生中間的靈魂人物。這些人身上發生的事情，也成為了後來文學創作的素材。不妨以鄒容為例。鄒容留日時就讀於弘文學院。弘文學院是 1902 年 1 月興辦起來的學校，專門接納當時逐漸增加的留日中國學生。1902 至 1903 年間，在弘文學院的還有陳獨秀、張繼、黃興、魯迅、許壽裳等人。弘文學院的監督姚某是一個很不討學生喜歡的角色。他看到學生剪掉辮子便大為光火，揚言要遣送斷髮的學生回國。這引起了學生群體的極度不滿。在矛盾不斷升級後，張繼、陳獨秀、鄒容三人一起配合，由鄒容執剪，剪掉了監督的辮子。三人也因此被遣送回國。這椿「剪辮子事件」轟動了東京留學生界。

鄒容回國時，國內的學生運動也正風風火火地進行。1902 年，上海南洋公學的幾個學生因將一個乾淨的墨水瓶放在守舊教習郭鎮瀛的椅子上，被學校開除。全班同學為抗議學校的不公處分而全體退學。這就是轟動全國的「墨水瓶風潮」。同年 11 月 21 日，蔡元培主持的中國教育會決定成立

〔註34〕佚名：《社會主義講習會第一次開會紀事》，《天義》1907 年第 6 期。
〔註35〕章太炎：《東京留學生歡迎會演說辭》，《民報》1906 年 7 月 15 日。
〔註36〕章太炎：《東京留學生歡迎會演說辭》，《民報》1906 年 7 月 15 日。

愛國學社。蔡元培任校長，吳敬恒為學監，章太炎、黃炎培、蔣智由、蔣維喬等都是義務教師。在新開的學社裏，傾向於革命的教師與學生就更加自由地暢談革命。愛國學社對辛亥革命的發生起到了重要的推進作用，而圍繞其間的師生，如蔡元培、鄒容、章太炎、柳亞子等，都成為了辛亥革命時期的革命家和文學家。《蘇報》作為第一個報導並聲援退學風潮的媒體，於1903年夏聘請章士釗為主筆，章太炎、蔡元培等為撰稿人，支持中國教育會和愛國學社的活動，成為宣傳革命的陣地。鄒容正是這時候回國並加入愛國學社，在《蘇報》上發表《革命軍》的。「《蘇報》案」發，鄒容和章太炎被抓，愛國學社亦受到牽連被迫解散。鄒容的事蹟常常被文學作品講述。如在魯迅的小說《頭髮的故事》中，N先生談到自己留學時剪去了辮子，惹得監督大怒，然而「不幾天，這位監督卻自己被人剪去辮子逃走了。去剪的人們裏面，一個便是做《革命軍》的鄒容，這人也因此不能再留學，回到上海來，後來死在西牢裏。」〔註37〕這便是對鄒容事蹟的直陳。

當時傾向於革命的學生之間存在著千絲萬縷的聯繫，不斷擴展著革命者的陣營。以章士釗為例。他在1901年赴武昌讀書時與黃興結識，1903年入上海愛國學社與被遣送回國的鄒容結識。同年5月，章士釗任《蘇報》主筆，可以說與鄒容是戰友。「《蘇報》案」後不久，章士釗又與陳獨秀、張繼等人創辦《國民日報》，建立大陸圖書譯印局。陳獨秀、張繼和鄒容一樣，都是因「剪辮子事件」被遣送回國的，此時也與章士釗成為了戰友。1903年上半年，黃興也在東京弘文學院留學，並積極參加拒俄運動。拒俄運動之後，黃興回國，於11月以慶祝自己三十歲生日為名，在長沙與劉揆一、宋教仁、章士釗一起組織成立了華興會，走上了反清革命道路。次年，華興會打算趁慈禧七十歲生日時候發動長沙起義。事情敗漏後，黃興逃往日本，繼續從事革命活動，並在留學生群體中有了極高的聲望，後與孫中山結識，成為了全國性革命的首領級人物。由此可以發現，章士釗雖然沒有留學東京，但是與歸國後的鄒容、陳獨秀、張繼、黃興等人過從甚密，並直接參與了革命。這意味著，在東京這樣留學生聚集的地方和當時中國的中東部城市，傾向於革命的青年學生之間的交流是較為緊密的。這些原本定位為「文人」的知識分

〔註37〕魯迅：《頭髮的故事》，《魯迅全集》第1卷，北京：人民文學出版社，2005年，第486頁。

子，實際上還自覺承擔起了「武將」的角色。在清政府的高壓下，他們冒著生命風險，不斷地變換著革命報刊的名頭，並自覺地投身到實際的革命活動中去。

可以說，從拒俄運動到同盟會成立的兩年間，是以學生為代表的愛國人士在思想上獲得「革命啟蒙」，並迅速組織化的時期。早期興中會、華興會等組織的革命行動紛紛失敗也推動了第一個全國性的革命團體——同盟會的產生。同盟會的成立對辛亥革命的歷史發生以及開啟有組織的政治宣傳工作都具有轉折意義。鄒容、陳獨秀等留學生歸國之後仍然敢於與當局對抗。這種不怕死的革命精神，仿若一顆顆種子種在了當時愛國青年的心裏。包括秋瑾、徐錫麟、鄒容、陳天華等在內的一批革命先驅人物，激發了越來越多的年輕人投身到革命中去。而他們自己也成為了文學創作中革命英雄的典型形象。即使如寫下《斷鴻飄零記》的蘇曼殊，在 1903 年也曾寫下一篇改譯作品《慘世界》，表達了願為革命事業孤注一擲的獻身精神。所以，如果脫離開辛亥革命之前近十年間，學生群體的革命信仰建構過程與早期革命實踐，便無法理解辛亥革命剛剛完成時他們的喜悅與希冀，以及袁世凱上臺後至二次革命失敗時他們的心理創傷和精神苦悶。至此，革命文學的第一大敘事主體也就初具規模了。

第三節　築夢與幻滅：文學想像與歷史現實的對撞

一、早期革命敘事的「築夢」特徵

早期革命敘事的主體是革命黨人和有革命傾向的學生。這時革命敘事的功利性是較為明顯的，即希望通過文學來激發國人的革命情緒。從內容來看，1905 年前的革命敘事主要涉及明末抗清鬥爭，世界各國的民族民主革命，以及對新中國的想像這三大題材。由於晚清政府對文化的高壓政策，也由於當時的中國革命還未形成具有較大影響的實績，所以借古諷今、借西喻中仍是慣常使用的表現手法。如無名的《美國狼立記演義》、喋血生的《少年軍》、洗紅庵主的《泰西歷史演義》、魯迅的譯作《斯巴達之魂》、蜉蝣生（鄒容）的《海國春秋》等。1905 年同盟會成立之後，隨著革命黨人暗殺和起義行動地不斷開展，革命敘事已經成為了一種有的放矢的創作。鄒容、徐錫麟、秋瑾、黃興、孫中山等革命黨人的事蹟都成為了創作素材。

以王鐘聲的文明戲創作為例，可以清晰地看到這種變化：1903 年，王鐘聲參與組織中國新劇劇團春陽社，編演《仇情記》《愛海波》《張文祥刺馬》《黑奴籲天錄》《社會階級》等劇，奔走於蘇、杭等地演出。1907 年王鐘聲由日本回國後，創辦文藝新劇場，編排了《秋瑾》《徐錫麟》《愛國血》《共和萬歲》等一批宣傳革命、頌揚革命英烈的新話劇，產生了廣泛的社會影響。從文體層面來看，此時的革命文學以短小篇幅居多，同時產生了很多具有雜糅特點的文學體裁。這些作品基本都沿用了梁啟超《新中國未來記》中「演說」和「寓言」的修辭手法，篇幅短，議論性與煽動性強，滿足了革命宣傳短頻快的要求，也是當時知識階層革命衝動與激情的一種表現。作者們通過直抒胸臆的議論來鼓吹革命，並以寓言的方式描述「夢」和「未來」。典型的作品有佚名的《理想的寧波》、蔡元培的《新年夢》、旅生的《癡人說夢記》、竹西顧影生的《奴隸夢》、吳魂（陳天華）的《獅子吼》等。

　　早期革命敘事構建著未來中國的社會想像。這種想像往往以「民族革命」為語境，建構了滿清政府與漢族百姓之間強烈的「官民對立」圖景。在當時的報刊上，屢屢能見到這樣的革命想像：

> 　　老夫傷懷故國，對景生悲，恨不得把那些狗奴才剷除淨盡，使
> 我國民個個雄武赳赳，將來建立自由的國家，組織共和的政府，做
> 到我猶太轟轟烈烈成世界第一等強國。〔註38〕

這是小說《自由結婚》第一回裏，「萬古恨」在自由學校的演講。在這部假譯小說中，「猶太」自然是借喻「漢族的中國」。儘管創作者頻繁使用別國、別族來指代中國、漢族，但在一種全國性的「排滿」語境下，這種借喻實際上並不是隱喻，而是一種約定俗成的明喻。魯迅以「自樹」和「哀塵」為筆名在《浙江潮》第 5 期上發表了兩篇翻譯小說。其中《斯巴達之魂》是對原著片段的翻譯。小說中有這樣一句話：

> 　　黎河尼佗王亦於將戰之時毅然謂得：「王不死則國亡」之神戒。
> 今無所遲疑無所猶豫。同盟軍既旋耐想亞波羅神而再拜從斯巴達之
> 軍律與親以待強敵以待戰死。〔註39〕

「王不死則國亡」六字被加以著重號標出。《斯巴達之魂》中的「王」顯然隱喻著清帝。「種族話語」對「革命話語」的置換，在煽動國人支持革命的

〔註38〕猶太遺民萬古恨：《自由結婚》，上海：自由社，1903 年，第 4 頁。
〔註39〕自樹：《斯巴達之魂》，《浙江潮》1903 年第 5 期。

方面起到了不可小覷的作用。然而，對「仇滿」的過度宣揚，容易掩蓋封建專制這一民族積弱的根本原因，也容易弱化國人對外國強敵的戒備，對革命事業的長遠發展有極大貽害。理性的愛國知識分子對此早有警覺。1903年 1 月，蔡元培就在《經世文潮》上發表了一篇名為《人種丙：滿漢之衝合：釋仇滿》的文章。他說：

> 凡種族之別，一曰血液，二曰風習。彼所謂滿洲人者，雖往昔有不與漢族通婚之制，然吾所聞見，彼族以漢人為妻妾而生子者甚多。彼族婦女密通漢人及業妓而事漢人者尤多。（中略）此皆血液混雜之證據也。彼其語言文字起居行習，早失其從前樸鷙之氣，而為北方軒士蓐民之所同化，此其風習消滅之證據也。由是而言，又烏有所謂滿洲人者哉！（中略）夫民權之趨勢，若決江河，沛然莫禦。而我國官行政界者，猥欲以螳臂當之，以招他日慘殺之禍，此固至可憫歎者也。而甲乙兩黨又欲專其禍，以貽少數之滿洲人。〔註40〕

蔡元培並不認為還有純種的滿族人，且「少數滿洲人」不過是清政府內部黨派妄圖推卸責任的擋箭牌。仇滿情緒於未來的國家建設與發展更無益處。這篇文章後稍經修改再刊於同年 4 月 11 日至 12 日的《蘇報》，標題直接改為《釋「仇滿」》，更加強調了「仇滿」之風需「釋」。文章主體最明顯的修改便是添加了「吾國人一皆漢族而已，烏有所謂『滿洲人』者哉！」〔註41〕一句話作為開篇語。這句話本是在第一段中部出現，這裡複寫在文章開篇更是意在特別強調。《蘇報》作為革命機關報，刊載這篇文章並作出如此修改，無疑證明當時革命黨內部已經敏感地意識到了「仇滿」情緒的泛濫將產生的負面影響。

更為深層的真相在於，蔡元培、章太炎等人都是提倡或者說支持當時革命黨人對清朝官員的暗殺行動的。「釋仇滿」的動機還在於將滿旗百姓從「仇滿」的目標群體中劃分出來，讓民眾集中地將仇恨放在作為一個集團的清政府身上。到了 1907 年，這種「排滿」話語已經讓清政府膽戰心驚了。楊度曾對梁啟超說：「其所以必以國會號召而不可以他者，因社會上人明者甚少，一切法理論政治論之複雜，終非人所能盡知，必其操術簡單，而後人人能喻，此『革命排滿』四字所以應於社會程度，而幾成為無理由之宗教也。

〔註40〕蔡元培：《人種丙：滿漢之衝合：釋仇滿》，《經世文潮》1903 年第 1 期。
〔註41〕蔡元培：《釋「仇滿」》，《蘇報》1903 年 4 月 11～12 日。

吾輩若欲勝之，則亦宜放下一切，而專標一義，……以此為宗教，與敵黨競爭勢力」〔註42〕。立憲黨人將革命黨視為「敵黨」，視「革命」為宗教。南社的一群文人，應該說是光復會最為堅實的追隨者。他們的文藝作品最為集中地表現了一種「種族想像」。柳亞子、高天梅、陳去病、陶東風等人的詩歌創作都普遍表達了對滿清統治者的憎恨，以及想「直搗黃龍」的強烈意願。蘇曼殊的改譯小說《慘世界》則更為形象地演繹了「官民對立」的種族想像。小說主人公明男德一聽到「官」這個字，就有身體上的條件反射，如咬牙切齒、怒髮衝冠、垂首頓足等等，顯示出了作為民眾對官僚階層本能的憎惡。

然而，以柳亞子為代表的南社文人的文學作品與蔡元培、章太炎等人的理論思路之間，實際上還是存在較大的誤差。這體現為「種族想像」並未侷限於官民之間，而是形成了普遍的「滿漢對立」的文學景象。這種「種族話語」在辛亥革命之後的文學作品中，還存在一個短暫的延續期。如陸士諤的《血淚黃花》就使用了「種族話語」。而在清政府這一邊，其體系內文人的作品中，則不存在這種種族對立的敘事話語，更多地是對滿清貴族中貪腐勢力的批判和反思，如肅親王善耆的古體詩歌，松友梅的小說《小額》，以及後來三四十年代穆儒丐的「京旗小說」等。在當代文學中，老舍的一些作品也表現了他對於清旗統治下社會走向淪亡的反思。在一些通俗小說作家筆下，更多以「窮富」階層而非「種族」屬性來劃分人群。如曾樸的《孽海花》，李涵秋的《廣陵潮》《俠鳳奇緣》等小說。

早期革命敘事還試圖塑造一種俠客形象。中國傳統的俠客精神，是劫富濟貧、除暴安良、替天行道，本質上說是一種犧牲小我成就正義的英雄情懷。俠文化始於先秦。但自秦獨尊儒術以來，中國的文士之風漸盛，俠文化也受到遏制。在清末的動盪時局中，很多革命黨與親近革命的文人都以俠客自詡。秋瑾自稱鑒湖女俠。南社諸子更是群而「俠」之：「彭俠公、馮心俠、楊弢俠、周漁俠、周俠飛、徐俠兒、沈希俠，以武犯禁之俠，抑何其多耶！」〔註43〕俠文化的復興，與會黨革命化的歷史現象有關。民間的幫派文化一直暗潮湧動，在宋末元初、明末清初等歷史關節，充當著反抗「外

〔註42〕丁文江、趙豐田：《梁啟超年譜長編》，上海：上海人民出版社，1983年，第398頁。

〔註43〕鄭逸梅：《藝林散葉》，北京：中華書局，1982年，第55頁。

族」入侵的重要角色。尤其在晚清，素來秉持反清復明宗旨的幫派會黨成為了革命的親近力量。孫中山領導的興中會一開始就依託兩股力量，其一是海外華僑中有反清情緒的商人，其二就是會黨。孫中山在洪門中被封為「洪棍」〔註44〕，被洪門成員稱作大哥。而蔡元培、陶成章領導的光復會和黃興領導的華興會的勢力也有兩撥。一是從事文化宣傳的學生，二是從事實際起義的會黨。徐錫麟、秋瑾在紹興辦大通學堂，想為以後的浙皖起義招兵買馬，但投身進來的大都是王金發這樣的「綠林好漢」；黃興等人在長沙經營革命多年，其最大的人員支撐就是馬福益領導的哥老會。換言之，明清以來在民間積聚的反滿力量，在種族革命的時代語境中被深度激活。黨會組織和俠客文化本來是兩回事，但是「同仇敵愾」和「救國拯民」的時代話語，讓兩者形成了精神共鳴。幫派作為一種民間自律的組織系統，只有在政府已然失去權威的亂世中才具有一定的存在合理性。當幫派完成了由會到黨的現代轉型，如致公堂改組為致公黨，便從形式與內容上與俠客精神相貼合。章太炎稱：「擊刺者，當亂世則輔民，當平世則輔法。」〔註45〕梁啟超也認為：「上焉既無尚武之政府以主持獎勵之，中焉復無強有力之賢士大夫以左右調護之，而社會不平之事，且日接於耳目，於是乎鄉曲豪舉之雄，乃出而代其權。」〔註46〕另外，俠客想像還與當時革命黨人對俄國虛無黨的推崇有關。

　　清末傾向於革命的文學作品一方面將歷史中鄭成功、張子房等形象進行了「俠化」解讀，另一方面還以俠文化來闡釋革命精神，如黃興、章太炎、柳亞子、陳去病等人的作品均有以「俠」釋「革」的特點。值得注意的是，俠客文化終究與幫派文化和俄國虛無黨的文化不盡相同。這具體表現在：第一，晚清以來革命敘事中的「俠客」仍然保留著個人英雄主義的行事風格，這就和幫派文化中凡事講「兄弟情」「哥們兒義氣」的群體行動風格相異；第二，「俠客」的革命是要推翻清政府，建立一個漢人的政權。而無論是立憲還是共和，都是一種政治制度，與虛無黨信仰的「無政府主義」大相徑庭。所以當時的作家說：「虛無黨之手段，吾所欽佩；若其主義，則吾所

〔註44〕馮自由：《革命逸史》第2卷，北京：中華書局，1981年，第102頁。
〔註45〕章太炎：《檢論・儒俠》，《章太炎全集》第3卷，上海：上海人民出版社，1984年，第439頁。
〔註46〕梁啟超：《中國之武士道》，《廣益叢報》1905年第70期。

不敢贊同也。」〔註 47〕因此，革命黨人與幫派在革命行動上的實際結合，以及晚清以來對虛無黨的推崇，都在一定程度上激發著作家們對革命的「俠客化」解讀和塑造，但這種想像很難得到延續。

此外，辛亥之前的革命敘事建構了一種暴力想像。陳平原曾說，清末的政治小說「提供了一種新的社會理想，也以舊官場乃至專制政體為批判對象，可政治小說更主要的是『著者欲藉以吐露其所懷抱之政治理想』，並不藉重『官民對立』來展開情節。虛無黨小說矛盾尖銳，動作性強，用暗殺這一極端手段，把『官民對立』推向極端，一時頗為讀者歡迎。」〔註 48〕清末一位很活躍的作家冷血，也表示過這樣的觀點：「我愛其人勇猛，愛其事曲折，愛其道為制服有權勢者之不二法門。」〔註 49〕正如吳樾所說：「排滿」的手段有二，「一為暗殺，一為革命」。這兩種方式，是當時革命黨人所公認的革命途徑。從事暗殺和起義行動的革命黨人，都抱有流血犧牲的決心。很多絕命書傳極一時，如黃興、林覺民等人在黃花崗起義前夕寫下的絕命書，汪精衛在赴北京炸攝政王之前寫的絕命書等等。可以說，在革命黨人的心中，對革命信仰的踐行需要在暴力流血的犧牲中完成道德昇華。所以暴力一方面是實際的革命方式，一方面也是一種精神儀式和美學追求。

無論是鄒容、吳樾等人的為革命獻身，還是陳天華、楊篤生等人因憤世而自殺，其「死亡」都成為了「英雄人格」的最後定格。姚鵷雛在《龍套人語》中，借錢鶴望之口說：

> 人要死得及時方好，慰丹（鄒容）這死，總算值得。假如不死，到現在還不是和我們一般，吹簫說劍，一事無成。再不好些，像某某數君，中途變了節，身敗名裂，同歸於盡，那更與慰丹有天壤之別了。〔註 50〕

這種類似於「以身殉節」的思想是較為普遍的。因此，在文學作品中，對暗殺和起義的敘述也成為了一種審美情結。革命黨往往是抱著一種必死的、滿足的情緒走向生命句點的。早在魯迅的翻譯小說《斯巴達之魂》中，就有

〔註 47〕佚名：《論俄羅斯虛無黨》，《新民叢報》1903 年第 40～41 期。

〔註 48〕陳平原：《中國現代小說的起點：清末民初小說研究》，北京：北京大學出版社，2005 年，第 210 頁。

〔註 49〕冷血：《〈虛無黨〉序》，《虛無黨》，上海：開明書店，1904 年，第 1 頁。

〔註 50〕龍公：《江左十年目睹記》，北京：文化藝術出版社，1984 年，第 228～229頁。

「男子應為國戰死」的說法。在柳亞子等人的詩歌中,「拋頭顱」「饞餐胡虜肉」等更是成為了一種高頻的表達。

值得注意的是,在辛亥年各地的舉義中,流血犧牲的戰役並不占多數。由於清政府內部的矛盾,當時策應起義的很多是新軍內部的人,加上官員中真正奮力抵抗的並不多,逃之夭夭的倒是不少,而地方士紳見勢轉投革命,於是造就了許多「兵不血刃」的和平演變。民國時期的辛亥敘事,其暗殺與暴力革命的情節較之民國之前的革命敘事要少一些。但是,暴力作為革命敘述中的一個美學範疇,自此卻成為了革命題材作品中一種明顯的審美傾向。

二、辛亥革命現實的「幻滅」情緒

1911 年武昌起義之前,革命起義屢戰屢敗,革命黨人慘烈犧牲的消息頻頻傳來,這讓傾向於革命的文人們有了一種越來越重的悲觀情緒。因此,到武昌起義之前,很多曾經叱吒一時的革命宣傳戰士,都「做了革命的旁觀者」〔註51〕。一方面,每一次起義都需要大量資金,屢次的失敗讓籌措資金越來越困難。黃興在《蝶戀花·弔黃花崗》中曾云:「事敗垂成原鼠子,英雄地下長無語。」〔註52〕「鼠子」意指陳炯明等人一拖再拖,不按計劃行事。黃小配在敘述黃花崗起義最受關注的問題——為何條件不夠仍要發動?——時說:

> 黃興本意,即明知其必敗,而亦主速舉,為避免資本家之生疑,致資口實,以留後來籌款地也。故其十一部中,半欲解散,半則明知其敗而熱度反增,以為軍火既備,縱不成事,亦必有長期戰爭也。遂發難於三月二十九日,孰料其舉事之日,即為敗事之日耶?!〔註53〕

在黃小配看來,條件不夠仍要發動的原因是「避免資本家生疑」。黃小配所提的這個原因,與馮自由所言可互證。馮自由在《革命逸史》中載:孫總理

〔註51〕柳亞子:《自傳》,柳無忌、柳無非編:《自傳·年譜·日記》,上海:上海人民出版社,1986 年,第 3 頁。

〔註52〕劉運祺、蔡狂生等編注:《辛亥革命詩詞選》,武漢:長江文藝出版社,1980年,第 14 頁。

〔註53〕陸士諤、黃小配:《血淚黃花·五日風聲》,桂林:灕江出版社,1988 年,第126 頁。

在加拿大、美國活動籌款，「經余手電匯香港統籌部者七萬餘元，占黃花崗一役各地籌餉成績之第一位。查辛亥三月二十九日失敗之後，革命軍統籌部出納課報告收支總數，收到海外各地義捐共一十五萬七千二百一十三元」〔註 54〕。革命黨鄒魯也回憶過辛亥年黃花崗起義之前與黃興的一次談話。黃興請求他辦報聲援廣州起義時，提到「部裏沒有辦報的款項，要你自己去設法籌款。」〔註 55〕鄒魯回到廣州後，「決定在諮議局內部籌集，以避免妨礙起義的捐募。」〔註 56〕可見，經濟問題是當時所有革命黨人心照不宣的難題。1911 年春，趙伯先與黃興正在謀劃廣州起義，趙伯先曾寫信給柳亞子希望能借一筆革命款，但是柳亞子婉言拒絕了。後來廣州起義失敗，趙伯先於 1911 年 5 月 18 日憂憤病逝。事後，柳亞子寫了一首詩來哀悼趙伯先，並言說自己的悔意。這個歷史細節也可以證明在辛亥革命之前，很多原本傾向於革命、支持革命的人早已熱情冷卻。這種對革命的失望情緒也與前述「個人英雄主義」的悲劇言說和暴力審美的形成有著直接的關係。那種彌漫於作品當中的悲劇色彩，恰恰是現實革命中革命者孤獨與悲涼心境的寫照。而一些愛國人士不贊同革命的原因，在於他們認為當時的中國還不具備革命的客觀條件。如化名藤谷古香所寫的《轟天雷》，是據常熟人沈北山事蹟創作而成。作者借人物仲玉之口說道：「革命何嘗不是堂堂正正的旗，但民智不開，民力不足，民德不修，這三樣沒有，決不能革命」〔註 57〕。旅生的《癡人說夢記》，借書中人物隱射康有為、梁啟超、孫中山，以理想人物賈希仙開闢仙人島的成功反襯變法與革命的失敗，通過一種烏托邦式的表達，流露出了對現實的悲觀情緒。

　　當辛亥革命作為一個歷史事件出現，辛亥敘事的生成機制就形成了。自武昌起義起，辛亥年間的光復運動連連告捷，讓革命的希望成為了一種現實，而中華民國的成立，孫中山當選臨時大總統，更讓中國人沐浴在「新生」的陽光之中。民元的社會情緒無疑是激昂的，知識分子也是躊躇滿志

〔註54〕馮自由：《革命逸史》初集，北京：中華書局，1981 年，第 235 頁。
〔註55〕湖南省政協文史委、長沙市政協文史委合編：《憶黃興》，長沙：嶽麓書社，1997 年，第 241 頁。
〔註56〕湖南省政協文史委、長沙市政協文史委合編：《憶黃興》，長沙：嶽麓書社，1997 年，第 241 頁。
〔註57〕藤谷古香：《轟天雷》，金成浦、啟明主編：《私家迷藏小說百部》第 53 卷，呼和浩特：遠方出版社，2001 年，第 85 頁。

的。如果說早期革命活動將「革命」這個新興詞彙帶入國人的視野，那麼辛亥革命則是國人對「革命」的第一次真實體驗。辛亥革命所帶來的社會各個層面的新與變，都促發著文學家們記錄現實的寫作動機。無論是革命黨人、支持革命的旁觀者，還是無鮮明政治信仰的愛國者，在辛亥革命完成、民國成立之後都出現了一個短暫的興奮期。這反映在文學領域，便是一大批讚揚革命的作品產生。進化團在 1912 年首演了新劇《黃花崗》《武昌光復》《孫文起義》《新華夢》等時裝新戲。而站在革命對立面的一批人，尤以林紓為代表的清遺老們，其文學作品就有著否定革命的思想內涵。當然，在民初的語境中，直接攻擊革命、讚揚帝制的文學作品是一種邊緣的存在，多為匿名而寫，如《孫文小傳》《哀滇淚》等。

但是，這種興奮很快就隨著時局的驟變而轉化為新的恐慌。從當時革命黨人的主觀情況、國人對民主共和的理解程度，以及中國政治經濟體制的歷史慣性而言，武昌起義成功之時，中國社會的各個方面都沒有做好迎接民主的準備。而隨後成立的共和制國家，不光是袁世凱為代表的北洋派以及習慣了幾千年帝制的百姓，實際上連革命黨內部的大部分人都不具備消化的能力。袁世凱的一系列行徑，讓辛亥革命受到了巨大的打擊，人們的革命美夢再一次破碎。二次革命後，袁世凱對老革命黨人再次進行清剿，使革命黨人更加心灰意冷。當時流行這樣的感概：「無量金錢無量血，可憐購得假共和。」正如魯迅所發現的那樣，這民國不過是換了名目，內骨子是依舊的。可以說，民初的那種理想與現實的短暫合體，只是兩條線交匯時的相逢，馬上又分道揚鑣了。幻滅情緒一時間充滿了中國大地。夢想與現實之間的反差，促使國人對革命與民族未來進行重新審視和反思。這種審視和反思，也隨之成為辛亥敘事所涵蓋的另一重要訴求。對共和與帝制孰優孰劣的論爭，對辛亥革命未能帶領人們進入「真共和」的反思，對「假共和」的揭露和批判，對辛亥革命所帶來的新舊文明衝突的呈現，成就了民國文學辛亥敘事複雜多元的景觀。這或許正應了那句「國家不幸詩家幸」。歷史是鮮活的，辛亥革命的真實面目遠未被還原。定格在文學作品中的辛亥革命，既是逼近辛亥歷史真實面目的多棱鏡，同樣也是我們即將開啟的一場敘事盛宴。

第二章　從帝制到共和：不同視域的辛亥想像

　　辛亥革命開啟了 20 世紀中國對於民主共和的一場集體想像。正如李怡所說：「當『清』的歷史在外部世界——一個正在推進『現代化』的外部世界——的衝擊下難以為繼的時刻，中國歷史需要在『民國』的框架中獲得新的生機，中國的知識分子也需要在『民國』的想像中開啟一輪新的文學之夢。」〔註1〕民國文學中的敘事性文字承載著不同群體、不同階層的「國家想像」。中華大地上發生的「新」與「變」充斥著社會生活的方方面面。新舊雜糅、東西碰撞。一切在碰撞中經歷著陣痛，又在衝突中得以更新。

　　直到反袁勝利，廣義的辛亥革命時期才宣告結束。因此，1911 年至 1916 年的辛亥敘事，都可視為「共時性」敘事。「共時性」敘事最突出的特徵是，作者的政治立場對辛亥革命形象的建構起到了決定性作用。不同立場的作者，所講述的辛亥革命故事也大相徑庭。這就形成了各執一詞的羅生門。根據政治立場，我們可以將作者分為四個類型，即革命者、清遺民、旁觀者、宗教界人士。由於文學革命還未開始，這一時期流行的體裁仍是古體詩詞、文言小說、筆記、文明戲等。還需說明的是，有的作家在這個時期裏對革命的態度可能會發生變化，在不同的時間點是不同的類型。在實際研究過程中，我們依據作者政治立場的主要方面，以及其對革命較為常期的態度來歸類。

〔註1〕李怡：《「民國文學史」框架與「大後方文學」》，《重慶師範大學學報（哲學社會科學版）》2009 年第 1 期。

第一節 「大好頭顱拼一擲」——革命者的辛亥敘事

一、革命黨人的現場實錄

楊天石認為：「辛亥革命的領導者實際上是一批青年學生，留學生和國內新式學堂的學生，也就是 19 世紀末年至 20 世紀初年在中國出現的新型知識分子。據統計，至 1905 年，僅當時在校的留日學生就有八九千人之多，而至 1910 年，國內新式學堂的學生已達一百五十餘萬，成為一支很大的社會力量。」〔註2〕1896 年，清政府派遣第一批學生赴日留學。日本方面為了接收逐年增加的中國學生，於是興辦了很多學院。與鴉片戰爭後官派赴歐美的學生定位不同，19 世紀末 20 世紀初赴日的學生並非要從事實業救國，而是順應「立憲潮流」去學習日本政體的改革經驗。他們中的很多人受到了時代情緒的感染和革命精神的啟蒙，成為了後來革命的中堅力量，如陳天華、鄒容、徐錫麟、秋瑾、黃興、譚人鳳、劉道一、林覺民、林文、陳更新等等。

清末梁啟超、章太炎等人所提倡的尚武精神、俠客精神，在拒俄運動中得到了第一次大規模的實踐，一批原本手無縛雞之力的學生結成「義勇隊」。這種棄文從武、亦文亦武的愛國知識分子形象，為革命文學的創作提供了最為鮮活的原型，對革命文學的審美風格也提供了現實參考。魯迅在此時寫下的七言絕句《無題》便也顯示了尚武精神：「靈臺無計逃神矢，風雨如磐暗故園。寄意寒星荃不察，我以我血薦軒轅。」〔註3〕拒俄運動中團結起來的學生群體在清、日政府的壓力下被驅散。但激進的留學生將鬱積心中多時的排滿情緒通過《發起軍國民教育會意見書》表達出來，將宗旨由原來的「養成尚武精神，實行愛國主義」改為「養成尚武精神，實行民族主義」。從「愛國主義」到「民族主義」的措辭變化，代表著反清的革命意識已經基本成型。在當時同盟會的機關報《民報》上，隨處可見鼓吹暗殺的詩詞，如「鑒湖女俠」秋瑾的《寶刀歌》：

> 主人贈我金錯刀，我今得此心雄豪。
>
> 赤鐵主義當今日，百萬頭顱等一毛。
>
> 沐日浴月百寶光，輕生七尺何昂藏？
>
> 誓將死裏求生路，世界和平賴武裝。

〔註2〕楊天石：《辛亥革命的性質與領導力量》，《河北學刊》2011 年第 7 期。
〔註3〕《魯迅全集》第 7 卷，北京：人民文學出版社，2005 年，第 447 頁。

不觀荊軻作秦客，圖窮匕首見盈尺。

殿前一擊雖不中，已奪專制魔王魄。

我欲雙手援祖國，奴種流傳偏禹域。

心死人人奈爾何？援筆作此《寶刀歌》。〔註4〕

秋瑾說：「吾歸國後，亦當盡力籌畫，以期光復舊物，與君相見於中原。成敗雖未可知，然苟留此未死之餘生，則吾志不敢一日息也。自庚子以來，已置吾生命於不顧。即不獲成功，而死亦吾不悔也。且光復之事，不可一日緩。而男子之死於謀光復者，則自唐才常以後，若沈藎、史堅如、吳樾諸君子不乏其人，而女子則無聞焉，亦吾女界之羞也。願與諸君交勉之。」〔註5〕古代的荊軻，近前的史堅如、吳樾都是進行暗殺的英雄人物。秋瑾以他們為榜樣和前驅，表明了反清革命的心跡。

革命家的詩詞飽含著對於祖國的熱愛。林文在歸國之前寫下了《感懷》。詩云：「落葉聞歸雁，江聲起暮鴉；秋風千萬戶，不見漢人家。僕本傷心者，登臨夕照斜；何堪更回首，墜作自由花！」陳更新在《偶題》中亦抒發了憂國之情：「冠蓋當念半沐猴，漫天陰霾動人愁。由來尚氣輕成病，底事懷才總抱憂。入夢有歌思易水，上弦無調不涼州。乾坤正氣消磨盡，昔日將軍有斷頭。」〔註6〕一部分革命黨人的詩詞寫於暗殺、起義、就義之前，具有遺書的性質。劉道一受黃興派遣回國組織萍瀏醴起義，然事泄被捕。他在就義前寫了一首絕命詩：「天地方興三字獄，但期吾道不終孤。捨身此日吾何惜，救世中天志已虛。」黃花崗起義前夕，一眾革命黨人都留下了遺書。從南洋歸國參加黃花崗起義的羅仲霍寫下了《辛亥春返國留別諸同志三首》：

隕霜殺草一何悲，赤子扶扶捧首啼；忍見銅駝臥荊棘，神州遍地劫灰飛！英雄老至忽如電，世事雲翻雨復時；漫把先鞭讓祖逖，黃龍置酒豈無期？公等健兒好身手，愧余一介弱書生；願將鐵血造世界，亞陸風波倩汝平。〔註7〕

羅仲霍敘述自己棄文從武的心聲，視野開闊，文氣磅礴。革命家們還留下了

〔註4〕秋瑾：《秋瑾集》，上海：上海古籍出版社，1960年，第82頁。

〔註5〕秋瑾：《致某君書》，陳平原：《秋瑾女俠遺集》，2014年，第130頁。

〔註6〕劉運祺、蔡狂生等編注：《辛亥革命詩詞選》，武漢：長江文藝出版社，1980年，第83頁。

〔註7〕劉運祺、蔡狂生等編注：《辛亥革命詩詞選》，武漢：長江文藝出版社，1980年，第76頁。

很多悼念烈士的挽詩、挽詞、輓聯。黃興、孫中山都為劉道一寫過挽詩。黃興的《挽劉道一烈士》如下：「英雄無命哭劉郎，慘澹中原俠骨香。我未吞胡恢漢業，君先懸首看吳荒。啾啾赤子天何意，獵獵黃旗日有光。眼底人才思國士，萬方多難立蒼茫。」〔註 8〕孫中山的《挽劉道一》中有：「半壁東南三楚雄，劉郎死去霸圖空。尚餘遺業艱難甚，誰與斯人慷慨同！塞上秋風悲戰馬，神州落日泣哀鴻。幾時痛飲黃龍酒，橫攬江流一奠公。」〔註 9〕在同題挽詩中，黃興的「排滿」意識較孫中山要強一些。孫中山在《挽黃興聯》中贊黃興之才：「常恨隨陸無武、絳灌無文，縱九等論交到古人，此才不易。」〔註 10〕在革命行動中，詩歌還常常作為革命的聯絡暗號。例如孫中山曾寫過一首《詠志》：「萬象陰霾掃不開，紅羊劫運日相催。頂天立地奇男子，要把乾坤扭轉來。」這首詩被革命黨人作為接頭暗號使用。

　　革命家寫於革命之後的詩詞，又常常有反思革命、總結經驗、還原歷史的作用。黃興在黃花崗起義失敗後寫過《蝶戀花》兩題。其一指出了黃花崗起義事敗的主要原因：「事敗垂成原鼠子」〔註 11〕。意思是黨內意見不合，有人中途放棄。第二首則記錄了自己在起義之後想要通過暗殺清朝大員來報仇的心理活動：「莫道珠江行役苦，只愁博浪椎難鑄！」〔註 12〕這些內容無論是對於辛亥革命的歷史研究，還是對於文藝家改編黃花崗起義的故事，塑造黃興形象，都有重要價值。譚人鳳的《石叟牌詞》也是一部重要的詞集。譚人鳳是武昌起義的全程參與者，對武昌起義有極大的貢獻。他在每首牌詞後附上敘和評，為牌詞作注腳。《石叟牌詞》言辭犀利，具有現實批判精神。

　　革命家的詩詞在民間抄送流傳，起到了宣傳與推動革命的作用，也為辛亥革命留下了一幅幅歷史的寫真。正如吳泰昌所說：「以孫中山為代表的辛亥革命時期的領導人和宣傳鼓動家幾乎都愛好並寫作詩歌。在戎馬倥傯、為準

〔註 8〕劉運祺、蔡狂生等編注：《辛亥革命詩詞選》，武漢：長江文藝出版社，1980年，第 11 頁。

〔註 9〕劉運祺、蔡狂生等編注：《辛亥革命詩詞選》，武漢：長江文藝出版社，1980年，第 1 頁。

〔註 10〕嶺南文庫編輯委員會、廣東中華民族文化促進會編：《孫中山文粹》，廣州：廣東人民出版社，1996 年，第 183 頁。

〔註 11〕劉運祺、蔡狂生等編注：《辛亥革命詩詞選》，武漢：長江文藝出版社，1980年，第 14 頁。

〔註 12〕劉運祺、蔡狂生等編注：《辛亥革命詩詞選》，武漢：長江文藝出版社，1980年，第 15 頁。

備和發動革命操勞之際，他們偶而揮筆，或抒發革命情懷，或悼念壯烈犧牲的戰友，寫下了一些情感真摯的詩歌，往往壯懷激烈、真切動人，在實際鬥爭中起著強烈的鼓舞鬥志的作用。」〔註13〕

二、革命文人的種族想像

　　清末民初，還有一批積極聲援革命的文人，如柳亞子、陳去病、高旭、許壽裳、任天知、王鐘聲等。辛亥革命之後，他們的文學創作也出現了一個高峰。1912 年是南社在新聞界的全盛時期，其中尤以姚雨平、葉楚傖創辦的《太平洋報》影響最大。但隨著袁世凱對革命黨人的清掃，這些報紙亦受到打壓。《太平洋報》被迫停刊後，南社文人也各奔東西。總體而言，他們的辛亥敘事相較於革命黨人有幾個區別：第一，在體裁上具有多樣性，除了古體詩詞外，還有小說、戲劇、散文等等。第二，大都寫於革命事件之後，即時性沒有職業革命者的詩詞那麼強。第三，真實作者和作品中的「革命自我」不能等同。作者的革命書寫通常是一種革命想像。第四，由於這些作家大都是職業報人，其作品面向大眾，因此往往攜帶一種「啟蒙」或者「教化」意識。

　　革命是在舊的土壤上力圖創建一個新的世界。這個新世界首先便存在於革命者的心中。然而無論人們盡多大努力去創造一個「全新的存在」，聯想與想像總是基於現實中已經存在的東西。如羅蘭·巴爾特所說：「革命在它想要摧毀的東西內獲得它想具有的東西的形象。正如整個現代藝術一樣，文學的寫作既具有歷史的異化又具有歷史的夢想。」〔註 14〕在一個封建積習厚重的神州大地上，作為「新」而存在的革命藍圖，尤為如此。革命者筆下的辛亥革命，既是對革命信念的一種文學演繹，也是對現實革命的一種想像化建構。由於「新」脫胎於「舊」，革命者的革命信念本身，就不可避免地帶有含混性、複雜性。這具體表現為「種族革命」對「民主革命」概念的置換。

　　革命文人的辛亥敘事通常植根於種族想像之中。與武俠小說喜歡在開篇設置「血仇」一樣，革命者的辛亥想像也都回溯了長達兩百多年滿漢之間的「血仇」。在辛亥革命之前，很多的革命者與革命文人都編寫過諸如《中國

〔註13〕吳泰昌：《辛亥文談》，上海：上海文藝出版社，2011 年，第 1 頁。
〔註14〕羅蘭·巴爾特：《寫作的零度》，《符號學原理》，李幼蒸譯，北京：生活·讀書·新知三聯書店，1988 年，第 108 頁。

滅亡小史》（柳亞子）、《陸沉叢書》（陳去病）這樣追溯滿漢衝突之歷史的著
述。如果將整個辛亥時期的革命文學看作一場大型書寫，那麼這些描寫清軍
入關屠城的史著，作為辛亥想像的一種前奏，最早奠定了滿漢對立的敘事基
調。清代現實生活中滿族之於漢族的優越感，在革命者的文學作品中得到了
反轉：清朝統治者成為了「蠻夷」；漢族對滿族的反抗就成為了「反正」。在
百姓中間，所有滿族人都成為了可笑的、滑稽的、醜惡的存在；漢族人，尤
其是漢族革命者的形象一下子偉岸起來。他們要衝破「奴隸」的身份，重新
恢復一種漢族的「威儀」。

　　清末的民間流行著一首著名的「燒餅歌」：「手執鋼刀九十九，殺盡胡人
方罷休，炮響火煙迷去路，遷南遷北六三秋。」人們是多麼願意相信並且神
化著五百多年前的「預言家」劉伯溫的詩歌，認為「九十九」就是「一百少
一」的「白」字，而「白」代表著漢族。這首古詩被理所當然地解釋為：反
清革命是必然發生，並且一定成功的。這首詩在民初新劇《吳祿貞》中，被
改編為了「手執鋼刀九十九，殺盡胡人方罷休，如今共抵黃龍陣，痛飲只有
一杯酒」〔註15〕，作為著名革命黨人吳祿貞的念白。「祖國沉淪三百載，忍
看民族日仳離」，這樣的詩句在辛亥革命時期也甚為流行。「排滿話語」的形
成不僅源自孫中山「驅除韃虜」的革命綱領，更與在甲午戰爭、庚子事變、
義和團運動、拒俄運動等一系列歷史事件的催化下，民間文人對南明抗清
的歷史情緒的重新激活有關。「排滿話語」最初對實際的革命產生了推動作
用。在辛亥革命之後，革命者的「排滿話語」雖有了明顯的式微，但仍然是
「革命文學」約定俗成的話語。

　　當革命者對革命所要建構的政治社會形態沒有科學理性的認識與理解
時，就會耽於一種近乎完美的幻想。所以，革命者在描繪社會藍圖時往往會
建構一個烏托邦。于右任在《牧羊兒自述》中描述了革命「烏托邦」在他內
心的湧動：「我此時心目中，常懸著一個至善的境地，一樁至大的事業。但
是東奔西突，終於找不到一條路徑。平時所讀的書，如《禮運》，如《西銘》，
如《明夷待訪錄》，甚至如譚復生《仁學》，都有他們理想的境界。又其時新
譯的哲學書漸多，我也常常購讀，想於其中求一個圓滿的人生觀。」〔註16〕

〔註15〕傅國湧：《辛亥百年——親歷者的私人記錄（下）》，北京：東方出版社，2011
　　　　年，第143頁。
〔註16〕于右任：《牧羊兒自述》，于右任著，劉永平編：《于右任集》，西安：陝西人

對「至善」「圓滿」的篤信與追求，在知識分子群體中是普遍的現象。高天梅
於作品中描繪過心中的辛亥理想：「江山慘淡其寡歡兮，浮雲暗暗而無色。噫
嗟！汝之存亡兮，何一人之無責。汝之魂惝恍而未歸兮，我將上下以求索！
演萬頭顱之活劇兮，汝其飛躍以步佛米，汝苟能至莊嚴之樂土兮。斯皆堯兄
而舜弟。汝之前途當騰一異彩兮，汝之福命仿如得飲甘醴。」〔註17〕這篇作
品在 1903 年先後刊載於四份愛國報刊。陳去病也在《題明孝陵圖》中表述
了他心中的革命理想：「一朝大地削蹄跡，光復舊物還淳和。掃蕩胡塵歸朔
漠，獨完民族奠風波。」〔註18〕通過「種族革命」所到達的彼岸，被革命者
們想像為了一個完美、醇和、平等的理想之境。這種烏托邦的想像一直延續
到了辛亥革命之後的文學書寫中，但緊接著被南北議和、袁世凱復辟等一系
列不完美、不醇和、不平等的事件所打破。魯迅曾這樣評價南社的革命理
想：「屬於『南社』的人們，開初大抵是很革命的，但他們抱著一種幻想，
以為只要將滿洲人趕出去，便一切都恢復了『漢官威儀』，人們都穿大袖的
衣服，峨冠博帶，大步地在街上走。誰知趕走滿清皇帝以後，民國成立，情
形卻全不同。」〔註19〕正是基於理想與現實的巨大裂痕，民國時期的老革
命黨和革命派文人的辛亥敘事，最後都走向了批判和反思。消極遁世的革
命者形象也成為一時之流行。

　　在柳亞子的詩歌中，辛亥革命呈現出這樣一種景觀：一個才華卓絕的少
年英雄背負起了復興中國的重任。他要通過革命將國人引渡到男女平等，
人人自由的美好彼岸。柳亞子性格中有狂放不羈的一面。在書寫辛亥革命
的詩中，柳亞子的這一面也被放大。具體來看，一方面柳亞子用鮮明的喻體
來批判政敵，將其妖魔化。自南北議和到袁世凱稱帝，柳亞子寫了不少「罵
袁詩」，典型詩句如《題范茂芝〈尋詩讀畫圖〉》中的「和議不曾誅賊檜，群
兒今已奉曹瞞」〔註20〕，《送秋葉歸閩，次留別韻》的「樊噲猶屠狗，荊卿

　　　　民出版社，1989 年，第 145 頁。
〔註17〕關於高天梅的《愛祖國歌》有四個版本，此處引用首發的版本。（自由齋主
　　　　人：《愛祖國歌》，《新小說》1903 年 8 月 15 日。）
〔註18〕陳去病著，張夷主編：《陳去病全集》第 1 卷，上海：上海古籍出版社，2009
　　　　年，第 21 頁。
〔註19〕《魯迅全集》第 4 卷，北京：人民文學出版社，2005 年，第 239 頁。
〔註20〕中國革命博物館編：《磨劍室詩詞集（上）》，上海：上海人民出版社，1983 年，
　　　　第 145 頁。

未化虹」〔註21〕，《歲暮雜感》中「沐猴民主賤，烹狗黨人悲」〔註22〕，還
有宋教仁被暗殺後所寫《哭宋遁初烈士》中的「小丑空嬰檻，元兇尚負嵎。」
〔註23〕詩風可謂酣暢淋漓。另一方面，柳亞子在詩歌中建構了一個英雄「自
我」。在《送楚傖北伐》中有「青兕文場舊霸才，登壇曾敵萬人來。（中略）
佇看直搗黃龍日，拂袖歸來再舉杯」的詩句。〔註24〕這首詩雖題為「送楚
傖北伐」，但也在言說詩人自己的政治理想。「青兕」是柳亞子在反袁時期的
筆名。「霸才」「三河俠少」均為自詡，「舊」與「曾」則意喻著「我」的革
命過往，頗有幾分「你方唱罷我登場」的豪邁。柳亞子的辛亥敘事，除了狂
放不羈的一面，還有沉鬱遁世的一面。面對革命果實旁落，辛亥黨人飄零的
現實，他寫下了「草間偷活恨難支，借酒澆愁亦太癡！慚愧故人珍重意，春
江歌舞淚如絲」〔註25〕的詩句。二次革命失敗後，柳亞子感到未來無望，
過起了「古代名士」的生活。

　　革命文人的辛亥敘事在形式上也有中西雜糅的特點。柳亞子等南社詩人
對黃遵憲等新派詩人的繼承是很明顯的。他們在描繪清政府、革命他者、革
命自我時，所選取的意象、所投射的思想都帶有古今中西雜糅的特點。現實
歷史中的辛亥革命告一段落，而柳亞子於詩歌中建構的辛亥理想也一直未能
實現。柳亞子所大筆揮就的烏托邦雖然與同盟會的革命理想和當時的革命現
實相去甚遠，但它最重要的價值在於，代表了那些封建末年剛走出科舉考場
就被推向革命沙場的文人們最真實的靈魂脈動，傳遞了他們對祖國河山的美
好祝願，更鼓勵和推動了清末的人們更快地鼓起勇氣投身到革命的滾滾洪流
中去。

　　相對「舊瓶裝新酒」的詩歌，形式更新的歌謠在辛亥前後也成為了辛亥
敘事不容小覷的一脈。一批明白曉暢的通俗歌謠出自原來以古體詩創作著

〔註21〕中國革命博物館編：《磨劍室詩詞集（上）》，上海：上海人民出版社，1983年，
　　　　第146頁。

〔註22〕中國革命博物館編：《磨劍室詩詞集（上）》，上海：上海人民出版社，1983年，
　　　　第157頁。

〔註23〕中國革命博物館編：《磨劍室詩詞集（上）》，上海：上海人民出版社，1983年，
　　　　第189頁。

〔註24〕中國革命博物館編：《磨劍室詩詞集（上）》，上海：上海人民出版社，1983年，
　　　　第144頁。

〔註25〕中國革命博物館編：《磨劍室詩詞集（上）》，上海：上海人民出版社，1983年，
　　　　第199頁。

稱的詩人之手，民國成立之後，歌頌辛亥革命的歌曲創作被提上了日程，華航琛、沈心工等一批社會名流加入到了創作隊伍中，誕生了如《中華大紀念》《光復紀念》《革命軍》《革命紀念》等一批歌曲。這些歌曲不僅具有極強的敘事性，也明顯沿襲了古體詩歌的在語言和形式上的一些傳統，在民國廣為流傳，如華航琛作詞的《武昌起義》（《光復紀念》版本之一）：

> 八月十九武昌城，起了革命軍，張彪與瑞澂，紛紛出城去逃生。
> 都督黎元洪，黃興總司令，渡江收復漢口鎮，漢陽龜山樹漢旌。文
> 明，文明，雞犬不驚武漢平。清廷嚇得心膽驚，遣將帥，發救兵，
> 陸軍派蔭昌，海軍薩鎮冰，屯兵不敢進，三戰三敗笑殺人。中原十
> 數省，不月皆反正，漢水漢水清，歷史增榮名。〔註26〕

文言與白話的夾雜、字數與格律規範的相對放鬆，中文歌詞與西方旋律的結合，讓這些敘事性歌曲既飽含了民初國人對辛亥革命勝利的激動心情，又記錄了當時詩歌創作上的古今中西雜糅的時代特徵。

三、革命小史與黨人悲歌

　　辛亥至民初年間，革命派的辛亥題材小說有黃小配的《五日風聲》（1911）、姚鵷雛的《恨海孤舟記》（1915）、陳去病的《莽男兒》（1915）等。這幾位作家均是同盟會會員，對於革命黨人比較熟悉，其小說中的人物、情節、環境基本都有現實原型。黃小配的《五日風聲》敘述的是黃興領導的黃花崗起義。《莽男兒》講述的是紹興光復後第一任都督王金發的革命歷史。《恨海孤舟記》則以江左地區的光復為背景。這三部小說亦都沿用了傳統通俗小說的形式。《五日風聲》是筆記體小說。《恨海孤舟記》是世情小說。《莽男兒》則近於傳奇英雄小說。後兩部小說在之後的章節中會重點分析，此處不贅述。

　　在辛亥年眾多的革命舉義中，黃花崗起義應該是為文學改編得最多的題材之一。1911 年，關於黃花崗起義有兩個重要的文學文本產生。一是黃小配的文言小說《五日風聲》。二是林覺民的文言書信《與妻書》。前者是紀實性的近事小說，後者是革命者的真實家書。這兩個文本為後來的「黃花崗」故事提供了可參考的兩大主題向度：革命和愛情。《五日風聲》以史為基，聚焦

〔註26〕毛翰編著：《辛亥革命踏歌行──1900～1916 中國歌曲選》，合肥：安徽文藝出版社，2011 年，第 119 頁。

正面戰場，涉及到了革命黨、會黨、清朝官員等眾多人物。《與妻書》是向內關注革命黨內心，聚焦個體在革命與愛情之間的抉擇時刻。

　　黃花崗起義失敗後，黃小配便開始在《南越報》上連載小說《五日風聲》。黃小配是廣州同盟會的成員，身兼革命黨和報人的雙重身份。《南越報》是廣東同盟會的機關刊物。由於身份、空間、時間的切近，加之「史筆之傳記」〔註27〕的敘事追求，黃小配對黃花崗起義的敘述便極具真實性與客觀性。黃小配針對革命黨的內部分歧、起事推遲的原因以及黃興為何獨自脫險等爭議較大的問題作了較為客觀的陳述。如分析革命失敗的主因時，敘事者說道：「自此一改再改，而黨人之大事去矣。」〔註28〕黃興在《蝶戀花·弔黃花崗》中曾云：「事敗垂成原鼠子，英雄地下長無語。」〔註29〕「鼠子」意指陳炯明等人一拖再拖，不按計劃行事。黃小配的說法與黃興一致。在敘述黃花崗起義最受關注的問題——為何條件不夠仍要發動？——時，敘事者說：

> 黃興本意，即明知其必敗，而亦主速舉，為避免資本家之生疑，致資口實，以留後來籌款地也。故其十一部中，半欲解散，半則明知其敗而熱度反增，以為軍火既備，縱不成事，亦必有長期戰爭也。遂發難於三月二十九日，孰料其舉事之日，即為敗事之日耶？！〔註30〕

在黃小配看來，條件不夠仍要發動的原因是「避免資本家生疑」。而在後來諸多黃花崗題材作品中，這個很現實的理由基本被改編者捨棄。「為一振革命士氣」「為知識分子正名」等形而上的理由被採用。由於當時清政府還沒有被推翻，《五日風聲》並沒有刻意矮化清朝官員和護勇。在記敘革命的過程中，敘事者肯定了一些清朝官員的善意行為，並夾雜著一些規勸清朝官員的潛臺詞。如讚揚問訊姚國梁的官員李提：「李提乃親移痰盂以就之。顛沛必於是，姚國梁有焉。然中國官吏訊案之文明，則數百年來，當以此舉為絕

〔註27〕黃世仲：《洪秀全演義》，長沙：湖南人民出版社，1981年：第8〜9頁。

〔註28〕陸士諤、黃小配：《血淚黃花·五日風聲》，桂林：灕江出版社，1988年，第125頁。

〔註29〕劉運祺、蔡狂生等編注：《辛亥革命詩詞選》，武漢：長江文藝出版社，1980年，第14頁。

〔註30〕陸士諤、黃小配：《血淚黃花·五日風聲》，桂林：灕江出版社，1988年，第126頁。

無僅有矣。」〔註31〕不拔高革命者亦不貶低清朝官員，使得《五日黃花》中的人物和情節都呈現出較為合理可信的狀態。正因如此，該小說成為黃花崗題材作品的創作底本。

《五日風聲》較為詳盡地建構了兩個革命黨形象。其一為黃興。其二為姚國梁。黃興在小說中是一個不折不扣的革命領袖。首先，他在辛亥之前就有長期革命的鬥爭經驗：

> 黃興者，為湖南人氏，曾遊日本，肄業於陸軍學堂，曾受軍人教育，且有俠氣，能得上下歡心。欽、廉一役，始終皆其主謀，然事雖不成，仍久為同黨所仰望。蓋黃興能與同志共甘苦，尤有勇氣，每戰必當前驅，故更能服人。即年前政府懸紅數萬以購之者，非無故也。黃興即受黨魁命，首渡越南，知是役資本既豐，軍械尤足，其心益勇往，以鼓舞其同志中人。其同志咸為黃興之言是聽，於是僑寓越南之革黨，乃聞風而興，首先內渡。〔註32〕

這一段來龍去脈將黃興領袖地位的來由講述得很清楚。由是「外洋回國者，多信服黃興一人。」〔註33〕

其次，黃興有幹將之氣魄。在黃花崗起義的策劃與行動過程中，他都是不折不扣的主導者。看到部分革命黨人退縮，他動情地說：「故愚意寧失敗而死，斷不忍失吾黨之信用，以冷淡人心，而增此後之棘手也。諸君欲解散者，請好自為之，某斷不為矣。」〔註34〕黃興在說完後痛哭。眾人大為感動，也打消了退縮的念頭。黃興動情的一面，在後來的黃花崗題材作品中幾乎完全被遮蔽。

再次，黃興勇猛善戰，槍法了得。在巷戰中，「顧黃興手既被傷，戰事愈猛，目擊衛隊官帶金振邦督戰最力，乃先以一槍置金振邦於死地。蓋黃興在革黨中，以準頭著名也。」〔註35〕在脫逃過程中，「營勇之圍而攢擊黃興

〔註31〕陸士諤、黃小配：《血淚黃花·五日風聲》，桂林：灕江出版社，1988 年，第
　　　　161 頁。

〔註32〕陸士諤、黃小配：《血淚黃花·五日風聲》，桂林：灕江出版社，1988 年，第
　　　　119～120 頁。

〔註33〕陸士諤、黃小配：《血淚黃花·五日風聲》，桂林：灕江出版社，1988 年，第
　　　　126 頁。

〔註34〕陸士諤、黃小配：《血淚黃花·五日風聲》，桂林：灕江出版社，1988 年，第
　　　　124 頁。

〔註35〕陸士諤、黃小配：《血淚黃花·五日風聲》，桂林：灕江出版社，1988 年，第

者，約數十人。黃興固以善槍著名者，乃借周萬福之銅招牌以為營壘，孤身
與營勇戰，先後斃勇八名，傷者稱是。蓋時將入暮矣，營勇傷既夥，乃盡
退。」〔註36〕魯迅在《因太炎先生而想起的二三事》中，也曾回憶過黃興
的「霸蠻」性格：「黃克強在東京作師範學生時，就始終沒有斷髮，也未嘗
大叫革命，所略顯其楚人的反抗的蠻性者，惟因日本學監，誡學生不可赤
膊，他卻偏光著上身，手挾洋磁臉盆，從浴室經過大院子，搖搖擺擺的走入
自修室去而已。」〔註37〕

但需注意的是，黃小配畢竟是創作過《洪秀全演義》《岑春煊》等歷史演
義的小說家。因此，《五日風聲》也難免受其創作習慣的影響，在紀實之餘出
現了「神來之筆」。《五日風聲》第十章描述黃興脫險時有如下細節：

> 天下事無奇不有。以城門搜查森嚴之際，而黃興直經大南，永
> 清兩門時，竟無一人駐守以截輯黃興，不亦怪乎？……此行若有天
> 幸：一則以少年童子，乃歡迎革黨如是，使得易裝而出，不特不告
> 發，且得大助力，一奇也；城門搜查嚴密，而己至時則竟無一人阻
> 礙，二奇也。〔註38〕

這種傳奇手法的偶然閃現，增強了小說的文學性，也並未傷及整體的真實感。
總體而言，《五日風聲》中作為主人公的黃興，是民國辛亥革命敘事史中建構
得較為全面立體的一個黃興形象，也具有珍貴的史料價值。在此之後的黃興
形象，逐漸成為了一個革命領袖的符號。

在黃花崗起義之後，林覺民的《與妻書》開始廣為流傳，國人對於黃花
崗起義的印象也發生了相應的變化。林覺民逐漸替代了黃興，成為最受關
注的黃花崗英雄。在黃小配筆下，林覺民僅作為黃花崗烈士墓碑上的名字
出現了一次，在主體情節中並未提及。但在之後出現的黃花崗故事中，《五
日風聲》中的諸多人物造型、情節橋段等都被挪用到林覺民的形象上。黃花
崗敘事也逐漸與愛情主題黏連起來。

---

128 頁。

〔註36〕陸士諤、黃小配：《血淚黃花·五日風聲》，桂林：灕江出版社，1988 年，第
156 頁。

〔註37〕魯迅：《因太炎先生而想起的二三事》，《魯迅全集》第 6 卷，北京：人民文學
出版社，2005 年，第 579 頁。

〔註38〕陸士諤、黃小配：《血淚黃花·五日風聲》，桂林：灕江出版社，1988 年，第
157 頁。

第二節　「回首中原落照紅」——清遺民的辛亥敘事

　　狹義的遺民，指的是「改朝換代後不肯出仕新朝或有強烈懷念前朝意識的人，它帶有明顯的政治傾向和價值判斷。」〔註39〕清遺民除了有一般遺民的政治傾向和價值判斷外，還有兩方面的獨特內涵。其一，由於辛亥革命時期客觀存在的「排滿」意識，使得清民交替的影響並不止步於政權的更迭。在民間輿論的闡釋中，它還帶有狹隘的種族主義色彩。從後果來看，「滿旗」，尤其是「滿旗」中的底層，不是主動拒絕了民國的邀請，而是被動地背負了歷史的原罪，從而被徹底邊緣化。他們的遺民身份與「族籍」是黏連在一起的。大批旗人在鼎革後撤離北京便是證明。如關紀新所說：「在辛亥前後被稱作『滿旗』的滿族，在清室遜位民國問世後，其族眾非但未因掙脫八旗制度獲得人身自由使生存有所改觀，反而更跌進了痛苦的深淵。」〔註40〕在他們的辛亥敘事中，有著掙脫不掉的末世悽楚與深沉鄉愁。

　　其二，辛亥革命不同於古代的朝代更迭。它還意味著國體、政體的變革，以及由政治變革輻射開去的社會文化各方各面的深層變革。馮天瑜指出：「由於辛亥革命推翻的不單是清王朝，而且結束了沿襲兩千多年的宗法帝制，故在繼清而起的民國生活的前清遺老遺少，追懷的不僅是一個特定的前朝（清朝），還包括整個宗法帝制，以及與之相為表裏的傳統文化。因此，身處古今中西文化交會的當口，民初遺民除具備不仕兩朝、懷念前朝的遺民的通常屬性外，更多地表現為對傳統文化之道統的承襲與學統的堅守，他們對遜清的追懷，很大程度上交織著對清學（以及由清學所包蘊的整個傳統學術）的追懷，故而『懷清』與道統擔當、學統承續、傳統學術整理融為一體，從而呈現明顯的『文化遺民』特徵。」〔註41〕所以，清遺民還包括以陳寶琛、鄭孝胥、王國維、陳三立、沈曾植、林紓等為代表的文化遺民。他們或為小朝廷裏的溥儀當「帝師」，或以文明志，甚或以身殉清，留下了異質性的辛亥想像。

　　由於民初執行的「清室優待條件」，小朝廷的存在為清遺民提供了一種象

〔註39〕羅惠縉：《民初「文化遺民」研究》，武漢：武漢大學出版社，2011 年，第 7 頁。

〔註40〕關紀新：《風雨如晦書旗族——也談儒丐小說〈北京〉》，《滿族研究》2007 年第 2 期。

〔註41〕馮天瑜：《〈民初「文化遺民」研究〉序》，羅惠縉：《民初「文化遺民」研究》，第 2 頁。

徵性的精神寄託。莊士敦說：「在中國，玉璽比在其他任何國家更為重要。實際上，在 1912 年初起草『優待條件』時，『民國』的創建者們就對仍由皇帝監管玉璽一事表示過嚴重的疑慮，並由此聯想到了皇帝退位的現實性和永久性問題。」〔註42〕袁世凱掌權後也一心想要恢復帝制，「將代替皇帝權威缺失後的總統權威一掃而光」〔註43〕，所以清遺民的辛亥敘事也往往有著銳利的現實批判精神。

一、肅忠親王的遺臣情懷

前清的權貴階層，尤其是改革立憲派，通常是一般意義上的政治遺民。辛亥革命的勝利對於他們而言意味著「中興夢」的破碎。一些不甘心的前清貴族組成了宗社黨，希望能夠恢復愛新覺羅的統治。其中最典型的是前清肅忠親王善耆。孫寶瑄曾這樣評價善耆：「得材幹之人易，得廉潔之人難；得廉潔之人易，得廉潔而能體下情之人難。使天下辦事人，盡如肅王，何患不百廢俱興焉！」〔註44〕南北議和達成時，他不僅拒絕在詔書上簽字，且「憤慨出都，並發誓『不履民國寸土』。」〔註45〕他還以此誓言要求子女。後來他的兒子憲德回過一次北京。善耆就與其斷絕了父子關係，也不允許其他子女再稱其為兄弟。《肅忠親王遺集》收集了善耆創作於辛亥革命前後的詩歌，少量刊印於 1928 年。

善耆辛亥敘事的核心意象是北京。早在庚子之前，襲位不久的善耆就寫下了《登西山靈光寺塔》一詩，其中有「靈光塔上東南望，一片濃煙障帝城」〔註46〕兩句。這是「陰霾之城」。庚子之後，在寫給川島浪速的詩歌《為風外題折疊扇》中，詩人慨歎：「子細中原猶可獵，憐他逐鹿潯人難。」在《寄錫聘之先生》中又有「洪水橫流日，斯文賴不亡。」是時，詩人已經敏感地

〔註42〕〔英〕莊士敦：《紫禁城的黃昏》，陳時偉等譯，北京：求實出版社，1989 年，第 85 頁。

〔註43〕羅惠縉：《民初「文化遺民」研究》，武漢：武漢大學出版社，2011 年，第 39 頁。

〔註44〕孫寶瑄：《1901 年十月十日日記》，《忘山廬日記（上）》，上海：上海古籍出版社，1983 年，第 425 頁。

〔註45〕憲均：《善耆反對宣統退位謀求復辟》，中國人民政治協商會議北京市委員會、文史資料編委會：《文史資料選編（12）》，北京：北京出版社，1982 年，第 64 頁。

〔註46〕本文所引善耆詩歌均摘自南京圖書館藏朱紅石印本《肅忠親王遺集》。

察覺到了來自各方貪婪的目光，對帝城的處境感到惶恐不安。辛亥離京那一天，他寫下了《辛亥出都口占》：「幽燕非故國，長嘯返遼東。回首看烽火，中原落照紅」。這是「落照之城」。此處以日落之景襯托消泯的王朝，一語雙關。後來他還常常回憶起這個場面。如寫於兩年後的《同風外謁忠魂祠用鬼頭君韻》：「前年我來旅順口，汽車鐵艦程三千。闔門百口託良友，未酬素願空悽然。」詩人對離京場景的回憶，表達了一種深沉的惆悵與隱隱的不甘。辛亥之後的京城，已經落入了袁世凱的囊中。《和素盒酒樓獨酌韻》有云：「王謝堂前燕，誰憐廈已傾。」詩人又將中原比作傾倒的大廈，賦予其悲壯淒涼的色彩，透露出對今日之帝城的憐惜。在《和大作君感懷韻》中，詩人疾呼：「舜文東西夷，政息群心離。逆豎盜神器，太阿成倒持……迥憐諸肉食，康莊變荊棘。云何水橫流，涓滴未能塞。」昔日的皇廷已經分崩離析，族臣們各散天涯。作為權力象徵的神器被盜走，天道正義被顛倒。在詩人眼中，此時的北京已是「荊棘之城」。詩人的敘述語言，在憤慨之中又充滿無奈。從「陰霾之城」到「落照之城」再到「荊棘之城」，「帝城」「中原」意象的反覆出現，表現了詩人心中揮之不去的權力意志和政治遺恨。

　　由於經歷過與族臣、袁世凱、外國侵略者的斡旋與鬥爭，善耆看到了革命者、旁觀者所沒有看到或無法看到的景象。所以，善耆詩歌對於晚清民初政治格局的敘述，具有重要的文史價值。辛亥之前，善耆陳述了清政府形象的複雜性。「清王朝」並非是完全統一的利益集團。這裡有企圖「逐鹿中原」的陰謀家，有一心中飽私囊的貪官，有與外國勢力勾結賣國的走狗。對於這種種勢力，善耆感到「塊壘難平」（《登西山靈光寺塔》），恨不能將其滌蕩乾淨。蔡元培在清末也曾指出：「夫民權之趨勢，若決江河，沛然莫禦。而我國官行政界者，猥欲以螳臂當之，以招他日慘殺之禍，此固至可憫歎者也。而甲、乙兩黨又欲專其禍，以貽少數之滿洲人」〔註47〕。他認為，「少數滿洲人」不過是當時政界中一部分黨人妄圖轉移民眾注意力，推卸救亡責任的擋箭牌。這與善耆的詩歌恰好相互印證。辛亥之後，善耆所塑造的袁世凱形象也很值得注意。宣統即位後，善耆看透了「袁世凱的『貳心』」，力主殺袁，由於奕劻與張之洞等阻攔，才未殺成。」〔註48〕待到「袁世凱一當了

〔註47〕蔡元培：《人種丙：滿漢之衝合：釋仇滿》，《經世文潮》1903 年第 1 期。
〔註48〕憲均：《善耆反對宣統退位謀求復辟》，《文史資料選編》第 12 輯，第 70 頁。

大總統，善耆就憤然離開北京。後來，袁又要稱帝，派陸宗輿去說合，善耆也斷然拒絕了。」〔註49〕善耆在《和素盒酒樓獨酌韻》一詩中諷刺袁世凱：「沐猴偏衣錦，逐鹿各張機」；在《和大作君感懷韻》中又痛斥「逆豎盜神器，太阿成倒持」。善耆將袁世凱描繪為伺機逐鹿中原，竊取大清江山的陰謀家形象。這與柳亞子等革命派詩人怒罵袁世凱的詩歌竟如出一轍。

詩人的政治意識最為集中地體現在「我」的藝術形象之中。在面對過去、現在與未來時，詩人分裂出了三種自我形象。其一是「遺臣」。詩人將「我」劃歸於「過去」的時代，用「孤」「荒」「遺」「故」等形容詞來修飾景物和自我，如「孤墳」「孤塔」「荒村」和「遺老」「孤臣」「故侯」等。「孤」意味著孤苦；「荒」意味著荒涼；「故」意味著廢舊；「遺」意味著遺棄。這些灰色調的形容詞訴說著「我」被歷史、時代邊緣化的巨大失落。而最能體現政治遺民特徵的是在「遺臣」基礎上形成的「逋臣」形象。善耆在旅順所寫《六兒墓下作》中有：「逋臣無故國，孝子有孤墳」；在東京時寫的《和水木豁堂原韻》中亦有「莫憐望帝心空切，須識逋臣氣未除」的詩句。逋，義為逃亡、拖欠。善耆沉浸於過去的政治失敗之中，認為在清王朝覆滅的這場巨變中，「我」難辭其咎。其二是「隱士」。《阪本君見贈原韻》有云：「蠖伏海濱何所似，桃花源裏避秦人」；《贈李西東圓》亦有：「尋潯仙源訪隱淪，天涯去住淚沾巾。」詩人希望能在「桃花源」中躲避戰亂帶來的苦難，尋求安逸的生活，也試圖尋訪仙人的住所，覓得內心的平靜，然終不可得。因為要「避」的「秦人」就在心裏，走到海角天涯仍然無法忘懷。其三，是「復辟」英雄。善耆曾幻想著借力日本，重整乾坤。在《擬饒歌》中，詩人勾勒出了一副「復辟功成圖」：「濁霧全消夜已明，白山爽氣接蓬瀛。黃人捧出扶桑日，又見黃河萬里清。隊伍森嚴步伐齊，威聲直撼太遼西。暖風舒捲龍旗影，十里重城萬馬蹄。」這是詩人在辛亥革命後至去世前這一段時間裏最為超越現實的言說，也與其從事的宗社黨活動互為印證。

在詩人最後的時光裏，身體每況愈下，而復辟活動又屢屢失敗。之前熱血沸騰的豪邁言說變為了悲觀孤冷的病中慨歎：「竹凍節尤勁，梅寒香太孤。前途空想像，蹤跡總模糊。」（《和松崎柔甫臘雪原韻》之二）竹雖凍但仍蒼勁，梅已香卻無人來賞。詩人似乎從冬日的寒冷中，聽到了生命與事業的尾

〔註49〕憲均：《善耆反對宣統退位謀求復辟》，《文史資料選編》第12輯，第64頁。

聲：前途注定只是一個空夢而已。善耆詩歌中的「我」從「憤然離鄉」到「孤獨思鄉」，從「追求復辟」到「抱憾而終」的心理過程，較為完整地記錄了辛亥革命以來政治遺民的心靈軌跡。

二、滿漢對立的另一版本

　　與革命派文人的作品相比，在善耆的辛亥敘事中，幾乎沒有「滿漢對立」的內容。那麼，為什麼會出現這樣的兩級分化呢？與清末民初的種族話語相逆的是，一些身份不同的人也在試圖拆解「排滿」想像。何剛德是晚清的漢族官員。他在考中進士後，歷任京官十七年，官至吏部侍郎。民國後，他曾任江西省內務司長和江西省長等職。可以說，何剛德在辛亥革命的問題上是一位中立人士。他的《春明夢錄》是一部官場實錄性的筆記。在書中，他談及了自己的官路歷程：「每屆京察，吏部一等六員，而漢人居其二。循例以文選、考功兩掌印得之。……光緒十七年，補文選司主事，升考功司員外，實授驗封司掌印。十九年，升驗封司郎中，調充考功司掌印。計自榜後告假，即於戊寅秋銷假，迨甲午春得一等，實歷俸十七年中無一日間斷。」〔註50〕在他看來，自己在任職期間並未因族籍而受到明顯地打壓。何剛德在書中還常常回憶起自己和滿族官員之間的交往趣事，並回溯了慈禧與光緒的幾次接見。

　　何剛德敘述了慈禧與光緒對於自身的反省。慈禧說：「中國自海禁大開，交涉時常棘手。庚子之役，予誤聽人言，弄成今日局面，後悔無及。但當時大家競言排外，鬧出亂來。今則一味媚外，又未免太過了。」〔註51〕何剛德如此擔保自己回憶的真實性：「今者玉步已改，無可忌諱。而吾身親見之事，盡有可資印證者。斂其大略如右，不敢贅一辭也。」〔註52〕他還對清朝當時存在的貪腐現象進行了細節的描述：一次，節儉克己的光緒，褲子破了不捨得換，讓內務府補洞。內務府開賬三千兩。還有一次，光緒與翁同龢閒談。翁公說自己每天早上吃三個雞蛋包。光緒則說：「師傅每早點心，要用九兩銀

〔註50〕何剛德、沈太侔：《話夢集‧春明夢錄‧東華瑣錄》，北京：北京古籍出版社，1995 年，第 59～60 頁。
〔註51〕何剛德、沈太侔：《話夢集‧春明夢錄‧東華瑣錄》，北京：北京古籍出版社，1995 年，第 61 頁。
〔註52〕何剛德、沈太侔：《話夢集‧春明夢錄‧東華瑣錄》，北京：北京古籍出版社，1995 年，第 61 頁。

子了。」〔註53〕當時御膳房報帳，一個雞蛋須三兩銀子，足見貪腐誇張之程度。溥儀在回憶錄中也多次提及小朝廷存在的貪腐問題：「對於大多數太監，特別是上層太監來說……他們都有各種各樣的，集團的或個人的，合法的或非法的『外快』，比名義上的月銀要多到不知多少倍。」〔註54〕林紓在《金陵秋》中也提及了晚清官僚的貪腐奢靡問題。如談到：「議政王起邸，其初估值二十八萬，後乃一百五十萬成之。匡王邸中，但以鸚鵡論，已達二百架以外。」〔註55〕

也正是基於這些客觀問題的存在，民初京旗小說的辛亥敘事常常有一種「反思」精神。滿旗作家更多地從清王朝的內部來尋找「亡國」的原因。在小說中，清末的北京危機四伏，但八旗制度豢養起來的「滿旗」仍舊酩酊大醉。王度廬在《乞丐》中說：「北平早先是詩歌首都，富麗奢華，甲於天下，居住的人民，多半是不耕而食，不工而用的，而且奢華性成，一旦失其憑依，街市冷落，生活維艱。」〔註56〕旗兵也早已失去驍勇善戰的舊姿。在《金陵秋》中，武昌起義發生時，「旗軍素不習戰，聞變，在睡昧懵騰中，手顫不能勝槍，枕藉死者百餘人。」〔註57〕老舍在《正紅旗下》中，也對晚清以來八旗制度的弊端，以及旗人的「玩樂」文化進行了深刻的反思。加之孫中山領導的革命黨也並未掌握民國政權，民初政治被袁世凱玩弄於股掌之間。所以，清遺民更多地回溯庚子以來清朝內外部的權力鬥爭，並聚力抨擊袁世凱也是情理之中了。

實際上，革命派文人的「排滿話語」也存在主觀的誇張成分。16歲的柳亞子中了背榜末一名的秀才，但是全家都以之為榮。〔註58〕換言之，16歲之前的柳亞子是封建社會裏循規蹈矩的少年。柳亞子《自撰年譜》載，他在1902

〔註53〕何剛德、沈太侔：《話夢集・春明夢錄・東華瑣錄》，北京：北京古籍出版社，1995年，第71頁。

〔註54〕溥儀：《我的前半生》，北京：東方出版社，1999年，第75頁。

〔註55〕林紓著，林薇選注：《林紓選集（小說卷下）》，成都：四川人民出版社，1987年，第200頁。

〔註56〕王度廬：《乞丐》，《小小日報》1930年9月12日。

〔註57〕林紓著，林薇選注：《林紓選集（小說卷下）》，成都：四川人民出版社，1987年，第194頁。

〔註58〕柳無忌、柳無非、柳無垢：《我們的父親柳亞子》，北京：中國友誼出版公司，1989年，第7頁。

年秀才及第後，開始接觸西方的人權說。〔註59〕而在1903年，柳亞子撰寫了一首旨在「排滿」的古體詩——《放歌》。中間的幾個月，他進入了愛國學社。〔註60〕也就是說，僅經過幾個月時間，柳亞子一變而成為了堅定的種族主義者。結合何剛德的筆記、老舍的小說，不難感到柳亞子向「排滿」立場的轉變，多少有些情緒化的痕跡。

可以作為進一步的證據的是蔡元培在1903年1月的《經世文潮》上發表的名為《人種丙：滿漢之衝合：釋仇滿》的文章。他認為：

> 凡種族之別，一曰血液，二曰風習。彼所謂滿洲人者，雖往昔有不與漢族通婚之制，然吾所聞見，彼族以漢人為妻妾而生子者甚多，彼族婦女密通漢人，及業妓而事漢人者尤多。（中略）此皆血液混雜之證據也。彼其語言文字，起居行習，早失其從前樸鷙之氣，而為北方稗士莠民之所同化，此其風習消滅之證據也。由是而言，又烏有所謂滿洲人者哉！〔註61〕

這篇文章稍經修改後，又刊在同年4月11日至12日的《蘇報》，標題改為《釋「仇滿」》。修改後的文章，將原來在第一段中部的「吾國人一皆漢族而已，烏有所謂『滿洲人』者哉！」〔註62〕一句提到最前面，作為開篇語。在蔡元培看來，並不存在滿漢之別。更嚴重的問題在於，當時情緒化的種族主義思想，很可能導致新的社會危機。蔡元培的擔憂也成為了現實。

辛亥革命之後，對於持大漢族主義的革命文人而言，「勝利的激情」並沒有持續多久。他們猛然間發現「滿旗」並不是建構民國全部的或者說真正的障礙。但是，鋪天蓋地般存在過的排滿風潮，仍舊發揮著深遠的影響。最為典型的社會現象是，「滿旗」在民初自覺地將「族籍」掩蓋起來，紛紛改以漢姓。就文學的「民族意識」而言，老舍在1949年前後的創作分野也是典型的例子。老舍在1949年之前的小說中，幾乎難覓一個滿姓的人物。祥子、小福子、月容，都被視為底層平民的代表。而在《正紅旗下》中，老舍開始強調自己是貧困旗兵的「老兒子」。老舍在自傳中說：「生於北平，三歲

〔註59〕柳無忌、柳無非編：《自傳·年譜·日記》，上海：上海人民出版社，1986年，第8頁。

〔註60〕柳無忌、柳無非編：《自傳·年譜·日記》，上海：上海人民出版社，1986年，第9頁。

〔註61〕蔡元培：《人種丙：滿漢之衝合：釋仇滿》，《經世文潮》1903年第1期。

〔註62〕蔡元培：《釋「仇滿」》，《蘇報》1903年4月11～12日。

失怙，可謂無父。志學之年，帝王不存，可謂無君」〔註63〕。「無父無君」，勾勒了「一己之家和滿州民族的際遇」〔註64〕。《茶館》和《正紅旗下》等作品，亦實證了辛亥年的滄海桑田給他留下的無法磨滅的影響。然而，無可否認的是，老舍之所以在民國能夠獲得很高的文學地位，恰與他隱匿民族性的選擇有關。老舍藉此融入了更為廣大的平民世界。

三、文化遺民的時代輓歌

　　陳寶琛、鄭孝胥、王國維、陳三立、沈曾植、林紓等文化遺民，在前清或官至翰林，或為詩壇、文壇大家。與滿旗文人多自我反思不同，文化遺民則更多地直抒對革命的反感之情。林紓在《畏廬詩存》的自序曾說：

> 是歲九月，革命軍起，皇帝讓政。聞聞見見，均弗適於余心，因觸事成詩。十年來，每況愈下，不知所窮，蓋非亡國不止。而余詩之悲涼激楚，乃甚於三十之時。然幸無希寵宰相責難儈父之作，惟所戀戀者故君耳。……天下果畏人言，而不敢循綱常之轍，是忘己也。故余自遂己志，自為己詩，不存必傳之心，不求助傳之序。〔註65〕

林紓在《金陵秋》中通過王伯凱、王仲英兩兄弟的談話描述奕劻父子貪污受賄，侵吞國家鉅款的情狀，憤慨道：「人心喪失至此，試問國亡，財將焉植？」〔註66〕他在《巾幗陽秋》中則進一步批判民初政治的腐敗與混亂。林紓的文化遺民立場實際上決定了他的反思難以觸及帝制本身的問題，因此只能將紛繁複雜的政治亂象歸因為「人心喪失」、世風日下。

　　陳三立是近代同光派的代表詩人，被稱作「中國最後一位古典詩人」。1895 年，其父陳寶箴任湖南巡撫，跟隨張之洞一起辦新學、從事改革。文廷式在《聞塵偶記》談到：「陳伯嚴吏部曰：舉五千年之帝統，三百年之本

〔註63〕老舍：《小型的復活（自傳之一章）》，《老舍全集》第 15 卷，北京：人民文學出版社，2013 年，第 355 頁。

〔註64〕關紀新：《滿族倫理觀念賦予老舍作品的精神烙印》，《中央民族大學學報（哲學社會科學版）》，2007 年第 5 期。

〔註65〕林琴南著，吳俊標校：《林琴南書話》，杭州：浙江人民出版社，1999 年，第 136 頁。

〔註66〕林紓著，林薇選注：《林紓選集（小說卷下）》，成都：四川人民出版社，1987 年，第 200 頁。

朝，四萬萬人之姓名，而送於三數昏妄大臣之手。」〔註67〕陳三立顯然繼
承了父親的救國情懷。他支持變法，是「維新四公子」之一。持政治改良立
場的他反感暴力革命。在《〈俞觚庵詩集〉序》中，陳三立說：

余嘗以為辛亥之亂興，絕義紐，沸禹甸，天維人紀寖以壞滅。
兼兵戰連歲不定，劫殺焚蕩烈於率獸，農廢於野，賈輟於市，骸骨
崇邱山，流血成江河，寡妻孤子酸呻號泣之聲達萬里，其稍稍獲償
而荷其賜者獨有海濱流人遺老，成就賦詩數卷耳。窮無所復之，舉
冤苦煩毒憤痛畢宣於詩，固宜彌工而寖盛。〔註68〕

陳三立將民初「世風日下」的體驗抽象為了一種詩歌的「鬼趣」風格。在《題
瘦公所藏唐道士寫經》中有：「所貴開元時，工書索道士。秘論又孤存，足
用誇流輩。吾乃觸經旨，在普遍懺悔。……國人魂沉沉，骸骴待饘噬。倘勅
文始來，知君甘擁篲。」字裏行間滿載著對前朝盛世的懷念和幾似錐心的
「亡國」之痛。陳三立執著於通過灰色、殘缺，具有不祥寓意的意象來表達
靈魂與肉身的雙重煎熬。《訊節庵》一詩云：「棓幾麻鞋事事非，只留殘淚在
征衣。仰天雁鶩自相亂，照海樓臺添作圍。書射聊城天日鑒，徑荒精舍夢魂
歸。望門憑廡何人識？示我無妨衡氣機。」「麻鞋」「殘淚」「亂飛的雁鶩」
「荒徑」等意象無不慘敗荒涼。《醉後漫題》中云：「垂老棲遲漲海陬，翻憑
沉醉護幽憂。典謨眼底飛灰盡，機石天邊鑿空求。吹沫魚龍猶出沒，覆巢燕
雀與啁啾。冥冥槃血神君帳，頫唾還看溺九州。」「垂老」「飛灰」「槃血」
「溺神州」等又都隱喻著末世。1913年，陳三立與「同光體」另外兩位領
袖沈曾植和鄭孝胥的鬼趣唱和詩頗有時名。陳三立作有《乙庵太夷有唱和
鬼趣詩三章語皆奇詭，茲來別墅，愴怳兵亂，亦繼詠之》：「夢斷中興成白
首，酒醒宇合戰群龍。夕陽冷照離離黍，掩淚題詩續變風。」〔註69〕「夢斷
中興成白首」，意為自己的「中興夢」被辛亥革命攔腰截斷；「酒醒宇合戰群
龍」是對前朝一種強烈的「守護」姿態；最後夕陽冷照的淒涼風景，讓詩人
從回憶中忽然清醒，無限悵惋。遺恨、守望、感傷，可謂文化遺民詩作的基
調。

〔註67〕汪榮祖：《史家陳寅恪傳》，臺北：聯經出版事業公司，1984年，第18頁。
〔註68〕陳三立：《〈俞觚庵詩集〉序》，陳三立著，錢文忠標點：《散原精舍文集》，瀋
　　　陽：遼寧教育出版社，1998年，第141頁。
〔註69〕陳三立著、李開軍點校：《散原精舍詩文集》，上海：上海古籍出版社，2003
　　　年，第1292頁。

　　王國維對前清的哀挽之情，相對於陳三立而言更為內斂和隱忍。陳寅恪在悼念王國維時說：「凡一種文化價值衰落之時，為此文化所化之人，必感苦痛，其表現此文化之程度愈宏，則其所受之苦痛亦愈甚。」〔註70〕1912年，在日本留學的王國維寫下了一首《蜀道難》悼念端方：

> 　　對案輟食慘不歡，請為君歌蜀道難。蜀江委蛇幾千折，峰巒十二煙雲間。中有千愁與萬冤，南山北山啼杜鵑。借問誰化此？幽憤古莫比。云是江南開府魂，非復當年蜀天子。開府河朔生名門，文章政事頗絕倫。早歲才名揭曼碩，中年書札趙王孫。簪筆翩翩趙郎署，繡衣一著飛騰去。十年持節遍西南，萬里皇華光道路。幕府山頭幕府開，黃金臺畔起金臺。主人朱畢多時譽，賓客孫洪盡上才。奉使山林絕馳道，幸緣薄譴歸田早。寶華庵中足百城，更將何地堪娛老。〔註71〕

王國維借悼念端方，表達對前清皇室的感恩之情以及打算持節的決心。他後來更以殉節的方式表現了他的這種忠誠。綜而言之，前清的士大夫階層，往往在詩歌中樹立了一個「超脫現實政治」的詩人形象，將民初的中國描繪為一個道德崩壞的亂世，具有濃重的輓歌色彩。

　　民初還出現了一些直接攻擊辛亥革命、醜化革命者形象、美化帝制的作品，如匿名創作的小說《袁世凱》《孫文小傳》《哀滇淚》等。這些小說多為「洩憤之作」，對歷史事實也多有歪曲，文學價值不高。

第三節　「長安慣見浮雲變」──旁觀者的辛亥敘事

　　辛亥革命時期，國內文壇上也有一些與政治革命保持著距離的愛國人士。他們或為難於各種勢力的糾葛衝突，或主張以和平的方式實現民族振興，或對政治有種天然的警惕。這些曾在科舉制的框架內度過青少年期的旁觀者，既具有較好的國學修養，也沐浴著西學東漸的春風，成為了兼具深厚國學功底和國際視野的教育家、文藝家、學者。旁觀者的典型代表有呂碧城、吳梅、黃人等。

〔註70〕陳寅恪：《王觀堂先生挽詞並序》，王國維：《王國維先生全集》，臺北：大通書局，1976年，第5541頁。
〔註71〕王國維著，吳無忌編：《王國維文集‧觀堂集林》，北京：燕山出版社，1997年，第553頁。

一、和平主義的女權理想

　　辛亥革命的旁觀者中，有這樣一類人：革命黨與之有過交集，前清遺老與民國政要也都是他們的朋友。在各種勢力的拉扯下，他們索性做一個不發表政見的和平主義者。持這種立場的典型人物是呂碧城。呂碧城是前清三品大員的女兒。然而，幼年失怙的她也經歷了魯迅所說的墜入困頓的家族變遷，目睹了世態炎涼，於是毅然離家出走。在《大公報》主編英斂之的幫助下，呂碧城走向了文壇。她既與樊增祥、易順鼎、袁克文、李經羲等名流唱和，又加入了傾向於革命的南社。她還由英斂之介紹成為了嚴復的女弟子，受到了進化論的影響。經袁世凱的推薦，呂碧城又出任了北洋公學（後更名為北洋女子師範學堂）的校長，成為了中國近代提倡女權的先驅人物。

　　呂碧城理想中的女性形象應有其保守持中的一面，既區別於清末革命浪潮中的女戰士，又區別於後來文學革命中風靡起來的娜拉。南社諸子中，除呂碧城外，提倡女權的代表還有秋瑾、柳亞子等人。秋瑾的《寶刀歌》樹立了一個棄文從武的英雌形象，在女界掀起了一股風潮。由於同倡女權，秋瑾曾邀呂碧城同赴東洋從事革命，但被呂碧城拒絕了。呂碧城後來回憶說：「彼密勸同渡扶桑為革命運動，予持世界主義，同情於政體改革而無滿漢之見。交談結果彼獨進行，予任文字之役。彼在東所辦《女報》，其發刊詞即予署名之作。後因此幾同遇難竟獲幸免者，殆成仁入史亦有天數存焉。」〔註72〕呂碧城對於激進的革命是持保留態度的。她曾在詩中表態道：「大千苦惱歎紅顏，幽鎖終身等白鷴。安得手提三尺劍，親為同類斬重關？」（《寫懷三首》）詩中的「我」深憂祖國危亡，但同時認為女性並不能成為戰場上的英雄。白鷴是中國古代一種名貴的觀賞鳥。《禽經》中記載：「似山雞而色白，行止閑暇」〔註73〕。白鷴自宋代起又被人稱為「閒客」。呂詩用「白鷴」比喻女性，既是批判禮教對女性的束縛，也是對女性旁觀者身份的肯定。「安得手提三尺劍？」這一反問句，或多或少是對當時流行的英雌形象的諷刺。1916 年，呂碧城到西湖遊玩，經過秋瑾墓時寫下了一首《西泠過秋女俠祠次寒雲韻》。後四句為「殘鐘斷鼓今何世？翠羽明璫又一天。塵劫未銷慚後死，俊遊愁過墓門前。」「慚」的是自己曾拒絕秋瑾的邀請。而「俊」的自況，又不免多

〔註72〕呂碧城：《予之宗教觀》，劉納編著：《呂碧城：評傳‧作品選》，北京：中國文史出版社，1998 年，第 199 頁。
〔註73〕師曠：《禽經》，《禽魚蟲獸編》，上海：上海古籍出版社，1993 年，第 6 頁。

了幾分置身事外的自得。她在《挽季媛》中又云：「何處秋墳容掛劍？天涯腸斷女延陵」。「無處掛劍」，仍然表達著不認可女性從戎的態度。呂碧城在《論提倡女學之宗旨》中說：「（女權之興）實欲釋放其幽囚束縛之虐權，且非欲其勢力勝過男子。實欲使平等自由，得與男子同趨於文明教化之途，同習有用之學，同具強毅之氣。……民者，國之本也；女者，家之本也。」〔註74〕「女者家之本」便是呂碧城與秋瑾在提倡女權時最根本的分歧。

呂碧城與遺老們的唱和詩，也有一種旁觀者的沖淡之感。如「生生死死原皆幻，哪有心情更豔妝？」（《白秋海棠》）「瓊樓秋思入高寒，看盡蒼黃意已闌。」（《瓊樓》）「長安慣見浮雲變，又為殘紅賦劫灰。」（《崇效寺探牡丹已謝》）這些詩句既是寫時代之劫難，但又有意超脫劫難。同是悼念端方，王國維的《蜀道難》深情悽楚，哀婉動人。呂碧城的《過白下豐潤門見匋齋德政碑有感》則顯得情感乾涸，頗有幾分刻意。她批判的是辛亥革命中的投機者——「幾多豎子身名泰，畫戟排衙更策勳」。陳三立、王國維為清朝唱輓歌，表達對民國的不滿，其遺民立場是鮮明的。而呂碧城並未批判革命與民國，立場是模棱兩可的。呂碧城與王國維本不是同代人，對清朝的感情也有很大的差距。在與遺老交往時，呂碧城撫慰詩友的成分可能更多。

民國成立伊始，呂碧城寫了幾首基調歡快的古體詩。《民國建元喜賦一律和寒雲由青島見寄原韻》中有「莫問他鄉與故鄉，逢春佳興總攸揚。金甌永奠開天府，滄海橫飛破大荒。」《鄧尉探梅十首》中又有：「山河無恙銷兵氣，霖雨同功澤九垓。不是和羹勞素手，哪知香國有奇才！」詩人的喜悅之情是顯而易見的。值得探討的是《和鐵花館主見贈韻二首》。其中第一首為：

> 風雨關山杜宇哀，神州回首盡塵埃。
> 驚聞白禍心先碎，生作紅顏志未灰。
> 憂國漫拋兒女淚，濟時端賴棟樑才。
> 願君手挽銀河水，好把兵戈滌一回。〔註75〕

郭延禮認為這首詩中「對西方殖民主義者侵略的焦慮，對力挽狂瀾英雄豪傑的熱切呼喚，都可窺見詩人的愛國主義情懷。」〔註76〕筆者認為，愛國主義

〔註74〕呂碧城：《論提倡女學之宗旨》，劉納編著：《呂碧城：評傳‧作品選》，北京：中國文史出版社，1998年，第135～138頁。

〔註75〕劉納編著：《呂碧城：評傳‧作品選》，北京：中國文史出版社，1998年，第110頁。

〔註76〕郭延禮：《南社作家呂碧城的文學創作及其詩學觀——紀念南社成立一百週

的立場是可以確定的。但精確地說，呂碧城與革命黨的國家想像有一定的區別。題中的鐵花館主指的是傅增湘。傅增湘在 1898 年中進士後被點庶吉士，自 1902 年起充任袁世凱的幕僚，一度是北洋女子師範學堂的總辦，也就是呂碧城的上級。呂碧城與傅增湘都是漢人，但卻並不視辛亥革命為「種族革命」。她在 20 世紀 20 年代的詞中更直言：「僅相逢一笑，莫論主賓，休問胡漢」（《解連環》）。在協助傅增湘辦北洋女子公學時，呂碧城說：「殊不知女權之興，歸宿愛國，非釋放於禮法之範圍。」〔註 77〕柳亞子提倡女權的直接目的是聲援當時的種族革命，而呂碧城提倡女權的目的在於反對種族革命。這也是呂碧城持中的表現。

　　不過，旁觀者的姿態也並非一成不變。1915 年，袁世凱稱帝之心已經昭然若揭。呂碧城毅然辭去了總統府機要秘書的職務。她在《女界近況雜談》中說：「夫中國之大患在全體民智之不開，實業之不振，不患發號施令、玩弄政治之乏人。」〔註 78〕時任北京政府肅政史的費仲深，與袁克文既是連襟又是兒女親家。他在袁世凱稱帝前後曾力勸袁放棄，但被駁斥，後乾脆拂袖而去。同年，袁克文反對父親稱帝，寫下了著名的《感遇》。詩云：「乍著微棉強自勝，陰晴向晚未分明。南回寒雁掩孤月，西去驕風動九城。駒隙留身爭一瞬，蛩聲吹夢欲三更。絕憐高處多風雨，莫到瓊樓最上層。」〔註 79〕袁克文被軟禁至袁世凱去世才獲得自由。呂碧城、袁克文、費仲深等同輩人雖與北洋政府關係親近，但在大是大非上的態度卻很鮮明。

二、忠奸二元的人物架構

　　有一類旁觀者持樸素的愛國主義立場，對立憲和革命都沒有學理上的認識。其典型代表是吳梅。吳梅一生的創作涉及詩、詞、散曲、劇本等多種體裁。吳梅最大的貢獻在於戲曲，所以學界對其創作的劇本往往研究得較為深入。吳梅一生創作了 14 個劇本，其中以革命為題材的有兩部，一為辛亥革命

　　　　年》，《文學遺產》2010 年第 3 期。
〔註 77〕呂碧城：《論提倡女學之宗旨》，劉納編著：《呂碧城：評傳・作品選》，北京：
　　　　中國文史出版社，1998 年，第 135 頁。
〔註 78〕呂碧城：《女界近況雜談》，劉納編著：《呂碧城：評傳・作品選》，北京：中
　　　　國文史出版社，1998 年，第 194 頁。
〔註 79〕袁克文：《感遇》，劉成愚著，寧志榮點校：《洪憲紀事詩本事簿注》，太原：
　　　　山西古籍出版社，1997 年，第 14 頁。

之前寫的紀念秋瑾的雜劇《軒亭秋》，二是辛亥革命之後創作的《鏡因記》。散曲創作中涉及革命內容的較少，其中典型的代表有 1911 年寫的《題徐寄塵自華西泠悲秋圖》和 1914 年寫的《題傅屯艮熊湘紅薇感舊圖》。吳梅言說辛亥革命的詩詞作品較多。

在吳梅看來，清朝覆滅是姦臣當道的結果，所以他在詩歌中屢屢構建「忠奸二元」的人物結構。吳梅同情變法，認為康有為、梁啟超是當世的賢臣。他賦詩云：「宣室虛前席，公車動萬乘。聖心原至孝，天意靳中興。四海容張儉，傾朝逐李膺。史家論黨獄，功罪總難憑。」（草莨《弘血傳》十二章，《為戊戌政變死事六君作》）靳，原義為吝惜，不肯給予。「天意靳中興」道出了忠臣失意的悲涼。吳梅引古人為知交同道，以示對維新變法中被難的忠臣的敬重。如「老去相如仍做客，天生李廣不封侯。鐵崖殘志今重讀，半壁江山萬古愁。」（《崑山拜劉改之墓二首》）他用管叔鮮、蔡叔度等古代大姦臣和「魑魅」等鬼怪意象來諷刺當時的姦臣。《詠史》一詩云：「當寧雄心斂，中宮暮景孱。滿堂走魑魅，孤注擲江山。豆粥思元後，旌旗動百蠻。隱憂非旦夕，管蔡本殷頑。」他還將忠奸作鮮明對比：「忠臣翰墨日月光，一錢不值鈐山堂」（《楊忠愍公遺墨歌》）〔註80〕與林紓一樣，吳梅「忠奸二元」的形象塑造，還停留在封建體制的框架之內，並未觸及到帝制本身的問題。因此，吳梅對於辛亥革命的理解與清遺民有一定的相同之處。

但另一方面，吳梅的戲曲創作又表現出了革命的內涵。20 世紀初，戲曲成為立憲派和革命派爭奪的宣傳資源。陳獨秀認為：戲曲「可感動全社會，雖聾得見，雖盲得聞，誠改良社會之不二法門也。」〔註81〕陳去病、柳亞子等革命文人辦起了《二十世紀大舞臺》，提倡「以霓裳羽衣之曲，演玉樹銅駝之史。凡揚州十日之屠，嘉定萬家之慘，以及虜酋醜類之滔淫，烈士遺民之忠藎，皆繪聲寫影，傾筐倒篋而出之」〔註82〕。柳亞子撰寫的發刊辭有著明

〔註80〕 參見明嚴嵩撰《鈐山堂集》的第三十五卷（編修勵守謙家藏本）：「嵩字惟中，分宜人，弘治乙丑進士，官至大學士，事蹟具《明史·姦臣傳》。嵩雖怙寵擅權，其詩在流輩之中，乃獨為迴出。王世貞《樂府變》云：『孔雀雖有毒，不能掩文章。』亦公論也。然迹其所為，究非他文士，有才無行，可以節取者比，故吟詠雖工，僅存其目，以昭彰癉之義焉。」

〔註81〕 三愛：《論戲曲》，《新小說》1904 年第 2 期。

〔註82〕 柳亞子：《〈二十世紀大舞臺〉發刊辭》，柳亞子著，李昌集選注：《柳亞子詩文選》，上海：華東師範大學出版社，1995 年，第 19 頁。

顯的種族革命思想。吳梅一直是南社雅集的成員，其劇作自然也會受到南社諸子的影響。吳梅在辛亥革命時期創作了《血花飛》（已佚）《風洞山》《袁大化殺賊》《暖香閣》（《湘真閣》）《軒亭秋》五個劇本。《軒亭秋》紀念秋瑾，《風洞山》寫桂林抗清英雄瞿式耜。這兩個題材無疑是聲援反清革命的。但是，與柳亞子、陳去病相比，吳梅的「排滿」意識還是要弱得多。他的《血花飛》寫戊戌六君子之獄。《袁大化殺賊》寫的是晚清邊防名將袁大化殺死親俄馬賊的故事，讚頌官民一心的力量。《湘真閣》則以明朝末年農民起義和滿族內侵為背景，寫崇禎皇帝受姦臣蒙蔽。總體而言，《血花飛》《袁大化殺賊》《湘真閣》的主旨都是忠奸之爭。所以，吳梅的戲曲和詩歌在主題上又是一致的。

辛亥前兩年，吳梅在他一生中唯一一段任官時光裏，寫下了洋洋灑灑的《大梁懷古》四首。他不僅樂於出任清廷「編制」之外的官職，在詩歌中也開始「指點江山」。《大梁懷古》集中反映了作為革命旁觀者的吳梅內心所理想的救國圖景。摘錄前三首如下：

> 竊符存趙樹奇勳，我怪荊川縱筆論。未必如姬真誤國，可知公子亦能軍。愛才風氣開千古，並世賢勞殿四君。此日侯生再難得，淒淒單騎過夷門。

> 吹臺遺跡渺難知，天水珍聞係我思。開國已拋燕趙地，傳家差勝漢唐時。秋風禁苑花綱石，明月樊樓樂府詞。若向宣和談氣節，廷臣還遜李師師。

> 金源南渡太匆匆，法駕仍居宋故宮。辭賦何嘗負科第，邦畿直是等侯封。荒亭野史遺山老，小草如庵密國公。試讀中州詩十卷，明昌風格配元豐。〔註83〕

第一首詩勸諫溥儀能夠廣納賢才，開明宗義，不要讓「侯生」溜走從而失去救國拯民的機會。第二首詩諷刺當朝弄權者在外敵面前甘當奴隸卻還高談氣節，竟不如李師師。第三首則借金說滿，意謂逐鹿中原的滿人實際已經漢化，在文化融合的情況下無需存滿漢之見。詩歌中侯生、如姬、信陵君、晉鄙都能夠為魏王所用，表達著詩人調和立憲派和革命派的矛盾，建構一個

〔註83〕吳梅：《大梁懷古四首》，吳梅著，王衛民校注：《吳梅全集（創作卷）》，石家莊：河北教育出版社，2002年，第11頁。

「和平融合」的新王朝的構想。這也恰恰解釋了吳梅創作前述五個劇本的真正心理。

正因為吳梅對時局的理解限於帝制文化的框架之內，他對辛亥革命和民國的理解也是以傳統思維化之的。民國成立後，吳梅寫下了一首《元旦書懷》：

> 獻歲東君又履端，乍經兵燹幸平安。
> 列朝功罪談何易，來日陰晴事大難。
> 未熟黃粱容說夢，不慚青史勉加餐。
> 書生本乏匡時略，敢向新廷乞一官？〔註84〕

「列朝」「新廷」，意味著在「我」眼中，民國和清朝的交接不過是幾千年來朝代更迭中的一環，顯然沒有包含政體、經濟、文化等深廣層面上的變革。實際上，「我」對「新廷」並不看好。「列朝功罪談何易」，歷史是非功過還不易定論；「來日陰晴事大難」，明天究竟會發生什麼太難說；「未熟黃粱容說夢」，民國政基未穩，還可以暫作黃粱夢；「書生本乏匡時略，敢向新廷索一官」，顯然是與革命黨人劃清界限，言語間還頗有幾分酸諷之感。《元旦書懷》讀來似有一種遺老意味，但這種表達還來源於他對時局的不信任。

吳梅也曾經歷愛國匡世的激情由熱轉冷的過程。他對戊戌變法、拒俄運動、立憲運動等一系列政治熱點事件都有高度的關注。詩歌中「我」對清政府的期待是真摯殷切的。但是這些事件相繼以失敗告終，遂鍛造了他的一雙冷眼。詩人因對政治失望而不敢再存奢望的情緒，和武昌起義之前革命文人內部流行的失落情緒是一致的。武昌起義的成功，對於柳亞子、蘇曼殊、甚至包括在海外的孫中山而言都是一個意外。只是吳梅對政治的冷眼保持到了民國成立之後。

在科舉考試受挫之後，吳梅就已經有了從文的想法。對現實政治的失望，讓吳梅更不願再踏入政壇。這種想法隨著他對戲曲研究的深入和其創作地不斷開展而日益堅定。1909 年，在開封短暫的官場生涯裏，他常常談及於朱有燉癡迷雜劇的故事。如《大梁懷古》第四首云：「不少王侯開第宅，最難父子擅詞章」〔註 85〕。帝制頂端的人都癡迷於戲曲，那麼，自己何苦

〔註84〕吳梅：《元旦書懷》，《吳梅全集（創作卷）》，石家莊：河北教育出版社，2002年，第 18 頁。

〔註85〕吳梅：《大梁懷古四首》，《吳梅全集（創作卷）》，石家莊：河北教育出版社，

還流連官場呢？1909 年的吳梅顯然已經和 1902 年寫下「文章信美知何用，誰識得三生杜牧之」的吳梅有著全然不同的人生追求。辛亥革命時，他正忙於搬家。詩歌中，「我」對狹小的新家極為滿意，間接傳達了旁觀的政治立場：「門外即陋巷，來往無八騶。風塵正潰洞，烽火盈南州。儒有一畝宮，此外何他求。寧為兒女笑，毋貽猿鶴羞。」〔註 86〕民國政治風雲迭起，以後諸如徐樹錚之類的軍閥屢次向吳梅發出邀請，但是都被吳梅回絕了。他說：「辛苦蝸牛占一廬，倚簷妨帽足軒渠。……西園雅集南皮會，懶向王門再曳裾。」〔註 87〕1916 年，北大向時在上海的吳梅發出了邀請。吳梅告別友人時寫下了：「不第盧生成絕藝，登場鮑老忽空群。世人譽毀原無定，誰是觀棋黑白分。」〔註 88〕作者自注「時洪憲已罷，廢國學，徵余授古樂曲。」〔註 89〕此時的吳梅也許心有不甘，但已與政治劃清了界限，篤定了自己文人學者的身份。

三、民主主義的社會想像

「諮議局前新鬼錄，黃花崗上黨人碑。」這副鐫刻在黃花崗墓門上的輓聯出自黃人之手。清末以來，身兼學者、政治家身份的不乏其人。但黃人對於政治的態度與梁啟超、章太炎都不相同。湯哲聲說：「和梁啟超等人不同，黃人雖然非常關心時事政治，但畢竟是一個地地道道的文學家、學者，而不是一個政治家或思想啟蒙家。」〔註 90〕錢仲聯則談及過黃人與章太炎的區別：「太炎主張革命，兩人同事，朝夕晤談，黃人不能不受太炎的影響。但黃人並不像太炎那樣，直接寫政論性宣傳文章鼓吹革命，而是在商討學術、論述文學兩方面有所間接反映。」〔註 91〕也有學者對黃人在辛亥革命時期

2002 年，第 11 頁。

〔註 86〕吳梅：《遷居蒲林巷》，《吳梅全集（創作卷）》，石家莊：河北教育出版社，2002年，第 16 頁。

〔註 87〕吳梅：《〔鷓鴣天〕答徐又錚》，《吳梅全集（創作卷）》，石家莊：河北教育出版社，2002 年，第 111 頁。

〔註 88〕吳梅：《仲秋入都別海上同人》，《吳梅全集（創作卷）》，石家莊：河北教育出版社，2002 年，第 27 頁。

〔註 89〕吳梅：《仲秋入都別海上同人》，《吳梅全集（創作卷）》，石家莊：河北教育出版社，2002 年，第 27 頁。

〔註 90〕湯哲聲、涂小馬編著：《黃人：評傳·作品選》，北京：中國文史出版社，1998年，第 22 頁。

〔註 91〕錢仲聯：《夢苕庵清代文學論集》，濟南：齊魯書社，1983 年，第 106 頁。

的政治作為有過譽之詞。時萌認為：「世稱摩西為『奇人』、『怪傑』，僅為其個性放浪不守神墨之一面，其實先生亦有其莊正之一面。如戊戌年從容論政，辛亥時參與鼎革；既掩護章太炎力避緹騎於前，又吟詩寄懷太炎獄中於後；倡小說之新論，編弘揚新學之辭典，等等。先生存年四十八度春秋，歷經動盪激變，其學其行，莫不與時代之遞變符節，惜乎長才未展，齎志而沒。然不愧為才氣踔厲之一代學人。」〔註 92〕時萌對黃人的總體評價是貼切的，但認為黃人辛亥時「參與鼎革」，則有待商榷。

南京臨時政府成立時，黃人慾前往，但因足疾發作未能成行。眾所周知的這一歷史片段，足以說明在辛亥革命時，黃人是一個旁觀者。和前述呂碧城、吳梅相比，黃人不乏對辛亥革命的溢美之詞。但是，黃人認同革命與民國，有其特殊性。陳平原認為：「1901 年東吳大學正式成立，黃人被聘為漢文教習，從此留教終身。換句話說，那位多才多藝、寫小說論、編文學史、纂大辭典的黃摩西先生，不是一般的傳統文人，而是教會大學的國文教授。對於晚清受西學影響而成長起來的第一代專家來說，『博學』似乎是通例，至於偏重『西學』，則與其工作環境不無關係。」〔註 93〕關於這一點，金天羽也認為：「法為通今，學為師古，通今則智，師古必愚。秦之智其民者，重今而捨古，而世乃謂之愚黔首，豈不冤哉。」〔註 94〕而黃人對辛亥革命的親近，正源自其「學術上的民主思想與革新思想」〔註 95〕。辛亥年，黃人與王均卿創建國學扶輪社，看似呼應章太炎、劉申叔的國粹學報社，但從其出版的《普通百科新大辭典》和《中國文學史》來看，卻是貫通中西，且觀念偏向於西方新學〔註 96〕。從這一角度來看，黃人是站在學人的立場理解辛亥革命的。這就不難解釋他面對革命的一些複雜表現。他與章太炎交誼甚篤，但又獨立於黨外；他在武昌起義後寫《救國策》為革命黨人出謀劃策，又在民國成立後於任職路上忽然隱遁。對政治親近但又時刻保持警覺的態度，體現了一個學者的獨

〔註92〕時萌：《黃摩西行年與著作略考》，《常熟近代文學五家》，常熟：常熟市政協文史資料委員會，1995 年，第 108 頁。

〔註93〕陳平原：《晚清辭書視野中的「文學」——以黃人的編纂活動為中心》，《北京大學學報（哲學社會科學版）》2007 年第 2 期。

〔註94〕湯哲聲、涂小馬編著：《黃人：評傳·作品選》，北京：中國文史出版社，1998 年，第 107 頁。

〔註95〕錢仲聯：《夢苕庵清代文學論集》，濟南：齊魯書社，1983 年，第 107 頁。

〔註96〕陳平原：《晚清辭書視野中的「文學」——以黃人的編纂活動為中心》，《北京大學學報（哲學社會科學版）》2007 年第 2 期。

立與敏感。

　　黃人對革命者的同情，在其詩歌中有明顯的表現。如「《蘇報》案」後所寫的《懷太炎獄中即和其贈鄒容韻》。其第二首為：「訛言滿蜃市，氣概隘鸚洲。金翅珠凝想，銅顏石作餱。虎頭爭頃刻，驥尾亦千秋。屈呂精靈在，啾啾繞筆頭。」這表明黃人支持章太炎的英雄行為，鼓勵其繼續作革命文章。得知袁世凱篡權，政府北移之後，黃人的精神症加劇惡化。袁世凱政府對革命黨人實行排擠、驅散、暗殺。黃人憤而寫下《太平洋七歌》。第六首抨擊袁世凱竊取辛亥革命成果的行徑。中有：「國徽喬煌照葡萄，誰知笑後生號咷？獅子欠申瘐狗妒，九星旗下屍暈蕉。聾雷盲電空傳警，披髮呼天不得請。坐視同胞熱血飛，政府諸公血偏冷。嗚呼六歌太平洋兮國旗為喪旉國民待決囚，傾太平洋之水難灑共和羞。」〔註97〕最後一首呼籲革命同人團結起來，捍衛共和果實：「嗚呼七歌太平洋兮不願為鯤為鵬願為銜石鳥，填平滄瀛成大道。從此太平永太平，世界風潮一齊掃。」〔註98〕黃人詩歌中的辛亥革命形象，洋洋灑灑、氣勢磅礴、意象奇壯，有亙古神話之風，是辛亥敘事圖譜上一個獨特的存在。無怪錢仲聯在《夢苕庵詩話》中，會如此評價黃人：「近人論浪漫主義詩人，爭稱蘇曼殊。曼殊尚浮淺不足道。若吾邑黃摩西，則不愧近代浪漫詩人之魁首矣！」〔註99〕

　　值得注意的是，黃人與柳亞子一樣，其建構的辛亥革命圖景都有著「排滿」的內涵。但兩相比較，黃人的「排滿」實質上是反對專制，較柳亞子的「種族主義」更具進步性。如「坐視同胞熱血飛，政府諸公學偏冷」，體現了黃人對辛亥之後國家未來的深沉憂慮。1913 年，宋教仁遇刺，二次革命爆發。「太平永太平」的願景未能成為現實，「同胞熱血」也未能得償所願，而黃人的學術與文學拓新也無法在亂世中進行。在這種困局中，黃人狂疾大作。他曾在《中國文學史》中說：「三古以上，政治權、宗教權、教育權，皆兼握於君主一人。一人為雄而眾為雌，一人為智而眾為愚，一人為君子而眾為小人……至異族為主而始悟；自由平等之新理，與他人入室者偕來，白日青天之招揭，而大廈已傾；風雲沙線之分明，而全舟將覆。言語思想，雖超乎九天

〔註97〕湯哲聲、涂小馬編著：《黃人：評傳・作品選》，北京：中國文史出版社，1998年，第 203 頁。

〔註98〕湯哲聲、涂小馬編著：《黃人：評傳・作品選》，北京：中國文史出版社，1998年，第 204 頁。

〔註99〕錢仲聯：《夢苕庵清代文學論集》，濟南：齊魯書社，1983 年，第 107 頁。

之上，而種族社會，旋陷乎九地之下。區區新文學界，必以國界為交易，乃僅得之，其代價不過昂乎？」〔註100〕而當他發現「異族」已清，但新生的民國卻又在新的苦難中付出了更昂貴的代價，於是在癲狂與抑鬱中離開了他曾傾注了無限期待的土地。

> 金焦架管，劍池洗硯，琴河琅海分湯沐，更十年、七度青溪渡。
> 壯心磨卻，如今囊盡才荒，贏得滿面塵土。隻身作客，怕說窮愁，
> 唱四時白苧。只檢點剛腸傲骨，猶似當年，長鋏羞彈，短衣慷舞。
> 忽歌忽泣，自嘲自贊，悠悠肉眼何人識，鎮無聊槌碎青琴柱。寄聲
> 天上青娥，墮落如斯，芳心痛否？〔註101〕

這首詞成為了黃人一生形貌的寫照。

綜而觀之，旁觀者的辛亥敘事有三個典型特點：其一，都持有一種愛國主義的立場，「國」是廣泛意義上的國家，少有種族之見。其二，敘事者的政治立場模糊、矛盾、游離，在描述時事的時候，感慨興歎居多，但理性清晰的政論較少。其三，與時代的群體合唱相比，他們的敘述往往是「小寫的歷史瞬間」，和個人內心願景的一種浪漫表達。

第四節　「我雖學佛未忘世」——宗教界的辛亥敘事

鴉片戰爭以來，中國這座古老帝國正加速著衰落的步伐：國土淪喪、經濟衰頹、民生凋敝、文化式微。19世紀末至20世紀初，亡國滅種的危機讓越來越多的仁人志士深刻感覺到，救國拯民匹夫有責。在這樣一個「搖晃的中國」，方外人士也難以置身事外。譚桂林認為：「佛家的『虛』與『靜』可以培植起人們通明透徹的大智大悟，佛家的度人救難的『菩薩行』觀念則可以激勵人們生成濟世救人的慈悲胸懷。但是，空無虛靜與濟世度人是正相反對的，前者如果沒有後者作依託容易流入釋迦所痛斥的『獨覺禪』，而濟世度人的菩薩行觀念也必須與空無虛靜的養心之道圓融結合起來，才能證得止果。」〔註102〕清末民初的國家危局，讓一批方外人士都陷於這種「空

〔註100〕黃人：《中國文學史·略論》，黃人著，楊旭輝點校：《中國文學史》，蘇州：蘇州大學出版社，2015年，第8+20頁。

〔註101〕黃人：《鶯啼序·自述和吳夢窗韻》，黃人著，江慶柏、曹培根整理：《黃人集》，上海：上海文化出版社，2001年，第131頁。

〔註102〕譚桂林：《論夏丏尊與佛教文化的關係》，《安徽教育學院學報（哲學社會科

無虛靜」與「濟世度人」的矛盾之中。

一、革命和尚的入世修行

黃浩舜幼年入佛門，法號宗仰，別號烏木山僧。他自己亥（1899）年在
上海與革命志士相識，同慨於國家的危難，便再難置身事外。在庚子事變、
拒俄運動等事件接踵而來時，宗仰與革命黨人建立起了深厚的戰友情誼。
時人稱其為「革命和尚」。南洋公學事件發生後，蔡元培以中國教育會的名
義重辦愛國學社。宗仰為退學的學生提供了旅費。後「《蘇報》案」發，被
工部局逮捕的六名「政治犯」中的唯一一個方外人士，也是宗仰。辛亥之
前，宗仰寫就了很多慷慨激昂的革命詩句，表現出了為民眾獻身的決心。如
「遂見旌幢翻獨立，不換自由寧不生」（《讀〈學界風潮〉有感》），「姓光不
敢讓阿爹，願為國民效此軀」（《抱憾歌》），「生不自由毋寧死，國民資格原
如此」（《挽殷次伊》），等等。他所留下的詩文，大都是刊載於《蘇報》《大
共和日報》《神州日報》《民立報》等革命刊物上，是辛亥革命的一種歷史實
錄和情感寫真。

在宗仰的詩歌中，革命與佛家「普度眾生」的責任結合在了一起。宗仰
給牢獄之中的章太炎寄詩云：

> 留個鐵頭鑄銅像，羈囚有地勝無家。颯颯飛霜點鐵衣，音容憔
> 悴鬢髮肥。稔君獄讀《瑜伽論》，還與《訄書》理合非。〔註103〕

《瑜伽論》是禪宗的入門書。《訄書》則是章太炎作於戊戌，初版於 1900 年
的政論集。宗仰希望章太炎利用在牢獄裏的時間，將其早期的政治思想與禪
宗的基本理論相融通。在《再寄太炎、威丹》中，宗仰更明確地表達：「自投
夷獄經百日，兩顆頭顱爭一刀。」普度眾生的使命，賦予革命黨以面對死亡
的勇氣。章太炎從西牢釋放出來後，在東京做了一場演說。他說：

> 佛教最恨君權，大乘戒律都說：「國王暴虐，菩薩有權，應當廢
> 黜。」……所以提倡佛教，為社會道德上起見，固是最要；為我們
> 革命軍的道德上起見，亦是最要。總望諸君，同發大願，勇猛無畏。
> 我們所最熱心的事，就可以幹得起來了。〔註104〕

學版）》1994 年第 1 期。

〔註103〕宗仰：《寄太炎》，沉潛、唐文權編：《宗仰上人集》，武漢：華中師範大學出
版社，2000 年，第 165 頁。

〔註104〕章太炎：《東京留學生歡迎會演說辭》，《章太炎文集》，北京：線裝書局，2009

章太炎將個體的死亡與菩薩行聯繫起來，鼓勵革命者勇於獻身。宗仰早在寫於 1903 年 5 月 4 日的《代羅迦陵女士覆浙江退學生書》（即說服羅女士為南洋公學學生提供資助後發表的函）中就曾坦陳自己參與革命的原因：

> 我佛釋迦牟尼與其徒千二百五十人乞食城中，食已收缽，跌坐樹下，對眾說法，欲普度世界眾生。嘗曰：「我不入地獄，誰入地獄？」觀世音大士尋聲救苦，亦嘗發誓言：「我若向刀山，刀山自摧折；我若向火湯，火湯自枯竭；我若向地獄，地獄自消滅。」其地藏仁者發願云：「地獄未空，誓不成佛！」此等何願力！何等慈悲！何等氣象！何等莊嚴！余雖不敢以釋迦牟尼望諸君，未嘗不以觀世音、地藏望諸君，而禱祝其發慈悲，施大願力，以救中國也。〔註105〕

這篇文章經由章太炎編輯的《蘇報》發表，也是資助南洋公學退學學生的答願書。章太炎不可能不關注，更不可能沒有看到這篇文章。章太炎獄中所悟的道理與宗仰在這篇文章以及《寄太炎》中所論，如出一轍。後來章太炎還繼續倡導「用宗教發起信心，增進國民的道德」〔註106〕，其源頭大致可以追溯到宗仰的這篇答願書。

　　宗仰提倡革命救國，還與其振興佛教的夙願有著莫大關係。在他筆下，「佛教振興」是革命彼岸的美好一景。南京臨時政府成立之後，宗仰致力於實際的佛教發展，如在孫中山、章太炎的支持下成立了中華佛教總會。他在總會章程中將佛教提升到了「中華民國唯一之國粹也，中華民國特別之學術也，中華民國無上之靈魂也」〔註107〕的高度，並將「統一佛教，闡揚法化，以促進人群道德，完全國民幸福」〔註108〕作為總會宗旨。在民國元年三四月間，宗仰寫下了《贈李曉暾居士五言四十韻》和《聽李證剛居士演講〈大乘起信論〉》兩首長詩。「當茲昌明世，恢復漢山川。世間於出世，萬法惟心淵」

　　　　　年，第7～8頁。
〔註105〕宗仰：《代羅迦陵女士覆浙江退學生書》，沈潛、唐文權編：《宗仰上人集》，武漢：華中師範大學出版社，2000年，第24頁。
〔註106〕章太炎：《東京留學生歡迎會演說辭》，《章太炎文集》，北京：線裝書局，2009年，第5頁。
〔註107〕沈潛、唐文權編：《宗仰上人集》，武漢：華中師範大學出版社，2000年，第42頁。
〔註108〕沈潛、唐文權編：《宗仰上人集》，武漢：華中師範大學出版社，2000年，第43頁。

〔註109〕，表現了詩人在民國成立時的喜悅之情。「頓漸看平等，淺途悟自由。智種溥塵海，真理彰星球」〔註110〕，則是詩人在心中所建構的佛教振興的宏偉藍圖。

　　宗仰以佛教文化闡釋革命精神，一定程度上影響了革命黨人的思想與文學創作。而宗仰的革命敘事也受到了革命黨人的影響。如「革除奴才製造廠，建築新民軍國營」〔註111〕，「光芒電閃泰西東，咸識漢人有豪傑」〔註112〕等詩句，雜糅了種族革命思想，與柳亞子的詩風相似。宗仰本來在民國成立後功成身退，專心投身於佛教事業，但民國形勢的迅速轉變，一下子擊碎了他的幻想。宋教仁案後，宗仰迅速識破了袁世凱的復辟陰謀，撰寫了《哭宋先生之哀聲》《宋案憤言》《程德全回頭聽者》等聲討袁世凱的檄文，還寫下了悼念逝者的詩歌《挽宋教仁》。《挽宋教仁》前半部分追溯了宋教仁的革命生涯，再現了宋教仁廢寢忘食為民國奉獻的情景：「昔興實齋榷《通義》，曾因止宿攀衣裾。快睹紫芝慰饑渴，竊聞緒論嘗起予。《臨時約法》實參擬，至今信守懸國書。」〔註113〕痛失戰友的惋惜躍然紙上。詩歌下半部分是對袁世凱的聲討。宗仰不僅使用了「訓狐」「蟲豸」「豺狼」等意象指代兇手，更用「圜」字來指認兇手即是袁世凱：「任圜是何一蟲豸，公然挾彈傍汽車」〔註114〕。為聲援二次革命，宗仰又作長詩《討猿篇》。全詩共五十句，比《挽宋教仁》篇幅更長。以「猿」代「圜」，在表意上無疑更為直白與激憤。此外，該詩還用了「豕」「狼」「豺」「鬼魅」「鳥獸」等喻體，諷刺袁世凱吞噬民脂、首鼠兩端、暴虐殺戮的罪行。其中「爾生本是惺惺奴，今為梟獍曾不如」〔註115〕兩

〔註109〕　宗仰：《贈李曉暾居士五言四十韻》，沈潛、唐文權編：《宗仰上人集》，武漢：華中師範大學出版社，2000年，第171頁。

〔註110〕　宗仰：《聽李證剛居士演講〈大乘起信論〉》，沈潛、唐文權編：《宗仰上人集》，武漢：華中師範大學出版社，2000年，第173頁。

〔註111〕　宗仰：《讀〈學界風潮〉有感》，沈潛、唐文權編：《宗仰上人集》，武漢：華中師範大學出版社，2000年，第162頁。

〔註112〕　宗仰：《〈革命軍〉擊節》，沈潛、唐文權編：《宗仰上人集》，武漢：華中師範大學出版社，2000年，第163頁。

〔註113〕　宗仰：《挽教仁》，沈潛、唐文權編：《宗仰上人集》，武漢：華中師範大學出版社，2000年，武漢：華中師範大學出版社，2000年，第191頁。

〔註114〕　宗仰：《挽教仁》，沈潛、唐文權編：《宗仰上人集》，武漢：華中師範大學出版社，2000年，第192頁。

〔註115〕　宗仰：《討猿篇》，沈潛、唐文權編：《宗仰上人集》，武漢：華中師範大學出版社，2000年，第203頁。

句，將袁世凱喻為「梟獍」。梟為惡鳥，生而食母；獍為惡獸，生而食父。「梟獍」的引申義為忘恩負義之徒或狠毒的人。宗仰用的是本義，指袁世凱本是清朝臣子，叛主激變本已是忘恩負義，而今在民國又再度施演反噬的戲碼，連梟獍都不如。「主人雖寬難再容，恕爾於始難怙終」〔註116〕兩句，意謂袁世凱惡行至此，黨國再難姑息。這無疑呼應了當時的二次革命。《挽宋教仁》《討猿篇》兩首詩形象通俗、頓挫激越、立場鮮明，足見宗仰的真性情。

在袁世凱稱帝之後，宗仰感到共和的末日來臨，寫下了最末一首古體詩〔註117〕。「江山風雲多變態，潮流東去故紆回」兩句，道出經歷時代起伏之後的一種滄海桑田的隔世之感。「一襲神州百綴衣，頻年縫納過知非」兩句，滿載著對國家的痛惜。「綴衣」本意是帝王臨終所用的帳幄，代指帝王逝世，又指為帝王掌管衣服的官職。這兩句詩將戊戌以來諸多救國拯民的運動看作為祖國縫補衣服。意謂儘管有識之士為神州做了那麼多努力和犧牲，但最終還是沒能挽回末日的結局。而今共和夢碎，宗仰感歎「我本無家君自歸」。章開沅說：「烏木山僧的結局與辛亥革命的結局一樣慘淡」〔註118〕。此後，宗仰回歸山林，過起了與世隔絕的生活，鮮少再公開發表詩歌。

劉永昌這樣評價宗仰：「清季革命之士不恒見於吾邑，乃湖山靈秀之氣獨鍾於方外之人，特誕生山僧以補吾邑之闕……山僧者，身乎世外，而心乎家國，固奇士而遁於禪者也。」〔註119〕寥寥幾語滿是讚譽。宗仰之「奇」，奇在其愛國情感之強烈，性情真實如孩童。他的入世與出世，都是一種必然。正如譚桂林所闡釋的那樣：「在宗仰的革命生涯中，救國與救教其實是合二為一的」〔註120〕。

〔註116〕宗仰：《討猿篇》，沉潛、唐文權編：《宗仰上人集》，武漢：華中師範大學出版社，2000年，第203頁。

〔註117〕宗仰：《共和末日，寫〈江山送別圖〉，用留紀念。琴生先生寒假歸虞，即以持贈。今春先生復來，錄示微題，深慨同情，私衷感泣，爰依原韻各和一章，用答知己，並希郢政》，沉潛、唐文權編：《宗仰上人集》，武漢：華中師範大學出版社，2000年，第206頁。

〔註118〕章開沅：《跋烏木山僧癸卯日三首》，沉潛、唐文權編：《宗仰上人集》，武漢：華中師範大學出版社，2000年，第21頁。

〔註119〕劉永昌：《烏木山僧傳》，沉潛、唐文權編：《宗仰上人集》，武漢：華中師範大學出版社，2000年，第224頁。

〔註120〕譚桂林：《論「革命和尚」宗仰的佛教文學創作》，《南京師範大學文學院學報》2012年第4期。

二、兵火頭陀的俠客情緣

柳亞子為蘇曼殊立傳時，曾說明其出家的緣由：「學二載而假父亦歿，復返於家。則蘇婦遇玄瑛益虐，雖河合氏自日本郵致金幣，亦為所沒乾，且揚言河合氏已葬魚腹。由是玄瑛轉輾貧困中。年十二，遂為沙門。始從慧龍寺主持贊初大師披髻於廣州長壽寺，法名博經，號曰曼殊。」〔註121〕十二歲的蘇玄瑛，與幼年的黃浩舜、黃讀山一樣窮困，又經歷了三次失去至親的苦痛。如陳平原所說，蘇曼殊的出家「並非棄聖絕智的『出世』，而是脫苦脫俗的『解脫』」〔註122〕蘇曼殊有著「兵火頭陀」的稱號，總是躋身於革命黨人群體之中，但他與革命的關係又是若即若離的。辛亥革命後，柳亞子說：「曼殊不死，也不會比我高明到哪裏去，怕也只會躲在上海租界內發牢騷罷了。此人只是文學上的天才，不能幹實際工作。」〔註123〕章太炎亦評價蘇曼殊為「獨行之士，不從流俗……凡委瑣功利之事，視之蔑如也。雖名在革命者，或不能得齒列。」〔註124〕

在蘇曼殊的辛亥敘事中，愛情是與革命並置的主題。他常將國家民族的悲劇與個人婚戀的悲劇糅合在一起，以兒女情來抒發家國恨。詩歌方面，正如譚桂林所說：「蘇曼殊是文學史上第一個大膽無拘地把『情』字引進詩歌的僧人。」〔註125〕典型的詩句有：「萬戶千門盡劫灰，吳姬含笑踏青來」（《吾門依易生韻》）；「畢竟美人知愛國，自將銀管學南唐」（《無題》）；「流螢明滅夜悠悠，素女嬋娟不耐秋」（《東居雜詩十九首》）。「義士劉三」是有名的革命黨人。柳亞子的詩歌和姚鵷雛的小說《江左十年目睹記》，都塑造過為革命事業耗盡錢財、生死奔走的豪義劉三形象。而在蘇曼殊的詩中，劉三則是另一種形象——「劉三舊是多情種，浪跡煙波又一年」（《西湖韜光庵夜聞鵑聲簡劉三》）。「多情」「浪跡」等特點，或可說是蘇曼殊在借劉三進行夫子自道。蘇曼殊的小說更是極力地敘寫著革命與婚戀、捨與得的兩難處境。在經歷了革命、婚戀的相繼失敗以後，主人公或隱世或離世。對於蘇曼

〔註121〕蘇曼殊：《蘇曼殊全集》第1卷，上海：北新書局，1928年，第2頁。
〔註122〕陳平原：《論蘇曼殊、許地山小說的宗教色彩》，《中國現代文學研究叢刊》1984年第3期。
〔註123〕馬以君：《論蘇曼殊》，《文藝理論與批評》1997年第5期。
〔註124〕章炳麟：《章太炎全集》第4卷，上海：上海人民出版社，1985年，第221頁。
〔註125〕譚桂林：《20世紀中國文學與佛學》，合肥：安徽教育出版社，1999年。

殊小說中的「入世」與「出世」之糾纏，學界多從宗教與情愛的角度來闡釋。
南懷瑾曾說：「以寫作言情小說如《斷鴻零雁記》等而出名，行跡放浪於形
骸之外，意志沉湎於情慾之間的蘇曼殊，實際並非真正的出家人。」〔註126〕
黃嘉謨還曾如此闡釋《斷鴻零雁記》：「玄英初以戀親而離佛，繼以畏佛而拒
愛，終以拒愛而棄親。既已拒愛而棄親矣，又復千里弔愛，似俗非俗，此蓋
宗教與愛情之衝突點也。」〔註127〕南懷瑾點出了蘇曼殊身上「情」與「佛」
之間的矛盾處，而黃嘉謨更深層地剖析了主人公在「離佛」與「拒愛」之間
的掙扎。這無疑都直指蘇曼殊「情僧」的特質。

　　與南社諸子相比，蘇曼殊的辛亥敘事有著明顯的無政府主義色彩。柳詩
塑造了一個咄咄逼人的「排滿英雄」，而蘇詩則勾勒了一個身心羸弱飄零無
用的傷心客。「我」不僅脫離了革命群體，更對革命的前途感到絕望。《過平
戶延平誕生處》云：「極目神州餘子盡，袈裟和淚伏碑前」；《有懷》中有「昇
天成佛我何能，幽夢無憑恨不勝。多謝劉三問消息，尚留微命作詩僧」。「昇
天成佛我何能」，恰是詩人在辛亥革命時期的自我寫照。在蘇曼殊 1915 年
至 1917 年間創作的五部小說中，除了《斷鴻零雁記》的主人公沒有從事暗
殺活動，其他四部小說的主人公均是踐行暗殺的「俠客」。客觀地說，部分
革命黨人對暗殺手段的推崇，自然受到了俄國無政府主義思潮的影響。但
暗殺被採用的根本原因，是當時革命黨整體的實力不夠。吳樾在其《暗殺時
代》的序言中說：「夫排滿之道有二：一曰暗殺，一曰革命。暗殺為因，革
命為果。暗殺雖個人而可為，革命非群力即不效。今日之時代，非革命之時
代，實暗殺之時代也。」〔註128〕吳樾很清楚最終推翻清政府的手段只能是
群體性的舉義。蘇曼殊在 1903 年改譯的《慘世界》，可以說是拒俄運動後
暗殺潮流中的應時之作。主人公明男德以暗殺為反抗官僚階層的手段，並
斷然回絕了來自「尚海」的革命黨人的邀請。對於有組織的集體革命，明男
德有一種本能的警惕與抗拒。根據《女傑郭耳縵》的敘述，1989 年至 1902
年世界範圍內盛行無政府主義時，蘇曼殊度過了青春期。因此，蘇曼殊對無

〔註126〕南懷瑾：《中國佛教發展史略》，《南懷瑾選集》第 5 卷，上海：復旦大學出
　　　　版社，2003 年，第 443 頁。
〔註127〕黃嘉謨：《斷鴻零雁劇本序》，《蘇曼殊全集》第 4 卷，上海：北新書局，1928
　　　　年，第 68～69 頁。
〔註128〕吳樾：《暗殺時代·自序》，葉楚傖主編、唐盧鋒編：《革命詩文集》，南京：
　　　　正中書局，1941 年，第 148 頁。

政府主義的接受和對佛教的接近是並行的。

　　蘇曼殊的獨特之處還在於，他在敘事中流露出了一種世界主義和平民主義的眼光。儘管在《慘世界》裏，蘇曼殊給腐敗官員取了一個「滿周苟」這樣極富「排滿」意味的名字，但相較於柳亞子等其他持大漢族主義的文人而言，蘇曼殊作品中的「民族之見」也是極弱的。「滿周」更近似於一個代表官僚階層的符號。蘇曼殊寫於同年的雜文《女傑郭耳縵》可以作為《慘世界》的互文來看。他將「女傑之氣焰」與「英皇之警戒」作為對照，感歎因懼怕無政府黨人暗殺，英皇「常使數名微服警官，衛護身邊，如秦始皇也者。噫！皇帝，皇帝，誠可憐矣！」〔註129〕最後舉了1898至1902年間，加拿大、奧匈國、意大利、德國、比利時等國無政府黨暗殺行動的例子，來支持郭耳縵的理論：暗殺之所以盛行，不是因為受到了無政府主義思潮的鼓動，而是人們「久苦逆境，深惡資本家之壓抑貧民；失望之極，又大受刺擊，由萬種悲憤中，大發其拯救同胞之志願者耳」〔註130〕。蘇曼殊認為世界範圍內的暗殺主義都是出於這一原因。暗殺是平民階層反抗官僚階層，尋求自由民主的無奈之手段。蘇曼殊與革命黨人的觀點衝突就在於此。直到辛亥革命之後，他仍是極少數持無政府主義觀念的文人之一。

　　蘇曼殊建構的政治烏托邦最終都輸給了現實。三郎、獨孤粲等人決絕地奔向革命，而後身心遭受重創，最終無奈放棄革命、遁入空門。《絳紗記》中困於牢獄的三郎，並沒有被革命黨人救出，而是因「僧侶託夢」獲救。張公說：「曾夢一僧求救其友於羊城獄中。後電詢廣州，果然，命釋之。翌晚，復夢僧來道謝。寧非奇事？」〔註131〕三郎的歸屬感顯然不在革命，而在方外。「吾實非黨人，吾亦不望更生人世」〔註132〕的獨白，既是對革命的放棄，也是對世間的告別。《焚劍記》中，獨孤粲在焚劍之後消遁於世，同樣意喻著告別革命，歸隱山林的人生終局。陳平原曾提出：清末民初小說、戲劇中的遁世結尾「關鍵不在於作家對僧、道的態度如何，而在於表達了一種與現存社

〔註129〕蘇曼殊：《女傑郭耳縵》，《蘇曼殊全集》第1卷，上海：北新書局，1928年，第154頁。

〔註130〕蘇曼殊：《女傑郭耳縵》，《蘇曼殊全集》第1卷，上海：北新書局，1928年，第153頁。

〔註131〕蘇曼殊：《絳紗記》，《蘇曼殊小說集》，杭州：浙江人民出版社，1981年。

〔註132〕蘇曼殊：《絳紗記》，《蘇曼殊小說集》，杭州：浙江人民出版社，1981年。

會（更主要是官場）決絕的情感意向。」〔註133〕蘇氏的「出世」言說往往伴
隨著對革命的否定情緒，是對民國現實困局的絕望表達。

　　無論是詩歌中身處異國的「傷心客」，還是小說中獨行天下的「俠客」，
蘇曼殊的文學自我都是孤獨的。蘇曼殊曾提出過一些改革佛教的主張。其「要
旨有二，一是推崇佛陀『為法施生，以法教化眾生』的度世精神……二是主
張發揚佛者不臣天子、不敬王侯、睥睨貴遊的精神，以恢復佛教固有的獨立
性。」〔註134〕「教化眾生」與「佛教獨立」的主張，正蘊含在蘇曼殊「亦僧
亦俗」的敘事之中。鼎革之後佛教改革理想的破滅，更加深了蘇曼殊對於現
實的幻滅感。但我們不應否定，悲觀避世的文學表達，亦是自我修行體悟的
藝術再現。正如楊聯芬所說：「蘇曼殊作品中悲情孤僧的自我描繪，更多是作
為一種審美想像而存在的，是審美主體蘇曼殊對自己命運和感情的玩賞，它
們的真實性更多體現在審美的形態上，而不見得代表現實的真實。」〔註135〕
所以，革命與婚戀、入世與避世之間形成的藝術張力，催生了蘇曼殊辛亥敘
事的獨特審美風格。

三、八指頭陀的救教理想

　　少孤失讀的黃讀山，在生存困境之中打開了佛教這扇門。而此時中國的
佛教正面臨著前所未有的危機。一方面，西方的民主、科學理念傳入後，人
們開始質疑並否定神魔的存在。佛教面臨著精神上的危機。另一方面，在原
本等級森嚴的封建體制內，統治階級利用「苦行」「輪迴」的佛教觀念讓平民
學會逆來順受，權錢階層也尋求諸如求子、立功德等高級迷信服務。而這種
情況又將被革命帶來的政治革新所打破。八指頭陀正是看到了這些，所以將
「護教興寺」作為己任，致力於佛教改革。他在辛亥前夕寫下了《夜雨不寐，
聞蟲聲感賦二首》。中有「可憐衰晚世，苦憶聖明朝。……時危爭做將，國變
幸為僧。強制哀時淚，觀空入佛乘」的詩句。詩中的「我」在迅速走向衰亡的
末世王朝中隱忍悲痛，於佛理中尋求內心的安定。八指頭陀對於清朝的感情
不可謂不深厚。

〔註133〕陳平原：《中國現代小說的起點：清末民初小說研究》，北京：北京大學出版
　　　　　社，2005年，第212頁。
〔註134〕譚桂林：《20世紀中國文學與佛學》，合肥：安徽教育出版社，1999年。
〔註135〕楊聯芬：《逃禪與脫俗：也談蘇曼殊的「宗教信仰」》，《中國文化研究》2004
　　　　　年第1期。

民國成立後，他的詩歌則顯示出了鼎革之前不曾有過的愉悅振奮之象。八指頭陀真誠地讚揚了革命者，寫下了如「終成大革命，不負好時光」（《次前韻再贈陳參議》），「共起民軍義，重生祖國光」（《田君梓琴贈詩，再疊前韻一首奉酬》），「今日武昌楊柳色，春風惟映酒家旗」（《常州重晤莊醒庵中丞，奉贈五絕句》）等詩句。和宗仰相似的是，八指頭陀也希望佛教能在民國得到振興：「心腸盤俠氣，言論凜秋霜。力使邪山倒，能生暗海光。國家為柱石，我法亦金湯。」（《酬陳漢元參議》）金湯即「金城湯池」，意喻佛教也將成為民國的堅固保障。1912 年 4 月 11 日，中國佛教總會在上海留雲寺成立。八指頭陀是第一任會長。返程時，他寫下了《別德寬律師下山二首》。第二首為：

> 禮別千華佛，無言淚自零。
> 經過黃葉嶺，回望白雲亭。
> 魔事何紛擾，勞生此暫停。
> 春風無限意，處處柳爭青。〔註136〕

八指頭陀回想此前為「護教興寺」孤身奮戰幾十年，終於有了成效，不禁潸然淚下。憧憬著美好的未來，詩人又如沐春風。所謂一切景語皆情語。到了西園戒幢寺，看到寺內百廢俱興，他先寫下「人天共歡喜，花雨日霏霏」相贈，又放生觀魚、踏雪尋梅。所見之雪是「香雪」（《將往光福看海，聞其地有警不果行》），所觀之魚是「他日成龍」之魚（《西園放生池觀魚二首》）。他還在世界宗教會上激情賦詩：「百川既入海，一味夫何疑？由來宗教會，未有勝於斯。」（《撰為迦陀以紀世界宗教盛會》）他希望宗教同人要「永忘種族歧」，儒釋道之間要「相見咸嬉嬉」。八指頭陀對民國的佛教發展又顯然有著比宗仰更大的期許。

八指頭陀辛亥敘事的複雜性在於：「一方面，他未必能夠瞭解民國的建立與過去的王朝更迭是不一樣的，八指頭陀知道辛亥革命開啟了一個新的時代，他對這個時代也曾給與過真誠的希望，所以他曾努力同革命黨人中的佛學家們交往。……另一方面，他過去結交的朋友後來大都成了清代遺老，他的心情和態度很難不受這幫朋友的影響。」〔註137〕八指頭陀在詩中也常常勾

〔註136〕八指頭陀：《別德寬律師下山二首》，敬安釋，梅季點輯：《八指頭陀詩文集》，長沙：嶽麓書社，1984 年，第 435 頁。

〔註137〕譚桂林：《「我雖學佛未忘世」——論八指頭陀的佛教詩歌創作》，《武陵學刊》

勒遺老們眷戀前朝、悲涼哀歎的身影。如「二百年來王氣銷，野人流淚話前
朝」（《甬上書感三首》），「國變僅有存，驚看帶淚痕」（《聞故人秦子志來滬，
忽於夢中見之，即得二詩，醒而錄之，以志神交》），「淒涼最是煤山月，復為
君王照故宮」（《遙聞四首》），等等。正如譚桂林所說：「沒有理由要求他從政
治體制由封建專制向民主自由的發展意義上來理解這一次王朝更迭。」〔註138〕
那麼，方外的八指頭陀，與一般遺老在辛亥敘事上有什麼差異呢？

　　八指頭陀有意搭建一座淨化心靈的廟宇，以撫慰眷戀帝制的舊民。「我」
常常規勸遺老們走出精神的絕境，豁達灑脫地度過晚年。如「心安即避世，
不必入桃源」（《聞故人秦子志來滬，忽於夢中見之，即得二詩，醒而錄之，
以志神交》），「憤極休談劍，愁來且賦詩。興亡俱夢幻，勿動道人悲」（《贈
別蕭漱雲太史》），「人間盡是繁華夢，輕打高樓五夜鐘」（《贈鐘樓寺光忍和
尚二首》）等等。面對國家的劇變，八指頭陀自然能體會到遺老們「精神失
怙」的悲痛感。借禪宗來尋求精神的超脫，既是聊慰遺老們，也是在聊慰自
己。反觀之，樊增祥、易順鼎、夏伏雛等遺老在辛亥之後與八指頭陀的詩歌
唱往，的確也是在尋求禪宗的精神撫慰。如1912年的《春夜與樊雲門、夏武
夷集哭庵聯句》中，八指頭陀起云：「浮杯渡滄海，忽與故人逢」。樊增祥接
曰：「談話一燈雪，枯禪萬木冬」。武夷再續：「養生同澤雉，高誼逐雲龍」。最
後易順鼎結云：「彷彿寒山寺，來聽夜半鐘」。樊增祥的「談話一燈雪」和易順
鼎的「來聽夜半鐘」都表明詩人們想親近禪宗以獲得心靈上的寧靜。

　　八指頭陀的詩歌既有一種與遺老共振的同理心，又有一股立於政權更迭、
興亡變遷之上的超拔之氣。《甬上書感三首》中有云：

　　　　　轉瞬浮雲六代更，須臾唐宋又元明。

　　　　　危亡時事何堪說，落葉殘陽滿帝城。

　　　　　二百年來王氣銷，野人流淚話前朝。

　　　　　可憐亡國真容易，一霎金風玉樹凋。〔註139〕

「落葉殘陽滿帝城」，與善耆描繪的「中原落照紅」如出一轍。但八指頭陀顯

2012 年第 3 期。

〔註138〕譚桂林：《「我雖學佛未忘世」——論八指頭陀的佛教詩歌創作》，《武陵學刊》
2012 年第 3 期。

〔註139〕八指頭陀：《甬上書感三首》，敬安釋，梅季點輯：《八指頭陀詩文集》，長沙：
嶽麓書社，1984 年，第 430～431 頁。

然不囿於其中，而用「危亡時事何堪說」來強調人主觀的超越性。在禪宗看來，「世俗時間一維性的事實是基於意識流動的一維性的主觀印象，生命及其綿延始於意識的執取；當意識還原其緣生空性時，時間的世俗化歷史失去支點，自在、無限的時間生命就袒露出來。」〔註140〕八指頭陀用禪宗的時間哲學來引渡遺老，讓其不再執念於世俗歷史，而要脫身出來以融入無限的時間。諸如此類的言說，還有「一瞬流光四十春，青山如舊白雲新。空餘禾黍故宮感，不見蘭亭雅集人」（《題王翊君所藏張力臣潔園展禊圖》），「塵世興亡都不問，梅花開落卻關心」（《常州重晤莊醒庵中丞，奉贈五絕句》）等。詩中「青山」「白雲」「禾黍」「梅花」等意象，都是「無限生命」的象徵。

　　八指頭陀既與革命者投合，又與遺老有共情。看似矛盾的辛亥言說，實則都植根於他的佛教立場。他以護教興教為人生事業：當清政府給他了一道保護寺廟田地的上諭時，他也不希望動亂毀掉已經得到的護教成果；當他知道民國臨時政府的孫中山、章太炎等人都支持佛教振興，他又感到非常高興，欣然出任「中華佛教總會」會長一職。他秉持著禪宗拯救蒼生的宗旨：辛亥革命前，同盟會會員棲雲和尚被捕，他曾向江蘇巡撫保釋；辛亥革命後，前清官員蕭漱雲要蹈海殉節，他又勸其不必輕生。「菩薩行」，就是普度眾生，是將每個人都從痛苦中解救出來。這與政治立場無關。

　　然而，民國並未如八指頭陀所期待的那樣，讓佛教走上更開闊的發展道路。八指頭陀所身體力行一生的事業，就在民國政權由孫中山轉交給袁世凱的過程中，從高峰跌落到谷底，成了他的遺恨。而他於詩歌中所建構的那個「國家為柱石，我法亦金湯」的國教共榮的理想，也成為了一個未能實現但又璀璨感人的辛亥之夢。八指頭陀寫下了「亂餘還念驚弓鳥，國變真如失數鴉」（《俞恪士歸自甘肅，其弟壽臣歸自遼東，俱僑寓滬上，相見各述亂離，感而有贈》）的詩句。在更加嚴重的佛教危機中，八指頭陀也未能做到「心安即避世」。他毅然北上與袁世凱政府周旋，但受到了前所未有的凌辱，最後憤怒而死。在辛亥年，八指頭陀曾寫過一首《八月十七日，楊仁山居士坐脫於金陵刻經處，詩以挽之》。楊仁山，是辛亥年春天宗仰到南京籌辦佛學研究所的助力者。生命無常，楊居士同年早秋就過世了。八指頭陀在詩中作注曰：「公

〔註140〕韓鳳鳴：《佛教及佛教禪宗的時間哲學解讀》，《哲學研究》，2009 年第 8 期。

彌留之際，與人談及某處刻經未善為遺恨」〔註141〕。這既是對楊仁山品格的
一種讚揚，又何嘗不是詩人自己的真實寫照？

〔註141〕敬安釋，梅季點輯：《八指頭陀詩文集》，長沙：嶽麓書社，1984 年，第 430
頁。

第三章　從臣民到國民：不同時期的身份體認

　　辛亥革命的爆發與民國的成立，讓中國人兩千餘年的「臣民」身份發生了變化。《中華民國臨時約法》規定全體人民一律平等，人民享有身體自由、言論著作自由、集會結社、請願、書信私密自由、宗教信仰自由等權力。正如王學謙所說：「這是一個最穩固的社會平臺，它為中國新文化提供了一個空前的生存空間，使新文化思想得以繼續嘗試、摸索，使中國現代性得以繼續進行。」〔註1〕「國民」這一政治身份的獲得，正是現代性在每個國人身上得以發生的前提。

　　民國文學的辛亥敘事，從「臣民與國民」的角度回答了「辛亥革命到底帶給了我們什麼？」的問題。辛亥革命於每個國人而言都是一場戰役。這場戰役的目的是完成對全新的「國民」身份的體認。於是「國民」成為了民初作家們敘述辛亥革命的一個流行視角。陸士諤的《血淚黃花》正是這一視角的代表作。然而，介於「臣民」與「國民」之間，拖泥帶水、積重稠濁、極難剝離的民族根性，即「國民劣根性」，讓「國民」身份的體認過程出現了嚴重障礙。五四時期，「國民」身份常常作為一個反思的對象存在於作家們對辛亥革命的敘述之中。典型如魯迅的《阿Q正傳》。魯迅著力剖析國人「國民性」裏的「奴性殘留」甚至是「奴性本色」，進而拷問辛亥革命未能建立真正意義上的民主制度的深層原因。30年代，丁玲以自己的母親為原型寫下了長篇小說

〔註1〕王學謙：《沒有辛亥革命，何來五四文學——辛亥革命與五四文學革命的發生》，《學習與探索》2011年第5期。

《母親》。這部小說講述了在辛亥革命時期，一箇舊時代的女性是如何努力掙扎著蛻變為中國第一代女國民的故事。

儘管從「臣民」到「國民」的路程走得十分艱辛，但無可否認的是辛亥革命之後越來越多的人開始接納新的身份。這種接納的意義是非凡的。正如丁帆所說：「建立一個民主的國家之根本目的，和那種農民起義式的盲目革命，最終還是回到封建王朝的歷史循環中是有本質區別的，因為它最高的目的就在於將大寫的『人』放置在國家和民族的高位上。」〔註2〕剪辮、放腳、自由戀愛等看似僅關乎個人生活的變化卻實實在在地包含著國人心理和精神上的翻天覆地的進展。而由個人的變化輻射開去，一個前所未有的社會也在形成。

第一節　「國民想像」中的武昌起義

在武昌起義發生之時，陸士諤是上海的一名職業報人。他並沒有親歷過武昌起義，但卻以最快的速度以之為題寫了一部小說——《血淚黃花》。劉保慶認為《血淚黃花》塑造了一位新女性，並從女性公共空間的開拓來探討陸士諤在形象塑造上的匠心。〔註3〕歐陽健則指出《血淚黃花》表現了陸士諤從支持立憲到支持革命的立場轉化。〔註4〕而王鳳仙從敘事層面分析了小說「革命化」的總體敘事策略，「大漢」與「賊滿」的民族想像建構，及交織於「革命加戀愛」模式中的「大我」與「小我」的互動。〔註5〕

《血淚黃花》在新女性形象的塑造和「革命加戀愛」模式的建構上，無疑都有開拓性的意義。然而筆者認為，這部小說最重要的開創性在於首次使用「國民」這一視角來演繹辛亥革命。在民國成立和《臨時約法》產生之前，陸士諤於 1911 年 11 月就能有如此見地，這是具有超前意識的。在小說中，人物、情節、場景都圍繞「國民」這一關鍵詞展開。陸士諤以軍民互動的形式重新演繹了武昌起義，並塑造了新一代國民的理想形象。

〔註2〕 丁帆：《今為辛卯，何為辛亥？》，《隨筆》2011 年第 5 期。
〔註3〕 劉保慶：《辛亥時期女性形象書寫與女性公共空間的展開——評析陸士諤〈血淚黃花〉》，《北京社會科學》2012 年第 5 期。
〔註4〕 歐陽健：《陸士諤論》，《明清小說研究》2002 年第 1 期。
〔註5〕 王鳳仙：《論陸士諤〈血淚黃花〉中的革命敘事》，《明清小說研究》2013 年第 2 期。

一、革命敘事的國民元素

在《新水滸》的夾批中有一段對陸士諤生活狀態的描述：「吾與士諤友十年矣，見其踔厲風發，才氣過人，然潦倒天涯，漂零蓬斷，北海乏孔融之賞鑒，漢庭無狗監之遊揚」〔註6〕。從主觀上來說，陸士諤對自己「民」的身份有著清醒的認識。他借筆下人物吳用之口說：

> 解寶做獵戶時，也是一條好漢。怎麼一入仕途，就變的這個樣
> 子？可見得一個人，官是萬萬做不得的。〔註7〕

陸士諤終生無官無職，生活潦倒飄零，是一位地地道道的「民」。從封建時代的「民」到民主社會的「國民」的身份轉變，讓陸士諤對革命有一種天然的親近感：「國民軍者，以國民組織而成，發表國民之心理，肩荷國民之責任，以主義集合，非以私人號召，故民歸之如水就下。」〔註8〕從「國民」這一視角來理解和演繹革命，注重市井百姓與革命時局之間的交流互動，是陸士諤辛亥敘事的標誌特徵，也代表了民初年間辛亥敘事的一種重要傾向。

《血淚黃花》以黃一鳴、徐振華的戀愛為線索，以新軍軍官黃一鳴所在的部隊作為外景，以徐家大宅為內景，敘述了一場有廣大民眾參與的革命運動。隨著時局的發展，市民們的心理與行為也發生著改變，形成了一系列辛亥時期武漢市民的生活剪影。陸士諤緊扣住「國民」這一視角，透過國民群體去描述武昌起義前後存在於民間的「革命啟蒙」過程，以及蘊含在這一過程中市民階層對「國民」身份的接受過程。具體來看，小說主要通過三種敘事策略來反應國民與革命之間的互動。

首先是革命軍對民眾進行精神上的啟蒙。小說中頻繁出現「革命宣言書」「民軍告示」等革命文書。如小說第二回「朱標統大開秘密會，黃隊官快讀革命文」，第五回「黃隊官為功火藥局，朱標統智取漢陽城」，第八回「驚噩夢女士心煩，讀檄文英豪氣壯」等均嵌入了洋洋灑灑的革命檄文。革命文書發揮了革命啟蒙作用，從思想上團結了民眾。典型的情節發生在徐振華為李媽等人闡釋革命精神的一章。因為革命宣言書用的是黃帝紀年，李

〔註6〕陸士諤著，歐陽健點校：《新水滸》，哈爾濱：黑龍江人民出版社，1997年，
　　　　第148頁。
〔註7〕陸士諤著，歐陽健點校：《新水滸》，哈爾濱：黑龍江人民出版社，1997年，
　　　　第159頁。
〔註8〕陸士諤著，歐陽健點校：《新水滸》，哈爾濱：黑龍江人民出版社，1997年，
　　　　第46頁。

媽看到後頗為不解。她回到徐府詢問徐振華道：為什麼革命黨的皇帝活了四千六百多歲？振華便開始向李媽闡述漢族革命的道理。接著，徐冠英、徐太太、王媽也參與進來。王媽通過旗人趙老爺的故事，批判了清室統治下滿漢不平等的現象。經過這一番「洗禮」，李媽於是說出了「旗人只有得五百萬，中國人有到四萬萬，……不用打得，一人一腳，踹也踹得死了他」〔註9〕的話來。這是一個典型的「革命啟蒙」情節。由於《血淚黃花》寫於辛亥年 11月，全國性的革命尚未完成，所以陸士諤抄錄大量革命文書，顯然也是希望通過自己的小說來宣傳和推動革命。

其次是民眾幫助革命軍在輿論上造勢，烘托革命的氛圍。小說大量嵌入了當時流行的革命歌曲與詩歌，以反映民眾對革命的態度。徐振華和徐冠英是愛唱歌的兩姐妹。在革命前夕，振華唱著：「天下榮，丈夫立戰功。天下樂，英雄破敵國。……那怕他，槍林彈雨，一軍人志氣吞河嶽，兩軍前誓不於生還。沙場死男兒，真快樂」〔註10〕。這表明即使在清政府的高壓統治下，百姓對於革命的渴望也已深入蔓延開來。在武昌舉事前夕，新軍部隊裏唱起了「興漢、興漢，興我大漢；滅滿、滅滿，滅此賊滿」〔註11〕的歌曲。這表明新軍內部已經躍躍欲試，積累了滿腔熱血要殊死一搏。在革命後方，徐冠英朗誦著報紙上的革命詩詞：「蜀土無端遭浩劫，那勘戰血滿蓬蒿……湘鄂毗逢皆響應，天荊地棘斷人行」〔註12〕，表達了對於四川保路運動的同情以及對清室的憤怒，意喻革命勢在必行。武昌起義成功後，一個朝鮮人在振華家門前的街道上唱起了山歌：「速即投軍把賊擋，復漢就是這一場。同胞黎督明大義，你我各要存天良。切莫向那邪路想，辜負一生好時光。幸喜黃帝放光明，漢族一體樂安康」〔註13〕，表現了國民心中革命的正義性。從審美層面來看，革命歌曲確實「大大增強了文本的革命浪漫主義

〔註9〕 陸士諤、黃小配：《血淚黃花・五日風聲》，桂林：灕江出版社，1988 年，第61 頁。

〔註10〕 陸士諤、黃小配：《血淚黃花・五日風聲》，桂林：灕江出版社，1988 年，第7 頁。

〔註11〕 陸士諤、黃小配：《血淚黃花・五日風聲》，桂林：灕江出版社，1988 年，第43 頁。

〔註12〕 陸士諤、黃小配：《血淚黃花・五日風聲》，桂林：灕江出版社，1988 年，第62～63 頁。

〔註13〕 陸士諤、黃小配：《血淚黃花・五日風聲》，桂林：灕江出版社，1988 年，第77～78 頁。

色彩」〔註14〕。更為重要的是，儘管這些詩詞與歌曲某種程度上顯示出了大漢族主義的狹隘內涵，但卻描繪了當時武漢民眾對辛亥革命的理解和支持，反映了武昌起義給民眾帶來的振奮，為後來軍民一心取得漢口、漢陽兩鎮光復的情節做了鋪墊。

最後，民眾實質性地參與到革命之中，促進了武漢三鎮的光復進程。陸士諤將徐府空間作為宏觀歷史的具象縮影。如王鳳仙所說：「徐府空間故事的敘述動力是愛情，敘述指向也是革命。」〔註15〕武昌克復之前，清廷對革命黨的搜捕使得人心惶惶，人人唯恐與革命黨扯上關係。而在武昌起義後社會輿論又以革命為榮。徐府的人便轉述了隔壁孫家革命觀念起伏變化的故事。在武昌光復後，漢口商家紛紛出資捐餉，鄉民也把牛羊米麥送進城來。徐家大宅裏，徐太太、振華、冠英帶頭捐款，就連王媽都向徐太太預支了兩個月工錢去支持革命軍。徐太太、徐冠英、朱桂生、李媽等人物代表了市民階層對革命的支持。

小說中，漢口和漢陽兩座城池的光復都不是靠武力達成的。黃一鳴作為革命軍代表在漢陽張貼了很多布告，其中有「我國民之為滿虜將士者，非其本欲，特為滿虜所迫，不得已而為之」等語〔註16〕。漢陽的民眾看到布告後：

> 有歎息的，也有點頭的，也有拍手稱讚成的，也有怒目攘臂、
> 大呼排滿的。幾百張布告文，才貼完，全城軍民早都歸順了民軍了。
> 未煩一兵，未折一矢，才可稱得傳檄而定。〔註17〕

漢口光復就更順利了：

> 民軍本沒有來，土棍光蛋放火劫物，亂得一塌糊塗，商會裏紳
> 董具了請帖去請來的。〔註18〕

陸士諤對漢陽、漢口光復的描寫更加突出了民眾的主體性。在真實歷史中，

〔註14〕王鳳仙：《論陸士諤〈血淚黃花〉中的革命敘事》，《明清小說研究》2013年第2期。

〔註15〕王鳳仙：《論陸士諤〈血淚黃花〉中的革命敘事》，《明清小說研究》2013年第2期。

〔註16〕陸士諤、黃小配：《血淚黃花‧五日風聲》，桂林：灕江出版社，1988年，第46頁。

〔註17〕陸士諤、黃小配：《血淚黃花‧五日風聲》，桂林：灕江出版社，1988年，第51頁。

〔註18〕陸士諤、黃小配：《血淚黃花‧五日風聲》，桂林：灕江出版社，1988年，第70頁。

漢陽漢口的光復過程要艱辛得多，且武漢三鎮馬上將面臨圍城之困。所以，儘管陸士諤所言的一些細節有一定的真實性，如漢口商會在光復中起到了維持秩序的作用，但總體而言其藝術想像的成分遠大於歷史真實的成分。

實際上，陸士諤小說的國民視角並不是一開始就存在的。他曾在《血淚黃花》之前的小說中表達過對「立憲」的熱情期待。在《新中國》中，他借李友琴之口指出：中國「所以萎靡不振者，都緣政體不良之故」〔註19〕。《新孽海花》中，「朝廷恩准臣民請願特下諭旨籌畫立憲預備事宜」〔註20〕。在這種背景下，留學生朱其昌為了救國而參加朝廷的考試，當上了清政府的官員，期待為國家貢獻自己的力量。這都證明陸士諤曾對「立憲」抱有很大的期待。但是這種願望很快就破滅了。陸士諤在《孽海花續編》中說：「從執政大臣眼光裏望出來，無所謂平和，無所謂激烈，一般的都是仇敵。立憲黨得了勢，得著利益的，不過是君主與百姓。革命黨得了勢，得著利益的不過是國民。執政大臣終是沒有利益，所以始終拒絕，始終不肯贊同。那幾年所行政策，什麼派遣五大臣出洋調查憲政咧、下詔籌備立憲咧、設立諮議局咧、資政院咧、弼德院咧，無非都是遮人眼目事情。……名稱立憲，專制更甚。」〔註21〕在「立憲」與「革命」之爭中，陸士諤看到的是官僚階層的自私和虛偽。於是，他開始對「革命」傾斜，認為唯有推翻「滿清政府」，才可能真正求得「民」的幸福。到了《血淚黃花》中，他對武昌起義後的時局有一種積極的想像。滿清大臣成為了這種想像中的小丑。最典型的情節是：武昌起義後，北京方面的軍隊南下時被民兵殺個片甲不留，中國各省不約而同地光復。新成立的軍政府「通牒北京，約期會戰」。攝政王亂了陣腳，大臣們相互推搪。俞貝子出主意道：

> 無百年不死之人，千載不亡之國。咱們滿洲，原不過寧古塔一小部落，佔據中華二百多年。這二百多年裏頭，戚也使盡了，福也享盡了。天運循環，一興總有一廢。為今要計，不如把金珠寶貝捆載好了向外國一溜，仍不失為僑寓富翁。三十六計走為上策〔註22〕。

〔註19〕陸士諤：《新中國》，北京：九州出版社，2010年，第42頁。
〔註20〕陸士諤：《新孽海花》，北京：中國文聯出版社，1989年，第252頁。
〔註21〕陸士諤：《孽海花續編》，陸士諤：《新孽海花》，北京：中國文聯出版社，1989年，第149頁。
〔註22〕陸士諤、黃小配：《血淚黃花·五日風聲》，桂林：灕江出版社，1988年，第65頁。

大臣們對此均表同意。於是滿洲同俄羅斯定盟，各公王帶著金銀細軟一溜煙逃去俄羅斯了。顯然，陸士諤對清政府從「希望」到「失望」，最後終於「絕望」的心理轉變，對其筆下的武昌起義的面貌產生了極大的影響。而陸士諤在小說中由支持「立憲」到支持「革命」的立場轉變也是辛亥前後民心動向的一個典型的縮寫。

當然，《血淚黃花》與同時代的革命小說一樣，都不可避免地具有「種族革命」的意義內涵。在小說中，「滿與漢」的對立表現為一種大漢族主義的敘事話語。作為革命軍首領的黎元洪，其撰寫的告示中有「本督所持宗旨『排滿復漢』四字」〔註23〕；作為「民」的代表的徐冠英也認為革命「並不是造反、並不是謀叛，實是驅除韃虜，光復故土；因為中國這塊土地，原是我們中國人自己的」〔註24〕；當地人們閱讀的報紙都取名為《新漢報》《新漢日報》等等；其他人物如徐振華、黃一鳴、吳排長、吳淑卿等，甚至連王媽、李媽都表示了對旗人的憤慨。可見，無論是革命軍、民眾、還是社會整體的輿論，都一致使用了「排滿」話語。但《血淚黃花》中的排滿話語更多地是基於平民階層與官僚階層的對立，而不是基於情緒化的種族對立。換言之，陸士諤小說中「國民革命」的內核是反封建。

二、戰爭現場的民間想像

學界普遍將《血淚黃花》《五日風聲》同視為報告文學，認為其是辛亥革命的「歷史見證」。歐陽健稱，陸士諤是「從最貼近的距離反映辛亥革命的第一位小說家」，《血淚黃花》是「晚清改革終結的歷史見證」。〔註25〕王鳳仙也將《血淚黃花》稱為「時事小說」，並認為：「因為作家的政治熱情以及作家與敘述事件『最貼近的距離』，敘述者很難擺脫事件的現實時空與意識形態的左右，而獲得一種超然的俯視視角與冷靜客觀的態度，從而影響了文本的藝術張力與內涵深度。」〔註26〕這種觀點的產生有兩大原因，其一，

〔註23〕陸士諤、黃小配：《血淚黃花・五日風聲》，桂林：灕江出版社，1988年，第79頁。

〔註24〕陸士諤、黃小配：《血淚黃花・五日風聲》，桂林：灕江出版社，1988年，第59頁。

〔註25〕歐陽健：《晚清小說史》，杭州：浙江古籍出版社，1997年，第370、358頁。

〔註26〕王鳳仙：《論陸士諤〈血淚黃花〉中的革命敘事》，《明清小說研究》2013年第2期。

《血淚黃花》寫於 1911 年 11 月，相距武昌起義僅一個月時間，很大可能是對時事即時性的記錄；其二，小說大量錄寫了革命檄文、部隊律令。

　　筆者認為，因為小說的創作時間與歷史的發生時間切近就給小說貼上「見證」的標籤或許值得商榷。《血淚黃花》中呈現出來的革命戰爭並非全然遵循真實歷史，更多地是一種經過藝術加工的民間想像。這種想像首先表現為對歷史人物進行神化與醜化的二元處理。陸士諤塑造了一個如天神般的黎元洪形象。但看黎的亮相：

> 忽見燈秋火把，勢若長蛇，一支兵風一般的來。為首一人，相貌堂堂，威風凜凜，佩刀軍服，袖纏白布，尊嚴得天神一般，高聲一喝「站住！」〔註27〕

小說中，黎元洪全程參與了武昌起義，並親自生擒瑞莘儒。但回到歷史原場，真實的黎元洪恐怕還是另一番模樣：

> 10 月 10 日（八月十九日）晚 7 點，在城外西北的塘角，李鵬升、李樹芬等在馬房縱火，混成協第二十一營輜重隊、工程隊士兵隨即起義，向城內進發。
>
> ……
>
> 二十九標營址距工程最近，士兵們高喊「打旗人」，在排長蔡濟民率領下衝出營門。三十標接著發動。三十一標、四十一標駐守駐守左旗營房，是黎元洪的協司令部所在地。為了阻撓起義，黎元洪殺死前來送信的外營士兵，又手刃準備響應的士兵鄒玉溪，但在聽到蛇山炮聲後潛逃。
>
> 黎在 10 月 10 日（八月十九日）晚上殺死了兩個起義士兵後，躲到一個參謀家裏，被搜了出來，送到諮議局，受到眾人歡迎。當他得知被推為都督時，臉色慘白，大喊：「我不能勝任，休要害我！」眾人或勸說，或威脅，都沒有效果。這時有人送來一份安民告示，要黎簽署，黎拒絕，革命黨人李翊東氣得舉槍對黎說：「再不答應，我就槍斃你！」說畢，李便代簽了一個「黎」字。
>
> 黎元洪在被推舉為都督後，不言不語，甚至不吃不喝，盤膝閉目，成了「泥菩薩」。直到 10 月 13 日（八月二十二日），他得知武

〔註27〕陸士諤、黃小配：《血淚黃花·五日風聲》，桂林：灕江出版社，1988 年，第31 頁。

漢三鎮全部克復，才改變態度，同意剪掉辮子。〔註28〕

真實歷史中「阻撓革命」「殺死義兵」「潛逃藏匿」的黎元洪，顯然與陸士諤筆下的「天神元帥」相去甚遠。在同時期的文學作品中，其實不乏黎元洪的藝術寫真。譚人鳳在回憶性作品《石叟牌詞・三十四》中有：「黃陂逃去城無主，大局飄搖風和雨。……忽傳戰事續久停，黃陂始展歸鄉翼。」〔註29〕他在牌詞後的敘文中也詳盡談及了武昌起義時黎元洪逃跑一事，又點評道：「都督有守土之責，輕率出走，僅顧一身之安危，使彼時北軍得知，策遣兵士一隊渡江，武昌即唾手可得，大局且將隨之而瓦解矣」〔註30〕。楊天石的研究和譚人鳳的回憶可作互證。筆者並非要評判歷史人物的功過是非，而是藉此來說明陸士諤對黎元洪的塑造絕非「見證」與「寫真」。

小說中，瑞莘儒被塑造為滿清腐敗官僚的典型代表。為謀得幾件賞物，他不惜犧牲別人的性命；為討妻妾開心，他利用權力隨意給下人「開保摺」；革命黨起事時，他鼠竄而逃，棄家眷於不顧；逃亡路上，他既不為清朝危亡而憂心，也不在乎中國明日的存亡，只心疼當初謀缺花掉的幾十萬銀子打了水漂。其他官員也都是一丘之貉，如漢陽知府「花了六七千銀子謀到這個缺，上任到今通祇不到九十天，無緣無故這只好飯碗竟被民軍敲碎了，只好步著瑞莘儒後塵，腳底抹油，一逃完結。」〔註31〕另一方面，陸士諤塑造的革命黨「個個都是好人」，是「國民的救主」。他們捨生拼死，「無非替同胞求幸福，為國家謀治安」；他們與「歷史上的割據英雄」是「失之毫分差以千里」〔註32〕。不難看出，陸士諤在人物審美風格上沿用了古典小說中「忠奸對立」的二元結構。這種藝術對歷史的改寫應該是時居上海的陸士諤對武昌起義的一種浪漫想像。

其次，陸士諤對於革命戰爭進行了喜劇性的處理。對武昌起義之後「北伐戰爭」的想像是整部小說的高潮部分。從氣勢上看，我方軍隊團結一心，威武霸氣：「指揮旗一揮，人字形軍隊頃刻變成功縱陣，宛如一字長蛇陣相

〔註28〕楊天石：《帝制的終結：辛亥，把權力關進牢籠的有益嘗試》，長沙：嶽麓書社，2013 年，第 309～310 頁。

〔註29〕譚人鳳：《石叟牌詞》，蘭州：甘肅人民出版社，1983 年，第 120 頁。

〔註30〕譚人鳳：《石叟牌詞》，蘭州：甘肅人民出版社，1983 年，第 123 頁。

〔註31〕陸士諤、黃小配：《血淚黃花・五日風聲》，桂林：灘江出版社，1988 年，第 51 頁。

〔註32〕陸士諤、黃小配：《血淚黃花・五日風聲》，桂林：灘江出版社，1988 年，第 8 頁。

似」〔註 33〕，邊行軍還邊高聲歌唱。從謀略來看，我方的戰術靈活多變，常常令敵方虛耗彈藥，而對方的戰術則死板平庸，很早就被我方識破。從攻擊能力來看，我方不僅槍法了得，而且智勇雙全，敵方則是清一色的業餘水平：「打來的槍，可憐白費掉子彈，一個人也沒有傷掉。這裡眾軍士，倒都捉死老虎似的，槍槍都著，記記都牢」〔註 34〕。從防禦能力來看，我方是如金剛護體。當敵方決定用大炮襲擊，我方防守能力又提升到了更高的境界：對方打來的炮將參天大樹「連桿帶枝」摧倒了三株，「橫了個滿地」，但是「敵炮雖然利害，人卻半個沒有傷害著。」〔註 35〕兩軍短兵相接時，更顯示出我軍戰士的英勇無敵：

> 眾人伏倒步行，且戰且走。
>
> 吳排長忽道：「隊官！我們離敵人放炮的地方只有五六百步路了，索性衝過去，搶他的大炮。」
>
> 一鳴回說很好。
>
> 吳排長就率同本排兵士，風一般迅掃而前。敵軍瞧見，忙開排槍擊射，彈丸槍子密如雨下。吳排長鼓著勇氣，冒進不已。愈行愈進，吳排長已和槍兵碰著，兩隊兵士就各把短兵廝殺起來。
>
> ……
>
> 廝殺了半個多鐘頭……只見吳排長拖著兩尊炮，飛馳而回。
>
> 北軍追上來，一鳴恰恰殺出去，一陣排槍就把北軍殺退。那時匐匍而行的步隊已經殺到，飄風驟雨一般，迅掃而前。
>
> 北軍抵擋不住，回頭就退。南軍整隊追趕，行伍步伐一絲不亂。
>
> ……
>
> 眾兵士踴躍前赴，槍彈上上落落，宛如萬千蜜蜂在空氣裏頭飛舞。〔註 36〕

〔註33〕陸士諤、黃小配：《血淚黃花·五日風聲》，桂林：灕江出版社，1988 年，第 103 頁。

〔註34〕陸士諤、黃小配：《血淚黃花·五日風聲》，桂林：灕江出版社，1988 年，第 98 頁。

〔註35〕陸士諤、黃小配：《血淚黃花·五日風聲》，桂林：灕江出版社，1988 年，第 98 頁。

〔註36〕陸士諤、黃小配：《血淚黃花·五日風聲》，桂林：灕江出版社，1988 年，第 98 頁。

　　正面戰場的描繪呈現出了陸士諤辛亥革命敘事的樂觀主義精神。若將這些場面視為「報告文學」來讀著實牽強。試看三個細節：一，對方集體的「排槍」打不死一個吳排長，但是我方黃一鳴一個人的「排槍」就可以把整個北軍殺退。這種以百敵一的失敗和以一敵百的完勝是令人匪夷所思的。二，我軍的匍匐、行走、射擊都顯現出舞蹈般的美感。在追趕北軍時，我軍能夠保持行伍「一絲不亂」。我軍的槍彈能夠上下翻飛，如同「蜜蜂飛舞」。這並不符於現實邏輯。三，吳排長隻身一人在「密如雨下」的槍彈中衝出五六百步，還和敵人廝殺半個多鐘頭，最後以「飛馳」的姿態拖著兩尊大炮安全回到我方隊伍之中。並且，他在「隻身搶炮」的過程中也中了一彈，那炮彈還在腿上對穿而過。這就更增添了其「飛馳而回」的神話色彩。對這個傷口的處理是：上了點藥，包上白布就可以了。在吳排長看來：「這點兒小傷都要將養起來，一營人不都跑光了麼，北軍殺過來，還叫誰去抵敵。」〔註37〕這顯然也是樂觀主義精神發揮了療傷的效果。

　　這種神乎其神的革命樂觀主義精神，在《新孽海花》中已見端倪。當主人公朱其昌被土匪綁去砍頭時，他的好友孔兄前來救人，竟然用催眠術控制了所有土匪的意念，輕而易舉將朱其昌救下。當朱其昌對催眠術報以好奇時，孔兄這樣解釋：「我上船的時候大聲一喝……他們驀然間聽得我一聲喝，必定要向我瞧，眼珠兒瞧著我，心裏頭也注著我了。只要他的心一注著我，就可被我催倒。」〔註38〕這種如天方夜譚般的催眠術也是陸士諤對現代文明的一種神化想像。

　　《血淚黃花》的想像力還表現在其預言的浪漫性。陸士諤是一個常常寫「夢」的作家。儘管 1911 年 11 月民國還未成立，但並不妨礙他對武昌革命後的國家進行美好想像。他首先以徐振華的夢境對全國統一進行了想像：「北京光復以後，各省都督都派代表到武昌，商議建設共和新政府，公舉大總統。自新政府成立後，所有各省舊設之軍政府一概取消。經大眾公決，承認武昌為華盛頓，推舉黎都督為大總統。……今朝是國民慶賀新政府成立的第一日，城裏頭沒男沒女沒老沒少都穿著新衣服到街上來逛，各店鋪都掛著燈，結著彩，高扎著國旗，各邦會館、各業公所和庵觀寺院都雇下班子

〔註37〕陸士諤、黃小配：《血淚黃花・五日風聲》，桂林：灕江出版社，1988 年，第99 頁。
〔註38〕陸士諤：《新孽海花》，北京：中國文聯出版社，1989 年，第234 頁。

在那裡演劇，四鄉趕進城瞧熱鬧的人山人海，擁擠得要不得。」〔註39〕接著，又在「現實」中描寫南軍北伐的戰爭場面。黃一鳴等新軍浩浩蕩蕩地展開了北伐之行，與此同時，「上海光復，江蘇光復，浙江光復，安徽、封建、廣東、廣西都光復」，捷報頻傳，「大有秋風掃落葉的勢派」〔註40〕。這竟然和振華夢中的景象一樣。可見振華夢裏「北京光復、普天同慶」的新政府成立的場面，既是振華「日有所思夜有所夢」，也是陸士諤本人的「日有所思夜有所夢」。也正因為預言是對革命的想像，陸士諤對武昌起義的描述存在很多誤差。例如杜撰孫中山從廣州帶了兵艦將要來武漢的新聞，又讓一鳴為此叫好：「打起北京來，就可水陸並進呢」〔註41〕；又如寫武昌起義後，清政府捲著金銀細軟投靠了俄羅斯；再如《孽海花續編》寫各省響應起義，攝政王父子就下詔書退位，把全部江山讓給漢族。對革命者的「神化」描寫是陸士諤擅長的浪漫手法，而「水陸並進打北京」「清政府投靠俄羅斯」等更是其想像力的飛揚之筆。這也為陸士諤後來寫《新中國》等幻想小說埋下了伏筆。

　　陸士諤浪漫主義的民間想像反映了他樸素的政治觀。他曾在《清史演義》說：「一代之功勳，以開國為最偉大；一代之人物，以開國為最英雄。」所以，陸士諤特意將徐振華這一人物設定為「大明朝開國功臣中山王後裔」〔註42〕。也正源於對「開國功勳」的崇拜之情，讓他在武昌起義後迅速寫就了《血淚黃花》。值得一提的是，同是以武昌起義為題材的作品，林紓的《金陵秋》與陸士諤的《血淚黃花》在塑造開國英雄的形象時，有一些耐人尋味的異同。兩者對黎元洪的神化塑造很類似。在陸士諤的想像中，革命後「黎都督被公舉為大總統」；林紓的《金陵秋》對「黃陂黎公」也極盡讚譽之詞。陸士諤和林紓對孫中山形象的塑造則有較大出入。《血淚黃花》中孫中山是革命的大英雄，敘事者道：「革命黨首領孫文，不日啟程至漢，帶有

〔註39〕陸士諤、黃小配：《血淚黃花・五日風聲》，桂林：灕江出版社，1988年，第66～68頁。

〔註40〕陸士諤、黃小配：《血淚黃花・五日風聲》，桂林：灕江出版社，1988年，第89頁。

〔註41〕陸士諤、黃小配：《血淚黃花・五日風聲》，桂林：灕江出版社，1988年，第107頁。

〔註42〕陸士諤、黃小配：《血淚黃花・五日風聲》，桂林：灕江出版社，1988年，第3頁。

大兵艦三艘。其駕駛者，皆為留英海軍學生。」〔註43〕《孽海花續編》也有對孫中山的讚譽：「武昌城裏出了個大英雄，名叫孫武的，振臂大呼，興師革命，各省聞風響應，東也獨立，西也光復，嚇得攝政王父子屁滾尿流，就此下詔退位，把廿二省江山都歸還給漢族。於是大清帝國就變成功中華民國了。這就叫『專制國終嬰專制禍，自由神還放自由花。』」〔註44〕這都與林紓《金陵秋》中「百戰而得金陵者，乃如喪家之狗，而海外寓公一旦得志，人固有幸與不幸也」〔註45〕和「彼人以虛名擁大位，寧解用兵」〔註46〕等對孫中山的負面評價形成了鮮明對比。與林紓堅定的清遺民自謂不同的是，陸士諤的立場是「國民」，所以他筆下的黎元洪和孫中山都是反官僚階層的大英雄。足可見視角不同所構建的革命圖景也相去甚遠。

　　基於上述理由，筆者認為《血淚黃花》與《五日風聲》並不能被歸為一類小說。《五日風聲》的作者黃小配既是同盟會會員，也是廣州起義的見證者。小說中的大部分敘述都符合黃花崗起義的史實。將《五日風聲》視為報告文學無可厚非。而《血淚黃花》的作者陸士諤並非武昌起義的見證者，時在上海的他只能通過想像來填補空間上的距離。陸士諤小說所「實寫」的武昌起義離真實歷史有較大差距。小說尾部的「北伐戰爭」以及對新政府的描述都是幻想之筆。《血淚黃花》所具備的藝術張力也遠大於《五日風聲》。從另一個角度來看，學界對《血淚黃花》的「史料化解讀」，無疑也顯露了中國文學批評傳統中對歷史題材小說「真實性」的潛在閱讀期待。小說使用虛構和誇張的手法來演義歷史本無可厚非，但問題在於小說的讀者、評論家以及社會輿論應該將「藝術言說」和「歷史言說」分而視之。

三、國民形象的全新建構

　　在辛亥革命的洪流中，新一代女國民成長起來獲得了全新的人生。《血淚黃花》中的徐振華便是陸士諤對女國民形象的一種美好建構。徐振華在家庭關係中處於主導地位，可以為自己的婚戀做主，還能積極投身革命，是

〔註43〕陸士諤、黃小配：《血淚黃花·五日風聲》，桂林：灕江出版社，1988年，第107頁。

〔註44〕陸士諤：《孽海花續編》，陸士諤：《新孽海花》，北京：中國文聯出版社，1989年，第196頁。

〔註45〕陸士諤：《清史演義》，上海：上海民眾書局，1921年，第269頁。

〔註46〕冷紅生：《金陵秋》，北京：商務印書館，1914年，第275頁。

中國小說中最早出現的女國民形象之一。這一形象為後來革命題材小說的女性形象塑造提供了一種重要的範式。

　　相較於晚清革命小說中的「英雌」形象，《血淚黃花》中的徐振華體現了女性與革命的和諧統一。這種和諧統一具體表現在三個方面。其一，徐振華祖上是明朝開國元勳，她的名字又叫「振華」，兩者無疑都賦予這個女孩「革命」的內涵，但這種「革命」隱喻並未讓她的形象和性格「雄化」。女裝扮相時的她「肩若削成腰如束素。論她的體態便是三春楊柳，十月芙蓉；論她的胸襟，便是月朗天空，星高瓊宇；論她的豐神，便是月裏素娥，霜中青女。」〔註47〕即使是女扮男裝從軍時也不失美感，看她「臨風玉樹一般，頭戴西式便帽，身穿湖綢棉麻杭緞馬褂，腳上時式緞鞋。舉止從容，豐神蕭灑。」〔註48〕男裝的徐振華既有「革命男兒」的瀟灑從容，又保留了「佳人」的美麗丰韻。其二，從內在修養來看，徐振華是新一代的知識女性，對革命有著深入的理解，在家庭中充當著革命啟蒙導師的角色。在徐家大宅裏，當冠英、桂生、李媽、王媽為革命時局感到惶恐不安時，只有徐振華是信息分析者。她從容淡定、深明大義，引導大家理解並配合革命。其三，徐振華是中國文學作品中最早和男性一起衝鋒陷陣的女戰士。她不僅支持黃一鳴革命，更自發、主動地要求參軍。儘管小說並沒有表現她殺敵，但是她在行軍中與男子同進退，經歷了長途跋涉，接受了槍林彈雨的考驗，不可謂不是優秀的革命戰士。

　　徐振華在家庭中的地位則表現了中國家庭從「老者本位」到「幼者本位」的關鍵性轉變。最能體現這種轉變的有三個細節。第一，徐振華在學校與黃一鳴相識，而後發展成了戀愛關係；朱桂生是徐太太的侄子，對徐振華也傾心已久。徐振華把黃一鳴這個自己交的男朋友帶回家，徐太太的態度是：心裏十分歡喜，時常留他在家裏吃飯。第二，有一次徐振華和徐太太為黃一鳴準備了一桌好菜，沒等來黃一鳴卻等來了朱桂生。徐太太出於客氣留桂生吃飯，而徐振華素來不喜歡這個胖表哥，便索性不吃飯了。此時，徐太太的態度是知道女兒的脾氣，也就不管她。第三，當徐振華提出要女扮男

〔註47〕陸士諤、黃小配：《血淚黃花‧五日風聲》，桂林：灕江出版社，1988 年，第4 頁。

〔註48〕陸士諤、黃小配：《血淚黃花‧五日風聲》，桂林：灕江出版社，1988 年，第93 頁。

裝去打仗的時候，提出反對意見的是黃一鳴。整個徐振華參軍事件的前後，小說始終沒有描寫徐太太的態度。在黃一鳴的病榻前，一鳴問振華為何一封信也沒有寄給家裏。振華說寄了信家裏反倒要來人看望。從這三個細節可以看出，徐振華對自己的人生有完全的自主權，而徐太太對女兒基本上是信任和支持的。此外，徐振華的革命還與小說中女子軍的革命相互輝映。劉保慶指出，徐振華與女子軍首領吳淑卿兩人的革命在修辭上構成了「互文」關係〔註49〕。筆者認為這種提法較為準確。如果將《血淚黃花》看作一部電影，那麼徐振華的革命是近景，而吳淑卿的革命是遠景。作為背景存在的吳淑卿及女子軍為徐振華上戰場提供了合法性，渲染了積極正義的氛圍，也描繪著當時的時代呼聲。

　　陸士諤是「言情」的高手，寫過很多以婚戀為題材的小說。《新孽海花》和《血淚黃花》兩部作品的發表時間相隔不到一年，但其所演繹的婚戀卻有極大的差異。《新孽海花》的戀愛故事發生在清末，是時清政府正做出立憲的姿態。朱其昌是留學回國的知識分子。他在一次遊玩中偶遇蘇慧兒，對其一見傾心並捨命相救。蘇慧兒滿腹詩書也識得大局，是當地的女教員。她對朱其昌也有深厚的感情。但朱其昌和蘇慧兒的婚姻都是父母的利益籌碼。由於朱其昌被父親指派了一門親事，所以二人都堅守著友情的界限。幾經波折，直到朱其昌的未婚妻去世，兩人才終於走到一起。

　　相較而言，徐振華和黃一鳴的愛情是一帆風順的。倆人的戀愛故事作為背景被三言兩句交代清楚：

　　　　一鳴到女子師範學校探望妹子，因與振華認識。兩個人遂做成
　　功了朋友，漸漸要好起來。振華愛一鳴英武豪俠，倜儻不群。一鳴
　　愛振華俊雅溫柔，賢明有識。兩個人互相愛慕，互相欽敬，由愛生
　　敬，由敬生愛，不知不覺情竇自為生長起來，自然而然訂成功了婚
　　約。朱氏太太見女婿英姿倜儻，心裏頭十分歡喜，時常留他在家裏
　　吃茶吃飯。〔註50〕

黃一鳴和徐振華的婚事完全由自己做主，表現了辛亥革命對中國人婚戀觀念

〔註49〕劉保慶：《辛亥時期女性形象書寫與女性公共空間的展開——評析陸士諤〈血淚黃花〉》，《北京社會科學》2012年第5期。

〔註50〕陸士諤、黃小配：《血淚黃花·五日風聲》，桂林：灕江出版社，1988年，第4頁。

所產生的深刻影響。在小說結尾處，黃一鳴決心繼續參與北伐，立下了「此番出去，如不把北京克復，誓不結婚」〔註51〕的誓言，暫時擱置了婚期。兩人的感情線跳出了「大團圓」結局的成規，烘托出了主人公的高尚人格。正如歐陽健所說：「這種借革命隊伍中普通一員的經歷和愛情故事來反映重大歷史事變的模式，一直為後世許多革命題材的文學作品所運用。」〔註52〕《血淚黃花》中的「革命加戀愛」敘事模式，不僅完成了戀愛自由的演繹，更完成了「戀愛革命化」的歷史轉身。這種捨家庭「小我」來成就革命「大我」的價值觀，開創了革命與戀愛水乳交融的敘事範式。

當然，小說也留下了一些封建的尾巴，如儘管徐太太批評瑞莘儒家的姨太太吃雞鋪張浪費，但是僅三口人的徐家卻請了兩個女傭。又如徐振華從師範學堂畢業後謝絕了工作邀請，守在閨中與家人作伴，「消磨那大好的光陰」〔註53〕。這些自相矛盾的地方無疑都是封建思想殘留的體現。但是這些細節並不妨礙徐振華作為一名優秀的新女性給小說增添的一抹亮色。徐振華走出徐家，和黃一鳴共同為革命事業奮鬥，傳達了陸士諤對於女性走出深閨，獲得與男性平等地位的一種美好憧憬。

陸士諤於1906年走上小說創作的道路。在研究者看來，當時「新小說的鼎盛時代已經降臨，新小說的格局已經基本形成。『後來者』的身份，注定了陸士諤在小說界的劣勢。……他的部分作品……顯然是在李伯元、吳研人設定的範式中運作的」〔註54〕。但在辛亥革命後，陸士諤的《血淚黃花》在革命敘事上開了先河，為後來的革命題材小說創作提供了寶貴的敘事經驗。陸士諤透過國民視角，描繪出了對民主社會、革命英雄和新女性的美好想像，呈現了他作為一個普通國民的愛國情感和對國家繁榮富強的真摯渴望。小說同時也揭示了：辛亥革命之所以能夠完成舊民主主義革命的重任，與來自民間的人民力量是分不開的。

〔註51〕陸士諤、黃小配：《血淚黃花·五日風聲》，桂林：灕江出版社，1988年，第111頁。
〔註52〕歐陽健：《晚清小說簡史》，太原：山西人民出版社，2005年，第234頁。
〔註53〕陸士諤、黃小配：《血淚黃花·五日風聲》，桂林：灕江出版社，1988年，第4頁。
〔註54〕歐陽健：《陸士諤論》，《明清小說研究》2002年第1期。

第二節　「阿 Q 革命」與「二重思維」

> 要想進步，要想太平，總得連根的拔去了「二重思想」。因為世界雖然不小，但彷徨的人種，是終竟尋不出位置的。〔註55〕
>
> ——魯迅《隨感錄五十四》

　　五四時期出現了被後人提及最多的以辛亥革命為題材的小說——《阿 Q 正傳》。魯迅是紹興光復的見證者。紹興光復前後，他曾組織學生上街講演宣傳革命。在紹興山會初級師範學堂任校長期間，魯迅與陳去病、王金發都有接觸。這些經歷可以說是魯迅離辛亥革命最近的記憶。魯迅多次在雜文中提及王金發在紹興時期的活動，但在小說中卻並未如辛亥革命後絕大多數作家一樣，熱衷於將他個人見聞的辛亥革命做記錄式的描寫，而是書寫了一個名字都難以確定的小人物阿 Q 的「非常態」的革命。那麼，魯迅為什麼要虛構一場關於阿 Q 的革命呢？

一、「據說的革命」與個人意志的喪失

　　在《阿 Q 正傳》中，未莊發生的革命有兩種。第一種自然是阿 Q、錢洋鬼子和趙秀才等人的以實踐為目的的革命。第二種是客觀存在於小說中但卻常被忽略的「據說的革命」。筆者認為，魯迅花費了很多筆墨、用了很多象徵和隱喻來建構的這第二種革命，具有著強大的表意功能。那麼，不妨來縷清一下魯迅所寫的「據說的革命」之面貌。

　　未莊作為城市下面的村鎮，受到革命的直接衝擊相對較少，但也正因如此，村人對革命的瞭解多半是通過以訛傳訛的集體想像來完成的。魯迅並沒有依靠場景的切換去平行地描寫城市裏的革命和未莊人的革命，而是始終將敘事視角放置在未莊人這個群體裏，去記錄未莊人耳朵裏聽到的革命。也就是說，魯迅於小說中建構的不是一場有形的革命，而是經過未莊人集體想像而捏塑成的無形的革命。試舉一例來剖析「據說的革命」的特點：

> 宣統三年九月十四日——即阿 Q 將搭連賣給趙白眼的這一天——三更四點，有一隻大烏篷船到了趙府上的河埠頭。這船從黑魆魆中蕩來，鄉下人睡得熟，都沒有知道；出去時將近黎明，卻很有

〔註55〕魯迅：《魯迅全集》第 1 卷，北京：人民文學出版社，2005 年，第 361 頁。

幾個看見的了。據探頭探腦的（下劃線、著重號為引者所加，下同）
調查來的結果，知道那竟是舉人老爺的船！

　那船便將大不安載給了未莊，不到正午，全村的人心就很搖
動。船的使命，趙家本來是很秘密的，但茶坊酒肆裏卻都說，革命
黨要進城，舉人老爺到我們鄉下來逃難了。惟有鄒七嫂不以為然，
說那不過是幾口破衣箱，舉人老爺想來寄存的，卻已被趙太爺回覆
轉去。其實舉人老爺和趙秀才素不相能，在理本不能有「共患難」
的情誼，況且鄒七嫂又和趙家是鄰居，見聞較為切近，所以大概該
是伊對的。

　然而謠言很旺盛，說舉人老爺雖然似乎沒有親到，卻有一封
長信，和趙家排了「轉折親」。趙太爺肚裏一輪，覺得於他總不會
有壞處，便將箱子留下了，現就塞在太太的床底下。至於革命黨，
有的說是便在這一夜進了城，個個白盔白甲：穿著崇正皇帝的素。
〔註56〕

仔細分析上述段落，便可發現「據說的革命」有三個特點。第一，革命講述
者的面目是模糊的。整個「據說的革命」實際上包含兩條情節線。第一條情
節線是由「探頭探腦的」和「鄒七嫂」的話語組成的。他們的說法可以形成
一個邏輯鏈條，即船是舉人老爺的，舉人老爺想來寄存幾口破衣箱，被趙太
爺拒絕了。因為「探頭探腦」所說的是「調查來的結果」，鄒七嫂又是「趙
家的鄰居」，加上敘事者對舉人老爺和趙家關係的分析和判斷，所以，這個
說法應該是相對可靠的。第二條情節線則是由「茶坊酒肆裏」「謠言」「有
的」的話語組成的。這三個敘事主語都不是具體的人，甚至刻意地略去了
「人」的表徵。這種模糊化的處理，勾勒出了未莊人傳播謠言時的一種混沌
而興奮的群體意象。正是由於說話人的面目模糊，使得「革命敘事」形成了
一種雪球效應。

　第二，固執地拒絕平淡的事實。將兩條情節線一比對，不難發現其所講
述的實際是兩件事。那艘三更來黎明走的船，第二天自然是不存在於未莊
了，但是未莊人對船背後故事的想像盛宴卻剛剛開啟。將「一艘船已經開走
的船」和「幾口已經回轉去了的破衣箱」演繹為了極具畫面感、擁有精密細

〔註56〕魯迅：《魯迅全集》第 1 卷，北京：人民文學出版社，2005 年，第 537～538
頁。

節的「舉人老爺逃難和白盔白甲革命党進城」的革命驚聞。這種無中生有、以訛傳訛的謠言具有強大的建構能力。「三更四點」「很有幾個看見的了」，這精確的時間和一個「很」字勾勒出未莊人類似抓奸捉贓的饑渴與八卦是非的畸形心理。「本來……但……」「惟有……然而……」這兩組轉折詞，顯示出在謠言面前任何想要澄清事實的舉動都不過是以卵擊石、一廂情願。

第三，興奮與不安並存。「據說的革命」的情感基調看似是惶恐自危，然而其本質卻是幸災樂禍。舉人老爺的船將「大不安」帶給了未莊。這種不安可以理解為連舉人老爺都要逃難了，可見革命是很可怕的，所以未莊人大概也會受到革命的傷害。如若遵循這一邏輯，那麼鄒七嫂的「證詞」應該能給惶恐的未莊人以寬慰。但是，「據說的革命」顯然並不滿足於鄒七嫂的安撫。讓方圓百里只有一個的舉人老爺演繹「逃難的戲碼」，讓官員們面臨「為崇正皇帝而起的復仇」，這種想像既可以解釋為一種發自本能的對權威的「精神詛咒」，也可以解讀為「唯恐天下不亂」的看客心理。所以「據說的革命」所裹挾著的興奮，要遠遠超過不安。「據說的革命」的結局便是：「未莊的人心日見其安靜了。」因為：

> 據傳來的消息，知道革命黨雖然進了城，倒還沒有什麼大異樣。知縣大老爺還是原官，不過改稱了什麼，而且舉人老爺也做了什麼——這些名目，未莊人都說不明白——官，帶兵的也還是先前的老把總。只有一件可怕的事是另有幾個不好的革命黨夾在裏面搗亂，第二天便動手剪辮子，聽說那鄰村的航船七斤便著了道兒，弄得不像人樣子了。〔註57〕

當集體幻夢被一盆冷水當頭澆醒時，未莊人所興奮的事情還沒有到來便戛然而止了。因此，這個「革命的故事」作為「謠言」的價值就不大了。「據說的革命」的講述者還不忘在故事的結尾處貢獻一些「驚喜」，其敘述口吻仍舊隱藏著一種殘餘的「興奮」。而小說所展開的更深一層推理是，這場「據說的革命」就真的敗給了客觀事實了嗎？它的影響也隨著「革命」的結束而消失了嗎？

答案顯然是否定的。在小說中，以「據說的革命」為代表的集體意志，對阿Q的個人思想有著深刻的影響。魯迅在敘述阿Q的思想和行為時，頻繁地點染了「集體意志」的「滲透」功能，最明顯的有五處描寫。

〔註57〕魯迅：《魯迅全集》第1卷，北京：人民文學出版社，2005年，第542頁。

第一處：

　　阿Q的耳朵裏，本來早聽到過革命黨這一句話，今年又親眼見過殺掉革命黨。但他有一種<u>不知從那裡來的意見</u>，以為革命黨便是造反，造反便是與他為難，所以一向是「深惡而痛絕之」的。〔註58〕

第二處：

　　阿Q聽到了很羨慕。他雖然早知道秀才盤辮的大新聞，但總沒有想到自己可以照樣做，現<u>在看見趙司晨也如此，才有了學樣的意思</u>，定下實行的決心。〔註59〕

第三處：

　　這一夜沒有月，未莊在黑暗裏很寂靜，寂靜到像羲皇時候一般太平。阿Q站著看到自己發煩，也似乎還是先前一樣，在那裡來來回回的搬，<u>箱子抬出了，器具抬出了，秀才娘子的寧式床也抬出了，……抬得他自己有些不信他的眼睛了</u>。但他決計不再上前，卻回到自己的祠裏去了。

　　土谷祠裏更漆黑；他關好大門，摸進自己的屋子裏。他躺了好一會，這才定了神，而且發出關於<u>自己</u>的思想來：白盔白甲的人明明到了，並不來打招呼，搬了許多好東西，又沒有自己的份，——這全是假洋鬼子可惡，不准我造反，否則，這次何至於沒有我的份呢？阿Q越想越氣，終於禁不住滿心痛恨起來，毒毒的點一點頭：「不准我造反，只准你造反？媽媽的假洋鬼子，——好，你造反！<u>造反是殺頭的罪名呵</u>，我總要告一狀，看你抓進縣裏去殺頭，——滿門抄斬，——嚓！嚓！」〔註60〕

第四處：

　　「過了二十年又是一個……」阿Q在百忙中，「<u>無師自通</u>」的<u>說出半句從來不說的話</u>。〔註61〕

第五處：

　　至於輿論，在未莊是<u>無異議</u>，自然都說阿Q壞，被槍斃便是他

〔註58〕魯迅：《魯迅全集》第1卷，北京：人民文學出版社，2005年，第538頁。

〔註59〕魯迅：《魯迅全集》第1卷，北京：人民文學出版社，2005年，第543頁。

〔註60〕魯迅：《魯迅全集》第1卷，北京：人民文學出版社，2005年，第546～547頁。

〔註61〕魯迅：《魯迅全集》第1卷，北京：人民文學出版社，2005年，第551頁。

<u>的壞的證據；不壞又何至於被槍斃呢？而城裏的輿論卻不佳，他們多半不滿足，以為槍斃並無殺頭這般好看；而且那是怎樣的一個可笑的死因呵，遊了那麼久的街，竟沒有唱一句戲：他們白跟一趟了。</u>
〔註62〕

下劃線標出的文字是集體意志「滲透」作用的具體表現。「不知從那裡來的意見」，成為了阿Q的意見；趙司晨的樣子，成為了阿Q的樣子；臨死前，阿Q能「無師自通」地說出從來不說的話。無論是思想、語言，還是外表，阿Q都能夠自然而然地模仿「別人的樣子」。這種「模仿」是「集體意志」滲透到個人的血液深處之後，模仿者不再需要刻意地學習就已然具備的一種條件反射。顯然阿Q這片雪花也被滾入到大雪球當中，擁有了自己無需思考就可以勇往直前的巨大慣性。「模仿」成為一個無形的過程，也就意味著「集體意志」已經蠶食了「個人意志」。個人便成為了「集體意志」的表演者和傳播者。

　　第三處是對「滲透」作用的詳盡演繹：在《革命》一章的開端，「據說的革命」中有一個重要的意象，即「個個白盔白甲：穿著崇正皇帝的素」的革命黨形象。阿Q「目睹」革命黨搶劫趙府時的自白，一共用了三個「似乎」。「似乎」所接的畫面都是「白盔白甲的革命黨搬東西」的場景，搬的東西都以阿Q日思夜想的「寧式床」為收束。這顯然是對「傳言」的一種聯想拼接。「但是不分明」「抬得他自己有些不相信他的眼睛了」這樣中斷「搶劫畫面」的語句，以及「沒有月」的、「黑暗」的、「寂靜到像羲皇時候一般太平」的客觀環境，加之阿Q並沒有邁開「上前」的步子，所以，「革命黨來來回回的搬」幾樣重複的對象，大概只是一場幻覺。更有意味的是，等阿Q終於回到土谷祠，並且「躺了好一會」，「定了神」之後，發出了「自己的思想」。而此時對搶劫事件的描述則變為了「白盔白甲的人明明到了……搬了許多東西」。也就是說，「據說的革命」以語言的形式滲透到阿Q的思想中，醞釀成了直接的幻覺，並最終成為了一種「自己」的、「明明」的記憶。在阿Q因為革命黨沒有來和自己打招呼而頗為氣惱時，集體的意志再度傾軋而來。阿Q開始用「集體語言」詛咒革命黨「造反就要被殺頭！」這一夜的未莊本來是黑暗且寂寞的。但在阿Q的腦海中，這一夜上演了一場轟轟烈烈的革命。可以推想，阿Q的幻想又會成為更多人口中的言辭鑿鑿。

〔註62〕魯迅：《魯迅全集》第1卷，北京：人民文學出版社，2005年，第552頁。

在阿Q的個體生命消失後，第五處描寫則再度顯示了這種「集體意志」可怕的延續。

《阿Q正傳》對「據說的革命」的演繹，揭示了國人從「臣民」跨步到「國民」的過程中首先面臨的大障礙，便是集體意志對個人意志無形而強勢地操控與改造。集體捏塑的革命謠言，成為了阿Q腦海中、口中、眼中的「真實革命」。更為可怕地是，阿Q能夠自覺地迎合集體而完成「革命演繹」，並且對殺頭、遊街這些不公的戕害進行自我合理化。咀嚼了阿Q的「話」「皮肉」與「靈魂」的「連成一氣的眼睛」，正是一種堅硬而強大的集體意志。從魯迅的其他小說中，也能夠看到這種「集體意志」對個人意識的吞噬過程。最為典型的是《狂人日記》：「瘋了」的「我」對「吃人」發出了「本來如此，便對嗎？」（個人意志）的質疑，在「被吃」的恐懼中還試圖規勸大哥不要再「吃人」，但終於被「我未必無意之中，不吃了我妹子的幾片肉」〔註63〕的自我懷疑所打敗，最終皈依了「正常思維」（「集體意志」）。《狂人日記》的序言正是「個人意志」在經過了掙扎之後，仍舊被「集體意志」吞噬的產物。而反過來，被吞噬的個人又正是構成「集體」的基本單位，是「吃人履歷」的攜帶者和傳承者。所以，「難見真的人！」《藥》中的華老栓為兒子買人血饅頭，《故鄉》中成年閏土與「我」的隔閡，無不都展現了集體意志對個人意識的無情碾壓。

汪暉認為：「與其說《阿Q正傳》創造了一個精神勝利法的典型，不如說提示了突破精神勝利法的契機。這些契機正是無數中國人最終會參與到革命中來的預言……阿Q體會到了身體之外的痛楚，但那聲『救命』終於沒有說出來──革命與救命不是對立的，而是相互連帶的。這就是革命是要人活的意思。……魯迅試圖抓住這些卑微的瞬間，通過對精神勝利法的診斷和展示，激發人們『向下超越』──即向著他們的直覺和本能所展示的現實關係超越、向著非歷史的領域超越。……如果說《阿Q正傳》是對作為開端的辛亥革命的一個探索，那麼，這個開端也就存在於向下超越的可能性和必要性之中──這是生命的完成，也是一個完全不同的世界觀的誕生。在這個意義上，《阿Q正傳》是中國革命開端時代的寓言。」〔註64〕筆者認

〔註63〕魯迅：《魯迅全集》第1卷，北京：人民文學出版社，2005年，第454頁。
〔註64〕汪暉：《阿Q生命中的六個瞬間》，武漢：華中師範大學出版社，2014年，第66、70、89頁。

為，魯迅寫《阿Q正傳》，不排除哀其不幸怒其不爭，想「激發人們『向下超越』」的情緒動機。魯迅在小說中也確實描寫了阿Q的「個人思想」閃現的幾個瞬間。然而，《阿Q正傳》的言說重點在於千百年來封建思想殘忍傾軋個體生命和集體意志無情澆熄人性閃光的悲劇。如果說魯迅的這篇小說是一個寓言，那麼這一寓言本身是對革命失效的深入骨髓的絕望詮釋，而不是對某一新時代的樂觀開啟。

二、「暴君的理想」與人格平等的空想

魯迅顯然並不滿足於控訴封建思想由外而內的壓迫行為，而是更進一步思考了阿Q革命的內在心理機制。這集中體現在阿Q成功之後將會怎樣的問題上。小說通過心理描寫對此進行了詳細地展示：

> 造反？有趣，……來了一陣白盔白甲的革命黨，都拿著板刀，鋼鞭，炸彈，洋炮，三尖兩刃刀，鉤鐮槍，走過土谷祠，叫道，「阿Q！同去同去！」於是一同去。……
>
> 這時未莊的一夥鳥男女才好笑哩，跪下叫道，「阿Q，饒命！」誰聽他！第一個該死的是小D和趙太爺，還有秀才，還有假洋鬼子，……留幾條麼？王胡本來還可留，但也不要了。……
>
> 東西，……直走進去打開箱子來：元寶，洋錢，洋紗衫，……秀才娘子的一張寧式床先搬到土谷祠，此外便擺了錢家的桌椅，——或者也就用趙家的罷。自己是不動手的了，叫小D來搬，要搬得快，搬得不快打嘴巴。……
>
> 趙司晨的妹子真醜。鄒七嫂的女兒過幾年再說。假洋鬼子的老婆會和沒有辮子的男人睡覺，嚇，不是好東西！秀才的老婆是眼胞上有疤的。……吳媽長久不見了，不知道在那裡，——可惜腳太大。〔註65〕

這一段完整的「革命烏托邦」的描述，從兩個層面展現了阿Q本身具備的「暴君」潛質。

其一，對革命方式的「暴君」式解讀。在阿Q對革命的闡釋中，有這樣

〔註65〕魯迅：《魯迅全集》第1卷，北京：人民文學出版社，2005年，第540～541頁。

一個等式：革命＝遊戲＝造反＝殺人。革命被解讀為了「有趣」的殺人遊戲。殺人的規則是隨意的。殺人的工具也是隨意的。其二，對革命彼岸的「暴君」式解讀。阿Q認為革命之後，自己可以得到的是「未莊人的下跪」（威福）「東西」（財富）「吳媽」（女人）。而對這些東西的獲得和使用，遵循的原則仍然是隨意的。魯迅在《聖武》中曾對劉邦項羽想「取秦始皇而代之」做過剖析，認為其目的「只是純粹獸性方面的欲望的滿足——威福，子女，玉帛，——罷了。然而在一切大小丈夫，卻要算最高理想（？）了。我怕現在的人，還被這理想支配著。」〔註66〕阿Q的革命願景，和「大丈夫當如此也」中的「如此」正是一一對應的關係，其核心思想仍然是帝制時代的「君為主，民為奴」。

丸尾常喜認為：「『革命』讓阿Q看到了他所未曾想像過的秩序的崩裂。魯迅的筆觸鮮明地描寫出一個長期被壓迫、被閉鎖的靈魂當既定秩序崩裂之際所噴發出來的怨憤、希望、幻想及其切實性。」〔註67〕丸尾常喜對阿Q形象顯然有些過度拔高了。阿Q革命有一個重要的前提，即正在「崩裂」的不是秩序本身。阿Q的「暴君理想」不僅構成了對「革命意義」的解構，更顯示了比暴君更可怕的是「暴君的臣民」這一著名論斷。「奴隸制度」之毒最可怕的地方，就是讓「奴隸」們的血液裏都長出了一個「奴人」的最高理想。革命可以將上一個暴君革去，但卻仍舊扶植起來一個新的暴君，並且生生不息。革命只是完成一次「洗牌」，讓人有機會從「被奴」的位置轉換到「奴人」的位置。在這樣一種循環裏，一場辛亥革命如何能迅速地讓「奴隸」們（潛在的「暴君」們）的血液得以更新呢？這正是魯迅所抱有的核心質疑。

小說中，「暴君的理想」並不僅僅停留在「幻想」層面，更直接地滲透到了「革命」的過程中。在未莊裏，等級制度內化為了未莊人的一種等級意識。這種意識無形地綁架了未莊裏的每一個人。阿Q心中有一條清晰的食物鏈：趙秀才→趙司晨→阿Q→小D。這種單向的秩序是不容打破的。當趙秀才盤辮子的時候，他「沒有想到自己可以照樣做」；只有當趙司晨盤辮子的時候，他「才有了學樣的意思，定下實行的決心」；但當小D也盤辮子的

〔註66〕魯迅：《魯迅全集》第1卷，北京：人民文學出版社，2005年，第372頁。
〔註67〕丸尾常喜：《「人」與「鬼」的糾葛》，秦弓譯，北京：人民文學出版社，1995年，第138頁。

時候，阿Ｑ「萬料不到他也敢這樣做，自己也決不准他這樣做！」〔註68〕他自覺地將趙秀才視作高自己兩級的一類人，所以趙秀才做的事，自己不能做。他認為自己可以學習的榜樣，是略高自己一級的趙司晨。但自己是絕對不能越過趙司晨而先盤辮子的。阿Ｑ如此遵守著未莊的「等級制度」，認為別人也應該跟他一樣嚴格遵守，所以當小Ｄ盤辮子的時候，他就無比氣憤。實際上，小Ｄ一方何嘗不是嚴格地遵守著「等級制度」，也是在趙司晨之後才盤辮子。只不過小Ｄ和阿Ｑ一樣，認為未莊底層人群中的最末者，不是自己而已。

「等級意識」在「優勢者」一方，體現為「革命特權」的排他性。當阿Ｑ自視為革命黨的時候，不僅小Ｄ，趙老爺和趙白眼的套近乎也被他無情地拒絕。而當趙秀才得到了一塊銀桃子時，趙太爺便「驟然大闊」，甚至比兒子中秀才時更目空一切，於是又不把阿Ｑ放在眼裏了。可以看到，在「革命」語境下，未莊「參與革命」的人是希望在新的食物鏈中搶佔一個上風的位置，當認為自己已經站穩了新的優勢位置時，就開始俯瞰自己下風的人們，兀自有了一種威福。錢洋鬼子和趙白眼不准阿Ｑ革命，與阿Ｑ不准小Ｄ盤辮子，本質上是一回事。悉尼‧胡克認為：「作為一個民主主義者，不管是什麼計劃都得以自由社會（的締造）為計劃的總目標。」〔註69〕當革命成為了一種特權，具有了排他性，實際上便等同於「改朝換代」，表現出來的仍然是一種「暴君」式的「單要由我喝盡了一切空間時間的酒」的面貌。躋身利益階層後，就自然封死了別人「爭奪革命果實」的機會，這是「暴君」所必備的一種「風範」。這種潛在的規則，讓「革命」在未莊成為了不可能推行開來的事物。

「等級意識」在「劣勢者」一方，體現為對「奴隸位置」的自覺體認。這種體認的集中表現就是「精神勝利法」。對等級制度所帶來的不自由、不平等，阿Ｑ具有強大的消化功能。在爭奪「暴君」地位的戰爭中，他輸得起，因為輸了不就是重新當回「奴隸」麼？在革命之後的利益分配中，舉人老爺和趙太爺感到自己吃了虧，所以才漸漸有了遺老的氣味。而把總又很煩躁於頻發的搶劫案。於是，阿Ｑ成了替罪羊。阿Ｑ「下跪」的場景極具「隱喻」意義：

> 他下半天便又被抓出柵欄門去了，到得大堂，上面坐著一個滿

〔註68〕 魯迅：《魯迅全集》第1卷，北京：人民文學出版社，2005年，第543頁。
〔註69〕 〔美〕悉尼‧胡克：《歷史中的英雄》，王彬清等譯，上海：上海人民出版社，2006年，第184頁。

頭剃得精光的老頭子。阿 Q 疑心他是和尚，但看見下面站著一排兵，兩旁又站著十幾個長衫人物，也有滿頭剃得精光像這老頭子的，也有將一尺來長的頭髮披在背後像那假洋鬼子的，都是一臉橫肉，怒目而視的看他；他便知道這人一定有些來歷，膝關節立刻自然而然的寬鬆，便跪了下去了。

「站著說！不要跪！」長衫人物都吆喝說。

阿 Q 雖然似乎懂得，但總覺得站不住，身不由己的蹲了下去，而且終於趁勢改為跪下了。

「奴隸性！……」長衫人物又鄙夷似的說，但也沒有叫他起來。
〔註70〕

在這段描寫中，有「民主」和「帝制」兩套話語體系。在「民主」的體系裏，阿 Q 並不知道自己犯了什麼罪，看到一個禿老頭子還以為他是和尚，所以並不感到害怕。當阿 Q 跪下去時，長衫人物鄙夷地說了句「奴隸性！」「剪髮」和對「奴隸性」的批判，這似乎是辛亥革命後的一種「新氣象」。然而另外一個話語體系中，禿老頭子下面站著一排兵。兩旁十幾個長衫人物「一臉橫肉，怒目而視」。長衫人物在批判了阿 Q 的奴隸性之後，也並未再叫他起來。「聖武」的排場和對「下跪」的默認，顯然是「帝制」社會的場景。這兩套體系，「民主」為表，「帝制」為裏。

在「聖武」面前，各人很快就進入了自己熟悉的角色。阿 Q「總覺得站不住，身不由己的蹲了下去，而且終於趁勢改為跪下了」。顯然，阿 Q「下跪」的自覺和渴望，其強度遠遠大於「似乎懂得」的力量。畫押時，阿 Q 並無暇思考自己為什麼要畫押，而是糾結於「圓圈劃得夠不夠圓」；在遊街時，阿 Q 逐漸明白了自己是要去殺頭，但竟然也開始認為天地間本來就是要殺頭的。這都是希望能夠做一個「好奴隸」的細節呈現，是血液中的等級意識所發揮著的神奇效果。正如馮雪峰在魯迅逝世週年會上指出的：「這是失敗後的奴隸，甚至是在做穩了奴隸之後而幸喜著，而得意著的馴服的奴才的意識」〔註71〕。除了阿 Q，魯迅筆下的閏土、祥林嫂也是被「等級意識」所蠶食的典型例子。

〔註70〕魯迅：《魯迅全集》第 1 卷，北京：人民文學出版社，2005 年，第 548 頁。
〔註71〕馮雪峰：《魯迅與中國民族及文學上的魯迅主義》，《文藝陣地》1940 年第 8 期上半月刊。

　　馮雪峰所說的「精神勝利法是奴隸的失敗主義的精華」，無疑是對阿 Q
思維方式切中要害的一種總結。王富仁更進一步指出：「魯迅現實主義的冷
峻色彩在很大程度上來源於他對社會群眾的真實而嚴峻的處理上。封建的禁
慾主義和虛偽禮教的長期約束，在中國給廣大群眾的精神發展帶來了嚴重的
後果。《吶喊》和《彷徨》實際描寫了由長期的情感壓抑所造成的四種精神
病態的表現。……向內情感壓抑的惡性發展必將導致自我意識的喪失，這是
變形的忍耐、轉化了的痛苦，其典型表現是阿 Q 的精神勝利法」〔註72〕。
這一對精神勝利法之「病態」性質的界定，較於從阿 Q 的血淚史中看到了奴
隸反叛的可能性的觀點，更貼近「精神勝利法」的本質。筆者認為《阿 Q 正
傳》的所表現的內容並不停留在「精神勝利法」本身，還在於「精神勝利法」
對於整個中國社會的固化作用。

　　在悉尼·胡克看來：「一個民主社會應該鼓勵人們懷抱以下這種信念：
即所有的人都會受到召喚，和所有的人都有可能被挑選上。其所以所有的人
都有可能被挑選上，是因為通過人們所具有的能力和潛力的自發性的變化，
自然界本身呈現了豐富多彩的發展的可能性，而一個設計得很明智的社會當
可把它儘量發揮，以便作為挑選的出發點。這種千差萬別的變化乃是人格和
價值發生新的萌芽的泉源和希望。在一個合作互助的環境裏，把這種信念（即
指所有的人都有可能被挑選的信念）奉行起來，便能鼓勵人們繼續不斷地努
力，而其結果往往會把希望變為成就。」〔註73〕「阿 Q 革命」言說著等級
意識的「封閉性」與「排他性」〔註74〕。等級意識封死了「所有的人都有可
能被挑選上的」的可能性，扼殺了人格與價值萌芽的希望。受其支配的人們
便不可能創造出一種讓「希望變為成就」的社會環境。「精神勝利法」讓國
人進行著對苦難的自我消化，反過來又庇護著「等級意識」的代代承襲。「精
神勝利法」以一種超脫痛苦的幻覺，撫慰著偶而迸發出來的痛感，讓處於「奴
隸」位置的人們成為了麻痹、沉默、乖順的封建制度的基石。只要國人對苦

〔註72〕王富仁：《〈吶喊〉〈彷徨〉綜論》，《中國需要魯迅》，北京：北京師範大學出
　　　　版集團、合肥：安徽大學出版社，2013 年，第 76 頁。
〔註73〕〔美〕悉尼·胡克：《歷史中的英雄》，王彬清等譯，上海：上海人民出版社，
　　　　2006 年，第 165 頁。
〔註74〕王富仁先生認為：「中國封建的專制等級制度自身也帶有封閉性和排他性。」
　　　　參見王富仁：《中國的文藝復興》，桂林：廣西師範大學出版社，2003 年，第
　　　　57 頁。

難仍然擁有著「病態」的消化能力，就將繼續培養出新的「暴君」。因此，在等級意識堅不可摧的社會裏，國人不可能完成從「臣民」到「國民」的跨越。這是透過「阿 Q 的革命」及其精神勝利法所呈現出來的國民身份轉換過程中更為深層的障礙。

三、「二重思維」與新文明的解構

在《阿 Q 正傳》中，「集體意志」從外部吞噬了人自由思考的能力，「等級意識」從內部蠶食了人的天性與靈魂。而無論是「集體意志」還是「等級意識」，都是「舊文化」的載體。「舊文化」在面對伴隨著辛亥革命而來的新文明時，成為了具有強大消解力的泥沼。

「舊文化」對「革命」的消解，表現為一種共時性的「二重思維」。這種思維的第一個表徵是用「舊文化」置換「新事物」。人們總可以用舊文化的一套思維方式和價值觀念來圖解革命。假洋鬼子進城回來後，將一塊「銀桃子」賣給了趙秀才。這時的「未莊人都驚服，說這是柿油黨的頂子，抵得一個翰林」〔註75〕。舊文化中的「翰林」成功地置換了「革命黨」的概念。而趙秀才「買」、假洋鬼子「賣」銀桃子的行為，又遵循了舊文化中的「買官」規則。於是，加入革命黨的這一行為，就無關愛國和革命信仰，而不過是包裹著「新文明」外衣的「入仕之途」。

「二重思維」的第二個表徵，是革命過程的「二重性」。錢洋鬼子和趙秀才的革命，作為未莊裏唯一一次真正成行的「革命」，集中反映了這種「二重性」。他們「革靜修庵的命」的全過程是：

> 趙秀才消息靈，一知道革命黨已在夜間進城，便將辮子盤在頂上，一早去拜訪那歷來也不相能的錢洋鬼子。這是「咸與維新」的時候了，所以他們便談得很投機，立刻成了情投意合的同志，也相約去革命。他們想而又想，才想出靜修庵裏有一塊「皇帝萬歲萬萬歲」的龍牌，是應該趕緊革掉的，於是又立刻同到庵裏去革命。因為老尼姑來阻擋，說了三句話，他們便將伊當作滿政府，在頭上很給了不少的棍子和栗鑿。尼姑待他們走後，定了神來檢點，龍牌固然已經碎在地上了，而且又不見了觀音娘娘座前的一個宣德爐。〔註76〕

〔註75〕魯迅：《魯迅全集》第 1 卷，北京：人民文學出版社，2005 年，第 544 頁。
〔註76〕魯迅：《魯迅全集》第 1 卷，北京：人民文學出版社，2005 年，第 542 頁。

素不相能的兩個人「志同道合」了；得知革命黨昨夜進城了，所以二人就盤上辮子去革命；革命的對象是一塊龍牌和一個老尼姑。更諷刺的是，他們打碎了「皇帝萬歲萬萬歲」的龍牌，給尼姑安了個「滿政府」的罪名，卻又「順走」了宣德爐。龍牌和滿政府，是要革掉的主子的象徵，而「辮子」和「宣德爐」是強大的舊文化的象徵。加之「據說的革命」對革命黨「穿著崇正皇帝的素」的想像，不難構成「革命」的核心意旨：即「咸與維新」不過是「換」一個主子，而一切舊制仍不用改變。魯迅在 1925 年寫給許廣平的信中曾這樣說：「最初的革命是排滿，容易做到的，其次的改革是要國民改革自己的壞根性，於是就不肯了。所以此後最要緊的是改革國民性，否則，無論是專制，是共和，是什麼什麼，招牌雖換，貨色照舊，全不行的。」〔註77〕趙秀才和錢洋鬼子的革命，正是魯迅這一觀點的象徵性演繹，意味著「革命」並不曾真正破損舊文化的根基。

　　從歷時性看，在「二重思維」的引導下，辛亥革命作為一個歷史事件，在未莊掀起的波瀾呈現出了一個個閉環結構。其一，未莊人心的變化軌跡是一個閉環。舉人老爺的船夜裏來過一趟未莊，便打破了未莊的平靜。不到正午，「全村的人心就很搖動」。這種搖動表現為對「來了」的恐懼和對革命的瘋狂想像。當大多數未莊人活在集體捏塑的革命想像裏時，一小部分人如錢洋鬼子、趙秀才、趙白眼、阿 Q 實行起了「革命」。最後，當革命成為了「完成時」，未莊的人心便「日見其安靜了」。「安靜→搖動→安靜」，是未莊人心的波動軌跡。其二，未莊政治格局的變化軌跡也是一個閉環。革命之後，一切原來的官都還是官，不過換了個名目。至於阿 Q 受審時，所見到的「文明的審判」，和舊時也沒什麼兩樣。這正如魯迅所說：「統治階級的革命，不過是爭奪一把舊椅子。去推的時候，好像這椅子很可恨，一奪到手，就又覺得是寶貝了，而同時也自覺了自己正如這『舊的』一氣。」〔註78〕未莊統治階級「新舊」結構的變化過程，是「舊→未知的新→舊」，同樣是周而復始的形狀。其三，阿 Q 等「革命者」思想變化的軌跡仍然是一個閉環。在城裏看到革命黨被殺頭時，作為看客的阿 Q 們認為這種場面好看。當意識到參加革命

〔註77〕 魯迅：《兩地書·八》，《魯迅全集》第 11 卷，北京：人民文學出版社，2005年，第 31～32 頁。

〔註78〕 魯迅：《二心集·上海文藝之一瞥》，《魯迅全集》第 4 卷，北京：人民文學出版社，2005 年，第 308 頁。

有可能改變自己的生活時，他們便開始積極向革命靠攏，如想像革命圖景、去靜修庵革命、試圖與錢洋鬼子交好，等等。然而，當革命道路被封死後，阿Q思想上發生了一個巨大的轉折，又成為了革命的看客，詛咒錢洋鬼子「造反是要殺頭的！」推及舉人老爺、趙府一家人也是一樣，革命之後並未得到預期的好處，就「發生了遺老的氣味」。當阿Q被殺頭之後，看阿Q殺頭的人，和當時阿Q看革命黨殺頭時的思想仍然是一致的。可見，人們的思想並沒有因為革命而發生本質的改變，其過程仍然是「守舊→革新→守舊」的閉環。綜而觀之，這三個圓環都顯示了未莊人「革命」之後對「舊文化」的復歸。

「二重思維」和「閉環結構」顯示了舊文化的強大和頑固。魯迅在《改革與習慣》中說：「真實的革命者，自有獨到的見解，例如烏略諾夫先生，他是將『風俗』和『習慣』都包括在『文化』之內的，並且以為改革這些，很為困難。我想，但倘不將這些改革，則這革命即等於無成，如沙上建塔，頃刻倒壞。」〔註79〕《阿Q正傳》對革命的演繹，恰恰與魯迅的這段話構成了互文。無論是持著「二重思維」去革命，還是最終皈依「舊文化」，都描摹出了「臣民」在有機會成為「國民」時，選擇了往前而又後退的「彷徨姿態」。這種彷徨姿態，是國人難以真正擺脫「臣民」身份的最為根本的原因，亦是魯迅對辛亥革命成果在民國成立之後如何被無聲吞噬的深刻思考。

值得注意的是，和民國初年的辛亥敘事相比，魯迅的辛亥敘事並沒有設置一個「啟蒙機制」。客觀來說，在廣義的辛亥革命時期，中國社會不乏倡導民主共和、自由平等的啟蒙導師，具有代表性的如蔡元培、鄒容、陳天華、章太炎，柳亞子及南社的諸多人士，等等。他們撰寫激越的檄文倡導革命，甚至不惜搭上姓名去傳播革命。魯迅自己也譯寫過《斯巴達之魂》這樣鼓吹「革王命」的作品。不管宣講人自己對革命理論是否已全然消化，但自由平等作為時代流行話語確是不爭的事實。在民初的文學作品中，國人從「臣民」到「國民」的跨越往往都承蒙革命導師的點化。《血淚黃花》可謂「啟蒙機制」的第一部全面實踐之作。小說中，黃一鳴和徐振華這對未婚夫妻不僅身體力行幹革命，更自覺地充當了「革命啟蒙導師」的角色。他們從身邊人開始，不斷地對「臣民」灌輸革命理念，讓很多人構建了全新的思想體系並成為促成

〔註79〕魯迅：《二心集·習慣與改革》，《魯迅全集》第4卷，北京：人民文學出版社，2005年，第229頁。

武漢三鎮光復的一份子。這種「啟蒙機制」不僅是實現從「臣民」到「國民」跨越的關鍵拐點，更客觀上成為了「革命敘事」的必要一環。但是也應該看到，「啟蒙機制」的存在本身就假定了一個前提，即人的思想和思維方式是能夠在短時間內發生翻天覆地的改變的。既然啟蒙效果有如此之好，所以政治革命和思想革命自然是可以同時進行、一蹴而就的。

而在魯迅看來，以排滿成功為標誌的革命和以革除國民劣根性為核心的思想革命是兩碼事。排滿是可以短時間內做到的，而人的思想是不可能以相同的速度改變的。辛亥革命作為一場政治革命，可以迅速完成一個政權的更迭，但真正引導「臣民」實現對國民身份的體認，卻是漫長而艱巨的工程。只要「臣民」仍舊是「臣民」，那麼，「共和」對「專制」的替換就只是名字的改變而已。基於這樣的思想，《阿Q正傳》裏並沒有任何關於自由、平等之類現代思想的傳播場景。阿Q對革命的理解，一部分來自於「看客的經驗」，更大一部分源於對「集體意志」的復刻。「啟蒙機制」的缺失，顯示了魯迅對「啟蒙」更為深刻的理解。正如王彬彬所說：「在魯迅那裡，救亡從未壓倒啟蒙，因為在他的意識裏，救亡離不開啟蒙，啟蒙是救亡的前提。啟蒙的目的當然大於救亡，但包含著救亡。魯迅的深刻之處，在於一開始便意識到，只有民眾思想上都覺醒了，都成了具有現代意識的人，民族才能真正在世界上佔有一席之地，否則，民族遲早還要淪亡。正因為如此，魯迅從投身新文化運動始，便不曾放棄過對大眾啟蒙的努力。」〔註80〕

筆者認為，作為20世紀20年代和10年代辛亥革命題材小說的代表作，《阿Q正傳》與《血淚黃花》同樣關注著辛亥革命所帶來的中國人的「身份轉化」問題。魯迅之深刻在於，他並未搖旗吶喊於身份的「進化」，而是深入透視著身份的「固化」。如果說《血淚黃花》描繪了辛亥革命對國民意識的催生作用以及國人對國民身份的體認過程，那麼《阿Q正傳》則戳破了這一「無縫轉換」的美夢，演繹著「臣民意識」是如何於無形中實現了對「國民意識」的吞噬。這使得魯迅的《阿Q正傳》在這一問題上，更具備現實主義精神。而這也就回答了本文一開始的疑問：他選擇阿Q而非王金發作為主人公，是因為他認為阿Q的革命才是國人真正「常態」的革命；他並未選擇對辛亥革命作一記錄式的書寫，是因為他認為在民國的「當下」，更重要的是反思辛亥革命的成果是如何被摘取殆盡的。1925年時，魯迅還

〔註80〕王彬彬：《魯迅：晚年情懷》，上海：上海教育出版社，1999年，第64頁。

在說：

> 我覺得彷彿久沒有所謂中華民國。
>
> 我覺得革命以前，我是做奴隸；革命以後不多久，就受了奴隸的騙，變成他們的奴隸了。
>
> 我覺得有許多民國國民而是民國的敵人。
>
> 我覺得有許多民國國民很像住在德法等國裏的猶太人，他們的意中別有一個國度。
>
> 我覺得許多烈士的血都被人們踏滅了，然而又不是故意的。
>
> 我覺得什麼都要從新做過。
>
> 退一萬步說罷，我希望有人好好地做一部民國的建國史給少年看，因為我覺得民國的來源，實在已經失傳了，雖然還只有十四年！〔註81〕

綜上所述，《阿Q正傳》根本不是批判辛亥革命本身，而是嚴肅且沉痛地追究著辛亥革命的傳統與精神是如何一步步喪失的，民國是如何「久已不是民國」的！《阿Q正傳》在辛亥敘事上的超越性，在於從深層剖析和演繹了封建文化所鑄就的「臣民」是如何站在辛亥革命的反面，既被舊文化蠶食著自由、肉身與靈魂，又以舊文化的載體和幫兇的身份去蠶食辛亥革命與中華民國的自由、肉身與靈魂的過程。

第三節　第一代女國民的破殼之役

對辛亥革命的直接參與者而言，革命是一場轟轟烈烈成王敗寇的戰爭。對於那些生活在較偏遠地區的人們而言，革命是從遠方傳來蒙著幾層面紗的禍福難辨之音。革命裏挾著社會各個層面的變革情緒，餘波浸染著大地的每一個角落。這裡的人們，也許能夠幸免於槍炮的轟掃，卻必然面對因革命而催發的從舊生活走向新生活的破殼之痛。《母親》是丁玲唯一一部以辛亥革命為背景的長篇小說。它以兒童的視角講述了一個傳統女性完成現代轉型的故事。

正如張遼民所說，《母親》塑造了一個「由舊向新過渡的『中介』人……

〔註81〕魯迅：《忽然想到之三》，《魯迅全集》第3卷，北京：人民文學出版社，2005年，第16～17頁。

一個最初起步的開拓型的人物形象」〔註82〕。筆者將《母親》放在「從臣民到國民」這一主題之下，與民國成立前夕的《血淚黃花》、五四時期的《阿Q正傳》作縱向上的比對，是想探尋在對辛亥革命所帶來的「國民」身份進行了興奮式和絕望式的兩種體認之後，是否存在一種國人自發塑造「新我」的過程。如果有，那麼這一過程又是如何進行的。作為第二代國民〔註83〕的丁玲對母親這一形象的塑造，應該說能夠很好地回答這一問題。

一、「男性缺席」與封建綱常的瓦解

　　作家對於往事的回憶，常通過兩種顯性的文學形式呈現：第一種是自傳性的小說，第二種是回憶性的散文。自傳小說和回憶散文在歷史真實性上往往能夠相互佐證。回憶性散文遵循真實原則，而小說常通過虛構使之與歷史真實產生藝術的距離。虛構為解讀作者創作意圖出了謎題，也可能使小說產生作者未曾預料的內蘊和意義。丁玲對童年生活的回憶也通過這兩種文學形式呈現出來。《母親》是一部自傳性質的小說，其中的人物大都能夠找到現實原型：「于曼貞」即丁玲的母親余曼貞；「小菡」是童年的丁玲；遺腹子「大」是丁玲的弟弟，四歲就去世了。丁玲的父親三十二歲就去世了，二伯出了家，一個叔叔當了土匪，這些也都與小說的敘述吻合。《遙遠的故事》是丁玲的一篇回憶性散文，同樣是丁玲對童年故鄉人事的回憶。因此，兩個文本應該具有對應性。然而，兩相比較就會發現從《遙遠的故事》到《母親》，最大的變化便是「男性缺席」。

　　生活中，丁玲喜歡談論那個「封建大家庭的故事」。茅盾曾說：「那時候丁玲和她的朋友們談起了她自己家裏那『大家庭』衰敗和『分化』的情形——封建地主沒落的過程，她的朋友便勸她用這題材來寫一部小說。」〔註84〕沈從文在《記丁玲女士》中也談到丁玲在同友人的交談中常常談起她的父親。「蔣父送馬」的事情因此流傳甚廣。〔註85〕丁玲在《遙遠的故事》中同樣樂此不疲地談到了「封建大家庭」的軼事。在全文九個自然段中，每個自然

〔註82〕張遼民：《中國現代女性覺醒的序曲——試論丁玲的長篇小說〈母親〉》，《中國現代文學研究叢刊》1988年第9期。

〔註83〕豐杰：《自由的悖論——對丁玲早期小說中女性主體自由的再思考》，《海南師範大學學報（社會科學版）》2020年第6期。

〔註84〕茅盾：《丁玲的〈母親〉》，《文學》1933年9月1日。

〔註85〕從文：《記丁玲女士》，《國聞週報》1933年7月20日。

段都提到了家庭中的男性，並且除了最後一段，前八段都是以「爺爺們」和
「父親」為主要描寫對象。蔣父去世的時候丁玲才四歲，對父親的直接記憶
是非常模糊的。丁玲如此頻繁地談起她的父親，一方面可以說明丁玲對父
輩們的印象儘管模糊，但她對家族歷史具有某種揮之不去的情結，另一方
面也證明丁玲認為這些父輩祖輩的軼事是很有趣的談資。但是到了小說中，
這些男性不約而同地退居到了幕後。《母親》所描寫的地主家庭裏：曼貞的
公公三十多歲就去世了，由婆婆將曼貞的丈夫撫養成人；曼貞的丈夫去世
時比公公還年輕幾歲，曼貞於是帶著一個女兒和一個遺腹子生活；曼貞丈
夫的二哥出家了，三哥落草當了土匪，四弟是個無能的人，最後一個弟弟因
為是姨娘生的也被家族疏遠而從未露面。在曼貞的夫家，男性不是去世就
是出家，不是無能就是沒有話語權。曼貞的父家，父親也早已過世。男性的
缺席到底是無意巧合，還是刻意為之？「喪夫」和「喪父」是否具有象徵意
義？

　　無論作者是有意還是無意，《母親》中的「男性缺席」作為一種藝術的減
法，讓小說生成了新的內蘊。首先，「男性缺席」傳達了「皇權」作為社會權
威的無以為繼。這是小說對「男性缺席」原因的敘述所生成的內涵。《母親》
對「二叔趕考」的歷史細節進行了改寫。這個事件的歷史情況是這樣的：「家
裏愛讀書的人本來寥寥，蔣偉的二伯父是其中難得的一個，可當他趕考時，
家裏卻有人出於嫉妒而施詭計，將巴豆摻在他的飯菜裏，使他瀉肚子而無法
完成考試。他事後得知原由，一氣之下，撇下家室出走，從此便失蹤了。」
〔註86〕後來二伯被人發現是當了和尚。小說中，丁玲以晚輩大少爺為中心來
勾勒二叔的故事：

　　　　大少爺叫宗鐸，從小是和麼叔在一塊念書的，後來又挨著他二
　　叔住，二叔勤勤懇懇教他書，算是沒有染到一些壞脾氣。十二歲就
　　跟著麼叔入了一趟場，明知是考不取的，因為聽說是要廢科舉了，
　　以後沒有機會參加這樣的盛典，很可惜，不如這時跟著麼叔去跑一
　　趟，小孩子看看場面。所以雖是連秀才也沒得著，倒沒有人笑話
　　他。……後來二老爺又出門了，音信都沒有，說是看破紅塵做和尚
　　去了。〔註87〕

〔註86〕丁玲、王一心：《丁玲》，南京：江蘇文藝出版社，1999 年，第 3 頁。
〔註87〕丁玲：《母親》，丁玲著，張炯主編：《丁玲全集》第 1 卷，石家莊：河北人民

「被人陷害」所以無法完成考試，並且因此而一怒出家，這表示科舉考試對於陷害人和被陷害人雙方都是極為重大、關乎切身利益的事情。而小說中以兒童的視角，講述大少爺因為以後沒有這樣的盛典了「很可惜」而去看看熱鬧，則是對科舉考試的輕描淡寫。丁玲的改寫或許並不是有意為之，但卻道出了作為晚輩對歷史的一種更主觀的，傾向性更明確的理解和詮釋，即清政府的權威已經無以為繼，除了觀賞以外別無價值。換言之，這種「男性缺席」的情況是丁玲形成於幼年的一種情緒固著。除了《母親》之外，她在散文《死之歌》中，曾詳細描繪過她對父親葬禮的記憶。「父親的葬禮」作為一種象徵，意喻著中國士大夫家族制度的解體，而男性社會地位提升的渠道被封死，讓家族裏以科考為生命線的男性也彷彿一夜之間消失。

其次，「男性缺席」象徵著「夫權」作為家庭權威的名存實亡。在《遙遠的故事》中，丁玲說：「我母親對我父親印象並不好。她個人從幼就有一些非分的想法，愛讀書，愛活動，但在那種女子無才便是德的封建社會，她是無法施展的。因此不能寄希望於丈夫，但她對他的聰明，還是心服的。」〔註88〕可見儘管封建勢力扼殺了母親對新生活的追求，但是母親在丈夫身邊時的心態還是安於現狀的。在小說中，曼貞「滿肚子都是悲苦，一半為死去的丈夫，大半還是為怎樣生活；有兩個小孩子，拖著她，家產完了，伯伯叔叔都像狼一樣的兇狠，爺爺們不做主，大家都在冷眼看她。……她明白一切都得靠自己」〔註89〕。曼貞勸大少奶奶的時候還表示：「爺田祖地是靠不住的，你看我們就是個榜樣，你總比我強多了，我連個幫手都沒有，我要是個男人我一點也不會怕」〔註90〕。也就是說，「丈夫的去世」和「生活的困境」給這簡舊式女性帶來了從未面臨過的困苦境遇。在傳統社會中，男性是社會和家庭的主心骨。「妻以夫為綱」的價值規範將女性作為丈夫的附屬固定在了家庭結構之中。她們不需要有自己的主見，也不需要親手去奮鬥。丁玲曾說：「整個幼年，我就是跟著在死的邊緣上掙扎的母親生活的。」〔註91〕「喪夫」這一個文學

出版社，2001 年，第 134 頁。

〔註88〕 丁玲：《遙遠的故事》，《丁玲全集》第 10 卷，石家莊：河北人民出版社，2001年，第 262 頁。

〔註89〕 丁玲：《母親》，《丁玲全集》第 1 卷，石家莊：河北人民出版社，2001 年，第 130～131 頁。

〔註90〕 丁玲：《母親》，《丁玲全集》第 1 卷，石家莊：河北人民出版社，2001 年，第 135 頁。

〔註91〕 丁玲：《死之歌》，《丁玲全集》第 6 卷，石家莊：河北人民出版社，2001 年，

意象表現了封建政權岌岌可危時人們普遍的迷茫情緒，輻射到個體家庭中呈現為倫理綱常瓦解後女性的無措與悲苦。

最後，「喪夫」或「喪父」的人物設定為舊式女性走向新生活提供了契機。陳曉蘭認為：「在表現的象徵秩序中，男性占統治地位，男性是知者，是主體。女性要麼被排除在男性的視野之外，要麼被視為觀照的對象、展示的客體、欲望的化身，這種表現體系被女性主義稱為『男性中心』（androcentric）的體系。」〔註92〕作為時代背景存在的「男性缺席」現象，更重要的意義在於推動了舊式女性的自我改造進程。曼貞在小說中的位移是從農村走向城市。農村代表著「守舊」，而城市象徵著「革命」。曼貞對自己的救贖實際上是完成了一個從守舊（農村）到革命（城市）的現代轉型。在封建社會的權威力量裏，或是在革命戰場的主幹力量之中，男性都應該充當重要角色。然而，小說中出現了這樣的情況：農村男性缺席而城市男性革命。舊式家庭裏男性的集體缺席，一方面讓被封建文化馴服的女性不知所措，但另一方面也為女性走出封建勢力的捆綁提供了契機。丁玲也曾談到：「父親的早死，給她留下了無限困難和悲苦，但也解放了她，使她可以從一箇舊式的、三從四德的地主階級的寄生蟲變成一個自食其力的知識分子，一個具有民主思想，嚮往革命、熱情教學的教育工作者。」〔註93〕所謂「禍兮福之所倚，福兮禍之所伏」，一種制度臨崩塌時，正是另一種生活的曙光亮起之時。悉尼·胡克認為：「偉人或領袖往往認為他自己是他的國家、黨或事業的『父親』，更往往被他的左右認為是他們的『父親』。……時代不太混亂，特別是教育又有利於啟發成熟的批判能力，而不把人們的注意力固定在那無條件服從的幼稚的反應上，在這種情況下，尋找父親替身的需要就相應地減弱了。」〔註94〕「男性缺席」表現了在告別帝制時女性從「依附」地位走向未知地位時的空虛，但是當女性以一種健全的身體和人格站立起來，便意味著女性開始對「依附」的角色定位告別。

　　　　第 313 頁。

〔註92〕陳曉蘭：《性別·城市·異邦——文學主題的跨文化闡釋》，上海：復旦大學出版社，2014 年，第 4 頁。

〔註93〕丁玲：《我母親的生平》，《丁玲全集》第 6 卷，石家莊：河北人民出版社，2001年，第 63 頁。

〔註94〕〔美〕悉尼·胡克：《歷史中的英雄》，王彬清等譯，上海：上海人民出版社，2006 年，第 12 頁。

二、「女性站立」與封建土地的告別

是隨著分崩瓦解的封建體制一起殉葬，還是掙扎出封建思想和封建勢力的束縛追尋新的生活？這或許是辛亥革命前後，在清末度過了青春歲月又要在民國繼續生活的女性們所共同面對的選擇題。女性現代轉型的題材在現代文學裏並不陌生。易卜生的「娜拉」以各種名字被複製於很多小說之中。她們不約而同地與父親或丈夫爭吵，從父家或夫家出走，進入社會或又回到父家。與丈夫的矛盾常常是「娜拉們」出走的情緒起點。在《母親》中，「與丈夫不合」這個具體而堅硬的理由卻被主動地放棄了。「出走的阻力」正因為「喪夫」這一設定而成為了一種無物之陣。它是由封建社會倫理綱常所培養和建構起來的社會網絡。這張網不僅網住了所有人，也植入了每一個女性的內心和血液裏。無物之陣的龐大與駁雜，使得「出走」必然經歷抽絲剝繭、破殼重生般的劇痛。因此，隨著行將衰亡的封建體制一起敷衍而麻木地度過餘生，是很多人的選擇。正如茅盾所言，《母親》應該被作為「『前一代女性』怎樣掙扎著從封建思想和封建勢力的重圍中闖出來，怎樣憧憬著光明的未來……這一串酸辛的然而壯烈的故事的『紀念碑』看」〔註95〕。丁玲筆下的母親實際上是中國「娜拉們」的先驅，而在「出走」之前，她首先要完成的動作是以正常人的方式健康地「站立」。

從生理層面「放腳」，使曼貞獲得了一個健全的人的身體。像張遼民指出的那樣：「丁玲向中國現代文學，提供了一個由『小腳』向『大腳』過渡的『解放腳』的典型。」〔註96〕實際上，「放腳」背後蘊藏著複雜的文化內涵。小說最具象徵意義的一個意象便是小腳。丁玲在小說中表現出了對「把腳纏得粽子似的小的女人」的未來的憂慮，對風行女人裹腳的封建社會進行了批判。清朝出身於官宦家族或書香門第的女性，裹小腳都是成長的必修課。傳統女性裹小腳是為了好看，為了「名譽」，實質上都是為了取悅他人。這集中體現在于三太太的裹腳哲學：她「有一雙好腳，她無論如何捨不得放，她在這雙腳上吃了許多苦，好容易才換得一些名譽，假若一下忽然都不要小腳了，她可有一點說不出的懊惱。」〔註97〕在農村的那箇舊式家庭

〔註95〕茅盾：《丁玲的〈母親〉》，《文學》1933年9月1日。
〔註96〕張遼民：《中國現代女性覺醒的序曲——試論丁玲的長篇小說〈母親〉》，《中國現代文學研究叢刊》1988年第9期。
〔註97〕丁玲：《母親》，《丁玲全集》第1卷，石家莊：河北人民出版社，2001年，

裏，曼貞似乎只是客人。她不勞動，缺乏生命力，對任何事情都提不起興趣。因此，她每天不是坐著就是躺著。那雙小腳既限制了她的行動力，也鉗制了她的內心。曼貞對健康身體的羨慕集中體現在兩處。第一處是麼媽勞作時的畫面。冬天過後的農耕季節裏，她對麼媽在農田裏勞作感到很羨慕，於是也想要穿起農婦的衣服。第二處是那些大腳的女同學練操的畫面。曼貞從她們自如的行走姿態中看到了大腳實實在在的好處。這些都鼓舞著她勇敢地「放腳」。她意識到：「她並不怕苦難，她願從苦難中創出她的世界來；然而，在這個社會，連同大伯子都不准見面，把腳纏得粽子似的小的女人，即使有衝天的雄心，有什麼用！」〔註98〕曼貞「放腳」的過程極為形象地表現了舊式女性從封建勢力的捆綁中掙脫出來的過程：

> 有人勸她算了。可是她以為夏真仁是對的，她不肯停止，並且每天都要把腳放在冷水裏浸，雖說不知吃了多少苦，鞋子卻一雙比一雙大，甚至半個月就要換一雙鞋。她已經完全解去裹腳布，只像男人一樣用一塊四方的布包著。而同學們也說起來了：「她的腳真放得快，不像斷了口的。到底她狠，看她那樣子，雄多了。」〔註99〕

舊式女性作為男性的附屬品，其身體上最大的標誌就是一雙小腳，這使得女性無法從事過重的體力勞動。曼貞的「放腳」不僅是從身體上去除了封建勢力的烙印，也是在尋求與男性平等的社會角色。所以，曼貞屢次希望突破女性這一性別界限，與男性們一樣平等地去追求幸福，並且表現出了女性「雄化」的審美傾向。她常常將小菡作男孩子打扮，還為小菡改了一件男孩子的長袍。這似乎是從小被冠以男孩子名字的丁玲好強個性的來源。

從物質層面割斷與土地的聯繫，是曼貞對封建地主家庭生活的告別儀式。她想要脫離農村舊式生活首先面對的阻力來自於生存。土地是封建社會人們的生存之本。封建家族的興旺和衰頹都是以土地數量為風向標的。很多中國作家都寫過以土地為主線的農村家庭題材的小說。20世紀30年代賽珍珠的《大地》也以一個外國人的視角，道出了土地對於中國農村的重要意義。曼貞的丈夫去世後，家裏的土地急劇減少，所剩不多的田產便至關

第 176 頁。

〔註98〕丁玲：《母親》，《丁玲全集》第 1 卷，石家莊：河北人民出版社，2001 年，第 151～152 頁。

〔註99〕丁玲：《母親》，《丁玲全集》第 1 卷，石家莊：河北人民出版社，2001 年，第 188 頁。

重要。但是在進入城市求學之初，生存的壓力又迫使她不得不選擇賣掉田產。其次，情感上的阻力也是巨大的。在長工長庚眼中，曼貞家的土地雖然不是他的，但也是他的生命。在麼媽眼中，土地就是一大家子的希望。小菡和曼貞雖然並未參與實際勞動，但是田地上的美景、清新的空氣、清澈的河流，以及安逸的生活節奏都成為了她們魂牽夢繞的記憶。賣掉所有農村的田產，意味著截斷了回鄉的道路，徹底和這一切美好告別。這種無奈與悲傷發自內心。最後，作為封建大家庭裏的女性，賣掉田產相當於「自毀祖業」，這也勢必會遭到來自各方各面的非議。輿論的壓力具體體現在傭人麼媽的極力反對上。麼媽是善良的，但她無法理解曼貞對土地的背棄。她激烈地反對曼貞的決定，懇切地請求曼貞回到農村。在這些漸次明顯的阻力面前，曼貞卻發出了越來越堅定的聲音。儘管在城市的生活拮据而艱苦，但這是她認為新的希望所在。這一場與土地的告別之役體現了曼貞求得新生的強烈意志。她開始獨立選擇自己的生存方式，並從「封建家庭的寄生蟲」轉化為了自食其力的新女性。在現實生活中，丁玲隨著母親到了常德、長沙，離故鄉越來越遠。這部小說記錄著母親對土地的告別，實際上也是丁玲個人對童年記憶的一次回想與告別。

最後是精神層面上的站立。從一個「無才便是德」的舊式女性轉變為傾向革命的知識女性，對曼貞起到關鍵影響的有兩個人。其一是曼貞的弟弟雲卿：他在一個男學堂裏教書，但教的不是做文章，而是「應該怎樣把國家弄好，說什麼民權，什麼共和，全是些新奇的東西。」[註100] 在所有的親戚中，雲卿是唯一給與曼貞支持的人，而他基本上是一個革命黨的符號化人物。曼貞在精神上的站立也是以她和雲卿的接觸作為拐點的。革命充當了曼貞走向新生活的引路人。其二是曼貞的同學夏真仁：這個人物的原型是丁玲母親的同學——後來的革命烈士向警予。這個只有十六歲的姑娘「有絕大的雄心，她要挽救中國。她知道一個在家的小姐是沒有什麼用的……她以為要救中國，一定先要有學問，還要有一般志同道合的朋友。」[註101] 在她的影響下，曼貞在學校裏把「少奶奶脾氣改了許多」[註102]，不僅發奮讀書，還和夏真仁

〔註100〕丁玲：《母親》，《丁玲全集》第 1 卷，石家莊：河北人民出版社，2001 年，第 155 頁。

〔註101〕丁玲：《母親》，《丁玲全集》第 1 卷，石家莊：河北人民出版社，2001 年，第 187 頁。

〔註102〕丁玲：《母親》，《丁玲全集》第 1 卷，石家莊：河北人民出版社，2001 年，

一道兒積極組織進步女學生團體，為救國和革命貢獻力量。從封建時代只管相夫教子的舊式女性，到以革命理論和文化知識武裝頭腦的新式女性，曼貞獲得了一個精神上全新的自己。

　　曼貞放腳、賣地、讀書這一系列艱難的掙扎和改變，都是冒著各種蔑視與嘲諷進行的。儘管曼貞在小說中是一個成年人，但在從封建女性走向現代女性的道路上卻在一路蛻變。隨著每一點蛻變的發生，她的意志愈發堅強，行動也愈發果敢。丁玲認為：「這個『母親』，雖然是受了封建的社會制度的千磨百難，卻終究是跑過來了。在一切苦鬥的陳跡上，也可以找出一些可記的事。雖說很可惜，如她自己所引以為憾的，就是白髮已經滿鬢，不能做什麼事，然而那過去的精神，和現在屬於大眾的嚮往，卻是不可卑視的。」〔註103〕丁玲所沒有想到的是，這位「母親」的「站立」，在中國女性解放事業的進程中具有了一種劃時代的意義。

三、「幼者本位」與現代母親的體認

　　曼貞除了完成女性個人命運的現代型轉型之外，還完成了一個母親角色的現代化轉型。在20世紀革命題材小說中，出現了一系列的母親形象，但曼貞作為一個革命時代的偉大母親的形象卻具有先驅意義。在後來的革命題材小說中，母親形象往往有兩極分化。有一部分小說將父母和子女作為守舊派和革新派的對立面進行塑造；有一部分小說則將母親神化為前線的革命英雄。曼貞這個年輕的母親並不屬於這兩類。她的獨特意義在於主動完成了從「老者本位」到「幼者本位」的思想轉變。魯迅在1919年10月寫了《我們現在怎樣做父親》。他指出：「中國親權重，父權更重……革命要革到老子身上」〔註104〕。因為「後起的生命，總比以前的更有意義，更近完全，因此也更有價值，更可寶貴；前者的生命，應該犧牲於他。／／但可惜的是中國的舊見解，又恰恰與這道理完全相反。本位應該在幼者，卻反在長者；置重應在將來，卻反在過去。前者做了更前者的犧牲，自己無力生存，卻苛責後者又來專做他的犧牲，毀滅了一切發展本身的能力。……此後覺醒的人，應該先洗淨了東方古傳的謬誤思想，對於子女，義務思想須加多，而權利思想

第187頁。

〔註103〕丁玲：《致〈大陸新聞〉編者》，《丁玲全集》第12卷，石家莊：河北人民出版社，2001年，第8頁。

〔註104〕魯迅：《魯迅全集》第1卷，北京：人民文學出版社，2005年，第134頁。

卻大可切實核減，以準備改作幼者本位的道德。」〔註 105〕換言之，魯迅認為從「老者本位」到「幼者本位」的家庭教育理念的革新，是革命的應有之義。

　　在一個漫長沈寂的冬天過去後，身體羸弱的曼貞有了這樣的念想：「過去的，讓它過去吧，那並不是可留戀的生活，新的要從新開始，一切的事情，一些人都等著她的。她一定要脫去那件奶奶的袍褂，而穿起一件農婦的、一個能幹的母親的衣服。」〔註 106〕這個「母親」的指認是現代意義上的，而非「少奶奶」式的。具體來看，曼貞母親身份的現代性轉型有三個層次：首先，母女關係從「孩子取悅母親」變為「母親照顧孩子」。在小說的第一部分中，小菡和曼貞很疏遠，卻和麼媽非常親近。「在丫頭們、麼媽們的指示之下，她懂得了她是應該取悅於媽的，要親熱她，卻不能鬧了她」〔註107〕。這表明在封建家庭裏，父母的權威是不可侵犯的。子女對父母「懼」多於「愛」。當曼貞逐漸走進城市，學習知識，受到革命風氣的感染，她開始成為小菡的支撐和後盾。孩子和母親更加親密無間：放學後曼貞幫小菡拿書包，在家裏讓小菡坐在自己的腿上；當小菡害怕蟲子的時候，曼貞說：「小菡有姆媽！小菡不怕。」〔註 108〕孩子成為了曼貞生活的勇氣和意義。這些甚至引起了還未發生改變的其他家庭的非議或羨慕。小菡取悅於母親，是明顯的老者本位，而後來曼貞將孩子視為自己的勇氣，保護孩子，已經是幼者本位了。其次，從過去「宿命輪迴」的觀念轉變為認為「希望在幼者的身上」。當曼貞萌生了一點進學堂的想法，但又感覺毫無希望的時候，她對小菡的前途是悲觀的：「小菡是一個沒有父親的窮小孩，她只能在經濟允許的範圍裏讀一點兒書，等著嫁了人，也許做一個不愁衣食的太太，也許像她的母親一樣，也許還壞些，她不大敢想孩子們的將來，她怕有許多更壞的境遇等著她們，因為她對眼前的生活就沒有把握。」〔註 109〕當曼貞已經在學

〔註105〕魯迅：《魯迅全集》第1卷，北京：人民文學出版社，2005年，第137頁。
〔註106〕丁玲：《母親》，《丁玲全集》第1卷，石家莊：河北人民出版社，2001年，第148頁。
〔註107〕丁玲：《母親》，《丁玲全集》第1卷，石家莊：河北人民出版社，2001年，第139頁。
〔註108〕丁玲：《母親》，《丁玲全集》第1卷，石家莊：河北人民出版社，2001年，第189頁。
〔註109〕丁玲：《母親》，《丁玲全集》第1卷，石家莊：河北人民出版社，2001年，第164頁。

堂裏獲得了精神上的新生並開始和夏真仁籌劃革命活動時，她便開始願意
為孩子的未來犧牲自己：「從前真不懂得什麼，譬如庚子的事，聽還不是也
聽到過，哪裏管它，只要兵不打到眼面前就與自己無關。如今才曉得一點外
邊的世界，常常也放在心上氣憤不過。我假如現在真的去刺殺皇帝，我以為
我還是為了我的孩子們，因為我願意他們生長在一個光明的世界裏，不願
意他們做亡國奴！」〔註110〕向革命靠攏的行動，令處於艱難之中的人們擁
有了衝破黑暗的勇氣，也讓曼貞自覺地意識到：幼者應該比老者更進步；老
者應該為了幼者的明天而犧牲與奮鬥。

最後，對決定婚戀的「父母之命」從遵循到否定。在封建社會，婚戀遵
循父母之命媒妁之言，本質上成為了一種利益交換的犧牲品。小菡和雲卿的
兒子訂了娃娃親。這門娃娃親也同樣是維繫大家族裏親情關係的一種手段。
當于三太太不想幫助曼貞讀書的時候，雲卿勸她看在娃娃親的份上答應收留
曼貞和小菡。而小菡卻很討厭這份娃娃親。這個事情基本上是按照丁玲的經
歷來寫的。丁玲在自傳中曾提到：她在長沙讀書時想輟學再去上海念書。這
個想法卻意外地得到了母親的支持。不僅如此，母親還出面退掉了丁玲與表
親所訂的娃娃親。丁玲的《母親》原計劃要寫 30 萬字，現在看到的是還差一
萬字才寫完的第一部。因為時局的動亂，丁玲沒有機會繼續完成後面的內容。
但是從小說敘事者對這件事情的描述，已經可以肯定，傾向於革命的曼貞會
和現實生活中的丁玲母親一樣，大膽地為女兒去挑戰封建習俗。

父愛的缺席讓丁玲更深刻地體會到了母親的艱難。因此，丁玲的精神血
液主要源自頑強的母親。這在丁玲追溯自己的創作歷程時也多有提及。如「母
親一生的奮鬥，對我也是最好的教育。她是一個堅強、熱情、勤奮、努力、能
吃苦而又豁達的婦女，是一個偉大的母親。」〔註111〕又如「好容易我母親衝
到了社會上來而且成為一個小學校長，我也完全由我母親的教育而做一個女
子師範學校的預科生。」〔註112〕母親帶著丁玲走出了農村，而丁玲繼續著母
親的步伐走向了更廣闊的天地。母親對於光明未來的希望，以及為著這希望

〔註110〕丁玲：《母親》，《丁玲全集》第 1 卷，石家莊：河北人民出版社，2001 年，
　　　　第 204 頁。
〔註111〕丁玲：《我母親的生平》，《丁玲全集》第 6 卷，石家莊：河北人民出版社，
　　　　2001 年，第 63 頁。
〔註112〕丁玲：《我怎樣飛向了自由的天地》，《丁玲全集》第 5 卷，石家莊：河北人
　　　　民出版社，2001 年，第 262 頁。

頂著所有輿論壓力的奮鬥，丁玲都很好地繼承了下來。丁玲身上所流露出來的勇敢和進取是對其母親精神的放大。因此，丁玲言說「母親」實際上也是在言說自己的精神血液。父親代表了那個「遙遠的故事」，而母親則以思想和精神的現代性伴隨著丁玲的一生。

四、「兒童視角」與革命的沖淡之美

從敘事話語來看，兒童視角使得《母親》中的辛亥革命呈現出了一種質樸沖淡的詩意之美。首先，敘事者運用畫外音的方式來描寫革命事件，使革命有一種沖淡之美。小菡對革命的瞭解來自於母親與其他人之間的談話。大家族裏有兩個疑似革命黨。第一個是程仁山。大家都猜測他是革命黨，但是這個人從來沒有出現在小菡的視野中。他一直在省城進行活動。直到辛亥革命爆發後，大姑太太家的當差報來消息說他已經在舉義的過程中犧牲。另一個是于雲卿。曼貞也不能確定他是不是革命黨，但是從他的言談中又能感受到他是傾向革命的。辛亥革命時，他也消失了，直到小說結尾都還沒有回來。可以看出，小菡對革命的瞭解途徑是：于雲卿的模糊回答（或外面傳來的「謠言」）→曼貞和大人們的猜測→自己不經意地聽到。革命因此被蒙上了兩層面紗，顯得神秘而又遙遠。並且由於曼貞、姑奶奶、于三太太等人對革命抱著不同的態度，革命所被轉述出來的面貌也是禍福難辨的。革命爆發後，敘事者仍然保持著一種猜測的不確定的口吻：「第二天街上悄悄的，沒有人家敢開門。知縣官已經在昨夜逃跑了。兵死了幾個，跑了一些，其餘的都投降了。也死了一些流氓，剩下的也散了，幾個還沒有下鄉去的老縉紳，維持城裏的秩序。裏面夾了幾個剪髮的年輕紳士，大約就是革命黨吧。」〔註113〕這種模糊表述的原因之一是丁玲本人在1911年才4歲，與辛亥革命之間存在著時空的距離。原因之二是30年代的丁玲已經有了堅定的無產階級革命立場。這種立場沖淡了她對辛亥革命的直接感知。

其次，使用白描的手法形象而童趣地勾勒出革命背景下人們思維方式、生活方式上的新奇變化。對於舊式女性而言，革命細化為了很多具體的選項：留守深閨（守舊）──到學堂讀書（革命），保留小腳（守舊）──忍痛放腳（革命）等等。敘事者對每個女性角色的腳的大小都有過交代。于三太太最

〔註113〕丁玲：《母親》，《丁玲全集》第1卷，石家莊：河北人民出版社，2001年，第224頁。

得意她那一雙小腳；于敏芝、夏真仁都是大腳。學堂裏還有「好些小腳的學生」〔註114〕不想上體操課。對於男性而言，革命細化成的選項則集中體現在：留髮（守舊）——剪髮（革命）。小說饒有興趣地描寫了雲卿「頭上的戲法」：「于三太太在拿出衣服之後，又捧出一頂帽子來，蛇一樣的一條黑辮垂著。雲卿露出了那截了髮的頭，這不平常的樣子，真覺得有點礙眼」〔註115〕。又如吳文英「很高興聽一些關於行刺的故事，她覺得那些人都可愛。她尤其愛炸德壽的年輕的史堅如。」〔註116〕1932 年，丁玲談到最初想創作小說《母親》是因為「每次回家，都有很大的不同。逐漸的變成了現在，就是在一個家裏，甚或一個人身上，都有曾幾何時，而有如許劇變的感想。但這並不是一個所謂感慨的事，是包含了一個社會制度在歷史過程中的轉變。所以我就開始有覺得寫這部小說的必要。」〔註117〕如茅盾所說，這些新與變，要變還未變的內容，才是「具體地（不是概念地）描寫了辛亥革命前夜『維新思想』的決蕩與發展。並不是一定要寫『革命黨人』的手槍炸彈才算是『不模糊』地描寫了那『動盪的時代』！」〔註118〕小說從側面描寫了革命在每個人身上產生的令人印象深刻的化學作用，讓革命呈現出了一種有趣而非沉重的「陌生化」效果。

最後，小說飽含著對童年故鄉的美好情感，流露出了濃濃的鄉情鄉音。《母親》在敘述曼貞艱難地自我更新的鬥爭之外，還以緩慢從容的節奏和流暢美好的筆調描繪出了一副辛亥時期的湖湘農村畫卷。小說開篇便是小菡於田野上無憂無慮玩耍的畫面：

> 麼媽摘好了菜，挽著一個大籃子，一手牽著小菡，慢慢地走出菜園。關了菜園的門，一個編著細篾細枝藤的矮門，便又在池塘旁的路上走著。三隻鵝，八隻鴨子在塘裏面輕輕地遊。時時有落葉被風飄了過來。她們越過了一堆樹叢，走上石板路時，就看見秋蟬，

〔註114〕丁玲：《母親》，《丁玲全集》第 1 卷，石家莊：河北人民出版社，2001 年，第 187 頁。

〔註115〕丁玲：《母親》，《丁玲全集》第 1 卷，石家莊：河北人民出版社，2001 年，第 155 頁。

〔註116〕丁玲：《母親》，《丁玲全集》第 1 卷，石家莊：河北人民出版社，2001 年，第 202 頁。

〔註117〕丁玲：《致〈大陸新聞〉編者》，《丁玲全集》第 12 卷，石家莊：河北人民出版社，2001 年，第 8 頁。

〔註118〕茅盾：《丁玲的〈母親〉》，《文學》1933 年 9 月 1 日。

正在大門外的石坎上曬太陽，順兒在坪裏踢毽子。〔註119〕

在描寫麼媽託人來常德請求曼貞回家時，敘事者插敘了一段麼媽養豬和雞的事：

夏天，豬得了瘟病，死了好幾隻，剩下的也像有病的樣子，她趕忙賤價賣了出去，後來聽說那些賣出去的豬在別人欄裏又養得胖起來。雞呢，時常有黃鼠狼、野貓來偷，順兒又不好好的看管。〔註120〕

這些表述實際上都與丁玲兒時的記憶點有關。敘事者是以兒童的視角來觀看周遭的一切的，包括經濟的危機、生活的艱難、麼媽的嘮叨、舅舅的革命等等，而革命是農村畫卷以外的聲音。所以，小說在敘述這一切時，字裏行間沒有來自革命與戰火的激烈轟擾，而是不自覺地流露出仰視這世界時的天真與爛漫。

辛亥革命之於中國政治而言是一個分界點，也是時代生活的分水嶺。無論後人對辛亥革命的評價如何，它都是一場偉大的革命，不僅撼動了千百年來封建文化所給予國人思想和生活的禁錮，也改變了中國女性千百年來取悅於他人的附庸地位。《母親》這部小說在辛亥敘事上的特殊價值在於規避了對革命的正面描寫，而著意剖析和演繹了辛亥革命所催生的社會生活層面的變革。曼貞這個文學形象，作為辛亥革命這一時代分水嶺惠澤下成就的第一批具有現代性意義的女性代表，是中國女性個人和中國家庭歷史中的新英雄。

從陸士諤式的「興奮」書寫，到魯迅向內轉的「絕望」反思，再到丁玲的「未完成」的自白，民國作家們不斷深入探尋著國民身份認同這一時代命題。作家與辛亥革命的距離雖然由近而遠，但是對「國民化」進程的透視卻由淺及深。當政治意味逐漸淡化之後，人們更加關注的是蘊含於辛亥革命敘事之中的現代人格生長與強大的過程。這一條辛亥革命敘事的脈絡揭示著辛亥革命的偉大意義：由「臣民」到「國民」的跨越，讓國人尋得了一個真正的「人」之自我。它使國人發現自己、直面自己，並獲得在各個層面的完整生活，更獲得獨立人格與自由精神。這種「跨越」直至今天仍然有著彌新的價值。

〔註119〕丁玲：《母親》，《丁玲全集》第 1 卷，石家莊：河北人民出版社，2001 年，第 115 頁。

〔註120〕丁玲：《母親》，《丁玲全集》第 1 卷，石家莊：河北人民出版社，2001 年，第 190 頁。

第四章　從稗官到史詩：辛亥歷史的文學重構

　　在中國古典文學的舞臺上，對於歷史題材小說真實性問題的處理，常有兩個極端：一是盡可能的求真，為了真而不惜其龐雜瑣屑，以備歷史方志之考證，是謂稗官；一種則放任虛構和誇張的藝術手法，將歷史捏塑成好讀好看的故事，是謂傳奇。進入民國之後，面對辛亥革命這一歷史題材，稗官和傳奇都發生了相應的嬗變。本章主要研究辛亥敘事沿著「求真」這條思路，從稗官到史詩的文體轉型及其所蘊含的歷史精神的變化。

　　動盪年代裏，人們需要借稗官來揭開現實的瘡疤以傾瀉憤懣，也渴望從光怪離奇的軼聞中得到心靈的撫慰。但隨著人們對辛亥革命的體驗、感知與反思不斷深入，以搜羅奇聞軼事為出發點的稗官體例已經無法承載表現對象的廣闊內涵。《孽海花》《廣陵潮》《龍套人語》《大波》等先後出現的作品便演繹著從稗官到史詩的嬗變過程。這一嬗變最明顯的表現是敘事空間的聚焦化，和敘事時間的線索化。對於中國文學的史傳傳統，國內外學者都不乏關注。浦安迪認為：「『言』與『事』是中國敘事文學中交替出現的兩大形式，而在中國文學的主流中，『言』往往重於『事』，也就是說，空間感往往優先於時間感。……中國的俗話說『歷史是一本陳年流水帳』，但重點是放在『賬』上，而不是放在『陳年流水』。」[註1]這道出了中國古典敘事作品在經營歷史題材時重空間而輕時間的傾向。這種傾向與古典小說「連綴成篇」的框架無不

〔註1〕〔美〕浦安迪：《中國敘事學》，北京：北京大學出版社，1996 年，第 47 頁。

關係。傳統稗官小說，往往以一個雲遊者作為敘事基點。小說隨著他的行跡而展開，不同城市不同人物的故事依次登場。看似自由的雲遊者視角，也限制了每個故事的容量，難以承載複雜深刻的內涵。換言之，稗官中的空間是散而淺的，「雲遊者」的敘述是走馬觀花式的。

民國文學的辛亥敘事開啟了「革命與城市」的敘事進程。這是辛亥革命發端與振奮於城市的歷史事實使然，也與文明新知最早登陸上海等城市有著內在的姻緣。從清末民初的《孽海花》《廣陵潮》、二十年代的《龍套人語》、三十年代的《大波》，敘事的空間感逐漸強化，即從多個城市故事的依次敘述，到集中於一個城市的聚焦敘述。這種變化主要通過敘事者身份的轉變來實現。《廣陵潮》的故事集中在揚州，又為寫武昌起義而插入了武昌的見聞；《龍套人語》的故事集中在南京，略談及了一些江南地區的軼聞（作為某個人物的來龍去脈而出現）；而《大波》則自始至終聚焦於成都。除此之外，姚鵷雛寫於 1915 年的《恨海孤舟記》便已經顯示出這種特徵。范伯群指出：「《恨海孤舟記》打破了那種淺薄的『城惡鄉善』模式，顯示了在清末民初上海這個城市發揮著文明新知的重鎮與二次革命中的堡壘作用。」〔註2〕可以說，這幾部作品完成了從「雲遊者」到「城市居民」的視角轉變，讓故事集中於一座城市，賦予了空間更為強大與完整的表意功能。這種轉變一方面源自近代以來作家創作觀念的改變，另一方面也源自作家群體對辛亥革命及其所輻射的社會生活各個方面的深刻體驗。正如漢娜·阿倫特所說的那樣：「普通人，無論老老少少，去承受生命之重負的究竟是什麼。它就是城邦，是人們無拘無束的自由行為和活生生的語言的空間，它讓生命充滿華采」〔註3〕。空間的具體化就是「城邦」。當革命成為歷史，人們對革命的記憶就是以城市為場景的普通人的生活變遷。空間感的強化，是對中國傳統文學中歷史題材小說的繼承與超越，同時也暗合了史詩作品的美學追求。

在時間感上的追求與完成，亦顯示出了幾代作家在敘事結構、情節編排上更為艱難的建構。作為清末民初經典之作的《孽海花》，其所敘述的故事已

〔註2〕 范伯群：《移民都市與移民小說——論清末民初上海小說中的移民題材中長篇》，《江蘇大學學報（社會科學版）》2007 年第 6 期。
〔註3〕 〔美〕漢娜·阿倫特：《論革命》，陳周旺譯，南京：譯林出版社，2007 年，第 264 頁。

經涉及到了辛亥革命的序曲。《孽海花》較以往的稗官小說在敘事上的開創性在於，全書有了一條較為完整的「穿針的引線」，勾連起了三十年間的一些社會軼聞，並且注重揭露官場以及社會各個層面的醜陋現象。其諷刺性和批判性都在一定程度上提升了小說的格調。《廣陵潮》以揚州辛亥革命為背景，洋洋灑灑百萬言，其故事涵蓋了整個廣義的辛亥革命時期，其敘事主線較《孽海花》更為突出和連貫。《龍套人語》以辛亥革命後十年間的南京社會為背景，以名士魏敬齋為主人公，貫穿起五任領導治理下南京的政治與社會面貌。《大波》以成都辛亥革命為描寫對象，在時間跨度和空間設置上，在敘事技巧和歷史精神上都有了質的超越。

　　總體而言，作為題材內容的辛亥革命，向外促發了歷史小說在觀念與文體上的革新。借由普通人的視角將歷史復活的創作理念，從本質上反映了作家的關注點從「政治的問題」轉移到「人的問題」，從追求「歷史細節的真實」到追求「歷史精神與人性的真實」的關鍵變化。這種變化對於當下的辛亥革命敘事無疑是具有啟示意義的。

第一節　以史襯情：《廣陵潮》的辛亥敘事

　　在建構作為一個時間段落的辛亥革命的形象上，《廣陵潮》是民初小說的典型代表。耿傳明指出：「與現代小說相比，《廣陵潮》的獨特之處在於它的原發的自然的民間立場和民間視角」〔註4〕。袁進則認為：「『五四』新文學問世後，往往肯定晚清的『譴責小說』，忽視了民初『社會小說』對晚清的繼承，甚至把民初的社會小說看成是晚清的逆流，這種看法有失公允。只要看看《廣陵潮》、《歇浦潮》等作品，就不難發現：民初社會小說是繼承晚清社會小說發展而來的，晚清的『譴責小說』在魯迅寫作《中國小說史略》以前，就叫『社會小說』。民初社會小說雖然沒有晚清那麼尖銳，但是它們其實是在更加廣闊的社會面和更加深入的人物內心展示了當時的社會狀況」〔註5〕。應該說，《廣陵潮》在內容與形式上，都呈現出了新舊時代、新舊文學互相作用而形成的一種「將生未生，將死未死」的內涵，促生了一

〔註4〕耿傳明：《人心之變與文學之變——〈廣陵潮〉與晚清社會心態的變異》，《大連大學學報》2008 年第 1 期。

〔註5〕袁進：《試論〈廣陵潮〉與民初社會小說》，《現代中文學刊》2010 年第 4 期。

副極具時代特徵的辛亥革命圖景。

一、「紅樓情」與「怪現狀」的交織

在敘事結構上，《廣陵潮》對《紅樓夢》與《孽海花》這兩部晚清小說都有所借鑒，總體體現為「紅樓情」與「怪現狀」的交織。小說有一顯一隱兩條線索。第一條是主人公雲麟與三個女性的愛情線索；第二條是時局發展的歷史線索。

《紅樓夢》寫的是大家族裏的愛情悲劇。《孽海花》寫的是文人與妓女的愛情糾葛。《廣陵潮》在感情線上的整體編排近於《紅樓夢》，又嵌入了一條文人妓女的情感線。在人物架構上，《廣陵潮》大體以《紅樓夢》為藍本。一個女人叢中的弱男子雲麟，具備著賈寶玉的氣質。他慧根高、情商高、膽子小，玩世不恭、厭惡官場、不愁衣食、不謀職業，情感上左右逢源。伍淑儀是官宦家庭的獨女，有很好的傳統教養，也有不食人間煙火的氣質，與雲麟深深相愛又被生生拆散。她內心有嚴重的情殤，又因傳統教育的澆灌而不曾言表，天天以淚洗面。這毋寧是一個典型的林黛玉。紅珠雖為妓女出身，但有情有義、人情練達，集傾城之貌、傾城之才於一身，是薛寶釵的升級版。其他人物設置也不無《紅樓夢》的影子，如集中筆力描寫的揚州城雲伍兩家，恰對應《紅樓夢》中金陵城的四大家族；潑辣自私的朱二小姐與王熙鳳頗為神似，等等。

較《孽海花》而言，《廣陵潮》的主線情節更為完整和突出。雲麟與淑儀、紅珠、柳氏的情感糾葛是一以貫之的情節線索。雲麟、淑儀兩小無猜，後因長輩迷信，淑儀被許給富玉鸞。富玉鸞是一個革命黨，在策劃揚州起義時被小人陷害，歷經輾轉後仍不幸被害。雲麟因情感受挫而留戀花叢，認識了有情有義的妓女紅珠。紅珠後來嫁給了上海制臺意海樓。辛亥革命後不久，意海樓去世，紅珠又來揚州投奔雲麟。此時雲麟已經有了長輩許給的妻子柳氏。淑儀又正經歷著新婚喪夫之痛，加之對雲麟的情意不能釋懷，積鬱成疾。紅珠嫁給了雲麟之後與柳氏和睦相處，雲家不久便兒孫滿堂，而淑儀卻一天天衰弱下去，終於撒手人寰。

在時局發展這條線索上，又明顯分為兩種內容：第一種是按歷史發展的時間順序勾取的辛亥革命時期的大事件；第二種是亂世之中揚州城各個階層的離奇怪狀。與《孽海花》明顯的「雲遊」模式不同，《廣陵潮》始終圍繞著

揚州這座城市，又聚焦在雲、伍兩家的庭院之中。敘及揚州城外四鄉的情況和其他城市的事件時，也是由揚州城內的人事延展開去，不曾喧賓奪主。對歷史大事件的描寫，最為典型的是兩場，即武昌起義和揚州起義。為了能夠順理成章地寫武昌起義，作者讓伍晉芳搬到武昌做了官，將伍家這個場景直接搬到了武昌。在寫揚州起義時，又讓雲麟直接走進了革命黨富玉鸞的革命大本營，見證了革命黨人謀劃起義以及起義計劃洩露後，富玉鸞慷慨赴死的全過程。

　　李涵秋曾說：「我這《廣陵潮》小說是個稗官體例，也沒有工夫記敘他們革命歷史，我只好就社會上的狀態夾敘出他們些事蹟……」〔註6〕。從通篇小說來看，「沒有工夫記敘他們革命歷史」是過謙之詞。因為小說不僅對武昌起義、兩次揚州起義、上海起義，都進行了較為詳盡地敘述，並且對三十年中一些關鍵的歷史節點都有或多或少的直接敘述。更值得注意的是，小說對於富玉鸞這個革命家形象的敘述是有始有終，塑造得較為成功的。伍大福認為：「涵秋小說雖然自居稗史地位，但也不是對國事漠不關心，它恰恰將小說人物置於時代大背景下活動，藉此描述重大歷史事件經過中下層普通民眾的生活折射後的許多方面，從而形象的既肯定了這些重大事件的歷史進步意義，也明辨了它們的歷史侷限性甚至弊端所在」〔註7〕。伍大福的評價是中肯的。只是從篇幅比重來講，李涵秋確實花了更多的力氣來敘述「逸聞軼事」，也就是偏向於「稗官」的趣味。

　　李涵秋在小說中安插進逸聞軼事主要有兩種途徑。其一，讓主線人物直接進入到另一個階層。如明似珠本身是一個「新女性」的代表，其見一個愛一個的「文明作風」隱射了當時一批解放過度的新女性；讓其嫁給上海的革命都督真濟美當小老婆，於是將真濟美這樣借辛亥革命而中飽私囊、作威作福、貪奢淫逸的假志士形象勾勒出來；後明似珠與柳春脫離關係，墜入匪穴，設局敲詐柳春的父親柳客堂，又引出了趁時局動盪而行詐騙勒索的強盜土匪的行跡。這種精巧的安排，讓主要人物淋漓盡致地發揮著反應社會的功能，又不至於使情節過於散漫。這一敘事技巧也在一定程度上超越了《孽海花》。其二，通過外插花的方式，運用倒敘、補敘插入一個個完整的小故事。值得注意的是，和以往稗官小說敘述完一個小故事就把其中人物

〔註6〕李涵秋：《廣陵潮》，太原：北嶽文藝出版社，1986年，第643頁。
〔註7〕伍大福：《李涵秋小說研究》，上海：華東師範大學，2005年，第115頁。

丟開的情況不同，李涵秋有意識地在雲、伍兩家之外，摘選了幾個小家庭作為某一個階層的代表，承擔著固定的演繹奇聞軼事的任務。這樣的家庭有饒家、田家、華家、林家。這些家庭的人物之間又有交集，共同編織了一張「揭醜」的大網。比如華登雲尋仙被騙，引出饒家兄弟落匪造反；田福恩買議員落空，又引出喬家運設計選票等等。

在敘述外插花的這些小故事時，作者獵奇的傾向比較明顯。儘管李涵秋有意地讓這些小家庭保持在小說中的出鏡率，但用一回至兩回的完整篇幅補敘或插敘進來的故事，卻仍舊與主線情節、歷史時局關聯不大。如在第六十八回末尾，黃大媽報告說門外有很多叫花子造反了。接下來的第六十九回、七十回，便展開講述了「乞丐一段奇妙文章」。這兩回共約三萬六千字，相當於《廣陵潮》前六回的篇幅。所敘的故事大致是：饒大在辛亥革命中犧牲，政府分派給饒家一筆撫恤金。饒二爭得了這筆撫恤金，讓饒三很是嫉妒。饒三於是與妻子姚氏商量出了一個「公妻」的主意，以騙取饒二手裏的撫恤金。最後姚氏身上的梅毒傳染給了饒二，兩人一起命歸西天。而饒三的賭癮一發不可收拾，落得人財兩空，只好當了乞丐。儘管作者設置了「饒大是革命黨」這個應景的細節，但敘事的核心追求還是在於遊戲消遣。不妨再看一些章回的標題：第十七回「劣弟恃蠻奸嫂嫂，頑兒裝勢做哥哥」；第三十六回「家庭戾氣蓄志殺親娘，世界奇聞喪心告妻父」；第九十回「軋妍頭老年染梅毒，禁私塾暗地起風潮」等等。這些標題的旨趣可以說明：作為報刊連載小說的《廣陵潮》，仍然在一定程度上受到了讀者獵奇心理的影響。這也使得主線情節營造起來的小說格調受到了損害。

清末民初，很多以文明之名新生的醜陋現象，以及包裹著衛道士外衣的齷齪形狀，無不驚駭著百姓們的視聽。正如何海鳴所說：「記者當日頗亦惑於『共和』二字，以為『共和』之國，國即政府，政府即國民，絕無衝突之虞。……政府者國民之政府，決不至為袁氏所把持，於是亦坐視眾人贊同之。」〔註8〕但是，也應該看到，由於這些小說家的政治立場和理想不甚鮮明，他們對於新舊文明的感知和判斷也是含混與模糊的。在小說敘事還沒有得到一種歷史精神的觀照之前，對於現象的陳列和紀錄也就自然而然地被引為小說家的使命。所以這一時期對辛亥革命的描寫也就停留在「鏡子階段」。《廣陵潮》第五十一回有李涵秋的自述：「在下的意思，也不是過於

〔註8〕何海鳴：《治內篇》，《民權報》1912年10月8～10日。

刻薄，一點不留餘地，為我諸伯叔兄弟燃犀照怪地描寫那見不得人的形狀；不過借著這通場人物，叫諸君彷彿將這書當一面鏡子，沒有要緊的事的時辰，走過去照一照，或者改悔得一二，大家齊心竭力，另造一個簇新世界，這才不負在下著書的微旨。」〔註9〕很明顯，敘事者是停留在歷史的具象層面，對惡現象加以鞭撻，希望能夠喚起人心的自覺，達到防微杜漸的作用。

　　同時代的很多小說家也表現了類似的創作意旨。如曾樸希望《孽海花》「儘量容納近三十年來的歷史，專把些有趣的瑣聞軼事來烘托出大事的背景」〔註10〕；徐枕亞稱《茜窗淚影》「豈為情場風月之慘聞，抑亦革命風雲之實錄」〔註11〕。但就姚鵷雛早期創作的《恨海孤舟記》，徐枕亞的大部分「哀情小說」，以及《廣陵潮》而言，在「情」和「史」兩者間，其天平仍舊是偏向了「情」的一邊。不可否認，對於辛亥革命的一些重要事件和細節的描述，以及對辛亥革命時期人情世貌的大篇幅的記敘，確實在一定程度上反映了那個時代。但由於主線的感情糾葛與歷史洪流本身不存在相互推進、相互融合的機制，辛亥革命在這些小說中更多地作為動盪社會的背景來襯托「情之淒美」。而那些「怪現狀」雖然具有「譴責」作用，但也客觀上成為襯托男女主人公心靈之澄淨和情感之純粹的參照系。所以，這些小說縱描繪世相萬千，也明顯地呈現出「以史襯情」的面貌，可謂一部部「辛亥情錄」。

二、「理想人格」與「簇新世界」的建構

　　區別於清末民初的一般譴責小說，李涵秋在「辛亥情錄」中揉進了一種「簇新世界」〔註12〕的理想。在你儂我儂與滿目亂狀之中，李涵秋仍不忘將自己的社會理想寄託在一些閃光的人物身上。具體來看，《廣陵潮》分別塑造了理想的革命黨，理想的官員和理想的女性。

　　小說中最完美的人物是富玉鸞。生於官宦家庭的他，有救國拯民的抱負，視錢財如糞土，對當時官場見利忘義、趨炎附勢的風氣更是不屑一顧。他出國前在揚州城進行的革命講演，是小說中革命的先聲。回國後，富玉鸞化身巫振飛在武昌謀劃起義。在身份洩露後，他又轉赴揚州繼續從事舉義

〔註9〕李涵秋：《廣陵潮》，太原：北嶽文藝出版社，1986年，第643頁。

〔註10〕曾樸：《孽海花》，上海：上海古籍出版社，1980年，第4頁。

〔註11〕徐枕亞：《茜窗淚影》，上海：國華書局，1914年，第9頁。

〔註12〕李涵秋：《廣陵潮》，太原：北嶽文藝出版社，1986年，第643頁。

活動。若不是林雨生從中作梗，富玉鸞就在一夜之間光復了揚州城。在塑造富玉鸞這個人物形象時，李涵秋運用了一些敘事手法。首先，通過設計一系列極端的場景與遭遇，來聚焦人物的反應與行動，從而突顯富玉鸞的完美人格。富玉鸞天性善良，對雲麟、林雨生等想瞭解革命的人都引為同志，以至最終招來殺身之禍；他敢於實幹，年紀輕輕就在武昌和揚州兩地聯繫會黨，準備揭竿起義；他對革命有一顆赤誠之心，當被小人告發之際，家人都勸他馬上逃難，他卻不慌不忙鎮定自若，認為與其他革命同志取得聯繫比生命安危更重要；他義薄雲天，為保護朋友雲麟而將罪狀全部攬在自己身上；他慷慨赴死，面對酷刑沒有絲毫畏怯。

其次，李涵秋還從側面渲染富玉鸞對周圍人的感染力。如在揚州城外演說時，富玉鸞講到激動處，「那眉棱眼角，早露著無限熱誠的意思。雲麟不覺為他也有些感動起來。那會場上拍掌的聲音，也就比適才發達了許多。再瞧瞧喬家運的掌心，都隱隱現出一條一條紅紫痕跡。雲麟不由也跟著拍了幾下。」〔註13〕通觀全書，喬家運不過是政治投機之輩，專靠見縫插針謀求私利，而雲麟也無意投身革命。但這兩人都被富玉鸞的講演感動了。這實際上既可視作小說中揚州革命的一個引子，也是一個「啟蒙機制」的雛形。再到富玉鸞回國後開始從事革命工作，雲麟去革命基地找他時，有如許見聞：

> 走至一處，道旁有一口古井，距井數十步，單單地有一座五大間草屋，出出入入的人很是不少，卻都奇形怪狀，不似什麼良善之輩。
>
> ……只見五大間屋裏，黑壓壓地已坐滿了一屋子的人。南向放著一張長桌，巍巍地列坐著幾位革命黨大頭腦。其餘都是北向而坐。中間一位面如冠玉，唇若丹砂，黑鬢齊齊地貼到耳際，微微分著一條髮縫，兩道濃眉似蹙非蹙，彷彿含有滿臉悲憤。明似珠不覺呆得一呆，再看看雲麟文弱弱的一個書生，又遠不及這位少年英偉。〔註14〕

這天，正是富玉鸞開大會準備第二天在揚州舉義的日子。這個場景和之前稀稀落落的演說場景相比已經有了很大的不同：富玉鸞已經從一個愛國青年成

〔註13〕李涵秋：《廣陵潮》，太原：北嶽文藝出版社，1986年，第425頁。
〔註14〕李涵秋：《廣陵潮》，太原：北嶽文藝出版社，1986年，第715頁。

長為了革命首領；之前富玉鸞演講時，場下的人都似懂非懂，而現在跟隨他
革命的人已經有了一定的規模，並且都摩拳擦掌、殺氣橫生。這個場面是小
說唯一一次近距離地正面描寫革命黨人的革命活動。照如此安排，揚州起義
本來較武昌起義更早。

再次，作者通過人物間的對比來襯托富玉鸞的人格魅力。一是外表。雲
麟是揚州城一位難得的美男子，讓一眾女性為之傾倒，為之生而後死、死而
後生。而在明似珠眼中，這位雲麟竟遠不及富玉鸞英偉。二是膽魄。林雨生
終於被捉拿歸案，雲麟正要為富玉鸞報仇時，卻被林雨生猙獰的模樣嚇昏過
去。這與富玉鸞慷慨赴死的魄力又形成了鮮明的對比。這兩處對比，流露出
作者對真正為革命而捨身赴死的辛亥革命黨人的欽佩之情。隨後，揚州又經
歷了兩次「革命」。第一場是新兵網狗子「趁火打劫」地假充革命黨演出的一
場鬧劇；第二場是孟將軍趕走假革命黨，坐鎮揚州。在三次揚州起義的領導
人中，作者只對富玉鸞全面頌揚。

正是由於作者對富玉鸞這個人物珍愛有加，所以劇中的其他人物也對富
玉鸞加倍愛惜。不僅明似珠這樣的反面人物對富玉鸞傾心，淑儀更為其守身
如玉。在富玉鸞被抓之後，當了意海樓姨太太的紅珠想盡方法營救他。富玉
鸞的刑期也是一拖再拖，還被紅珠救出過一次。這雖是一種故意增加小說波
瀾的筆法，但究其敘事動機，還是因為作者不忍心讓富玉鸞這位英雄就此灰
飛煙滅。儘管富玉鸞還是被殘害了，但不僅林雨生得到了應有的懲罰，揚州
的官吏也在光復運動中受到了懲罰。揚州的辛亥革命最終宣告成功，這也是
對富玉鸞革命這一條情節線的圓滿收束。綜而觀之，富玉鸞這個人物寄託了
作者對於辛亥革命黨人的一種美好想像，也同時作為一個參照系映照出民元
以來各種復辟力量、投機分子、假衛道士的虛偽與醜陋。

在描寫辛亥革命的小說中，前清官員往往被分為極端的兩個序列：好的
一端是識時務懂大義迅速轉投革命陣營的官員。最典型的如武昌起義中的黎
元洪（《血淚黃花》《金陵秋》）、鎮江、南京光復中的林述慶（《金陵秋》）。反
正的新軍都在英雄的序列之中。壞的一端是膽小怕事、腳底抹油的窩囊之輩，
如瑞澂（《血淚黃花》）。在《廣陵潮》中這兩類官員都有。第一類的代表是孟
海華。在攻揚州城時，孟海華帶領的隊伍不到半個時辰便整齊肅穆地布滿了
街道，連其佩戴的刺刀都格外耀眼。在馬蹄「得得」聲中，前後「百十名護兵
簇擁著」出現的孟軍官，年紀約莫有五十左右，面上黑巍巍地翹著「拿破崙

八字鬍鬚」，「倏地」進入商會。紳商代表石茂椿見這陣勢便「嚇得倒退了兩步」〔註15〕。幾行描述，將孟海華這位真革命黨與其軍隊的威嚴正義、雷厲風行的形象樹立起來。李涵秋筆下的大部分官員與士紳屬於第二類，是十足的利己主義者。他們騎牆搖擺、見縫插針、渾水摸魚、中飽私囊。當鎮江、上海相繼光復，而揚州還無動靜時，揚州的一些官員和士紳便煽動網狗子帶頭光復。當網狗子真的拿下了都督府，底下的兵便都捲了金銀財寶一哄而散，商會的頭目只顧爭先恐後地要求分配官職；當真革命黨兵臨城下之時，這些人又或是溜之大吉，或是一轉身投了新東家的麾下。相形之下，一腔熱血、說幹就幹的網狗子倒顯出了一抹英雄色。當得知網狗子就是光復揚州的首領時，雲麟更是笑得跳起身來：「啊呀！他敢做出來了？我不料他有這樣本領，我真佩服他了不得。」〔註16〕

《廣陵潮》還塑造了另一類前清官員的代表。他們既不是匡世的英雄，也不是膽小的鼠輩，而只是在亂世中堅守了自己內心的磊落和坦蕩。典型如伍晉芳。如果說孟海華、富玉鸞這樣的革命黨人代表的是一心為公的國家理想，那麼伍晉芳則代表了在亂世中但求無愧於心、平安團圓的一種家庭理想。不難發現，在雲、伍兩家的人物架構中女多男少。雲麟少年喪父。伍晉芳有三房太太和一子一女。小兒子在武昌起義期間離世了。雲、伍兩家的男性就只剩下伍晉芳和雲麟。性格羸弱如雲麟，在大事上常常要請教伍晉芳。可以說伍晉芳是兩家唯一的男性家長。伍晉芳與缺乏父愛的雲麟情同父子。伍晉芳也是雲麟待人處事的榜樣。伍晉芳雖是前清官員，但既沒有愚忠於前清的腐朽氣，也沒有何其甫那樣假衛道士的猥瑣氣。在武昌起義爆發時，伍家太太和下人都哭天喊地、亂作一團，唯有伍晉芳鎮定地安撫著家人，又機敏地化裝成平民隻身出去打探消息。當得知黎元洪下令有職守的可以留任也可卸任時，他與太太商量後攜家離開了武昌。足見伍晉芳對前清並不愚忠。當得知富玉鸞是革命黨時，伍晉芳不僅沒有畏懼，還將富玉鸞藏於家中；當得知富玉鸞的身份已經洩露時，又設法讓富玉鸞逃離武昌。可見他對革命黨人是抱有同情的。在流轉武昌、上海、揚州的過程中，他有很多機會可以借混亂的政局，謀得一個不錯的職位，或者發一筆橫財，但是他拒絕同流合污，守住了自己的一方淨土。所以，伍晉芳既未在辛亥革命前加入革命黨，也未在

〔註15〕李涵秋：《廣陵潮》，太原：北嶽文藝出版社，1986年，第762頁。
〔註16〕李涵秋：《廣陵潮》，太原：北嶽文藝出版社，1986年，第763頁。

民國時加入宗社黨。這種政治上的不作為，也是不投機，看似無為卻在風雲變幻的辛亥時期，保住了雲、伍兩家人的平安。

　　實際上，伍晉芳的這種處世態度也是兩家人極為統一的人生哲學。在小說臨近收束之際，雲家一家團圓。雲麟感歎：

　　　　人生難得幾團圓，做兒子的得能常叨福蔭，上侍母親，下訓兒
　　女，過此一生，比那政客、官僚、軍閥歷落終生，受人唾罵，好得
　　多哩。〔註17〕

人到中年的雲麟，儼然成為了第二個伍晉芳。這番話恰恰是雲、伍兩家人所追求的家庭理想。從更深的層面來說，這個「家庭團圓」理想的獨白，又不單迎合了讀者對「大團圓」結局的期待，而是清末民初這一段特別混亂的時期裏，芸芸百姓對生命與團圓的期望的文學呈現。雲麟的這番話也因此才特別的動人。

　　另外，全書中還有一個尤為閃光的女性形象──紅珠。清末民初世情小說中的妓女形象很多，典型如《孽海花》中的傅彩雲。男人是她的玩物；她也深知自己是男人的玩物，並心安理得地利用這種關係求得生存與享樂。紅珠形象則有了一種人生境界上的昇華。這位有著「揚州前三美」之稱的女性，雖出身煙花之地，但視錢財如草芥，對雲麟一往情深。她與雲麟的情感糾葛主要有三個階段：她身在青樓與雲麟交好時，不僅不嫌貧愛富，還倒貼錢財給雲麟，更設計自己的死以逼雲麟離開煙花之地；嫁給意海樓之後，恰逢富玉鶯和雲麟因革命之罪被抓入獄，於是使出渾身解數先後救得二人出獄；在意海樓死後，她攜千萬財產嫁給雲麟，救雲麟一家於窮困之際，又一心挽救淑儀，可謂至情之人。在大是大非面前，她有著女性鮮有的膽魄和手段，能救革命黨人於水火。就這一點而言，這一形象是具有文明新質的，也是李涵秋對女性的美好想像。

　　正是因為有了這幾抹明顯的亮色，讓取法於《紅樓夢》和《孽海花》的《廣陵潮》，長於言情又不囿於言情，長於描繪人世亂象又不陷於絕望之中。如果說《紅樓夢》《孽海花》兩者都是清王朝的輓歌，那麼《廣陵潮》中辛亥革命的成功和雲伍兩家三世同堂的團圓景象則是希冀於開啟明日的一個「簇新世界」。這一點，也是《廣陵潮》較譴責小說的進步之處。袁進認為：「正是出於對『民國』的珍惜，李涵秋在失望之餘，便欲起來抗爭。他借主

────────────

〔註17〕李涵秋：《廣陵潮》，太原：北嶽文藝出版社，1986 年，第 1349 頁。

角雲麟之口，指責無賴田福恩賄選議員，預言民國若是照此下去，『不出五年，若不被他們那些官僚派推翻議院，破壞共和，甚至假造民意，倡言帝制，你那時候來剜我的眼睛』。」〔註18〕這種評價指出了李涵秋內心對辛亥革命與民主政治體制的情感認同。

三、「新文明」與「舊道德」的博弈

　　縱觀《廣陵潮》中的社會人生，大部分的衝突、矛盾、興奮、憤懑、離奇都來源於那個時代新舊文明的交鋒。在揚州城中，每個人的人生觀、價值觀在「文明」的標尺上都進度不一，甚至相差巨大。混亂的時代與凌亂的價值標準，衍生出了混沌的世態。

　　從何其甫、嚴大成等一干假衛道士身上，我們不難看到舊文明在瀕臨崩潰時的荒誕。辛亥革命前夕，何其甫辦起了「惜字社」，並大鬧富玉鸞的革命講演以證明自己對傳統文化的赤誠；辛亥革命之後，他先是挑大梁唱了一齣「殉清大戲」，又辦「文言社」以示抵制白話文的決心。敘事者犀利地揭穿了這一干人以「衛道」之名斂財的醜面，對科舉制度和舊式教育作了否定性的評價。然而，這種否定又並非那麼決絕。雲麟不只一次地看出了何其甫的矯情做作和故弄玄虛，但又一次次忍著內心的反感去看何其甫們的「演出」，並屢次給何其甫以經濟上的資助。究其根本，雲麟不忍違逆的是「學生的本分」。所以，雲麟並不認同何其甫的行為，也沒有與何決裂的勇氣。

　　對於新文明，敘事者的態度就更加撲朔迷離了。舊式教育走向衰落，勢必伴隨著新式教育的興起。《廣陵潮》中新式教育的弄潮兒是柳春和明似珠。柳春在與何其甫的私塾決裂時，有一番宣言：

> 　　若是上學，我要我的先生站著，我偏坐著。我不合式先生，我可以罵先生；先生不合式我，卻不許罵我。我們學生成了群，可以叫先生滾蛋；他們先生成了群，雖然叫我們滾蛋，我們偏不滾蛋。〔註19〕

這番話言簡意賅，生動形象地道出了新學堂「生本教育」的核心理念。柳春說幹就幹，從家裏拿來一百兩銀子辦起了開揚州之風氣的第一所新式學堂。

〔註18〕袁進：《試論〈廣陵潮〉與民初社會小說》，《現代中文學刊》2010年第4期。
〔註19〕李涵秋：《廣陵潮》，太原：北嶽文藝出版社，1986年，第644頁。

他不僅自己帶頭擔任了幾門課，並且面對教學不合格的先生，也能立馬叫其「滾蛋」。另一個開啟風氣之先的是旗人子弟明似珠。明似珠自小在京都的女學堂裏讀書，是第一批受益於新式教育的女學生。所以她要辦女學堂使更多的女同胞受益。敘事者讚其「天性聰敏，各門科學，他都領悟得來，真是巾幗雄才，不櫛進士。」〔註20〕她辦女學堂比柳春還要認真在行，不僅自己專任了英文、算學、體操這三門新式課程，還從家裏拿積蓄為女學生做了全身操衣褲。

值得玩味的是，柳春與明似珠這樣全情投入、自掏腰包辦學的精神，卻並沒有得到敘事者的肯定。敘事者不僅讓柳春和明似珠在富玉鶯被捕之時受到波及而逃往上海，辦學之事不了了之，還讓兩位開揚州新學之風氣的文明人士頃刻間變為「文明過度」的反面教材。其中，又以明似珠最為典型。明似珠從承擔起感情線的任務開始，便演繹著「自由亂愛」的戲碼。她先是和長相醜陋的朱成謙打情罵俏，並無男女交往之忌諱；當看到柳春時，又將朱成謙拋到一邊，和柳春打得火熱，並且默認了柳春的求婚；經由柳春認識雲麟後，又瘋狂地愛上了外貌英俊的雲麟，聲言婚戀自由不僅是結婚自由，還有離婚自由；後來在革命大本營裏看到富玉鶯，又轉將一片熱愛付給了外貌更英偉的富玉鶯。只可惜富玉鶯的揚州起義計劃失敗，一下子打亂了明似珠的亂愛節奏。敘事者將新文明中的「婚戀自由」，誇張地演繹為了一場「自由亂愛」。受新學潤澤的明似珠，被定位成水性楊花的好色之女。這是明似珠的「罪狀之一」。結束了女校長的職業生涯之後，明似珠和柳春在上海瀕臨破產。明似珠不安於現狀，竟說「不如我便當婊子去」〔註21〕。兩人遂將從柳母處拿來的最後幾十塊洋錢，堵在了明似珠的「弔膀子」事業上。而明似珠竟然真的與未來的上海都督真濟美搭上線，成為了都督的姨太太。在男女問題上的過度解放，是其「罪狀之二」。明似珠當上了都督太太之後，又組建了一支女子北伐軍。她將林雨生捉拿歸案，為淑儀報了殺母之仇，按理說都是正義之舉。但在敘事者的解讀中，明似珠這一切的作為都不過源於虛榮。是為「罪狀之三」。明似珠離開真濟美之後，跟柳春開始了啃老生涯。但柳父是極吝嗇之人。明似珠便開始勾結土匪與公公鬥智鬥勇，不惜勒索、恫嚇，最終將公公誣入牢獄。她敢在長輩面前自稱「祖奶奶」，

〔註20〕李涵秋：《廣陵潮》，太原：北嶽文藝出版社，1986年，第649頁。
〔註21〕李涵秋：《廣陵潮》，太原：北嶽文藝出版社，1986年，第780頁。

將孝道踐踏在地，是為「罪狀之四」。這最後一條，也是最嚴重的一條，將明似珠推向了眾人唾棄之地，遂徹徹底底當土匪去了。

　　細看明似珠所背負的四條罪狀——自由亂愛、身體解放、虛榮造作、踐踏孝道——都是對新文明的誇張化、妖魔化演繹。對於富玉鸞那樣捨生取義的革命黨人的政治革命，敘事者能夠欣賞和欽佩，然而對於隨政治革命而來的文明的更新，敘事者則本能地視之為洪水猛獸。孝道、師道，這些雲麟、淑儀、秦氏、晉芳等正面人物所堅守的舊道德的核心內涵，大有一旦被質疑和打破，就會將人推進萬劫不復之深淵的威力。

　　明似珠與雲麟的關係，從側面佐證了李涵秋對「新文明」深深的恐懼。小說中熱戀著或熱戀過雲麟的女性，一共有四位。按出場順序分別是淑儀、柳氏、紅珠、明似珠。這四位女性，除了明似珠以外，無論是年輕喪夫的淑儀，還是出身青樓又當過姨太的紅珠，以及相貌不佳的柳氏，都得到了雲麟愛的回饋。明似珠與紅珠在經歷上是最具相似性的，但敘事者的傾向性卻非常明顯。同是被納做姨太，紅珠嫁的是前清的都督意海樓，明似珠嫁的是革命黨人的都督真濟美。同是與丈夫分道揚鑣獲得一大筆財產，紅珠的分文不少被帶到了揚州，而明似珠的是不義之財，在路上就被一場「因果報應」劫了去。同樣是幫助革命黨人，紅珠救雲麟和富玉鸞是義薄雲天，而明似珠逮捕林雨生、組建女子軍則是貪慕虛榮。最後的結局，一個是在眾人抬愛中順理成章地嫁給了雲麟，一個是在眾叛親離後落草為寇。幾乎相同的一些經歷和遭遇，在「新舊」兩個不同的營壘中，演繹出了「女性解放」不如「妓女從良」的內涵。小說中另一個文明女士紫羅，也演繹了類似於明似珠的戲碼。柳春與明似珠臨決裂後，自悔道：

　　　　我現在已經明白了，總怪我少年時候一點學問也沒有，只學了些新學家的口頭禪，才會和這冤家遇合。我沒有他，也不至於到這地步。〔註22〕

柳氏說：

　　　　哥哥做人，實在尚無大壞，只因心地過於老實，所以一出來就迷信了什麼新學，和父母都是平等。其實在那文明初開通的時候，不只是他，還有那第一等大名鼎鼎的人物，還逼著他四五十歲的娘

───────────────
〔註22〕李涵秋：《廣陵潮》，太原：北嶽文藝出版社，1986年，第1307頁。

上學堂哩，這事也還可恕。〔註23〕

柳春的文明行為被解釋為中了新學的「迷信」，其行為的全部錯處都被推卸到了明似珠身上。當柳春與明似珠決絕後，便順利地「被饒恕」了。在故事的最後，曾與父親作對的柳春、曾謀害過小翠子的朱二小姐、尋絲覓縫當議員的田福恩，都有一個良心發現，獲得眾人原諒後回歸家庭的結局。唯獨明似珠沒有被「救贖」。這無疑是因為她在「新學」這條路上是最義無反顧的一個。

另外，小說中輔助傳統道德觀念，將壞人繩之以法的是「因果報應」。除卻小說首尾兩回直接插入「因果循環」理論，李涵秋還通過情節的編排極力彰顯了「因果報應」的威力。書中塑造的兩大惡人，一個是林雨生，一個是明似珠。林雨生一生作惡多端，多次陷恩人於死地，所以落得一個被槍殺的結局（小說中，人們認為被槍打死比被砍頭要殘忍得多）。林雨生的兒子小穩子又回到伍府當起了下人。明似珠因謀財而接近真濟美，獲得的錢財是「意外之財」，不應屬於自己，因此才注定被土匪劫了去。對於土匪而言這筆巨財也不是應得的，所以那幫土匪又被另外的人殺害。明似珠設計謀柳客堂的錢，最後又機緣巧合地被發現，終於落得一個無家可歸的結局。「惡有惡報」的樸素演繹，削弱了情節的現實性及說服力，是李涵秋思想中「舊文化」資源的顯性表露，同時也顯示了《廣陵潮》的歷史侷限性。由於無法上升到歷史精神層面進行現象的梳理和牽引，所以敘事者只能選擇對重大歷史事件「繞道而行」，並對人物命運的走向釋之以「因果報應」。

從根本上看，小說中的人物與情節所承載的仍然是作者對於傳統道德倫理的慣性認同。而這種認同，也是政治革命所難以迅速鏟去的。通觀小說中其他「披著文明之皮」的怪狀，如朱成謙舞弊考得醫師證、林雨生迅速轉換於革命黨和偵探之間、田福恩與喬家運暗地裏斡旋爭當議員、饒氏兄弟享「公妻」等等，既都牽強地打著新文明的旗號，又投射著舊道德的目光。作為新一輩的雲麟，既看到了舊文明中的荒誕處和殘忍處，但又掙脫不開龐大的倫理綱常。所以他有著纖弱的身體和妥協的人生，最大理想也就是求得現世的安穩和家庭的團聚。儘管羨慕著革命黨人的勇敢赴死，又仍毫不抗拒地當著家族繼承人，並且在「家庭理想」中為自己的妥協進行了合理化。而李涵秋希望通過《廣陵潮》建立的「簇新世界」，也並非一個全新

〔註23〕李涵秋：《廣陵潮》，太原：北嶽文藝出版社，1986年，第1308頁。

的世界，而是在新舊文明兇猛交鋒、互不相容的歷史節點上的一座海市蜃樓。

第二節　以史言志：《龍套人語》的辛亥敘事

　　姚鵷雛是南社「四大才子」之一。武昌起義爆發時，20 歲的姚鵷雛從京師大學堂南歸上海，成為了《太平洋報》的記者，專供時評和社論，且開始發表詩歌和小說。姚鵷雛與葉楚傖、柳亞子、李叔同、蘇曼殊等人既是同事又是詩友，與陳英士、陳陶遺等革命黨人也交往頻繁，可謂是離辛亥革命最近的見證者之一。辛亥革命後，共和的盛世並未真的到來。1912 年至 1929 年間，姚鵷雛寫了 1300 餘篇政治和社會評論，對民國成立後的軍閥統治進行了辛辣嘲諷，屢屢呼籲國人奮起反抗，去建立一個「真民國」，又可謂是革命理想堅定的守望者。他以辛亥革命為背景寫了兩部長篇小說。其一是1915 年出版的《恨海孤舟記》，背景是辛亥革命至護國運動期間的上海。如范伯群所說：「通俗小說中正面反映辛亥革命前後革命黨的種種活動的是姚鵷雛的《恨海孤舟記》」〔註24〕。其二是寫於 1929 年的《龍套人語》（後被柳亞子改名為《江左十年目睹記》），背景是辛亥革命至北伐戰爭前的南京。在《龍套人語》中，辛亥革命是老革命黨人的一場集體追憶。

一、超脫於鴛蝴派的說部旨趣

　　姚鵷雛的創作履歷反映了民國時期歷史小說創作的一種走向。這種走向最直觀的表現是：「歷史」成為了社會小說的主角，不再只是「言情」的背景。《恨海孤舟記》這一姚鵷雛的成名作，以趙棲桐和三個青樓女子之間的情感糾葛為主線，以趙棲桐的「名士社交圈」作為一扇反映辛亥革命進程的窗口。趙棲桐因為情感屢屢受挫，最後絕望而遁入空門，表露出了一種較為消極的處世態度。到 1919 年，姚鵷雛在《說部摭談》裏談到：「《儒林外史》，社會小說之初祖也。……然體物瀏亮，《怪現狀》一書足以當之，故已不可多得。生平不敢為此種，誠以珠玉在前也。」〔註25〕這是姚鵷雛從創

〔註24〕范伯群：《移民都市與移民小說——論清末民初上海小說中的移民題材中長篇》，《江蘇大學學報（社會科學版）》2007 年第 6 期。

〔註25〕姚鵷雛：《說部摭談》，《姚鵷雛文集（雜著卷下）》，上海：上海古籍出版社，2008 年，第 763 頁。

作理論上對自己的「少作」進行的方向性反思。

　　學界較少注意的是姚鵷雛寫於 1924 年的小說《衣冠禽獸》。這部小說可視為姚鵷雛對以《儒林外史》為代表的社會小說進行的一次有效嘗試。《衣冠禽獸》完全擺脫了「言情」，而以袁世凱統治時期的歷史事件和社會生活作為描寫對象，批判以袁世凱為代表的北洋軍閥的腐敗統治。到了 1929 年，《龍套人語》則是更為成熟的社會小說。《龍套人語》將辛亥革命以來的五任江南巡按作為敘述對象，有了更長的時間跨度和更為清晰集中的故事脈絡。也許因為《恨海孤舟記》的影響太大，姚鵷雛常被世人看作鴛鴦蝴蝶派的代表人物。對此，他本人很是氣憤。他說：「批評並時生存人著作最難。聲氣相及，不無恩怨，一也。尚未蓋棺，自難論定，二也。報章雜誌之所見，或非本人定稿，三也。」〔註26〕《龍套人語》是他自認的「平反之作」：「最近在《時報》撰《龍套人語》，然殊草草，不能殫精。平生於說部之旨趣如此，而世亦有以鴛鴦蝴蝶派目餘者，可發一噱也。」〔註27〕後來，姚鵷雛之女姚玉華在整理姚鵷雛的各類作品之後，慨歎道：父親的文學「豈能是一個鴛鴦蝴蝶派就能概括得了的？」〔註28〕

　　細觀從《恨海孤舟記》到《衣冠禽獸》，再到《龍套人語》的創作變化，姚鵷雛的氣憤確有道理。這三部小說中的「才子佳人」痕跡逐漸消失，而「歷史事件」呈現出越來越重要和越來越正面的樣貌。和李涵秋一樣，姚鵷雛也曾借敘事者之口鑒定自己的《龍套人語》為稗官野史。小說第六回有：「著者這一部書，雖統是白嚼閒天，全無價值，卻也標榜著記載南方掌故，網絡江左軼聞。說句舊話，便是野史稗官，聊以備方志國書的考證。」〔註29〕不難看出，對於李涵秋、姚鵷雛等受到傳統文學文體觀念影響較大的作家來說，「稗官」在某種意義上有高於「言情」的價值。這與中國文學的史傳傳統和士大夫階層的匡世理想有關。而儘管姚鵷雛並沒有進入五四時期文學革命的陣營，但他的創作已經不自覺地發生了重要的嬗變。姚鵷雛所謂「社會小說」，

〔註26〕姚鵷雛：《記作說部》，《姚鵷雛文集（雜著卷下）》，上海：上海古籍出版社，2008 年，第 775 頁。

〔註27〕姚鵷雛：《記作說部》，《姚鵷雛文集（雜著卷下）》，上海：上海古籍出版社，2008 年，第 775 頁。

〔註28〕姚鵷雛：《姚鵷雛文集（雜著卷下）》，上海：上海古籍出版社，2008 年，第 1158 頁。

〔註29〕龍公：《江左十年目睹記》，北京：文化藝術出版社，1984 年，第 52 頁。

超脫於「世情小說」的小我世界，實際上也超脫了他所說的「野史稗官」的旨趣。這具體表現在如下三方面。

清末民初的稗官小說偏好於野史軼聞的展覽，對於較為重要的歷史事件往往繞道而行。而姚鵷雛的《恨海孤舟記》《龍套人語》則選擇正面描寫辛亥以來的政治歷史。因為姚鵷雛本人與辛亥革命中一些著名革命黨人有著密切接觸，其所見聞的是革命場域中較為中心的人事，所以《恨海孤舟記》與《龍套人語》中的「史實」更具史料價值，其對辛亥革命和辛亥革命黨人的精神闡釋也更具說服力。如芮和師所說：「對當時這些情況有所瞭解者，讀來更能會心擊節。」〔註30〕范伯群指出：《恨海孤舟記》「反映的是知識移民，其中有不少革命黨人或革命的同情者，匯聚在上海，利用租界的『縫隙效應』，從事輿論宣傳，策劃革命暴動，直至掌控辛亥以後的革命政權。小說中的不少出場者都是實有的人物，如鄭髦公（陳其美）、張樵江（宋教仁）、莊乘伯（章太炎）、花吳奴（葉楚傖）、楊平若（柳亞子）……」〔註31〕為革命而集結在上海的知識階層，在姚鵷雛的筆下留下了最為生動真實的剪影。這一特色延續到了《龍套人語》中。《龍套人語》所敘述的是民元以來十餘年的南京政治史。姚鵷雛在二三十年代的官場經歷，讓其筆下的人物群體涉及到了政界、學界、商界。有了更為龐雜的人物架構，也就覆蓋了更為廣闊的社會內涵。這也構成了姚鵷雛辛亥敘事的獨特性。姚鵷雛對歷史事件和人物進行摘選時的傾向性，雖和他本人所處的環境有關，但卻從客觀上促成了從沉溺於野史軼聞到正面直擊歷史事件的敘事轉變。這種轉變使得人物、情節、場景更為集中、清晰和連貫，也讓作者和讀者更容易從相對宏觀的歷史中把握歷史潮流，對歷史進行反思。從這一意義上說，「社會小說」無疑是「稗官」的一種昇華形式。

《龍套人語》在批判社會時，顯示了一種「中西雜糅」的特質。裝在「稗官」這舊酒瓶裏的是一種現實主義的「新酒」。姚鵷雛曾說自己「最嗜為林師譯狄更司歐文之書，言社會家庭情況，沉痛處以滑稽出之者」〔註32〕。這種

〔註30〕芮和師：《「雲間二雛」評說——江蘇通俗文學作家姚鵷雛、朱鴛雛》，《蘇州大學學報（哲學社會科學版）》1992年第4期。

〔註31〕范伯群：《移民都市與移民小說——論清末民初上海小說中的移民題材中長篇》，《江蘇大學學報（社會科學版）》2007年第6期。

〔註32〕姚鵷雛：《記作說部》，《姚鵷雛文集（雜著卷下）》，上海：上海古籍出版社，2008年，第775頁。

「沉痛處以滑稽出之」，也成為了姚鵷雛小說的敘事策略。姚鵷雛長於以諷刺筆調揭示人物形象的錯位。如「文人棄文」：《衣冠禽獸》中的齊昌穀是一介書生，他諳熟抄古詩的作詩「秘訣」，以詩為工具攀附權貴。而當他借「詩才」當了官之後，就將書本遠遠丟開。《龍套人語》同樣接續了對這類虛偽文人的批判：「這時南中的學術風雅，漸漸為政治軍事所侵蝕而即於消歇了。一般知識階級中的人物，不是奔忙於功利之途，便是潦倒於窮愁之下。得志的揚眉吐氣，無非視學問如敲門磚，等到『四門大開』之後，這磚兒早拋向九霄雲外。失意的滿腹牢騷，念著『識字原為憂患始』之詩，詛咒學問，恨不得把家裏那些斷簡殘編，盡付之祖龍一炬。」〔註33〕足見軍閥時代，文人讀書的功利性。又如「武夫裝文」：根本不懂詩詞書畫的武夫，一當了官，便也請莊遁庵去宅邸裏講學、題詩。於是，辛亥革命時期的大革命家、大國學家忽然成了大紅大紫的「國學藝人」。魏敬齋說：「惟有那種暴發財人家，驟然間有了錢，便要裝潢門面，附和風雅，那便是我們這行買賣的唯一受主。……所以這東方書畫式的莊遁庵就值了錢了。」〔註34〕

　　姚鵷雛通過官僚階層的對外、對內的兩套標準，來揭示某些「大家」信仰革命的虛偽。比較典型的是對清末民初三個風雲人物的揭露。一是以袁世凱為原型的方公。他「是有名維新人物，平生辦的學校不少。可是他盡辦學，總不肯送自己子女入學。他向人說：辦學是一件事，子女讀書是另外一件事；學校是預備別人家子女讀書，不是預備自家子女讀書的。」〔註35〕二是以梁啟超為原型的梁作茹。這個「時代之弄潮兒」，暗地裏討好著各種政治立場的人，因為他認為：「現在國內只有三種潮流：一是復辟，二是民治，三是社會主義；在這三種中若只主張一種，一失敗就完了。不如都主張著，這處失敗，還有別處可活動」〔註36〕。三是以章太炎為原型的莊遁庵。章太炎是姚鵷雛小說中的常客。在《恨海孤舟記》中，以其為原型的莊乘伯雖為方公身邊的大員，但「依然布衣帛冠，還他的書生本色」〔註37〕。對於袁世凱

〔註33〕龍公：《江左十年目睹記》，北京：文化藝術出版社，1984 年，第 194 頁。

〔註34〕龍公：《江左十年目睹記》，北京：文化藝術出版社，1984 年，第 214～215 頁。

〔註35〕姚鵷雛：《姚鵷雛文集（雜著卷下）》，上海：上海古籍出版社，2008 年，第 1084 頁。

〔註36〕姚鵷雛：《姚鵷雛文集（雜著卷下）》，上海：上海古籍出版社，2008 年，第 1096 頁。

〔註37〕姚鵷雛：《恨海孤舟記》，瀋陽：春風文藝出版社，1997 年，第 143 頁。

復辟的行徑，莊乘伯更是激烈反對，幾番激烈規勸，遂被關入獄中。在獄中的他不僅將食物器皿摔翻在地，還敢當著軍警的面把方大總統痛罵一番。這確是辛亥革命後章太炎的本色。而在《龍套人語》中，曾經是老革命黨的莊遁庵竟發了一番「奇闢」言論，說滿洲人種原是漢族後裔。他這話「與早年所著的《仇書》排滿論調，大不相同，適得其反，真所謂此一時彼一時了。」〔註38〕可見，對於表裏不一、騎牆搖擺、信仰不堅的革命者，姚鵷雛是十分痛惡的。

在滑稽的敘事外殼之下，令人感到悲哀的社會現實則是思想內核。姚鵷雛在雜文中曾說：「官場中人有三技：逢迎新舊，如妓女之接客；變易面目，如小丑之上場；搜刮脂膏，如蚊蝨之附體。擅此三者，而後可以橫行一時。」〔註39〕他抓住了官場中人之對金錢權利的貪婪這一本質。在《衣冠禽獸》中，作樑是一個典型的為了當官而讀書的假文人。他在街上聽到了老頭子和潑皮小孩之間的對罵：「昨天見得幫助你有利，便幫助你。今天見得反對你有利，便反對你。與廉恥有什麼相干！」〔註40〕這吵架讓作樑「心裏一動」。「動」是因為這對罵恰如在罵他一般。姚鵷雛對民國前途抱著深深的憂慮：「是非淆然非一日矣。功利之士，悍然以行不義，積多金則俯仰身世，進退綽然有餘裕。至於身後之毀譽，當時之譏彈，固可一笑置之也。」〔註41〕另外，《龍套人語》還從民間文化的角度，反思了民國之所以如此的文化原因：「江南人最歡喜柔媚，習於恭維的，炭簍般高的帽子，人人愛戴，而且戴之成癮。」〔註42〕而老百姓對於官僚的腐敗統治，卻「視之漠然。」〔註43〕概言之，儘管姚鵷雛給這部小說安了一個稗官的帽子，但客觀來看，這部小說的人物架構、情節編排、敘事技巧和思想內涵，已經不是一個「稗官」可以涵蓋的了。

〔註38〕龍公：《江左十年目睹記》，北京：文化藝術出版社，1984 年，第 92 頁。

〔註39〕姚鵷雛：《姚鵷雛文集（雜著卷下）》，上海：上海古籍出版社，2008 年，第796 頁。

〔註40〕姚鵷雛：《姚鵷雛文集（雜著卷下）》，上海：上海古籍出版社，2008 年，第1096 頁。

〔註41〕鵷雛：《文羽》，《姚鵷雛文集（雜著卷下）》，上海：上海古籍出版社，2008 年，第 795 頁。

〔註42〕龍公：《江左十年目睹記》，北京：文化藝術出版社，1984 年，第 173 頁。

〔註43〕龍公：《江左十年目睹記》，北京：文化藝術出版社，1984 年，第 178 頁。

二、蘊於歷史敘述的辛亥情懷

正因為對北洋政府的絕望，姚鵷雛無比懷念民元，渴望有著辛亥革命傳統的南方革命黨人能夠重建一個新民國。他在雜文中大聲疾呼：「有約法，有國會，有總統，然後乃成民國。三者失其二，而僅存其一，又已入於重圍。而必硬指曰：此猶是民國與。可乎哉？舊民國已死，要民國，須重造個新民國出來！」〔註44〕正因如此的「辛亥情懷」，《龍套人語》的歷史敘述始終以民元作為參照系，字裏行間都透露著對那段輝煌過往的緬懷之情。

姚鵷雛的「辛亥情懷」首先表現為對辛亥革命滿懷激情的回憶。1915年，姚鵷雛在《恨海孤舟記》中就回憶過南京光復和民國成立的場面：

> 那時人心思漢，胡運告終，盡鎮浙粵各軍之力，竟攻取了天保城。清朝統領張得功，只得銜枚宵遁，偌大一個南京城，空營廢壘，不見一卒。申都督便會同了浙軍司令諸祥，粵軍司令趙風安，浩浩蕩蕩督著隊伍進城，安良除暴，百務紛然。……那三十年革命先進江公（孫中山），便被選為臨時大總統，一時賢才競進，髦士紛來，冠佩峨峨，鬚眉濟濟。好一個轉危為安國治民安的氣象。〔註45〕

時隔十三年，他於《龍套人語》中又再次回憶了辛亥年上海光復的場景：

> 那年辛亥光復，民黨起事，規取松江郡城，他老先生便遙為接應。在民軍入城那一天，他獨自跑上城樓，豎起了兩面白旗，頓時把龍旗打倒。那時清廷兵備廢弛，所有新軍，又早已響應革命，松江地方，陸軍本來沒有多少，所有一些緝私營等水師，這時也歸服於革命軍，領頭來攻松江府衙署。那知府於太尊，聞得風聲不好，先一日便已潛行離署。所以幾園以一介書生，竟能高揭白幟，而革命軍也不費一矢，能成大功。〔註46〕

在這兩場光復戰役中，人才濟濟、群情激動、萬象更新。可以看出，不管是1915年還是1929年，姚鵷雛談及辛亥革命時都充滿了嚮往、讚譽和自豪。

姚鵷雛對民元以來十年間官場的批判，均以「辛亥革命的傳統」作為參照系。這個參照系一方面是孫中山的「三民主義」傳統，一方面是親歷過辛亥革命的老革命黨人群體。在他眼中，後來的北伐戰爭和辛亥革命是一脈相

〔註44〕湘君：《人命與國命》，《國民日報》1917年6月17日。
〔註45〕姚鵷雛：《恨海孤舟記》，瀋陽：春風文藝出版社，1997年，第29頁。
〔註46〕龍公：《江左十年目睹記》，北京：文化藝術出版社，1984年，第258頁。

承的。他在 1928 年的《輸誠之唯一條件》一文說：「此次革命，為民眾而革命，亦為三民主義而革命。……夫此次革命所以成功若是之迅疾者，為以主義為號召也。……換言之，任何敵人，凡欲輸誠於革命旗幟下者，其他條件或有商量之餘地。而三民主義之必須徹底服從，此實為唯一條件，絕對無可通融者也。」〔註47〕姚鵷雛可謂民主共和理想的堅定守望者。

《龍套人語》表現出了對老革命黨人的深切懷念。1913 年，宋教仁被刺，國民黨人響應孫中山的號召發動二次革命。二次革命失敗後，袁世凱當選總統並下令解散國民黨。南社胡樸安曾回憶說：「民國二年，黨人失敗，留滬者皆不名一錢。鵷雛則乘高車，駕駿馬，各處奔走。」〔註48〕小說的故事便發生在這樣的背景下：「自從北洋派的老頭子袁家慶統治中華以來，首先派遣駐防式的重兵，把革命黨人排去海外，取而代之。」〔註49〕姚鵷雛的這種敘述正與胡樸安的表述一致。楊無忌（柳亞子）為救革命學生鄒海安而奔走南京。雖在官籍但卻無實權的程儀齋（陳陶遺）又無計可施，顯示出老革命黨人信仰上的堅貞和面對現實強權的無奈。小說第二十回，回溯了「《蘇報》案」後鄒慰丹被捕犧牲，南社諸子為鄒慰丹送葬一事，而今西湖又添了一座「秦墳」（蘇曼殊之墓），不禁令人感歎：「人要死得及時方好，慰丹這死，總算值得。假如不死，到現在還不是和我們一般，吹簫說劍，一事無成。再不好些，像某某數君，中途變了節，身敗名裂，同歸於盡，那更與慰丹有天壤之別了。」〔註50〕言外之意，在軍閥統治時代，革命黨人竟無死所。

實際上，敘事者對革命黨人所具備的救國拯民的能力一直非常自信。《恨海孤舟記》中，辛亥年攻打南京時，程伯生（陳陶遺）應鄭髦公的囑託風馳電掣趕到鎮江籌集餉款。在火車上，程伯生聽見路人在議論南京正進行的戰爭，他的反應是「心裏自暗笑」；下了火車後，得知兩軍已開戰了一日夜，他「便在行營中靜候好音」。〔註51〕當聽到謝柏山提師入川的消息時，趙棲桐說：「柏山勁氣內含，精神滿腹，是個智勇兼備的人才。況且久督西南，軍心所附，此行如神龍破壁，倒是大有可觀的。再加著個霹靂火的鄭髦

〔註47〕 龍：《輸誠之唯一條件》，《時報》1928 年 10 月 17 日。
〔註48〕 胡樸安：《南社叢選》上卷，北京：解放軍文藝出版社，2000 年，第 305 頁。
〔註49〕 龍公：《江左十年目睹記》，北京：文化藝術出版社，1984 年，第 11 頁。
〔註50〕 龍公：《江左十年目睹記》，北京：文化藝術出版社，1984 年，第 229 頁。
〔註51〕 姚鵷雛：《恨海孤舟記》，瀋陽：春風文藝出版社，1997 年，第 29 頁。

公，佔據東南，遙為聲氣，這龍蛇起陸怕就在眼前了。」〔註52〕「神龍破壁」「就在眼前」等詞句，無不展現了趙棲桐對護國運動必將成功的信念。《龍套人語》結尾處，姚鵷雛「抄錄」了一篇「東南文壇點將錄」，並說自己寫作的初衷是「於今往事已空，故人猶在。思君子於風雨雞鳴之際，聊代話言。」〔註53〕「點將錄」是姚鵷雛對辛亥英雄們的一種真摯的讚譽，寄託著他對辛亥革命時期奮鬥於斯的故人們的懷念。一句「故人猶在」，表明作者在經受了北洋軍閥黑暗統治的十餘個年頭裏，仍保留著由心中那個「辛亥舊夢」所支撐起來的對民國未來的信心，以及對辛亥傳統能夠經由老革命黨人再度發揚的期待。

　　重建辛亥革命的傳統，是姚鵷雛於小說中建構的未來國家的願景。姚鵷雛在政論文章中指出，北洋軍閥統治帶來的最大危害就是民眾麻木、是非全無。他先後寫了幾篇關於「亡國思想」的時評，每每大聲疾呼：「真正的愛國、救國的，何嘗打過有槍炮、沒有槍炮的算盤來！近如辛亥，革命黨何嘗有過槍炮？眼前的大軍閥既不及二百年臭名教所養的滿清，又不及總領北軍的袁世凱，還怕甚麼？民眾一奮起，軍閥部下，包管槍柄向外咧！」〔註54〕但他卻對民元那種「輝煌盛世」寄予了真切的期望。他在《恨海孤舟記》中對二次革命的結果有這樣的描述：「反對帝制風潮愈烈，滇黔桂聯師北伐，謝柏山提師入川，不多幾日，方大總統急病逝世，南北兩方就締結了議和條件。」〔註55〕小說寫於1915年，護國戰爭從1915年底打到了1916年7月。小說中，方大總統（袁世凱）逝世後南北兩方達成了合議的情節自然是姚鵷雛的美好想像。《龍套人語》最後一回有「將來新治修明，國基永奠，這南朝金粉，也一洗從前陳腐氣象，蔚為莊嚴瑰偉之觀。」〔註56〕這便是對民初氣象的一種回歸。

三、辛亥革命名士的錚錚傲骨

　　范伯群認為：「吳敬梓善於諷刺儒林，但姚鵷雛倒是喜歡儒林中的『亮色』。」〔註57〕在為《姚鵷雛文集》小說卷寫序時，他仍津津樂道於此：「姚

〔註52〕姚鵷雛：《恨海孤舟記》，瀋陽：春風文藝出版社，1997年，第184頁。
〔註53〕龍公：《江左十年目睹記》，北京：文化藝術出版社，1984年，第260頁。
〔註54〕湘君：《莫打有槍無槍的算盤》，《國民日報》1923年12月16日。
〔註55〕姚鵷雛：《恨海孤舟記》，瀋陽：春風文藝出版社，1997年，第232頁。
〔註56〕龍公：《江左十年目睹記》，北京：文化藝術出版社，1984年，第263頁。
〔註57〕范伯群：《中國現代通俗文學史》，北京：北京大學出版社，2007年，第334頁。

鴛雛寫社會小說是繼承了吳敬梓、李伯元、吳研人的衣缽，他也用諷刺或譴責手法，但他還有自己的發展的新路徑，他的社會小說在諷刺、譴責之餘有著鮮明的『亮色』。」〔註58〕《儒林外史》注重對官場知識分子的批判，《官場現形記》則重在對清末官僚階層的批判。《龍套人語》除了對「批判性」的繼承以外，更書寫了一種「真名士」的情懷。從名士角度來闡釋和塑造革命者，是姚鴛雛的一大特色。他塑造和推崇的「學術風雅」「名士風流」「名士氣節」等等，為動盪時代的知識分子樹立了一個標杆。筆者權且將這些既是革命者，又是名士的人物統稱為「革命名士」。而這種看似「新與舊」的合二為一，正是辛亥時期革命黨人的時代特徵。

姚鴛雛筆下的革命名士有兩種類型。其一為亦文亦武型。「文人化」的將軍，「將軍化」的文人在小說中比比皆是。以陳英士為原型的武將鄭髦公：「穿著灰色愛國布棉袍，黑布馬褂，白淨面皮，戴著金絲托力克眼鏡，儒儒雅雅的沒半點兒傖氣」〔註59〕；以葉楚傖為原型的花吳奴「生得肥軀碩幹，闊額廣頷，蓬著一頭三寸多的亂髮，鼻架金絲眼鏡，手裏拿著根旱煙管兒，像軍器舞著」〔註60〕，頗有股豪邁霸氣。這與辛亥革命時期對尚武精神的提倡，和「儒俠」的英雄審美期待有關。另一種是支持和同情革命的愛國文人。趙樓桐「眉目英挺，舉止不凡，服御雖不十分都麗，卻別具一種灑灑落落的氣概，清言霏玉，豪氣凌雲」〔註61〕；秦佛陀「生得眉長目秀，仙骨珊珊，穿著身新式西裝，胸前打著個粉紅結兒，口裏銜著支雪茄，不住吞吐，煙氣蓊然」〔註62〕。姚鴛雛的小說中，人物往往都「相由心生」。革命者和文人名士，都有不俗的外表。當他們集聚於開國盛世時，就有了「髦士紛來，冠佩峨峨」的場面。而那些革命立場不堅定，後來成為了黨國叛徒的人，形象則頗為委瑣，典型如以劉師培為原型的劉伯申——「黃瘦文弱書生，伸出手來，那拇指和食指黃的像染過一般的。」〔註63〕

在國家危難之際，革命名士有著堅定的革命信仰，有責無旁貸、死而後

〔註58〕范伯群：《文兼雅俗　博通古今——〈姚鴛雛文集·小說卷〉序》，姚鴛雛：
　　　　《姚鴛雛文集（小說卷上）》，上海：上海古籍出版社，2008年，第6頁。
〔註59〕姚鴛雛：《恨海孤舟記》，瀋陽：春風文藝出版社，1997年，第12頁。
〔註60〕姚鴛雛：《恨海孤舟記》，瀋陽：春風文藝出版社，1997年，第19頁。
〔註61〕姚鴛雛：《恨海孤舟記》，瀋陽：春風文藝出版社，1997年，第16頁。
〔註62〕姚鴛雛：《恨海孤舟記》，瀋陽：春風文藝出版社，1997年，第20頁。
〔註63〕姚鴛雛：《恨海孤舟記》，瀋陽：春風文藝出版社，1997年，第33頁。

己的先鋒精神。申都督在辛亥年攻取南京天保城時勇赴前敵；謝柏山困於北洋政府的懷疑聲中，卻得以智逃雲南揭竿而起；鄒慰丹撰《革命書》，暢發排滿革命的議論，並為此入獄犧牲而不悔；莊乘伯為東南第一大儒，但也醉心共和力主革命，辦報指斥清廷被禁下獄，亡命東瀛仍積極組織同盟會；尹幾園手無縛雞之力，竟在松江光復時獨自跑上城樓打倒龍旗、豎起白幟；王子丹一介書生也敢為義師對抗袁家慶的復辟行徑；楊無忌為營救革命青年鄒海安而疲於奔走，無顧生死。姚鵷雛借王子丹之口，為這些革命名士做了表白：

> 兄弟王侃，是個寒酸書生，既無學問，又無技術，不過仗著胸
> 中一腔血氣，眼見得中國河山，不亡於真帝制，卻要亡於偽共和。
> 我不忍見那種貪殘陰狠的小人，竊持政柄，顛倒是非〔註64〕。

當袁家慶蠶食著辛亥革命果實的時候，王子丹表現出來的憤慨和勇力，正是辛亥革命時期革命黨人精神品格的一種延續。

正由於不滿現實，這些革命名士都患有嚴重的「厭官症」。他們為國家前途命運而投身革命，卻不求功名利祿；在反動者的威逼利誘面前，他們顯現出了「錚錚傲骨」。程伯生（陳陶遺）幫忙料理了臨時政府成立事宜之後，作為一個革命功臣被選為參議院議長，但卻「高尚其志，辭不應選⋯⋯偷偷的一個人溜出城來」〔註65〕，去清涼山尋清淨去了。周芝萊是位南京老名士，又是風流教主。這位「年尊望重的林下名公，又瀟灑自得，脫盡了紗帽氣。」〔註66〕「惟有那遊戲人間的魏敬齋，浮沉薇署一十五年，榮辱無關，逍遙自得；年將望六，恰愛與一般青年學子往來，訂忘年之交。最妙的他做了一十五年的科員，見了訓令、指令的公牘，就覺頭痛。⋯⋯『什麼廳長、科長，總而言之，無非混飯而已矣。』」〔註67〕其餘如鄭師孟、王曉暾、符瘦仙、尹幾園等，無一不是「厭官症」患者。

「厭官症」的形成，客觀上與辛亥革命後的現實時局有關。曾經參與過辛亥革命的老革命黨人，受到了袁家慶（袁世凱）的排擠，官途本就黯淡狹窄。更值得注意的是主觀原因。作為傳統文化修養極高的京師大學堂的才子，姚鵷雛受到了傳統名士文化的影響。在魏晉時期，名士用來形容很有名

〔註64〕姚鵷雛：《恨海孤舟記》，瀋陽：春風文藝出版社，1997年，第137頁。
〔註65〕姚鵷雛：《恨海孤舟記》，瀋陽：春風文藝出版社，1997年，第29～30頁。
〔註66〕龍公：《江左十年目睹記》，北京：文化藝術出版社，1984年，第9頁。
〔註67〕龍公：《江左十年目睹記》，北京：文化藝術出版社，1984年，第194～195頁。

望但不喜做官的人。《禮記・月令》中有「勉諸侯，聘名士」。《世說新語》中亦有對名士的描述：「須度量宏闊，寵辱兩不驚；善玄學清談、論辯義理，各路掌故，莫不畢集；多有技巧，豁達不羈」。在姚鵷雛特別推崇的《儒林外史》裏，開篇就有「人生富貴功名，是身外之物；但世人一見了功名，便捨著性命去求他，及至到手之後，味同嚼蠟。」〔註68〕姚鵷雛人生觀中的「厭官」傾向，還與三個對其有知遇之恩的人有關。第一個是楊了公，這是對姚鵷雛小說提出肯定的第一人。第二個是陳陶遺，引薦他入《太平洋報》又引其做省長秘書。第三個是葉楚傖，他的領導。姚鵷雛談起葉楚傖時充滿感恩：「先生（葉楚傖）雍容雅望，不樂奔競之士，余亦迂拙自守，不復求進，為薦任官十年。然每屆長官更替，恒為余先容，乃得賡續延攬，先生之力也。」〔註69〕楊陳葉三人同樣才華滿腹、堅貞愛國、淡泊名利，是辛亥革命的功臣。這三人都可謂給姚鵷雛身教的老師。

　　姚鵷雛自己所理解的名士，最為核心的品質是身有傲骨，不隨波逐流。他在《衣冠禽獸》裏借在明陵賣茶的壽而康之口說道：「大家揀落花生，要白要肥。豈知越肥越白，越沒味兒。這無異刮了民脂民膏，只管得吃飯睡覺的官僚，自然又白又肥了。那些黃瘦乾癟的，一身骨頭，都從磨練出來，連毛孔裏都是做人的精神，那得不又香又甜呀！」〔註70〕正是這種對人生與做官的理解，讓壽而康與變得勢力庸俗的官兒子果斷決裂。也正是這種精神，讓這些革命名士在精神上與官場天然地劃開了一道鴻溝。所以齊昌穀聽到壽而康的話時，頓時「毛骨悚然」起來，覺得賣茶的是個瘋子。姚鵷雛認為：「絕頂聰明之人，欲功名，天即予之以功名；欲財色，天即予之以財色。惟淡然無欲，天方予之以道。」〔註71〕如果小說中的主人公是作者的夫子自道，那麼從沉迷於花酒情場的趙棲桐再到在官場中能夠保留一身傲骨視名利於無物的魏敬齋，姚鵷雛的人生境界確實是從「欲功名」「欲財色」轉化到了對「道」的追求。

〔註68〕吳敬梓：《儒林外史》，北京：人民文學出版社，1985年，第1頁。
〔註69〕姚鵷雛：《記恩遇》，《姚鵷雛文集（雜著卷下）》，上海：上海古籍出版社，2008年，第773頁。
〔註70〕姚鵷雛：《姚鵷雛文集（雜著卷下）》，上海：上海古籍出版社，2008年，第1102頁。
〔註71〕姚鵷雛：《姚鵷雛文集（雜著卷下）》，上海：上海古籍出版社，2008年，第797頁。

　　無論在辛亥革命時期還是軍閥統治時期，革命名士在奮鬥之餘都不忘詩酒人生。在《恨海孤舟記》中，活躍在上海的一幫革命文人常飲酒作詩、流連風月。姚鵷雛通過一小段語言描寫，將花吳奴對詩酒生活的熱愛和其真率火爆的性格，以及文人間交遊的樂趣表現得淋漓盡致：

> 　　棲桐問道：「大師從哪裏來？」佛陀點點頭，說道：「我在三馬路雪廬那裡來，陳子佩、劉伯申都在那裡呢。」吳奴跳起身來把煙管一擲，當的一聲，摜在地上，一手拉著趙棲桐，一手扶著楊若平，說著：「去吧！」佛陀道：「哪裏去？」吳奴道：「到你來的地方去。」說著也不待佛陀答應，拖著兩人飛跑。……吳奴更不怠慢，抬起酒杯一飲而盡，啪一聲，丟去瓶塞，舉起酒瓶，湊到唇邊，咕咕咕早吸了一半。〔註72〕

詩酒之地，既是他們交誼的場所，也是他們談論時政、聯絡活動的地方。在《龍套人語》中，這種「喝花酒」的交遊方式，被替換為了更為多元的文人活動。比如周芝萊造了所園林，廣羅桃李教授曲子，偶而還帶著徒弟們泛舟秦淮，談笑風生；張叔正熱心曲藝，建「二妙閣」，大辦曲藝學校；魏敬齋閒來無事專研畫畫，引得許多人慕名索畫，常與友人品茶談天。如此等等，可見時隔十餘年，姚鵷雛對名士風範的理解已經有了一種昇華。

第三節　史詩演繹：《大波》的辛亥敘事

　　有學者認為：「令人感到有所缺憾的是，在有關辛亥革命的敘事裏面，讀者看到的只是佔據人群少數的精英群體的革命行動」〔註73〕。但以平民百姓為視角來演繹辛亥革命並非是當代文學的首創。在民國文學辛亥敘事的版圖中，刊行於1937年的李劼人的《大波》便是一部平民視角的革命史詩之作。沙汀認為，李劼人「不去就歷史事件寫歷史事件，而是把歷史事件作為人物活動的條件和背景，多方面地展示整個社會生活，表現各階層人物在歷史轉折關頭的地位、心理、反應。」〔註74〕《大波》這部長篇小說具有三個重要

〔註72〕姚鵷雛：《恨海孤舟記》，瀋陽：春風文藝出版社，1997年，第33頁。

〔註73〕蔚藍：《另一視角中展現的辛亥首義敘事——評牛維佳的長篇小說〈武昌首義家〉》，《長江文藝》2011年第12期。

〔註74〕沙汀：《為川壩子人民立傳的李劼老》，《李劼人作品的思想與藝術》，北京：中國文聯出版公司，1989年，第3頁。

的特徵。其一是打破了傳統歷史小說所受時間線索的限制，轉而突顯了一種空間性思維。其二，它的敘事視角在很大程度上與成都市民重疊，製造了歷史中人的在場感。其三，《大波》的辛亥敘事含蘊了深邃的歷史精神和批判意識，打造了現代意義上的史詩風格。

一、史詩格局與歷史精神

傳統稗官小說注重對歷史真實的還原，但在題材上關注的是正史之外的「野史」。正史通常是史傳文體的敘述對象。《孽海花》等小說追求對官場腐敗面的揭露和曝光，加之與市場結合，其選取的細碎雜陳的歷史內容，往往鋪蔓冗長、格調不高。可見歷史小說若一味供奉著「真實」而目無其他，就會陷於歷史瑣碎的泥潭中無法自拔。《金陵秋》《龍套人語》在題材摘選上大體都沿襲了「補正史之闕」的稗官傳統。李劼人《大波》之超越性，在於追求歷史真實的同時，以現實主義精神對歷史人物、事件、場景進行了典型化處理，並運用虛構去彌合歷史事實之間的裂縫，讓小說中的歷史讀來渾然一體，主幹鮮明。《大波》在敘述保路風潮時儘管也運用過轉述的手法，但在羅綸、蒲殿俊代表的諮議局紳董和傅隆盛代表的小商人這兩條與保路風潮關聯密切的人物線上，基本採取的是正面敘述的方式。到了 20 世紀 50 年代改寫本《大波》中，李劼人更加擴大了正面敘事的比重。在 20 世紀 30 年代，以辛亥革命為背景的小說比較著名的還有賽珍珠的《大地》。但是《大地》與《大波》卻具有完全不同的「格局」。《大地》中，辛亥革命仿若一種遙遠的氣味，主人公對革命不甚了了，而革命對其生活的影響也是非常清淡的。賽珍珠所關注的是中國農民的生存常態，而不是特定歷史時期中國農民的「變化」。《大波》中的辛亥革命則是主要的故事內容。歷史事件的進展本身和主人公的生活也是糅雜在一起、不可分割的。就《大波》與《死水微瀾》《暴風雨前》相比，其所涵蓋的歷史事件也更多並且更密集，其中的辛亥革命作為歷史事件，不再只是一帶而過的背景，而是脈絡清晰、情節編排有序的主幹內容。

其次，具有錯綜複雜的人物架構和情節上的多線性推進。歷史事件的產生與發展往往由人的活動聚力而成。重大歷史事件所牽涉到的人自然也是龐雜的。民初有很多正面頌揚辛亥革命的小說，對辛亥革命不可謂不重視。但其夠不成「史詩格局」，就是因為所涵蓋的人物數量較少，人物譜系無法涵蓋較為廣闊的社會人生。典型如《金陵秋》。《金陵秋》所摘取的人物只有

零星的幾個，缺乏多面立體地對歷史事件進行敘述的載體，不能形成多線性的推進。《大波》既涉及到趙爾豐、端方、羅綸、蒲殿俊等與四川辛亥革命直接相關的歷史風雲人物，也有傅隆盛、王文炳、彭家麒、吳鳳梧、黃瀾生、孫雅堂等社會各個層面的代表。他們的存在讓全知視角可以對歷史進行「現場敘述」，「多方面地展示整個社會生活」〔註75〕。與傳統稗官小說「連珠」結構不同的是，《大波》安排了保路風潮的時事線和楚子材的感情線這兩條主幹線索，使小說所有的內容構成了有機整體。在主線之外，傅隆盛、吳鳳桐、王文炳等人物又各自領銜了一根副線。在小說中，不僅兩條主幹線索是並行交錯的，副線與主線、副線與副線也是並置交融的。這些線索的設計讓看似無關係的人物，成為了有機的牽連的存在。所以，敘述視角的轉換和人物的跳進跳出，也都顯得自然而不凌亂。

最後，具有還原與反思歷史的精神。《金陵秋》《龍套人語》都延續了清末譴責小說諷喻批判官場的敘事主旨，但總體而言人物在歷史之中是被動的。基於後置的民國體驗，李劼人對辛亥革命採取了一種深入反思的態度，既不否定也不拔高。這突出表現為對歷史偶然性的尊重。克羅齊認為：「人類歷史的每一個敘述都用『進步』這個概念做基礎。但是『進步』不應指那個想像的『進步律』，人們假想有這進步律以不可抵禦的力量，在引著一代又一代的人類，按照我們先僅猜測到而後才能理解到的天意安排的計劃，朝著一個未知的命運走。這種假設的規律就是否定歷史本身，否定使具體事實有別於抽象觀念的那種偶然性，經驗性，和不可確定性。」〔註76〕站在勝利者角度進行的「歷史言說」往往都有以必然性彰顯英雄之偉力和歷史進程之不可抗拒的傾向。而《大波》則不然。正如張中良所說：「歷史在這裡，呈現出接近原生相的豐富性，也就是說，沒有為教科書式的揭示必然性而忽略偶然性的事件，而是如實地表現出當社會怨憤積累到一定程度，只要一點火星的偶然迸發就能引起燎原大火。」〔註77〕《大波》中，革命故事圍繞著成都爭路事件展開，不僅盡可能地梳理和逼近歷史現場，更注重在敘述中貫穿對歷史之所以然的思考，如對引起官民流血衝突的信管的

〔註75〕沙汀：《為川壩子人民立傳的李劼老》，《李劼人作品的思想與藝術》，北京：中國文聯出版公司，1989年，第3頁。

〔註76〕〔意〕貝奈戴托·克羅齊：《美學原理》，朱光潛譯，上海：上海人民出版社，2007年，第178頁。

〔註77〕張中良：《李劼人的辛亥革命敘事》，《當代文壇》2011年S1期。

思考，對七月十五流血事件的反思，對趙爾豐與端方之間利用民意進行博弈的分析，對《川人自保商榷書》所起到的作用的剖析。對這些偶然事件的「還原」令歷史呈現出了更為真實可信的面貌。

《大波》對歷史的還原和反思，還體現為對歷史複雜性的尊重。李劼人並未使用道德標尺去評價歷史中的人，而是貼近人物的具體境遇，和其在具體事件中的情緒情感、利益權衡等複雜因素去推演該人物作出某種決定的原因。小說中，包括路廣鍾在內的反派角色，都有一定的複雜性，而其他重點描寫的人物則更為豐滿。有學者認為李劼人對辛亥革命是肯定的，他諷刺孫雅堂，但對傅隆盛和吳鳳梧是讚揚的；還有學者認為李劼人對辛亥革命是懷疑的，證據就在於他通過描寫成都光復去揭露和諷刺成都官場的人事〔註78〕。筆者認為，如果把李劼人的心胸看得只容得下傅隆盛而容不下孫雅堂，只喜歡吳鳳梧而否定官場（甚至包括趙爾豐），認為李劼人對辛亥革命有非此即彼的一種價值判斷，都有可能低估了李劼人的藝術情懷。試想小說對衝破封建禮教、世俗輿論，甚至是有悖於普適性的道德倫理的蔡大嫂、伍大嫂、黃太太都投入了巨大的同情與理解，對於楚子材這樣無心於國事卻沉溺於偷情的年輕人也不惜大費筆墨來賦予其合理性，那麼對只是在亂世中求得自保的孫雅堂，雖世故老道但在保路運動中有積極貢獻的吳鳳梧，李劼人又何以會以偏概全地否定呢？對歷史複雜性的尊重，不單單是對「革命者」不拔高，還有對「非革命者」的不貶低。這才是真正的還原歷史，尊重歷史的全面體現。在新時期以來的「革命敘事」中，能夠看到很多以「非革命者」為原型的小說，其不以道德標尺、革命倫理來衡量人物價值的歷史精神，正與《大波》的這一開拓性遙相呼應。

如果將《大波》放置在李劼人的「大河」三部曲的整體中進行考察，便能夠發現李劼人對辛亥革命的書寫，實際上包含了一種「當代史」的敘事思路。克羅齊的著名命題──「一切真歷史都是當代史」〔註79〕，在轉述的過程中常常人為地丟失了一個「真」字。對於「當代史」的理解，可以是當下的人們用現代的眼光去觀照歷史，那麼歷史就成為了帶有功利性的一種言說，

〔註78〕王永兵：《辛亥革命的三種演義方式──〈死水微瀾〉、〈大波〉與〈銀城故事〉》，《文學評論》2011年第5期。

〔註79〕〔意〕貝奈戴托・克羅齊：《歷史學的理論和實際》，傅任敢譯，北京：商務印書館，1986年，第2頁。

即借歷史來言說自己。但更貼近克羅齊本意的應該是：一切歷史對於歷史中的人而言是當前的。在解釋編年史和歷史的區別時，他舉了一個例子。編年史中可以看到卡西諾山寺院僧侶的記載：「1001 年，有福的多密尼庫斯到基督那裡去了。1002 年，今年薩拉森人越過了卡普阿城。1004 年，此山大為地震所苦等等」；而「當他悲泣逝世的多密尼克的死去或震驚於他的故鄉所遭受的自然的人類災難，在這一系列事故中看到上帝的手時，以上那些事實對他都是當前的。」〔註 80〕這個例子無疑道出了編年史和歷史的核心差別。編年史更注重歷史的當下性。當歷史被當做「當代史」來書寫時，歷史才在我們胸中的「熔爐」裏復活，也才貼近「真歷史」。這裡的「真」，便與清末「譴責小說」中歷史瑣碎的「真」有了本質上的區別。《大波》對歷史偶然性、複雜性的關注與描寫，或許並不是刻意為之，但都體現了其建構「當代史」的歷史精神。基於此，還原歷史和反思歷史才更具說服力與感染力。

二、成都市民的辛亥體驗

耿傳明認為：「與現代小說相比，《廣陵潮》的獨特之處在於它的原發的自然的民間立場和民間視角：這是一種被動的、承受型的、非自覺的文化視角，其文化形態可以說是一種植物性的，而非動物性的。」〔註 81〕《大波》同樣植根於民間視角，但這種民間視角有了更具體的空間指向，且是作者的自覺行為。李劼人在《成都歷史沿革》一文中曾詳盡地梳理了成都在歷史上的四次衰敗。其中第四次是從辛亥革命開始的。他認為：「由公元一九一二年起推倒清朝專制統治後，直到一九四九年年底解放時止，三十八年當中，成都的變化太大，但不是變好，而是向壞的方向走。……以前良好的具有民族風格、歷史意義的建築物，無論公的私的，全都受了殖民地碼頭建築的惡劣影響，而向壞的方面變。」〔註 82〕在保路運動以及四川反正的過程中，成都從一個封閉的空間轉變為一個具有流動性的空間。官僚、士紳、革命派、袍哥等各種力量便在成都這一城市空間中展開角力。小說以成都為場景，以成

〔註80〕〔意〕貝奈戴托・克羅齊：《歷史學的理論和實際》，傅任敢譯，北京：商務印書館，1986 年，第 8 頁。

〔註81〕耿傳明：《人心之變與文學之變——〈廣陵潮〉與晚清社會心態的變異》，《大連大學學報》2008 年第 2 期。

〔註82〕李劼人：《成都歷史沿革》，《李劼人全集》第 7 卷，成都：四川文藝出版社，2011 年，第 440+442 頁。

都人為主人公，以成都市民爭路運動為核心的內容。李劼人的辛亥敘事，是基於成都的人文精神而展開的。李劼人不僅在敘述語言上大量使用成都方言，還常常安插進成都的風俗人情。典型如：

> 清平世界忽然亂了兩個半月，把幾十年來人人的按部就班，一絲不紊的生活，攪了個烏七八糟；尤其是把成都人善於尋樂的精神，弄得煩惱異常。……
>
> 如此難得聚在一塊兒樂一樂，人人說起都覺得太怪。並且想到世亂荒荒的，曉得何時才能太平，與其成日的怯神怕鬼，倒不如趁機會快樂下子，縱然有什麼意外，到底值得！一則經了兩個多月的驚恐，大家也有了點習慣的適應性，只要沒有更新的變化，是不能再與人以激刺的了。
>
> 大家便在這種心情當中，借著做陰壽的機會，居然不缺一個的全來到龍家，而且依舊吵吵鬧鬧的各自把新聞故事說了一遍之後，便擺出麻將牌來，一搏便是兩桌。〔註83〕

達觀、閒適的生活態度與節奏，增強了成都人對亂世的適應性，對時局有一種消解功效。這是成都這個城市獨有的一種辛亥風貌。

李劼人寫歷史事件，並不僅僅關注事件本身，更著力描寫人對事件的感知和感受。比如在黃家正聊天的大夥，忽然聽到門外的槍聲：

> 到底先喊羅升開門出去打聽了一下，也說街上很是清靜，沒有什麼。於是他（孫雅堂）又抽了一袋水煙，正要起身，忽然聽見震耳的砰呀訇幾聲，似乎就在門外。
>
> 「槍聲！」他一下就伏在地上。
>
> 黃瀾生也本能的跟著他伏在地上。他的太太則睡在美人榻上，婉姑駭得哭了。振邦卻是笑嘻嘻的道：「這是九子槍的聲音！」
>
> 接著又響了十幾下。
>
> 有好幾分鐘，黃太太先站了起來道：「難道滿巴兒打出來了？……羅升！……菊花！……」
>
> 何嫂跑了進來道：「太太，起火了！你看，南門那邊的天，通紅了！」

〔註83〕李劼人：《李劼人全集》第3卷（下），成都：四川文藝出版社，2011年，第472～473頁。

　　　　這下，就連振邦都駭得說不出話來，跟著大人們奔到後面院子當中。果見斷黑的天邊，紅光直冒，並且四面八方都起了槍聲。〔註84〕

凝重的歷史透過人物的反應來呈現，就點染了一分生活的味道。這種側面描寫一方面讓事件顯得具體、生動、可信、有現場感，使遠隔那個時代幾十年甚至更久的讀者也有一種身臨其境的感受。另一方面，不同人物的個性也透過其對事件的反應勾勒出來。在上述場景中，大人聽到槍聲時的反應是本能的害怕和躲避，而振邦聽到槍聲則是感到有趣。振邦因之前在彭家看到過打仗，立馬「搶答」道是九子槍，直到看到大火映紅了天際，才又嚇得說不出話來。這種敘述讓人物在歷史的圖紙上活了起來，並且依著不同個性而飛奔開去。這比丟開人物去記敘事件要更符合歷史小說的文體特點。

　　《大波》透過人物去感知和感受歷史，其所建構的歷史便有了人的溫度和情感。「透過人物」在很多時候是通過「轉述」實現的。李劼人曾說：「我在《大波》第一部中用過一些取巧手法（也可說是偷懶手法），把某種應該描寫的比較有關係的事件或情節，都借用一個人的口，將其扼要敘說一番，便交代過了。這手法，也是一種藝術，偶一為之，未始不可。但我多用了幾次，因就引起了朋友的批評。在寫《大波》第二部，我已改正了，把有些可以從一個人口中敘述的事情，改為正面描寫」〔註85〕。其實仔細閱讀小說便不難發現，李劼人採用轉述的目的並不全在「偷懶」。楚子材對在彭家所目睹的戰火的敘述，彭家麒對城外同志軍與陸軍交火的敘述，孫雅堂對趙爾豐及其黨羽活動的敘述等，並不是一帶而過，反而是十分具體而生動的。客觀來看，「轉述」這種設置並沒有起到偷懶的功效，倒是儘量地保留了整體敘述的連貫性和完整性。在一個談話場景中，借助轉述不僅讓轉述的內容得以表達，更讓聽故事的人也參與到討論中來，提供了另一視角的信息。而親歷者的講述，主次要人物的聽與評，可以讓讀者看到二重戲，即既看到了時局的戲，又看到了聽戲人的戲。而這和李劼人敘述歷史時採用的成都市民視角是一致的。因此，李劼人那段「反省」中對轉述也是一種「藝術」

〔註84〕李劼人：《李劼人全集》第 3 卷（下），成都：四川文藝出版社，2011 年，第608～609 頁。

〔註85〕李劼人：《〈大波〉第三部書後》，《李劼人文集・大波（下）》，南京：譯林出版社，2014 年，第 342 頁。

的補充，證明他選擇敘述方式時是有一種為藝術服務的主見作為支撐的。

透過人物來寫爭路運動的發生、發展，更重要的作用在於表現民心、民情對運動所產生的作用力。李劼人顯然是有意識地將百姓的情感力作為歷史之所以如此的一個重要原因來敘述的。他借黃瀾生之口說「放火容易救火難」〔註86〕，揭示了民意之巨力。小說敘事者也屢次談及處在漩渦中心的蒲、羅等人，以及趙爾豐都被民意所推而不得不採取行動，如：

> 在暗地裏暗抱怨的人們，於趙爾豐倒不說什麼，覺得那彷彿是毛廁裏的墊腳石，而於蒲先生羅先生卻是半點也不放鬆，老是睜著眼睛，要看他立刻就來一套嶄新的把戲。他們不要支票，他們要現貨，並且是那樣著急的等著在。〔註87〕

又如：

> 他們對於革命黨的希望和熱情，也與上月對於新津的周鴻勳侯保齋一樣，卻也是天天在望革命黨起事，而一到打更，總是垂頭喪氣的爬上床去。幸而不久，一陣西風恰恰把趙爾豐遇刺的消息，給他們送來了，這又使他們精神一振。〔註88〕

不難看出，民眾並不是只是歷史的接受者，也是歷史的創造者。民眾的意願無聲無形但卻執拗有力，讓最初煽動民心的人反被民意所挾。這也是為何當罷市罷學進展到幾天之後，便不由蒲、羅等人控制，發展至不可逆轉的局面。正是由於透過具體人物、具體人群的五官去感知，才把人心之於政局發展的微妙作用傳達了出來。這是作者在敘述歷史時一種理性反思精神的體現。

三、歷史現場的人性閃光

李劼人的辛亥敘事不僅試圖追問歷史的來龍去脈，更在於追問人在歷史中改變了什麼，獲得了什麼，又成為了什麼。首先，小說中存在著明顯的啟蒙模式。這種啟蒙主要發生在學界和商界。學堂裏，郝又三先生那堂與以往大不一樣的博物課，讓向來不聽課的楚子材也凝神起來：

〔註86〕李劼人：《李劼人全集》第 3 卷（上），成都：四川文藝出版社，2011 年，第132 頁。

〔註87〕李劼人：《李劼人全集》第 3 卷（下），成都：四川文藝出版社，2011 年，第472 頁。

〔註88〕李劼人：《李劼人全集》第 3 卷（下），成都：四川文藝出版社，2011 年，第420 頁。

不經意的忽然察覺講堂上並不只郝先生一個人斯斯文文永遠不起波瀾的聲音，而是有好幾個人在說話。他好奇的凝神一聽，向來不於課本之外說閒話的郝先生，此時所講的並不是雄蕊雌蕊，而是「與外國人訂立合同，借外債來修路，據羅先生說，只是一句騙人的話。合同已有人看見，主權損失太多，直無異於把路賣跟了外國人。路，比如就是我們人身上的血脈，血脈已叫人吸住了，你們想，這個人的死活，還能自主嗎？……」

這話還新奇，比葉綠素呼吸管等聽得入耳些。並且是當前的事實。楚子材向不經心的，不由也留心了。〔註89〕

郝先生的演說「吹在各個學生胸裏，猶如嚴冬寒風，把眾人的精神都吹得很是聳然。」〔註90〕自習課上，以王文炳為中心的同學們展開了一場「革命之必要性」的討論。王文炳「非革命不可」的口頭禪和「手持鋼刀九十九，殺盡胡兒方罷手」的流行詩，無疑具有革命時代之先聲的象徵意義。小說上卷第二部分的第八、九、十章，也記敘了傘鋪掌櫃傅隆盛的思想啟蒙過程。自從與楚子材、王文炳、吳鳳梧等人結識，傅隆盛便開始關心爭路運動。他每日關注報紙上的爭路新聞，並決定要為爭路運動奉獻自己的力量。最為典型的啟蒙情節是傅隆盛把從鐵路會上領來的《一錢捐歌》宣讀給眾人聽。傅隆盛讀一段歌詞然後發一小段議論，將自己囫圇吞棗的領悟傳達給街眾。這種宣講在民眾之中極富效力，是自我啟蒙和啟蒙他人的齊頭並進。

其次，當人們主動或被動地捲入這場辛亥風雲，每個人都獲得了驚人的成長。李劼人對這些改變的處理方式是讓其潛移默化、水到渠成地發生。主動改變的如傅隆盛：

就是近兩個月的劇變，一不做手藝時，便要同人談四川鐵路，談得口沫四濺，意氣揚揚，彷彿鐵路股份裏，他的股太多了，才這樣比董事們還關心。看《西顧報》，看《啟智畫報》，看《同志會報告》，也是這時候才習慣的。〔註91〕

〔註89〕李劼人：《李劼人全集》第3卷（上），成都：四川文藝出版社，2011年，第19頁。

〔註90〕李劼人：《李劼人全集》第3卷（上），成都：四川文藝出版社，2011年，第21頁。

〔註91〕李劼人：《李劼人全集》第3卷（上），成都：四川文藝出版社，2011年，第

被動改變的如黃瀾生：

> 黃瀾生的心好像也定了些，臉上有了笑容。舉起酒來喝了一口道：「世道真不同了！造反的話，敢光明正大的拿到館子裏來說！……如其在兩月以前，我是不答應你去當反叛的，如今倒要喊贊成了。本來……」〔註92〕

這樣的改變發生在每個成都人身上：當爭路運動愈演愈烈時，監督土端公開始對學生們畢恭畢敬、惟命是從；滿城裏以往懶散的，看不起漢人的滿人，也都走出滿城大談滿漢融合的道理；彭家麒從一個普通學生成長為革命戰士，最後成為了一名新政府的軍官；吳鳳梧從一個逃兵成長為革命軍標統，等等。個人的變化又匯聚成了群體的變化與階層的變化。如學生與監督在革命後發生了地位上的翻轉，前清官僚和以吳鳳梧為代表的民兵革命軍在革命後也發生了地位的翻轉，以傅隆盛為代表的百姓積極地投身到政治領域，以黃太太為代表的女性在家庭生活中的地位得到了提升，等等。這些變化都表明隨辛亥革命而來的現代意識迅速改變著成都社會。

　　小說最為動人的地方，是於歷史的脈動中寫出了普通人的閃光。最為典型的是傅隆盛。他每天自覺積極地到鐵路會去瞭解消息，希望可以幫點小忙，然後將在鐵路會學到的精神帶回來在街道上宣講。他對《一錢捐歌》的評價是：

> 自然做得好，雖有些不大懂的地方，到底說得很近情。亡國奴真不是人當的！鐵路既是那們緊要，咋個盛宣懷會送跟洋鬼子們去修呢？我們若不拼命的爭回來，我們還能過太平日子嗎？所以我一回來，就把本街幾個平日通氣的街鄰招呼來，先把這歌念跟他們聽聽，等他們都懂了，我就去找街正，出頭在本街公所裏發起一個一錢捐會。街正不辦，我丟了活路來辦，天天收的錢，天天繳到公司裏去。……〔註93〕

這正是他本人思想閃光的一種獨白。小說又由一個傅隆盛點染開來，映襯出整個成都市民的閃光，如寫七月十五為蒲、羅等人展開的「營救行動」：

---

110 頁。

〔註92〕李劼人：《李劼人全集》第3卷（下），成都：四川文藝出版社，2011年，第443頁。

〔註93〕李劼人：《李劼人全集》第3卷（上），成都：四川文藝出版社，2011年，第127頁。

　　他向他老婆道：「哦！調了這麼多的巡防進城，才是為的殺羅先生！我要救他去！」

　　他老婆不及問他如何的救法，他已擠進了人群，掉著一條精赤的左臂走了。

　　傅掌櫃娘原本就未料想到她後夫此去之為福為禍，只是目睹經過的人眾，都是紅漲著臉，額上青筋暴起，眼睛裏都含有一股煞氣，口裏又不住的在吶喊：「上院去啦！……救羅先生！……救蒲先生！……蒲先生羅先生為我們四川的鐵路，著趙屠戶抓去了！……我們快去救他！……」她本能的就害怕起來，向那呆立在她身邊的徒弟道：「小四，快跟你師傅去，人這麼多法，擠不進去，就拉他回來！」

　　她還看見他的後夫，到底歲數大了，身體胖了，不能像別一般年輕人跑得那麼快，一個花白頭髮的頭，猶然在八九丈外蠕動。而小四則似兔子般一射就沒有看見了。〔註94〕

此時的學道街人潮湧動：

　　他仍然擠了進去。恁大一個空壩子，全是人，兩邊鼓吹臺和石獅之下，則是持著上了刺刀的巡防兵。宜門兩邊也都是兵。宜門以內，人更多了，傅隆盛擠在門口，實在沒辦法再擠進去。

　　……

　　群眾大概是這樣的自信：只要我們擠進宜門，給他一陣大喊；擠進大堂，給他一陣大喊；擠進二堂，給他一陣大喊；不然就擠進側門，再老實給他一陣大喊，趙屠戶一定害怕了！他敢把我們怎麼樣？我們頭上都有一個先皇！他一定只好把我們的羅先生蒲先生放了出來！

　　或許群眾心裏就連這一點念頭也沒有，他們只是盡職盡責的擠，盡職盡責的喊，結果如何，他們根本就沒有想到。〔註95〕

這樣閃光的人物還有傅掌櫃的徒弟小四、學生軍代表彭家麒、沒有露面的革

〔註94〕　李劼人：《李劼人全集》第3卷（中），成都：四川文藝出版社，2011年，第
　　　　　273～274頁。
〔註95〕　李劼人：《李劼人全集》第3卷（中），成都：四川文藝出版社，2011年，第
　　　　　275頁。

命黨尤鐵民以及整個市民階層的群像。如鹽市口架拱橋敢於和官員過不去的街鄰們，如在鐵路同志會上拒絕停止罷市的商戶們，如在宜門口槍管前仍舊大聲呼喊「放出我們的蒲先生、羅先生」的群眾們，如在趙爾豐下令搜查名冊時，都「約齊了似的，稍為有點要緊的，全燒毀了」的百姓們。〔註96〕這些都是整個辛亥風雲中懂大義、不怕死、有民族氣節的成都人的面貌。

在當代的辛亥書寫中，不乏如傅掌櫃一般對辛亥革命傾力相付的「小人物」。在《武漢首義家》中，謙泰衣帽莊的洪掌櫃是個商人，但在動盪的時代中也深明大義。他先是當了保安社社長，在受到革命精神的感召後發動和啟蒙群眾，帶領市民們加入起義軍主動增援漢口的民軍，為辛亥武昌革命貢獻了自己的力量。牛維佳塑造的洪掌櫃和李劼人塑造的傅掌櫃，由「商人」轉化為「國人」的這一身份轉變是相似的，其思想轉變、投身革命、無顧生死的精神也是相似的。《鐵血首義路》也將民間會黨中「小人物」之於辛亥革命所作出的貢獻表現得具體而感人。正如樊星所說：「在歷史學家眼中，辛亥革命爆發於武漢，有許多歷史的機緣。而在作家望見蓉的筆下，那場革命是有民風作為依託的。」〔註97〕實際上，從辛亥年的《血淚黃花》，到三十年代的《大波》，再到當代的《武漢首義家》《鐵血首義路》等等，民間的普通人的力量始終被文學感知著。

蔚藍認為：「洪山恩顯得有些理想化，不大象個不滿三歲就到謙泰衣帽莊的人。這麼多年的耳濡目染，又做了數年的二掌櫃，這樣的人似乎應該更多些圓滑的商人氣的。」〔註98〕筆者無意於揣測和計算一個藝術人物其人性中善與惡、高尚與庸俗各占比重的多少，而是想指出：正如人們對於辛亥革命這一歷史的敘述不能脫離開個人，同樣的，對於個人思想與行為的判斷也不能脫離其所處的那個歷史段落。恰如樊星所說，人們常常對「碼頭文化」進行負面的批評，但也應該看到「碼頭文化」在革命中所發揮的「積極意義」〔註99〕。「商人文化」亦是如此。《大波》中的蒲先生、羅先生所領導的商會

〔註96〕李劼人：《李劼人全集》第3卷（中），成都：四川文藝出版社，2011年，第293頁。

〔註97〕樊星：《寫出革命的複雜性來——讀望見蓉的長篇小說〈鐵血首義路〉》，《長江文藝》2011年第12期。

〔註98〕蔚藍：《另一視角中展現的辛亥首義敘事——評牛維佳的長篇小說〈武昌首義家〉》，《長江文藝》2011年第12期。

〔註99〕樊星：《寫出革命的複雜性來——讀望見蓉的長篇小說〈鐵血首義路〉》，《長江文藝》2011年第12期。

對政府的抗爭，本身既出自於求得自身發展的「商人思維」，也出自於「民族大義」。在無數個普通人的利益都被捆綁得無比緊密的革命時期，普通人是為國家而戰，也是為自己而戰。田漢的話劇《黃花崗》中，林覺民為了「活著的人獲得幸福」而死，這「活著的人」就明確包括自己的妻子、孩子和父親。因此，對於那個時代裏的那些普通人，我們似乎不能也不應該將「個人」與「歷史」剝離開來。

人的合力促成了歷史，而人在歷史中的閃光，比歷史本身更值得敬佩和書寫。漢娜·阿倫特認為：「革命的目的過去是而且一向就是自由。」〔註100〕在辛亥革命時期，開始積極主動地追求「自由」，在不同程度上完成了身心解放的人們，更為深刻地觸及了辛亥革命的價值和意義。縱觀李劼人的「大河三部曲」，客觀上寫出了在清末民初這個劇變的時代裏，國人在社會生活各個層面發生的潛移默化的，里程碑式的變化，以及人在在歷史洪流之中追求自由、獨立、平等、幸福時的人性閃光。這種閃光何嘗不是辛亥敘事之於今日社會的一大啟示？

四、敘事節奏的多聲交融

「拾取當時戰局，緯以美人壯士」〔註101〕，是林紓對自己的小說《金陵秋》的敘事結構的一種概括。實際上，這句話用來形容鴛鴦蝴蝶派裏徐枕亞為代表的社會苦情小說，還有曾樸、李涵秋等人所寫的世情小說都是貼切的。將時局「拼」進愛情故事裏，是很多作家的共同選擇。而這種結構的缺陷在於：「時局」與「美人壯士」兩條線索常常有些貌合神離。

李劼人的歷史小說，既得滋養於這個時代，其最明顯的痕跡也便在於「時局作經，愛情作緯」的敘事結構。《大波》中的主線情節是楚子材與黃太太的愛情，副線情節是成都爭路運動。單從這種設置來看，很容易患上兩條線索「貌合神離」的通病。加之《大波》相較於「大河三部曲」的前兩部，其主線、副線之間的著墨是最均衡的。複雜緊湊的爭路運動本身，就要求有足夠容量的文字來進行敘述。這也意味著齊頭並進的兩條線索面臨著脫節的最大風險。（《死水微瀾》《暴風雨前》兩部作品，副線情節的內容較少。）那麼，

〔註100〕〔美〕漢娜·阿倫特：《論革命》，陳周旺譯，南京：譯林出版社，2007年，第2頁。

〔註101〕林紓：《〈劫外曇花〉序》，《中華小說界》1915年2月1日。

看起來完全不搭配的「偷情」線和「爭路」線，如何能夠達到一種和諧呢？從
敘事技巧來看，《大波》相較於 20 世紀初中國的歷史題材小說還有一個明顯
的變化，那就是對敘事節奏有了較為成熟的控制。

　　主線和副線的敘述在節奏上是一致的。作者在安排情節拐點時，極為注
意兩條線索在節奏上的呼應，雖刻意但也平添了和諧。典型的例子有，當楚
子材經歷了內心的懷疑和爭鬥，終於鼓起勇氣打算全盤托出自己對黃太太的
愛意時，敘述語言變得激越起來：

> 當楚子材轉了念頭，心裏像烈火在燃燒之際，鐵路公司的股東
> 會，也像烈火燃燒著似的，正在通過他們熾熱的抵禦政府的四條議
> 案。〔註102〕

作者借由這一過渡句將鐵路公司正在如火如荼進行著的保路同志代表會引了
出來。可以看看這三方的節奏是如此的一致：

> 「快走罷！離了她兩天兩夜，她該不曉得我恨她罷？倒得好好
> 生生同她說一番，不要她生了疑心才好啊！」於是就像報馬似的快
> 走了起來。〔註103〕

> 文牘部裏幾位先生，也正腆著一肚子忿氣，揮著汗在字字推敲
> 的編製通俗的股息扣糧歌，好早點交昌福公司印出來，準備在下午
> 開保路同志協會代表會時，散發出去。

> 並且鄧孝可等人，自己既已知道陷入了絕境，群眾的意識，被
> 他們鍛鍊得恰像了一條鋼鞭，更毫不通融的鞭撻著他們的脊樑，叫
> 前進，前進！〔註104〕

李劼人總能尋找到不同方面、不同勢力上的相似節奏。在當局逮捕蒲、羅等
人並打殺了抗議百姓之後，攻城謠言四起。「趙爾豐的威勢，與百姓們的謠言，
成了一種正比例的水漲船高之勢。然而終於解不了楚子材的憂慮。」〔註105〕

〔註102〕李劼人：《李劼人全集》第3卷（中），成都：四川文藝出版社，2011年，第
　　　　257頁。
〔註103〕李劼人：《李劼人全集》第3卷（中），成都：四川文藝出版社，2011年，第
　　　　257頁。
〔註104〕李劼人：《李劼人全集》第3卷（中），成都：四川文藝出版社，2011年，第
　　　　257頁。
〔註105〕李劼人：《李劼人全集》第3卷（中），成都：四川文藝出版社，2011年，第
　　　　375頁。

又如「這對正自喜悅的趙爾豐，無異劈頭打一悶棒，這對正自懊喪的人民，無異重新燃起他們希望之火的一柄新的火把。」〔註106〕

在單線敘事時，李劼人也注意隨著事情進展的氣質配合相應的敘述節奏。敘述快慢有序，時而閒散，時而激越。在敘事節奏慢下來時，將成都的風俗人情揉進來，讓讀者能夠以舒緩的心情領略成都之美。如楚子材與黃太太賭氣，學堂裏又鬧起了罷課，無聊之下，他就放步去了滿城散心。這時候愛情線與時局線都處於一個相對穩定的狀態，敘事者的筆觸隨楚子材觀賞了滿城，讓讀者領略了這個成都城裏特別的存在，又在觀賞過程中讓楚子材的內心得以撫慰。這種安排讓所敘述的畫面與主人公的心情之間達到了節奏上、氣質上的融合。敘事節奏的加快則往往伴隨著情節的拐點，讓讀者感受到緊張和激越的氣氛。如中卷第二部分的第十五章，黃太太打消了楚子材的心結，使得楚子材對黃太太的愛又上升了一個層次。這是愛情線的一個重要拐點。此時，黃瀾生的忽然回來讓氣氛更緊了一下，而他帶回來十二首議論時政的竹枝詞讓楚子材朗讀，更是將敘事節奏不斷加快。從「打起念詩的調子」開始，到「越念越大聲」。念詩本身的節奏在加快，而三人對時局的議論也在加急。作者還不時運用振邦婉姑的孩童之聲來給予氛圍的烘托：「因為楚子材越念越大聲，兩個孩子便飛跑出出來，一路叫道：『楚表哥在唱啥子？』」當詩念了過半，又再借孩童之聲將氣氛冷卻一些，「『詩，我還不大懂哩！』『那我們還是在後頭拌姑姑筵兒去，不聽他們。』於是兩個孩子又跑了。」在孩子飛跑出來聽楚表哥念詩之前，黃太太的態度是「你念罷！」對詩歌是非常感興趣的。而在孩子跑走之後，黃太太對詩歌的態度是「快念！我聽完了，還有事情要做哩。」〔註107〕念完最後一首之後，大家都沒有再發議論，而是各忙各的事情去了。這一部分的文字也宣告結束。李劼人對敘事節奏的控制力可見一斑。

小說的節奏單元往往是黃宅的一天。李劼人選取了時局之中一些重要的日子，用時間順序來安排敘事材料。因此，每一章的開首總是太陰曆的某某天。作為一天收束的，是晚飯或者「消夜」。不管當天聽到的形勢如何，緊急

〔註106〕李劼人：《李劼人全集》第3卷（中），成都：四川文藝出版社，2011年，第389頁。

〔註107〕李劼人：《李劼人全集》第3卷（中），成都：四川文藝出版社，2011年，第367頁。

或平緩，基本都收束在黃家人的餐桌上。如下卷第一部分的最後一章，「黃太太起身笑道：『管人家死不死，今夜難得聚會在一起，明日要獨立了，我去吩咐幾樣菜，消個夜，大家喝一杯，慶祝慶祝。』」〔註108〕下卷第一部分第十七章，「振邦的一句話，才把他警覺了：『爹爹，我們明天早點到彭家去，吃了早飯就走！』」〔註109〕下卷第一部分第十六章中，「『好了，話已說明，無謂的胡鬧的兩點鐘！楚子材快要回來消夜了，請你到廚房去看看，老張安排了些啥子菜？』」〔註110〕小說最終也是收束在一天的晚飯中。這種安排，讓複雜的時局、龐雜的人物、多線性的情節，都不至於呈現出混亂的面貌，而是集中且突出的表現在一家人一天的生活之中。這可謂李劼人一個極為成熟的敘事技巧。而正因為以「晚飯」為每一天的收束，所以讀者在閱讀時也適應了這種節奏段落。所以，當有一天「晚飯」不能收束情節的時候，敘事的氣氛一下子就變得前所未有地緊張起來：

> 暮色已漸蒼然。羅升掌著洋燈出來，振邦婉姑也跟了出來。
>
> 婉姑便撲到吳鳳梧懷中，同他天南地北的說著。
>
> 振邦則向彭家麒問起他於七月十五六所看過的種種，便是細到一根草，他還是記得那麼畢真。
>
> 房間裏全被孩子們的聲音充滿了。
>
> 吳彭兩個人公然同著孩子又說又笑，把他們的大事似乎全忘記了。獨有黃瀾生蹙著兩道濃眉，沉思到四川的大事，沉思到自己的前途。
>
> 猛的門簾一啟，衝進一個人來，慌慌張張的說道：「瀾生，大局大變了！你曉得不？」
>
> 大人孩子全驚住了。大人是為他的話，孩子是為他的聲音。
>
> 〔註111〕

〔註108〕 李劼人：《李劼人全集》第3卷（下），成都：四川文藝出版社，2011年，第532頁。

〔註109〕 李劼人：《李劼人全集》第3卷（下），成都：四川文藝出版社，2011年，第499頁。

〔註110〕 李劼人：《李劼人全集》第3卷（下），成都：四川文藝出版社，2011年，第490頁。

〔註111〕 李劼人：《李劼人全集》第3卷（下），成都：四川文藝出版社，2011年，第493頁。

這就是成都光復的前一晚，「大變的時局」讓黃宅的人夜不能寐。敘事節奏被忽然地打破，形成了小說整體的高潮。

另外，除了主線副線外，還有一些從中間穿入穿出的人物線索，如傅掌櫃，王文炳、吳鳳梧等人，作為一個獨立的聲部，描繪出成都人在保路運動中的具象，也為整個樂章提供了複調般的起伏交錯感。當時局形式有了一種大規模的變化時，又引進短頻快的群像描寫，形成一種「交響樂」的氣勢。如寫四川的光復如燎原之勢：

> 外面的風聲的確很大，隨便你到何處，都可聽見北路的新都縣、新繁縣、什邡縣、金堂縣、漢州、綿竹縣，南路的崇慶州、蒲江縣、大邑縣、邛州、雅州府、彭山縣、青神縣、眉州、嘉定府，西路的郫縣、灌縣，東路的資陽縣、資州等處，不是被同志軍佔據了，就是被義軍盤踞著在。有的竟自把官吏殺了，或拘囚起來，把城池據守著，有些雖未如此，而官吏也只算是一個傀儡。〔註112〕

又如寫光復後成都的「革命」演說潮流：

> 大概在獨立之後，開會演說已成了慣常的事。每個大廟宇，和每個大會館，以及有固定會址之處，差不多無一天不有幾處在開會。開會的廣告，不但在報紙上佔了很大的篇幅，即在街巷的牆壁上，也貼得花花綠綠的。因為如此，所以開會的就是革命黨，就是用了孫文的名義，而圍繞在演說臺下的，也不過三四百人的光景。
> 〔註113〕

從「稗官」到「史詩」，最具價值的一個超越，是作品所蘊含的歷史精神上的超越。如果說，清末民初的譴責小說與世情小說，通常將人作為歷史的被動接受者，敘述的多是動亂的歷史和灰色的人生，其批判社會的同時並沒有辦法提供解決問題的答案。那麼，二三十年代的辛亥敘事，則越來越凸顯出在歷史洪流之中，個人對獨立人格的堅守，對自由解放的追求，以及對光明未來的信心。

《廣陵潮》中的人性閃光還與妖魔鬼怪進行著殊死博鬥。雲麟、紅珠等

〔註112〕 李劼人：《李劼人全集》第 3 卷（下），成都：四川文藝出版社，2011 年，第 406 頁。
〔註113〕 李劼人：《李劼人全集》第 3 卷（下），成都：四川文藝出版社，2011 年，第 599 頁。

主人公在亂世中處於明顯的弱勢，只能以保存自己的純潔性為最高目標。而
《龍套人語》中的人性閃光則散發出了更為堅硬的意味。魏敬齋、符瘦仙、
尹幾園等一批具有辛亥革命傳統的名士，儘管在官場受到排擠，但卻大有「以
一敵百」的傲骨與氣場，展現了一種超越名利、藐視群魔的精神高格與人格
自信。在「譴責」之外，注重對「閃光」的捕捉和放大，這無疑使得小說的
格調在以往稗官小說的基礎上有了飛躍。換言之，從「人在歷史中」到「歷
史中的人」的敘述主體的改變，表明二十年代的辛亥敘事在講述歷史時，已
經有了更高的站位。正是在這一意義上，《大波》的辛亥敘事具有開拓性的
價值。李劼人摒棄了形而上的道德評價和政治立場，深度挖掘了人對歷史的
推動作用，以及人在歷史中的自我成長。

　　從藝術層面來看，《廣陵潮》《龍套人語》在不同程度上展現了新舊文學
過渡時期，歷史小說對傳統規範的突破，而《大波》則代表了新文學以史詩
形式敘述辛亥革命的最高成就。它所形成的新的史詩架構、審美規範及敘事
經驗，開啟了中國文學一種全新的歷史敘述方式，是後來的歷史小說的創作
範本，也是人們透過文學認識和反思成都辛亥革命的窗口。

第五章　從歷史到傳奇：革命故事的浪漫演繹

　　悉尼‧胡克認為：「對『英雄』的信仰是一種人造的產物。」〔註1〕蔣光慈也曾說：「我自己便是浪漫派，凡是革命家也都是浪漫派，不浪漫誰個來革命呢？」〔註2〕革命、浪漫、英雄，這三個詞彙融合發酵，造就了多少傳奇想像，在那熱血沸騰的年代鼓舞著無數青年走上革命的道路。當革命成為歷史後，一代代文學家借由文學敘事將歷史演繹為了傳奇。作家們對於民國現實的憂慮，又使辛亥革命題材攜帶著「諷今」的時代使命與教化功能。敘事者往往運用想像與誇張著力建構一種理想化的革命者與革命過程。

　　林紓、陸士諤、陳去病、楊塵因等作家以辛亥革命為題材創作的《金陵秋》《血淚黃花》《莽男兒》《新華春夢記》等作品，集中體現了民初十餘年辛亥革命敘事的浪漫主義色彩。這一批作品表現出了一些共同的敘事傾向，如革命者的神化、反動者的魔化、革命生活的浪漫化、革命現場的遊戲化等。「革命敘事」的一些基本模式也得以形成，如「革命加戀愛」模式、父子對立模式、英雄成長模式、神魔對立模式等。「五四」以後，辛亥革命敘事的基本模式又發生了一些具體的轉向，如革命主體的身份重構、二元對立模式的解構、父子衝突的消解等等。田漢的《黃花崗》《孫中山之死》等劇作又

〔註1〕〔美〕悉尼‧胡克：《歷史中的英雄》，王彬清等譯，上海：上海人民出版社，2006年，第6頁。

〔註2〕郭沫若：《創造十年續篇》，《沫若文集》第7卷，北京：人民文學出版社，1959年，第244頁。

將「神」還原為了「人」。

「從人到神」和「從神到人」的雙重建構曲線，形成了「革命敘事」在主體建構、敘事修辭、審美成規上的獨特經驗。隨著二三十年代新民主主義革命思潮的興起，「革命文學」的內涵開始裂變。然而，儘管所持的「革命」內涵不一樣，但表現辛亥革命和無產階級革命的作品，客觀上又具有傳承性。民國文學辛亥敘事之於 20 世紀中國革命敘事的意義也恰恰在於，其所建構的一些「革命敘事」的基本模式被後來的「中國無產階級革命文學」〔註3〕所直接沿用，而它內部存在的「人性還原」又與新時期以來的革命書寫遙相輝映，精神相接。民國文學的辛亥敘事，是文學家們對辛亥革命精神的一種回溯與確立，隆重開啟了中國文學「革命敘事」的序幕。

第一節 「革命加戀愛」模式的濫觴

在小說創作上，林紓顯現出了與稗官相反的一種傾向。他認為：「凡小說家言，若無徵實，則稗官不足以供史料；若一味徵實，則自有正史可稽。」〔註4〕在給《踐卓翁小說》寫序時，他又強調：「蓋小說一道，雖別於史傳，然間有記實之作，轉可備史家之採擷。……能否忠於史官，則不敢知。然暢所欲言，亦足為敝帚之饗。」〔註5〕言下之意，一味徵實是史學家的功課。而所謂別於史傳，最直接的方法便是在部分紀實的基礎上加入戀愛線索，即「拾取當時戰局，緯以美人壯士」〔註6〕。

在文學史教材中，我們通常認為「革命加戀愛」的模式發軔於左翼小說：「蔣光慈小說帶動了『革命加戀愛』敘事模式的流行。《野祭》中的革命者陳季俠面對兩個女性，最終將心靈祭獻給了為革命犧牲的那一個，這被看成是『革命加戀愛』模式的濫觴。」〔註7〕但應該注意的是，這裡的「革命」被默

〔註3〕張冀：《左翼小說革命敘事經驗的後世影響（1942～1966）》，博士學位論文，南京師範大學中文系，2011 年，第 1 頁。

〔註4〕林紓著，林薇選注：《林紓選集（小說卷下）》，成都：四川人民出版社，1987年，第 108 頁。

〔註5〕林紓：《〈踐卓翁小說〉序》，薛綏之、張俊才編：《林紓研究資料》，福州：福建人民出版社，1983 年，第 121 頁。

〔註6〕林紓：《〈劫外曇花〉序》，林琴南著，吳俊標校：《林琴南書話》，杭州：浙江人民出版社，1999 年，第 139 頁。

〔註7〕程光煒、劉勇、吳曉東等：《中國現代文學史》，北京：北京大學出版社，2011

認為無產階級革命。如果「革命」泛指廣義的現代革命，那麼「革命加戀愛」作為一種敘事模式，它的濫觴還將更早。陸士諤的《血淚黃花》、林紓的《金陵秋》、李涵秋的《俠鳳奇緣》、徐枕亞的《玉梨魂》等辛亥至五四期間的小說都不同程度地使用了「革命加戀愛」的敘事策略，是傳統世情小說與現代革命題材的有機融合。在這批作品中，又以《金陵秋》最具典型意義。1914 年出版的《金陵秋》，以鎮江、南京光復的首領林述慶的日記作為藍本，是林紓唯一一部以南京光復為題材的小說。在小說「緣起」中，冷紅生說林述慶的日記「文字甚簡樸」「不足以傳後」，而「以女學生胡秋光為緯」「編為小說，或足行諸海內」〔註8〕。於是，一個真實的革命文獻被改寫為了英雄與兒女的傳奇。

一、英雄兒女的革命激活

　　19 世紀末，嚴復、夏曾佑提倡小說應該反映「男女和英雄」這一「公性情」。「男女之情，蓋幾幾乎為禮樂文章之本，豈直詞賦之宗已也。……非有英雄之性，不能爭存；非有兒女之性，不能傳種也。」〔註9〕嚴、夏的這一主張，應該說是首次將「婚戀」元素作為一種救亡圖存的助力進行提倡。這一主張在當時並未產生很好的成效。在清末的革命敘事中，「兒女情長」往往成為男主人公「革命」道路上的犧牲品（蘇曼殊譯作《慘世界》、魯迅譯作《斯巴達之魂》），而當女性走上革命道路時也會摒棄「兒女情長」進而成為一個「英雌」（《女中華傳奇》《女英雄傳奇》）。這些作品中的主人公演繹的是如裴多菲詩中「生命誠可貴，愛情價更高。若為自由故，兩者皆可拋」的「大我」精神。而在世情小說中，「兒女」在，但「英雄」氣又很弱。典型如李定夷的「哀情小說」《霣玉怨》《千金骨》《茜窗淚影》《湘娥淚》等。這種情況直到民元之後才得以改觀。

　　《金陵秋》對於辛亥革命的演繹，重新激活了英雄與兒女這兩大敘事元素。首先，林紓筆下的男主人公，各個方面都幾近完美。《金陵秋》基於林述慶的日記而作。但其主人公卻不是林述慶，而是一個虛構的年輕人王仲英。

年，第 169～170 頁。

〔註8〕林紓著，林薇選注：《林紓選集（小說卷下）》，成都：四川人民出版社，1987
　　　年，第 175 頁。

〔註9〕嚴復、夏曾佑：《〈國聞報〉附印說部緣起》，阿英：《晚清文學叢鈔·小說戲
　　　曲研究卷》，北京：中華書局，1960 年，第 9 頁。

王仲英這一人物有如許特點。其一，出身顯達但無心做官。其曾祖官至「禮科給事中」，祖父「以翰林仕終國子監司業」，唯有父親是秀才但不出做官，弗求聞達。到了王仲英這一代，參加新軍響應革命為的是救國而非功名。這種人物設定在林紓的小說以及民初的社會小說中都有代表性。《巾幗陽秋》中的男主人公阿良也是一個類似於王仲英的形象。阿良是清末舉人，從小跟表叔習射擊之術，能文能武，本打算入仕途，但目睹滄桑之變後心灰意冷。其二，具有極高的傳統文化和武術修養。他們談論古詩詞時水準極高，議論時事時又能引經據典，在武術上也很了得。王仲英畢業於軍事學校，喜「軍事之學」自不待言。林紓更是賦予了阿良以兩種神力。一是射擊。他師出名門，「能飛鏢於百步外取人，發無不中」〔註10〕。二是點穴術。他能於無形中將人點穴，可謂神奇：

> 彷彿中疾出一人，以指點落槍者之背，木然癡立不能動。……
> 遂牽三人至門外，各拳其肩，三人恍然，如病蘇而睡醒也，垂首而去。〔註11〕

這種瞬間移動、催眠點穴的工夫乃武俠手筆。另外，對於時事，他們永遠站在真理一方，有著敏銳的洞察力和預見力。其政治見解往往高屋建瓴，又置身事外。

其次，林紓虛構了一個具有浪漫氣質的女主人公。他在《英孝子火山報仇錄·譯餘剩語》中說：「小說一道，不著以美人，則索然如嗽蠟。」〔註12〕在《〈洪嫣篁〉跋》中，林紓進一步闡釋道：「為小說者，惟豔情最難述。英之司各德，尊美人如天帝；法之大仲馬，寫美人如流娼，兩皆失之。惟迭更先生，於布帛粟米中述情，而情中有文，語語自肺腑中流出，讀者幾以為確有其事。余少更患難，於人情洞之了了，又心折迭更先生之文思，故所撰小說，亦附人情而生。」〔註13〕林紓確是這樣實踐的。區別於清末的「英雌」形象，《金陵秋》中的胡秋光是一位年輕貌美的女性。看她「冠鴕鳥之冠，

〔註10〕林紓著，林薇選注：《林紓選集（小說卷下）》，成都：四川人民出版社，1987年，第362頁。

〔註11〕林紓著，林薇選注：《林紓選集（小說卷下）》，成都：四川人民出版社，1987年，第361頁。

〔註12〕林紓：《〈英孝子火山報仇錄〉譯餘剩語》，《林琴南書話》，杭州：浙江人民出版社，1999年，第28～29頁。

〔註13〕林紓：《〈洪嫣篁〉跋》，《林紓選集（小說卷上）》，成都：四川人民出版社，1987年，第145頁。

單縑衣，腰圍瘦不盈握，曳長裙，小蠻靴之黑如漆，天人也。不惟貌美，而秀外慧中，尤令人心醉。」〔註14〕驚為天人的胡秋光，大概是自中國文學作品中有女革命者以來最美的一位了。與傳統世情小說不同的是，胡秋光突破了封建思想的束縛，直接參與了革命活動。在傳統封建思想鉗制下的女性，應該深居閨閣，不可拋頭露面，更不用說衝鋒陷陣了。即使是有國家大局觀念的斯巴達婦人，也只是以死來督促丈夫報效國家。《金陵秋》中的胡秋光用家中積蓄辦起了紅十字救亡中心，專門營救革命戰場上的傷員。胡秋光既不是雄化的女漢子，也不是被「革命」排斥的存在。她是男性革命者的守護神。可以說，胡秋光寄寓了林紓對時代新女性的理想化憧憬。

綜上兩點，確實如鄭振鐸說：「他的主人翁差不多與書中所敘的故事無大關係……他所描寫的主人翁，也都是幻造的，經過林琴南他自己理想化了的，絕不似一個生人。」〔註15〕在現實人物之外，「幻造」兩個人物來作為辛亥革命故事的主人公，這其實還只是為寫「兒女」做鋪墊。小說的主幹情節是：年輕的王仲英對革命心嚮往之，於是投了林述卿麾下。在林述卿的帶領下，光復軍先後佔領了上海、蘇州、鎮江、南京。王仲英在參加革命過程中結識了一位絕代佳人胡秋光。在南京一役中負傷的王仲英，又為胡秋光所救。身體恢復後的王仲英打算再為國效力，但聽聞王述卿被人排擠，於是從革命浪潮中隱退，並與胡秋光結為夫妻。小說以王、胡兩人的戀愛為主線，以江浙地區的光復進程為副線，不僅借王仲英、林述卿的視角對四個城市的光復過程進行了正面描寫，更令王、胡兩人的戀愛與革命進程齊頭並進地發展。這就與當時很多世情小說只是借辛亥革命做一個大背景，而專心致志寫無關於革命的愛情糾葛有了本質的不同。

二、多角戀愛與戀人啟蒙

作為辛亥革命的直接參與者，王仲英的革命生活並非寫滿血雨腥風，而是充滿了粉紅色的「羅曼蒂克」想像。革命的過程被演繹為了一場愛情的奇遇。這具體表現在三個方面。

其一，革命的路上布滿美人。王仲英開啟革命旅程的第一站是上海。在

〔註14〕林紓著，林薇選注：《林紓選集（小說卷下）》，成都：四川人民出版社，1987年，第189頁。

〔註15〕鄭振鐸：《林琴南先生》，錢鍾書等著：《林紓的翻譯》，北京：商務印書館，1981年，第4～5頁。

上海，他首先去拜訪的是蘇寅谷、倪伯元這兩位革命同志。但進門時，映入眼簾的卻不是蘇、倪二人，而是兩位美人。「一為旌德盧眉峰，一為無錫顧月城。月城佇弱嫵媚，眉峰則秀挺健談。」〔註16〕此時蘇寅谷未歸，倪伯元又小病。接下來的場景中，王仲英和盧眉峰、顧月城展開了一場關於女界革命的大討論，在「女性要不要直接上戰場」的問題上，男女雙方僵持不下。而整個場景中，王仲英所原本要拜訪的倪伯元只有一句臺詞，即為收束爭論的「調停詞」。第二天，王仲英終於與蘇寅谷、倪伯元一起相見，但三人的談話內容還是昨天的那兩位女士。當三人剛剛落座時，豔遇又出現了：「忽有美人搴簾，盈盈出其素面，風神絕代」〔註17〕。於是，蘇、倪二人又成為了王仲英與胡秋光的介紹人。王仲英與胡秋光同樣展開了女界革命的討論。座上王、胡議論正酣，而蘇、倪兩人又是臺詞寥寥的陪襯。之後，王仲英又遇見了美人貝清澄。通觀整部小說，美人始終是革命道路上的風景。

其二，男主人公始終周旋於女性的追逐之中。一方面，王仲英對悉數出現的美人，都以一種擇偶的眼光進行審視。在比較和總結之後，他選出了心中最理想的人選——胡秋光。另一方面，所有女性都對王仲英一見傾心，並且因愛生妒。王仲英被各種各樣的美人裹挾著，陷入了「被倒追」的困窘和尷尬。我們來看一個典型的倒追場景：

> 至時，一家春上下酒客如織。盧眉峰、顧月城及倪伯元咸在。伯元一見，即問江寧事。仲英微微敘述。眉峰亦忘前愔，極道殷勤。而貝清澄承迎尤摯，時而同坐，時而引手，禮防盡潰，而仲英端凝不為動。貝氏風貌亦佳，特蕩而無檢，好名而廣交，將推擴其聲望被於天下。家有微蓄，則盡出以結客，並提倡女子北伐隊，桴聲狂態，群少年咸追逐其後。然聞仲英文武兼資，且好謀能戰，故時時注意，並請介紹以見述卿。仲英唯唯。眉峰問天保城事甚悉，亦頻頻以眉目送情。仲英木然若無所覺。〔註18〕

林紓特意為這章取名「媚座」。一場革命黨人的團聚，演繹為了幾女對一男的

〔註16〕林紓著，林薇選注：《林紓選集（小說卷下）》，成都：四川人民出版社，1987年，第185頁。

〔註17〕林紓著，林薇選注：《林紓選集（小說卷下）》，成都：四川人民出版社，1987年，第188頁。

〔註18〕林紓著，林薇選注：《林紓選集（小說卷下）》，成都：四川人民出版社，1987年，第267頁。

「眾星捧月」。面對這些瘋狂的示愛，王仲英則「端凝不動」「若無所覺」。這一「倒追模式」的書寫，恰似古典小說中英雄所需經受的「美人關」考驗。王仲英所交上的答卷，又為其增加了「英雄光輝」。

其三，女性是男性的守護神。與被妖魔化的「解放過度」的盧眉峰、貝清澄等相比，胡秋光顯現出了女神的光輝。這種「女神光輝」照耀著王仲英整個的革命旅途。胡秋光永遠站在革命真理一邊，能夠對時局走向作出精準地判斷。兩人的戀愛談話，往往是胡秋光對王仲英進行單獨「政治輔導」。得到了胡秋光指點的王仲英，在革命過程中往往就能夠挥清思路、有的放矢。胡秋光還是王仲英生命的守衛者。在十八章「看護」裏，上演了一幕武俠小說裏的經典「療救」情節：受傷而昏死過去的王仲英從睡夢中起來，看到榻前坐了一位有傾城之貌的女郎。那竟然是自己夢中還呼喚著的胡秋光！已經昏睡了「一日有半」的王仲英發出了三連問：「此為何地？吾何為在此？女士亦何時而至？」但看秋光的自白：

> 君於前兩夜中彈，吾即偵得噩耗，馳書告陶參謀。陶為吾舊識，以舁床將君至此。……此紅十字會，幾專為仲英一人而設。此間經費，大半吾獨任之。〔註19〕

秋光神奇之處，先在於遠在二十餘里之遠的郊外，竟然能夠在仲英中彈之時「即偵得噩耗」。在偵得噩耗之後，她派人馳書轉告陶參謀，而陶參謀當夜就以舁床將一直在流血的仲英送了二十餘里地。假設胡秋光安置了一個密探跟隨著戰場上的仲英，在第一時間知其中彈就馬上奔回告知秋光，而秋光又一秒之內寫下信函立馬派人送去戰場。陶參謀拿到信函立馬就架著舁床開始衝刺。這二十餘里的距離，單靠人的雙腿，就可以一夜之間完成三次接力，其中最後一次還抬著傷員，實在不是普通人可以辦到的。此乃神奇之二。神奇之三是紅十字會「幾專為仲英一人而設」。這個「紅十字會」，不僅租賃了房屋、請了小工，還配備了一名醫生。此外，在胡秋光的陪護下，一片焦麵包，竟可讓王仲英「渺不覺痛，心曠神怡」〔註20〕。如此種種，不得不說是創作者的浪漫想像。具有天人之貌、諸葛亮之才、華佗之術，且家財萬貫的女革

〔註19〕林紓著，林薇選注：《林紓選集（小說卷下）》，成都：四川人民出版社，1987年，第250頁。

〔註20〕林紓著，林薇選注：《林紓選集（小說卷下）》，成都：四川人民出版社，1987年，第250頁。

命搭檔，或許是每一個男性革命者所夢寐以求的秘密武器。

王仲英的革命生涯，就是在「多角」的糾纏和女神的「庇祐」下度過的。隨著林述卿的軍隊拿下天保城，南北合議以及清帝遜位等一系列革命的實質性進展，王仲英、胡秋光兩人的戀愛也修成了正果。這樣將戀愛的線索始終編織於革命框架之內的敘事策略，是民初辛亥敘事的突出表徵。《俠鳳奇緣》中聘婷婷被假志士芮大烈熱烈追逐，但她卻傾心於革命黨人俞竹筠，還與之並肩戰鬥；《血淚黃花》中徐振華被表哥朱桂生愛慕著，但自己已然和革命黨人黃一鳴許下終身，且與戀人同赴沙場。「革命加戀愛」的濫觴表現為革命與戀愛的有機嵌合：故事中的男女主人公陷入多角戀愛中，「革命立場」成為了擇偶的標準。且作為革命黨的一方對另一方進行「革命啟蒙」，將對方的人生境界提升到新的高度。如果站在百年文學的節點回望過去一百年的革命敘事，不難發現，民初辛亥敘事中的「革命加戀愛」模式，與左翼小說（如蔣光慈的《短褲黨》《野祭》《衝出雲圍的月亮》）和紅色經典小說（如曲波的《林海雪原》、楊沫的《青春之歌》、李曉明、韓安慶的《平原槍聲》）中的「革命加戀愛」模式，在技術層面具有極大的相似性。

三、革命表象與帝制殘魂

蘇建新認為：「林紓堅定地站在革命者一邊，以史筆唱出了那個時代還從未有過的對辛亥革命的讚歌。」〔註21〕王鳳仙則認為在《金陵秋》中，「革命與否定革命的聲音從開始到結束，始終處於交織狀態，雖然它們的力量有時此消彼長，但總是並置共存。」〔註22〕第一種觀點顯然太過絕對，並且誤解了林紓的立場。第二種觀點看到了林紓對革命態度的複雜性。筆者認為，林紓透過《金陵秋》所呈現的對革命的態度，更確切一點說，是「共和不如帝制」。林紓在《畏廬詩存》自序裏曾說：

> 是歲九月，革命軍起，皇帝讓政。閒閒見見，均弗適於余心，因觸事成詩。十年來，每況愈下，不知所窮，蓋非亡國不止。而余詩之悲涼激楚，乃甚於三十之時。然幸無希寵宰相責難偱父之作，唯所戀戀者故君耳。集中詩多謁陵之作，譏者以余效響顧怪，近於

〔註21〕蘇建新：《林紓與辛亥革命》，《炎黃縱橫》2011 年第 12 期。
〔註22〕王鳳仙：《論林紓小說中的辛亥革命敘事》，《中國現代文學研究叢刊》2013 年第 5 期。

好名。嗚呼！何不諒余心之甚也！顧怪謁陵之後，遂不許第二人為

之。顧怪不足道。譬如欲學孔孟者，亦將以好名斥之耶！天下果畏

人言，而不敢循綱常之轍，是忘己也。故余自遂己志，自為己詩，

不存必傳之心，不求助傳之序。〔註23〕

這段話表明，政治立場對林紓的文學創作產生了重要的影響。對革命的不滿
既讓他的詩更加「悲涼激楚」，也造就了《金陵秋》的複雜內涵。在小說中，
他通過「講道理」「擺事實」，甚至直抒胸臆的方式論證了「共和不如帝制」的
核心觀念。

　　具體來看，在原本革命與戀愛都進行得很順暢的情節脈絡上，出現了一
個明顯的變奏。小說的後半部分，王仲英在攻打天保城一役時受傷退下來後，
就沒有再回到革命戰場上。王仲英的退出不是因為身體沒有完全恢復，而是
在思想上決定「全身而退」。在小說後三分之一的篇幅裏，王、胡兩人成為了
革命的旁觀者。按王仲英對國家的熱愛程度和對林述卿的忠誠程度來看，於
情於理，他都不可能不回到林述卿的身邊繼續效力。更說不通的是，作為「道
德標杆」的紅十字會組織者胡秋光，竟然在拯救了王仲英一個傷員之後，就
不再繼續作為。這種有悖於人物個性與現實邏輯的情節走向，顯示了林紓在
敘述辛亥革命時的另一種主觀意志。

　　小說透過革命者王仲英的視角，陳述了革命的「原則」，又見證了令人
失望的「現實」。首先，革命的唯一正義動機在於愛國而非反封建。蒼石翁
說：「亡國在我意料之中，唯不願眼見其子弟，亦為草澤揭竿之舉」〔註24〕，
「須知革命者，救世之軍，非闖、獻比也」〔註25〕。類似的陳述在不同人
物的話語中出現了四次，即蒼石翁兩次（第一章、第二章），王伯凱一次（第
六章），冷紅生一次（第九章）。其次，「立憲」和「革命」都是愛國之策，
而革命的客觀原因是立憲未遂，退而求其次。君主立憲沒有成行，才釀成了
庚子之禍。國家逐漸不可救，所以革命是沒有辦法的辦法。這種邏輯在小說
中也被反覆強調。「君主立憲之局已成，胡至有庚子之變！」的歷史哀歎，

〔註23〕林琴南著，吳俊標校：《林琴南書話》，杭州：浙江人民出版社，1999年，第
　　　　136頁。
〔註24〕林紓著，林薇選注：《林紓選集（小說卷下）》，成都：四川人民出版社，1987
　　　　年，第180頁。
〔註25〕林紓著，林薇選注：《林紓選集（小說卷下）》，成都：四川人民出版社，1987
　　　　年，第185頁。

在不同人物的話語中也出現了四次。分別是蒼石翁一次（第一章），王伯凱一次（第六章），胡秋光一次（第十章），冷紅生一次（第十六章）。再次，革命必須遵守的道德是「懷同胞之愛，不存滿漢之見」。在蒼石翁看來，革命不等同於「排滿」，而應該要保護全體同胞。他還寫長信叮囑林述卿：「然既稱同胞，自不以多殺為威。孔子言『與』不言『胞』，『胞』字見諸《西銘》，則張子之言也。」〔註 26〕林紓在同時期寫的政論文章中，也表達過類似的觀點：

> 鄙人一身如葉，在四萬萬人海中，特一寒蛩之鳴。顧身為國民，不能不持和平之論。今救亡之策，但有兩言：一曰公，一曰愛。公者爭政見不爭私見；愛者愛本黨兼愛他黨。須知兄弟雖有意見，終是兄弟。〔註 27〕

但顯然，現實革命中的「排滿」「革王命」「民主共和」的輿論呼聲都與林紓的革命想像相悖。基於此，小說中的王仲英便充當了一個「革命」考察者的角色。通過與革命群體地深入接觸，他逐漸發現大部分傾向於共和的新軍，都不過是「喜亂之人，非實心為國者。」〔註 28〕冷紅生也跳出來大呼：

> 但見名為時傑者，多不如此（指林述卿），且以私意，徵及外兵，戕其同胞，尚靦然以國民自命，其去黎公寧止霄壤！〔註 29〕

林述卿帶著王仲英、王伯凱等人在南京光復的過程中殊死拼殺，但最後卻被陰謀者排擠。而革命所帶來的「共和」也是不過勾心鬥角的名利場。《巾幗陽秋》則將這種「共和亂世」表現得更為淋漓盡致：議員收受賄賂，膽小如鼠；議院如菜市，案翻楊仰；選票上妓女、「忘八」都有名列；項城靠威逼利誘，強迫民意當選。主人公阿良大笑道：

> 吾初以為議士極一時之選，咸為當代英雄；然以今日之狀觀之，化雄飛為雌伏，能屈能伸，或仍英雄本色耳。〔註 30〕

〔註 26〕林紓著，林薇選注：《林紓選集（小說卷下）》，成都：四川人民出版社，1987年，第 233 頁。

〔註 27〕林紓：《論專制與統一》，《平報》1913 年 4 月 1 日。

〔註 28〕林紓著，林薇選注：《林紓選集（小說卷下）》，成都：四川人民出版社，1987年，第 185 頁。

〔註 29〕林紓著，林薇選注：《林紓選集（小說卷下）》，成都：四川人民出版社，1987年，第 198 頁。

〔註 30〕林紓著，林薇選注：《林紓選集（小說卷下）》，成都：四川人民出版社，1987年，第 378 頁。

在生活中，林紓本人也正是扮演了「共和」考察者和批判者的角色。在 1912
年底至 1913 年秋，他在《平報》寫了一系列的《諷喻新樂府》，對議員生活
的墮落荒淫進行了諷刺。如《買投票》《投票場中得票難》《議員打議員》《議
員又打架》《議員走精光》《共和實在好》等等。

　　通過一系列的革命體驗，王仲英與父親的立場從衝突走向一致。事實
上，儘管王仲英、林述卿、胡秋光在南京光復之前都是堅定的革命黨，但他
們對蒼石翁的「守舊之談」也並不是決絕反對的。王仲英認為：「翁固守節，
然尚圓通，不爾，何能聽我從軍於江表？」〔註 31〕胡秋光也認為蒼石翁雖
守舊，「然終是前輩風範」〔註 32〕。特別值得玩味的情節在小說第二十八章。
南北議和呼聲正高之時，王仲英和胡秋光愜意地於張園遊玩賞梅。他們在
梅樹下讀大總統宣言，而後評論時事。兩人的對話很富深意：

> 仲英曰：「各省聯合，互謀自治，吾亦決其難行。自治二字，
> 即獨立之別名。唐之藩鎮，皆欲自治而成為獨立，調劑二字，流弊
> 必出於姑息。將來各省自為風氣，決不受中央號令。在吾意中，此
> 條告弊病百出，何能一一討論如議員！且吾今日為梅花來，不為新
> 總統之條告來也。」挽秋光之手立起，再經小橋之側。秋光曰：「不
> 審西湖孤山之梅較此如何？」仲英曰「汝言孤山梅耶？無論何人均
> 可攀折，轉不如是間有人管領。」秋光笑曰：「然則共和不如專制
> 耶？」仲英不答。〔註 33〕

仲英不答即是答。他所答的是對秋光疑問的肯定。他之所以不能直接承認，
是因為王仲英在小說中畢竟還是一位「革命功臣」。而實際上，此時的王仲英
的思想已經與蒼石翁合為一體了。這種論調讓整個故事的框架以及故事中的
人物呈現出一種「被裹挾」的悖論狀態。

　　《金陵秋》對「共和不如帝制」思想的演繹，還有很多具體的例證。從
情節上看，才子佳人小說的「一見鍾情——小人撥離——家庭團圓」的情節
模式，在這裡被改造為了「一見鍾情（嚮往革命）——經歷磨難（投身革命）

〔註31〕林紓著，林薇選注：《林紓選集（小說卷下）》，成都：四川人民出版社，1987
　　　　年，第 266 頁。

〔註32〕林紓著，林薇選注：《林紓選集（小說卷下）》，成都：四川人民出版社，1987
　　　　年，第 266 頁。

〔註33〕林紓著，林薇選注：《林紓選集（小說卷下）》，成都：四川人民出版社，1987
　　　　年，第 273～274 頁。

——家庭團圓（離開革命）」的結構。王仲英從家庭走向革命，在對革命灰心失望後又回歸家庭。這是一條「出走—革命—回歸」的位移圖。以王仲英為代表的「革命派」，最終皈依了以蒼石翁為代表的「守舊派」。這種情節編排在林紓的小說中並不是孤例。《巾幗陽秋》中的應元，開始一心想在政府機構中謀得職位，最後看透了共和的「本質」，於是在家人的勸誠下飽含悔恨的淚水大呼脫黨。素素儼然接過了姑姑的接力棒，對哥哥應元規訓道：「議院為天下立法森嚴之地，議員即立法之人。今乃下同村愚，藉端抵賴，為官中呼之曰：該！殊不值一錢。吾鄭氏清白之家，兄亦當知自愛。」〔註34〕幼者對長者價值觀的完全臣服，讓幼者呈現出了「老者附體」般的極不真實的面目。

　　小說對孫中山、黃興等革命領袖的形象塑造也可作為林紓「共和不如帝制」立場的明顯證據。在敘述孫中山於南京經票選任臨時大總統這一消息時，王仲英的評價是：

　　　　百戰而得金陵者，乃如喪家之狗，而海外寓公一旦得志，人固有幸不幸也。〔註35〕

秋光也認為：

　　　　彼人以虛名擁大位，寧解用兵？〔註36〕

　　　　然則非中山遜位不可。中山為惠而不費之唐虞，於毫末亦無所損。〔註37〕

冷紅生又將黃興和孫中山與林述卿作對比，認為黃興和孫中山一個「廢亂有餘」、一個「不解用兵」，都在武昌起義後收了漁翁之利。但作為革命黨人中的先進者，王仲英和胡秋光對黃興、孫中山持這樣的看法是令人匪夷所思的。

　　林紓對「共和」進行否定的心之切切，令得無論處於與革命何種關係的人物，都會說出統一論調的話來。最典型的是，從未離開革命黨陣營的哥哥

〔註34〕林紓著，林薇選注：《林紓選集（小說卷下）》，成都：四川人民出版社，1987年，第432頁。
〔註35〕林紓著，林薇選注：《林紓選集（小說卷下）》，成都：四川人民出版社，1987年，第269頁。
〔註36〕林紓著，林薇選注：《林紓選集（小說卷下）》，成都：四川人民出版社，1987年，第275頁。
〔註37〕林紓著，林薇選注：《林紓選集（小說卷下）》，成都：四川人民出版社，1987年，第276頁。

王伯凱，也迸出了這樣的言論：「果戊戌變政得行，亦不至有今日武昌之事。蓋柄政者彌不如前矣。」〔註38〕伯凱說此話時，正是武昌起義成功之際，兄弟仲英到上海和自己會面之時。按常理來說，兩個有著堅定革命信仰的青年在武昌起義成功的鼓舞下，應該興奮地握手相慶。此時的伯凱說出「不至於有今日武昌之事」這樣的扼腕之辭，是有違人物邏輯的。

　　綜而觀之，《金陵秋》「拾取當時戰局，緯以美人壯士」的敘事策略，在辛亥革命的語境下，形成了「革命加戀愛」的敘事模式。其具體表現為革命線索和戀愛線索的緊密結合、互相影響。而其侷限性在於，林紓忠於前清的情緒固著，讓「革命加愛情」承載了「共和不如帝制」的潛在表意功能。因此，小說並沒有將「革命」推上一個應有的高潮，而是向著相反的方向漸行漸遠。「革命加愛情」的浪漫想像，從人物塑造、情節編排上都附著了隱隱的「立憲派」的殘魂。這也是林紓辛亥敘事的複雜性所在。

第二節　英雄成長模式的悲情變奏

　　陳去病撰寫的唯一一部長篇小說《莽男兒》，也是民初唯一一部以王金發為主人公的傳奇小說。學界對這篇小說的關注較少，目前為止的研究成果，主要有盧文芸的《大好湖山行路難——論陳去病小說〈莽男兒〉與辛亥革命》和趙霞的《從〈莽男兒〉看中國近代俠文化》。

　　盧文芸認為：「《莽男兒》是陳去病以王金發為原型寫的一篇傳記式紀實小說，塑造了王金發的悲劇英雄形象，生動而真實地展現了辛亥革命時期的社會面貌和社會問題，揭示了辛亥革命的種種失敗癥結」〔註39〕。趙霞則從「俠文化的近代突變」角度來闡釋王金發形象，指出「這部類似於人物傳記的小說《莽男兒》便真實地記錄了這樣的一位人物，以其形象為切入點可以窺探到一段特殊的歷史風貌。」〔註40〕筆者認為，儘管莽男兒確實以現實中的王金發為原型，但整部小說並不是純粹的紀實之作。《莽男兒》既沿襲了古

〔註38〕林紓著，林薇選注：《林紓選集（小說卷下）》，成都：四川人民出版社，1987年，第200頁。

〔註39〕盧文芸：《大好湖山行路難——論陳去病小說〈莽男兒〉與辛亥革命》，《南京理工大學學報（社會科學版）》2012年第2期。

〔註40〕趙霞：《從〈莽男兒〉看中國近代俠文化》，《山西師大學報（社會科學版）》2010年S3期。

代傳奇小說的敘事經驗，又具有一種現代悲劇意識，是一曲綠林英雄革命化轉型的悲情變奏。

一、歷史人物的文學想像

陳去病與王金發的交集主要發生於王金發在紹興擔任都督的這一段時間。而這一時期的紹興可謂風雲際會。1911 年武昌起義後，王金發被調到紹興當第一任都督。王金發請魯迅出任山會初級師範學校監督，范愛農任兼學。陳去病是時也到了紹興，並主辦《越鐸日報》。陳去病還參加了二次革命。也就是說，陳去病與王金發之間有著同鄉、上下級、戰友這三層關係。因此無論在公在私，陳去病對王金發都有較為全面的瞭解。

王金發風風火火的個性，以及他在紹興城內直接或間接掀起的一些大風浪，無不成為了紹興人民的辛亥記憶。魯迅曾在《范愛農》《這個與那個》《扣絲雜感》《論「費厄潑賴」應該緩行》四篇文章中談到過王金發，足見對其印象之深刻。前三篇文章都以王金發為例講述「猛人與包圍者的關係」，即：

> 無論是何等樣人，一成為猛人，則不問其「猛」之大小，我覺得他的身邊便總有幾個包圍的人們，圍得水泄不透。那結果，在內，是使該猛人逐漸變成昏庸，有近乎傀儡的趨勢。在外，是使別人所看見的並非該猛人的本相，而是經過了包圍者的曲折而顯現的幻形。〔註41〕

《論「費厄潑賴」應該緩行》則通過王金發放了秋瑾案的主謀，但這主謀後來又成了槍斃王金發的與力者的事例，來論證在特殊時期對待狡詐的敵人無需講公平。〔註42〕可見，魯迅筆下的王金發故事多為反面的例證。

陳去病之寫王金發，則有更為複雜的原因。出身綠林的王金發得到徐錫麟的栽培，成為了 1907 年浙皖起義計劃中的一個分統。在舉義密洩，徐錫麟、秋瑾就義後，王金發開始了一段逃亡生涯，不得已而落草為寇，其「大盜」之名由是而起。1908 年，孫中山派陳其美將王金發接到上海。在上海時，王金發以天寶客棧為革命聯絡點，設計誘殺了秋瑾案的告密者胡道南，

〔註41〕魯迅：《扣絲雜感》，《魯迅全集》第 3 卷，北京：人民文學出版社，2005 年，第 508 頁。

〔註42〕魯迅：《論「費厄潑賴」應該緩行》，《魯迅全集》第 1 卷，北京：人民文學出版社，2005 年，第 289 頁。

還多次籌劃暗殺行動。後來，王金發參加了安徽熊成基暴動和黃花崗起義。在廣州時，王金發清除了革命隊伍內部的叛徒，追回了被私吞的部分起義款項，還設計殺掉了特務。武昌起義後，王金發又在上海、杭州起義中率領敢死隊，為浙江光復立下了汗馬功勞。1911 年底，王金發調任紹興都督，但上任不到一年又在輿論壓力下卸職。1913 年，王金發查明宋教仁案的幕後主使就是袁世凱。不久，二次革命爆發，王金發任浙江駐滬討袁軍總司令。革命失敗後，他再次過上了逃亡的生活。後來他主動「投誠」，但並未出賣革命同志，不久便被朱瑞以莫須有的罪名殺害。這已是 1915 年。

對王金發參加辛亥革命的歷史，革命黨人內部和歷史學界都有公認。但是對王金發任紹興都督期間的作為及其投誠的真假與細節，則一直有著巨大的爭議。王金發母親於 1917 年在憂憤交加中去世，臨終前曾對孫子王克華說：「長大以後決不要做官，你父親辛苦一生最後為革命而慘遭殺害，死了還要被人罵，天理何在？」〔註 43〕可見這種爭議帶來的輿論影響是巨大的。與王金發過從密切的革命黨人，都將為王金發正名視作自己的責任。如蔡元培在《王季高傳》中這樣評價王金發：

> 君當奔走革命時，艱苦卓絕，儕輩交推，洎分府紹興，頗滋物議，然士卒有犯煙禁、淫行，輒予死刑，風紀固肅然也。抑又聞之亡命澤中，典衣六百，道逢餓者，傾囊畀之。惡少逼孀改適，君則痛抶惡少而送婦歸。大節觥觥，在人耳目，而遺聞軼事又何其磊落娬媚也！故知豪傑作事純以天行世，以跅弛跳蕩繩之，非知君者也。〔註 44〕

沈瓞民是辛亥革命後浙東地區二次革命的中堅力量，也曾屢屢申明自己的立場：

> 人謂王金發是強盜，我曰不然，他是革命志士；人謂他是暴徒，我曰不然，他事母極孝；人謂他是殺人魔王，我曰不然，他是堅決反對袁世凱的革命黨人。〔註 45〕

〔註 43〕中國人民政治協商會議浙江省委員會文史資料研究委員會編：《浙江辛亥革命回憶錄》，杭州：浙江人民出版社，1985 年，第 135 頁。

〔註 44〕蔡元培：《王季高傳》，中國人民政治協商會議嵊縣委員會文史資料委員會嵊縣文史資料》第 5 輯，嵊縣供銷社，1987 頁。

〔註 45〕沈瓞民：《回憶王金發》，《浙江辛亥革命回憶錄》，杭州：浙江人民出版社，1985 年，第 126 頁。

在《莽男兒》中，作者借黃金凱（以王金發為原型）亡魂之口說：「吾今已矣，所不能瞑目者，身後貽譏、指謫者不乏其人。」〔註46〕亡魂將一本殘書贈與一樵夫，希望真相能夠大白於天下。可見，陳去病為王金發單獨作一長篇小說，其情感動機也恰是這種「正名」的責任。陳去病稱：這部小說「斯誠良心之主張，而不特文人之遊戲也。其關係於人心世道，不亦巨哉！」〔註47〕對得起良心，扶持人心世道，這種大義的完成是陳去病這部小說所承載的倫理意義。

王金發與辛亥革命的「共時性」關係，是陳去病寫《莽男兒》的另一個原因。王金發參與了浙皖起義、安徽熊成基暴動、黃花崗起義、辛亥年上海起義、杭州起義、二次革命，可謂是始終處於風口浪尖的革命人物。陳去病在小說敘言中也說：「何況徐、秋偉烈，同盟祕謀，燦乎隱隱，若可指數，則是書也，即目之為革命之小史，亦可也。」〔註48〕所以，《莽男兒》也擁有一定程度上的歷史文獻價值。

更深層的原因還在於，陳去病想借《莽男兒》的小說敘事來反思王金發悲劇的成因。在小說第二十二章「莽男兒珞珈之遊」中有一段趙姓老者與黃金凱的談話。黃金凱掩藏了自己的身份，問老者如何評價他。老者說：「所惜者趼弛不事學問，無師友以育其德，詩書以瀹其智，凡彼所視為友者，類皆粗暴一流，累其名、不能擴其識；又無雄才大略之主，造就以成其材，使為大用。」〔註49〕基於這種反思，陳去病在將王金發的故事改編成黃金凱的故事時，做了一些藝術上的加減法。首先是人物基本信息的改寫。王金發被難於1915年6月初，《莽男兒》書成於同年秋。陳去病寫此小說僅用了兩個月左右的時間，是時袁世凱正緊鑼密鼓地謀求稱帝。因此，陳去病為了在內心的言說衝動和緊張的文化局之間找到平衡，便對故事中所涉及到的原型人物的名字進行了改寫。如將王金發改為黃金凱，將劉師培何震夫婦改為項西伯與賀二小姐，將章太炎改為張枚伯，對徐錫麟秋瑾等已有定論的革命烈士則保

〔註46〕陳去病著，張夷主編：《陳去病全集》第3卷，上海：上海古籍出版社，2009年，第1186頁。

〔註47〕陳去病著，張夷主編：《陳去病全集》第3卷，上海：上海古籍出版社，2009年，第1179頁。

〔註48〕陳去病著，張夷主編：《陳去病全集》第3卷，上海：上海古籍出版社，2009年，第1179頁。

〔註49〕陳去病著，張夷主編：《陳去病全集》第3卷，上海：上海古籍出版社，2009年，第1244～1245頁。

留了真名。

　　其次，對一些人物和事件做了減法。真實歷史中，王金發母親對辛亥革命有很多貢獻，在革命困頓時期她曾幾次變賣家產以支持革命。蔡元培譽其為「女傑」。陳去病將王金發母親幫助革命的事情省去了，而將傾囊接濟黨人的情節集中在黃金凱身上。黃金凱的母親在小說中是一個同情革命，但受黃金凱牽連而流離失所幾近餓死的老婦人。這樣的處理突出了主線情節，並讓作為孝子的黃金凱一直受到良心的譴責，加重了主人公身上的矛盾衝突。小說對王金發參加熊成基暴動、黃花崗起義的事件不著一筆，自「懲戒項西伯夫婦」之後直接跳轉到「民國成立，忽忽數年矣」，並以倒敘的手法回溯上海光復。陳去病之筆可謂以略寫襯詳寫，緊扣線索，並未受物理時間的影響而沉溺於瑣碎歷史的鋪陳。

　　最後，加入並誇大了一些事情。在寫黃金凱的革命故事的同時，小說還特別勾勒了三條情節線：其一是黃金凱的妻子和母親的顛沛流離的生涯。這條線索以「家庭」為視角側面呈現了黃金凱為革命奔走所付出的代價之大和內心之煎熬，為黃金凱最後淡出革命舞臺提供了合理的內因。其二是黃金凱與「包圍者」之間的交往。小說對這條線索的著墨遠多於其他線索，為黃金凱之悲劇提供了外部邏輯。其三是黃金凱與鄉紳百姓之間的關係。對比於真實歷史，小說中的第二次「落草」是虛構的。這條情節線旨在演繹黃金凱罵名越來越大的原因。綜而觀之，小說中的黃金凱脫胎於真實歷史中的王金發，但又被陳去病進行了目的明確的藝術改寫。

二、英雄成長的悲情變奏

　　陳去病賦予黃金凱的故事以傳奇色彩，同時又注重在文化衝突中挖掘黃金凱身上複雜且真實的人性，塑造了一個在「成長中」的革命英雄形象。小說前兩章為黃金凱的出場設計了三個神話橋段。第一章敘述了「亡魂託書」的神話。一個青年樵夫迫於生計隻身潛入山林深處打柴。深山之中風聲怕人，氣氛詭秘。樵夫被樹枝絆倒在地，偶遇莽男兒匿於深山的亡魂。亡魂贈與樵夫一塊寶石，央其於某日午後在一挑鼓擔者的擔中尋一殘書。此書便可流傳於世。書中記錄了莽男兒的人生真相。第二章敘述了「黃氏之墓」的傳說。黃氏祖墓所處的位置，地貌奇特，遠望去宛如一隻巨獅昂首而蹲。山上古樹蔥郁將巨獅覆蓋。此墓便福蔭黃家衣食無憂。但是，後來匪盜四起，黃家屢被

「光顧」，於是只好喬遷。數年後，黃墓附近的製陶者將黃墓掘搗至深，於是黃家後嗣將遭家破人亡之劫。第二章還敘述了「莽男兒出生之神話」。黃母懷胎十四月，難產經十日。臨盆之時，家人困倦至極，黃父朦朧間看到一著黃衫的偉男子岸然而入，是時呱呱墜地之聲響起。「亡魂託書」「脫胎轉世」等情節都是對傳統神鬼故事經典橋段的化用。神鬼橋段的運用提升了小說的趣味性和文學性，是作者想像力的飛揚之筆。

　　莽男兒天生異於常人，而其超常之處又日漸強大。他「生有異相，以腎囊之中，睪丸凡三，至長勿變」〔註50〕。敘事者舉漢高祖隆準和項羽重瞳的例子來類比黃金凱，並強調「人生異相，往往不可思議。」〔註51〕到了少年階段，黃金凱顯示出了令人生懼的天賦巨力：「金凱之力，乃天所以予金凱者，非群兒可及」〔註52〕，竟能「推牆壁於地」〔註53〕。黃金凱還有兩項特長。其一為統軍能力。在娘胎裏的金凱「聽軍隊鼓角之聲，則踢踢而動，屢試勿爽」〔註54〕；童年時的他「居大王之名而不疑，既王群兒，抑強除暴，濟弱扶傾，有足多者。苟群兒爭執，兒童大王必高坐磐石，手持竹鞭判曲直，亦有號令賞罰，一聲叱吒，階下群兒無不轟應若雷，報曰『得令』，無敢有異言者。」〔註55〕青年時的黃金凱已經成長為了綠林首領。受到革命感召，他在辛亥革命的戰場上發揮著自己的統帥才能。其二是槍法了得。青年時的黃金凱，其槍術「同輩中無可及者。非但飛鳥偶過，無可幸免，甚至擲履空中，亦能發彈捷擊，百無一失。然此尚未足雲奇，所異者令人遠立身後，拋石子從頂上過，亦能一發彈及，或自拾石子，向後力擲，回身舉槍，一發亦得。」〔註56〕這種技能後來成為他暗殺敵人的法寶：「當日因獵取飛

〔註50〕陳去病著，張夷主編：《陳去病全集》第 3 卷，上海：上海古籍出版社，2009年，第 1188 頁。

〔註51〕陳去病著，張夷主編：《陳去病全集》第 3 卷，上海：上海古籍出版社，2009年，第 1188 頁。

〔註52〕陳去病著，張夷主編：《陳去病全集》第 3 卷，上海：上海古籍出版社，2009年，第 1189 頁。

〔註53〕陳去病著，張夷主編：《陳去病全集》第 3 卷，上海：上海古籍出版社，2009年，第 1190 頁。

〔註54〕陳去病著，張夷主編：《陳去病全集》第 3 卷，上海：上海古籍出版社，2009年，第 1188 頁。

〔註55〕陳去病著，張夷主編：《陳去病全集》第 3 卷，上海：上海古籍出版社，2009年，第 1190 頁。

〔註56〕陳去病著，張夷主編：《陳去病全集》第 3 卷，上海：上海古籍出版社，2009

鳥所練習之技術，至是則為彈人黑夜之用。中國暗殺史中，當以金凱為第一流之有名人物矣。……剽悍倏忽、神出鬼沒，猶有神龍雲鳥之概。」〔註57〕相貌驚奇、力大無比、槍法絕倫，這些特徵都與傳統英雄小說裏「草莽英雄」的定位相吻合。《水滸傳》中，相貌驚奇如李逵、力大無比如魯智深、槍法如神如林沖，比比皆是。但值得注意的是，陳去病筆下的黃金凱，其技能不是一蹴而就的，而是顯現了從嬰兒期、少年期，到青年期的一個成長過程。

　　黃金凱還有著超越同齡人的政治覺悟。他從小就喜歡讀家中的反清讀物，如《入關史》《屠城紀》等，立志推翻滿清。他表現出了對科舉制度的強烈厭惡。兒時的金凱在學堂時常擲書於地以足踏之，並能自發說出「清真雅正、清真雅正，不知道這個上頭，誤卻了多少英雄！我苟一日得志，必廢八股，時文濫調，立予摧燒」〔註58〕這樣的話來。少年黃金凱的這一觀點切合了後來胡適在新文化運動伊始所提倡的「八不主義」的精神。兩者在歷史時間上相隔二十餘年，置身在19世紀末的少年黃金凱能說出這種話，不得不說是「破空奇語」。這部小說的寫作時間是1915年秋，時隔科舉廢除已十年光景，因此，少年金凱之語不妨看作是陳去病將「當下的覺悟」先驗地植入到了二十年前的兒童身上，以增加其「與眾不同」的色彩。在金凱加入革命組織以後，將「反清」「反科舉」的思想上升到了革命理論的高度。他對革命赤膽忠心，「絕無一毫自私自利之心於其間，殊為黨中難得人才。」〔註59〕陳去病給武藝超群的黃金凱安置了一顆革命的赤誠之心，讓他成為了「傳統草莽英雄」的現代革命版。這一形象與紅色經典小說中的楊子榮等革命英雄遙相輝映。

　　但是，黃金凱的成長並沒有按著「愈加高尚偉岸」的方向狂奔而去，而是朝著「另類的方向」急轉直下，演繹出了一曲悲情變奏。《莽男兒》將黃金凱置身於一種傳統的道德困境——「忠、孝、義」三者的矛盾衝突——之中。

年，第1193頁。

〔註57〕陳去病著，張夷主編：《陳去病全集》第3卷，上海：上海古籍出版社，2009年，第1210頁。

〔註58〕陳去病著，張夷主編：《陳去病全集》第3卷，上海：上海古籍出版社，2009年，第1191～1192頁。

〔註59〕陳去病著，張夷主編：《陳去病全集》第3卷，上海：上海古籍出版社，2009年，第1203頁。

在跌宕起伏、濃墨重彩的人生之中，他始終是為他人而活。為革命，為兄弟，為母親，他的智慧、技能、時間、精力、財富、住所，無一不是為他人而消耗。從這一意義來看，黃金凱是一個全然無私的人，是黨、國極具標杆意義的開國英雄。然而，儘管他全然無私也不能讓三者都滿意。《莽男兒》將真實歷史中的王金發、傳記中的王季高所未流露的「小我」的一面，人性的一面，在黃金凱的人生中流露了出來。這恰恰是黃金凱的「另類」成長。

在小說的後半部分，多血質的黃金凱有了向內的，為自己而活的一種訴求。在紹興時，他在吹捧聲中逐漸有了些驕奢之態，並且不再對手下的弟兄們過分較真。在宋案發生後，黨內二次革命的呼聲很高。這時被嘈雜人群包圍的黃金凱早已厭倦紛擾，「時露我醉欲眠之態」〔註60〕。他以「忠義」之心破獲了宋案之後，決定履行對母親承諾過的退隱諾言，因其「自解職以來，用世之心灰冷……此外萬不敢盲從附和……」〔註61〕。二次革命之後，他打算在杭州建一座歐式公寓，帶著母親和愛妾安享餘生。黃金凱本不求富貴顯達，他的「個人願景」不過是在達成革命理想後為自己活上幾年。這個要求對一個普通人而言是多麼的合情合理，然而這個微小的願望也毫無實現的可能。

在人生最後的時光裏，黃金凱想退出是非之地以孝敬母親的晚年但卻做不到。他想為革命再盡一些力，如若不能但求全身而退，但袁世凱並不放過他。他想回歸到自己的「小家」中尋求人生最後一絲溫暖，但輿論仍然沒有放過他。他在掙扎煎熬中相信了「投誠」之後會有一段安逸的時光，但卻被莫須有的罪名索去了性命。所以，儘管其為革命、兄弟、母親獻上了最赤誠的心，但在其交上的人生答卷上，「忠」「孝」「義」三部分都無法滿分。民怨、仇殺、兄弟唾棄、母親受辱，黃金凱終於成為不了他童年時所憧憬的那個「英雄」。他身上有著英雄和魔王的影子，但他終於只是一個普通人。在死亡和憎恨面前，他又如此渺小，以至於悔不當初。這才有了小說開頭的那一段亡靈之獨白。

面對輿論之於王金發的苛責，陳去病企圖以「人」之名義來令其獲釋。

〔註60〕陳去病著，張夷主編：《陳去病全集》第3卷，上海：上海古籍出版社，2009年，第1238頁。

〔註61〕陳去病著，張夷主編：《陳去病全集》第3卷，上海：上海古籍出版社，2009年，第1239頁。

和其他革命題材小說中的主人公相比，黃金凱的形象具有鮮明的成長性。《血淚黃花》中的徐一鳴、《廣陵潮》中的富玉鸞、《孽海花》中的孫中山、《新華春夢記》中的蔡鍔等等，無論是處於革命哪個層次的將領，在其對革命的認識、個性特點、行為方式上都是「一站式」的，從開始到最後都十分穩定，鮮有變化。這不免讓人物扁平化、臉譜化。《莽男兒》描繪出了金凱從狂妄自負到忠貞救國，再到居功自傲，最後又幡然醒悟的過程。金凱在性格上有一個從「外向」到「內向」的轉變，對革命的態度也從「惟命是從」到「理性質疑」。如果說小說前半部分演繹著一個英雄的成長史，那麼後半部分則演繹了一個普通人的心靈史。因此，陳去病筆下的黃金凱，既具備古典英雄的傳奇色彩，又具有深刻的人性內涵。相較於陳去病在傳記中塑造的王金發形象，黃金凱更為立體、豐富，具備藝術上的完整性。

三、現代新酒與文言舊瓶

　　《莽男兒》成書於 1915 年秋，離王金發被難僅兩月，時間不可謂不倉促。但由於陳去病在處理材料時詳略得當、重點突出，加上自己對王金發的真摯情感和對其悲劇的獨到反思，仍舊創造出了一部藝術性很高的小說。陳去病辛亥敘事的獨特價值主要有三個方面。

　　首先，對傳統章回小說形式結構的突破。小說中每一章的標題不再用仗工整的兩句詩，甚至不拘泥於字數和形式，如「異書之發現」「莽男兒之產生」「留學界之花」「莽男兒之教習生涯及起事之失敗」等，短至五個字，長至十五個字。陳去病在小說中埋了兩條線索，金凱為主，金凱母親為輔。兩條線索牽引著兩個空間。兩者又緊密聯繫，構成了一個有機整體。《莽男兒》完全跳出了古典小說的敘事框架，主要以金凱之革命為敘事重點，最後以「莽男兒的被難」為結局。這一方面與故事原型王金發的真實情況有關，實際上也是金凱人生軌跡的必然終點，與陳去病辛亥敘事的反思氣質是一致的。所以，陳去病的小說雖然用的是文言，但與其他同時代的白話小說相比，其內涵和形式都具有毫不遜色的現代性。

　　其次，敘事語言的浪漫色彩。陳去病擅長運用景物和聲音，營造出一種詭秘、緊張的氛圍。全書最精彩的兩處景物描寫分別是第一章「異書之發現」和第二十二章「莽男兒珞珈之遊」。第一章裏，敘事鏡頭由山林轉至附近一村落再聚焦於一個孝樵，然後跟著孝樵的步伐步入深山，引出其與莽男兒之

魂的邂逅。開頭以長鏡頭視角將樵夫由鎮定到驚恐的情緒變化表現得細膩微妙：

> 凡夜深處寂之人，其膽易怯。加之肩擔綦重，亂薪拖地，其聲颼颼，若無數潛人追躡於後。而老樹槎枒，立於暗陬，彷彿巨鬼攘臂，欲起攫人者。玉兒以是大震，猶幸露涼風定，蟬聲嘒嘒，時起時止，而水際群蛙，亦鳴聲閣閣以應之。一時鼓吹交作，空谷為哄，似慰行人岑寂者，茲雖蠢物，其意亦可感矣。〔註62〕

這段文字調動了讀者的聽覺、視覺、觸覺，將緊張的氣氛烘托至最高點。樵夫恐懼無措之際，莽男兒之魂形未現而聲先出──「其聲慘厲，哀動路人」〔註63〕。樵夫強作鎮定，循聲而前，就看到了偉丈夫。從單純狀寫景物，再到描述傳說，又到敘寫樵夫與景物之互動，最後讓莽男兒於一片慌亂中登場，語言營造的畫面迴環往復、螺旋上升、引人入勝，不遜色於高潮迭起的交響曲。這種細膩精緻的敘事方式是作者浪漫主義詩性的體現，在民初辛亥題材小說中實不多見。

在描寫人物時，陳去病也常常有誇張、幽默的神來之筆。如寫黃金凱救趙姓寡婦：「有某鄉趙氏，夫死守節，為村惡逼嫁，捆載於舟。黃聞之怒目皆欲裂，與從者截於半途，痛鞭村惡而送婦歸，見有倒臥路上者，饑疲垂絕，乃探質衣六百文與之，已與從者忍饑至於終日也。」〔註64〕「目皆欲裂」「截」「痛鞭」「送」等動詞，讓金凱之嫉惡如仇、行事火爆的性格躍然紙上。又如寫童年金凱貪玩好弄，受母親斥責後決定改過自新。陳去病謂金凱是「折節向學」，然其「生性豪縱，於此等陳陳相因引腔按板之技，大非所喜。有時暴怒，擲書地上，以足踐之」〔註65〕。陳去病的風趣之語將兒童金凱之天真可愛寫得生動活現。又有寫項西伯之虛偽無德：「項之為人，雖稱文學專家，實則廢物而已，以其一身，五官百體，大可束之高閣，合用者僅有二目。此二目

〔註62〕陳去病著，張夷主編：《陳去病全集》第 3 卷，上海：上海古籍出版社，2009 年，第 1185 頁。

〔註63〕陳去病著，張夷主編：《陳去病全集》第 3 卷，上海：上海古籍出版社，2009 年，第 1185 頁。

〔註64〕陳去病著，張夷主編：《陳去病全集》第 3 卷，上海：上海古籍出版社，2009 年，第 1210 頁。

〔註65〕陳去病著，張夷主編：《陳去病全集》第 3 卷，上海：上海古籍出版社，2009 年，第 1191 頁。

者，非為鑒別美色而生，無非涉覽書本而已。」〔註66〕「廢物」一語，實諷刺快語，足見陳去病是愛憎分明的性情中人。

最後，從情節編排來看，《莽男兒》跳出了傳統小說「大團圓」的模式，具有悲劇意識。全書採取夾敘夾議的方式，飽含了陳去病對黃金凱之悲劇產生的深刻反思。「莽男兒」之悲劇，核心在於「莽」字。黃金凱做事高調隨性，表達自己的看法和情感時也毫無忌諱，往往在不經意間就成了別人的眼中釘。魯迅曾說：「中國的人們，遇見帶有會使自己不安的聯兆的人物，向來就用兩樣法：將他壓下去，或者將他捧起來。」〔註67〕那些視黃金凱為「龐然異物」和被黃金凱「懲戒」過的人們，自然渴望通過詆毀和惡言來將他「壓下去」。黃金凱行事之莽和用人之莽，是其悲劇的根本原因。黃金凱之悲劇，還源自與「莽」無關的人性之通病——驕奢。陳去病通過描摹黃金凱任紹興都督時期部下的行狀，批判了辛亥革命軍中「驕兵悍將」「姦淫擄掠」「有始鮮終」的毛病。黃金凱之部下有隨其經歷了光復之役的，進入民國便開始忘乎所以起來。這種描寫正與魯迅所揭示的「猛人與包圍者」的規律相佐證。物質對人精神的軟化，深刻體現在了黃金凱身上。

綜而觀之，《莽男兒》以王金發為原型，創造出了一個「亦神亦魔」的革命者形象。在風雲際會的年代，莽男兒創造了革命的奇蹟，然而中西文化之間的碰撞和衝突又讓他飽受煎熬。在社會積弊和人性弱點的勾兌與發酵下，他最終被滾滾洪流吞沒。在人生的最後階段，他對回歸一個「人」的生活的渴望顯得既悲壯又無力。究竟是英雄有負於時代，還是時代有負於英雄？陳去病唯一的這部小說以「文言舊瓶」盛滿了「現代新酒」，其蘊含的對革命與人性的深刻反思與在形式上大膽的突破都為辛亥敘事添上了重要的一筆。

第三節　神魔對立模式的生成

在民初十餘年裏，用文學來「罵袁」「討袁」成為了一種時髦的集體行為。小說家們生動形象地演繹著「魔王」「丑角」袁世凱的荒誕生涯，如《新華春夢記》《八十三日皇帝之趣談》等等。其中又以《新華春夢記》最具浪

〔註66〕陳去病著，張夷主編：《陳去病全集》第3卷，上海：上海古籍出版社，2009年，第1199頁。

〔註67〕魯迅：《這個與那個》，《魯迅全集》第3卷，北京：人民文學出版社，2005年，第150頁。

漫主義精神。《新華春夢記》在革命敘事上最突出的意義在於，通過魔化袁世凱形象、神化蔡鍔形象，建構了革命場域中的二元對立結構。這與後來在「無產階級革命文學」體系中才得以命名的「革命浪漫主義」美學風格構成了客觀上的呼應關係。

一、袁世凱形象的魔化

清末至 1916 年間，袁世凱在世人心中的形象是頗多變幻的，但觀其在文學中的形象，大致畫出了一條由神界墜入魔界的曲線。清朝末年，袁世凱的發跡被世人當做傳奇看待。孫寶瑄曾在 1902 年的日記中這樣評說過袁世凱：「今日支那有三大奇人：其一曰袁世凱。袁以北洋之練兵小將，薦授山東巡撫，忽於庚子之歲剿拳保境，為中流砥柱，東南半壁賴以安全。李文忠沒，驟任北洋大臣，其威望氣概，內凌政府，外壓劉張，一舉一動，皆中外人所注目，非奇人而何？」〔註68〕另兩個奇人分別指當時聲名遠播的梁啟超和改革派親王善耆。

辛亥革命剛過，重傷孫中山、黃興的文學作品不在少數，對袁世凱則是讚揚居多。隨著袁世凱稱帝意圖逐漸顯露，「魔化」袁世凱的傾向在不同立場作者的筆下開始同時出現。善耆的詩歌可看作「魔化」袁世凱的先聲。「宣統即位後，攝政王與善耆等清王族看透了袁世凱的『貳心』，力主殺袁，由於奕劻與張之洞等阻攔，才未殺成。」〔註69〕殺沒殺成，但載灃始終擔心袁世凱會威脅到清廷的安危，就從形式上削去了袁世凱的兵權。作為當事人的善耆，在筆下描繪了一個「另類」的袁世凱形象。《和素盒酒樓獨酌韻》一詩中有「沐猴偏衣錦，逐鹿各張機」兩句。這「沐猴」指的就是袁世凱。又如《和大作君感懷韻》中有「逆豎盜神器，太阿成倒持」兩句，意指辛亥革命後江山被掌握在「逆豎」袁世凱手中。善耆將袁世凱描繪為伺機逐鹿中原，竊取大清江山的大陰謀家形象。在革命黨人這一邊，柳亞子是較早「討袁」的健將。他在南北議和呼聲高漲之時怒罵袁世凱，在詩歌中也用「沐猴」「小丑」「狗」等負面意象來指代袁世凱。這與善耆詩歌的用詞頗為類似。袁世凱稱帝後又在萬眾唾罵中離世。「魔化」袁世凱的文學創作也到達了一個高峰。《新華春夢記》

〔註68〕孫寶瑄：《忘山廬日記》上卷，上海：上海古籍出版社，1983 年，第 563 頁。
〔註69〕憲均：《善耆反對宣統退位謀求復辟》，中國人民政治協商會議北京市委員會、文史資料編委會：《文史資料選編》第 12 輯，北京：北京出版社，1982 年，第 70 頁。

就是這一高峰的代表作。

《新華春夢記》中的袁世凱甫一登場就似中了帝制的邪。他通過威逼利誘、排除異己，一次次將暗殺的黑手伸向了民國的開國元勳們。他又迷信「仙術」，窮極了一切方式以登上皇帝的寶座。坐上龍椅時，其精神已近於瘋癲，成為了國人眼中的小丑。具體來看，作者主要通過三種敘事手法來「魔化」袁世凱。首先，楊塵因在《新華春夢記》中設置了兩個「魔鬼預言」的場景。第一回中，敘事者「我」做了一個白日夢：「只見那一張潔白的紙上，彷彿現了無數的靛臉獠牙凶神厲鬼出來，跳來跳去，異常高興。我仔細一看，只見他們個個都是威風凜凜，惡氣騰騰，我便順手用筆尖兒掃去。……再看那門前來來往往的，雖然十分熱鬧，卻都是些鬼頭鬼腦，鬼心鬼肝的東西，不要說沒有一點人形，簡直是沒有一分人氣。」〔註70〕夢中自稱孤王的白鬍子老頭隱射袁世凱，而那個死不跪拜，且指著老頭鼻子大罵的白面書生隱射袁克定。當白面書生被老頭扔進油鍋時，化作一道青煙，衍生出許多壯漢把鬼打得落花流水。老頭則變為長蟲逃向空中。這種「夢話」開門見山地點明了小說的主旨。

第二個場景是袁乃寬聽的大鼓書：

> 假慈悲的面孔裝到四千日，居然想做牛魔王。若問這魔王名和姓，橫行公子號無腸。……那公子爬在毛坑上，頂盔披甲貌堂皇。拖尾巴的肥蛆四面擁，鬧得公子一身黃。〔註71〕
>
> ……
>
> 公子頭戴一頂滾龍帽，身穿一件繡龍裳。八條腿爬在毛坑上，果然好似秦始皇。也不管你火劫水災寬似海，也不管你殘脂剩血流如江。也不管你貧窮人家賣兒女，也不管你疾病人家受淒涼。一味的敲骨斷筋吃人肉，可憐這些小子又遭殃。十八層地獄住滿了，從今後再莫想要見日光。〔註72〕

這裡用「蜈蚣」「牛魔王」來隱射袁世凱。「凶神厲鬼」「長蟲」「蜈蚣」「牛魔王」等來自於古典神魔故事的經典形象，將一種「魔化」氣質賦予了小說中的人物，為主幹情節打上了一層濃重的「魔幻」色彩。

〔註70〕楊塵因：《新華春夢記》上卷，長沙：嶽麓書社，1985年，第2～3頁。
〔註71〕楊塵因：《新華春夢記》下卷，長沙：嶽麓書社，1985年，第913頁。
〔註72〕楊塵因：《新華春夢記》下卷，長沙：嶽麓書社，1985年，第916頁。

在正面塑造袁世凱及其黨羽時，楊塵因還常常使用「畜化」的修辭。作為袁世凱智囊團的籌安會一干人是這般模樣：楊度有一張利口，常見風使舵，穿著一套不合身的大禮服；孫毓筠生就一副朱元璋的臉蛋，色灰且黝，穿得富貴時髦，片刻不離煙捲；嚴復曲背弓腰，足踏粉底皂靴，身穿八團龍馬褂，被煙槍所累，從來沒看見他抬過頭，好似天生的駝子一般；劉師培骨瘦如鳩，肩聳似鶴，身穿白羅大衫，好似從醬缸裏面拖過；李燮是身穿西服，濃眉豎目的黑臉大漢；胡瑛身長臉削，臉黃如土，穿燕尾服架眼鏡。〔註73〕楊塵因不僅將這些人的外貌塑造得醜陋不堪，更一一勾勒出他們「半新不舊」的怪誕衣著。這種細緻描寫無不透露著一種「衣冠禽獸」的諷刺含義。袁世凱的原高等顧問葉德輝，每天日夜禮拜袁世凱的紙牌，對籌安會的宣言書奉若聖旨。看這一番描繪：

> 放開癩蝦蟆的嗓子，向著呂逸生念了一遍。累得他那脖子，紅筋梗起，一顆顆的麻子裏面泛油珠，嘴角上白沫子堆得如螃蟹吐沫一般。伸一隻胡蘿蔔似的手指頭，向著那紙上連連打圈子。念得高興，又念了一遍，擺出舊時念八股文的樣兒，一字一推敲的稱讚不絕。〔註74〕

他還建議呂逸生抄回去，子子孫孫傳頌，包管不會餓死。在這一段百餘字的描摹中，使用了「癩蝦蟆」「螃蟹」「胡蘿蔔」三個比喻，製造出一個醜陋不堪的馬屁精形象。

對袁世凱黨羽行跡的刻畫，更是集中地凸顯了這些人物的猥瑣齷齪。籌安會的組織者都是想借袁世凱稱帝以謀求私利的野心家。楊度「自戊戌之後，跟隨康長素變政，鼓吹保皇，辛亥之後，他又混在民黨裏面，充袁大總統的顧問」；孫毓筠「自從當少爺時代，就提倡革命，後來被端方擒獲，監禁了幾年。辛亥革命成功，他很在安徽地方出頭現臉，癸丑之後，便組織了個政友會，一腳踢開國民黨」；劉師培「被河東獅子所累，累得昏頭昏腦，有時做篇文章，鼓吹民氣；有時充當端午橋的幕友，反對民黨，鬧得他文字無靈，漸漸為君子所不齒了」；胡瑛「曾經跟著宋漁夫，在革命黨裏混了幾年。可歎他立志不堅，到底做了一個再醮婦。」〔註75〕楊塵因用寥寥幾語便勾勒出了這些

〔註73〕楊塵因：《新華春夢記》上卷，長沙：嶽麓社，1985年，第6～7頁。

〔註74〕楊塵因：《新華春夢記》上卷，長沙：嶽麓書社，1985年，第191頁。

〔註75〕楊塵因：《新華春夢記》上卷，長沙：嶽麓書社，1985年，第6～7頁。

人見風使舵、趨利避害、貪婪無恥的「革命史」。「袁世凱」的這些黨羽與李涵秋《俠鳳奇緣》中的芮大烈，姚鵷雛於《衣冠禽獸》《龍套人語》中塑造的假志士形象頗為神似。

利用普通百姓的言論和一些流行的詩詞將袁世凱「流氓化」，是楊塵因的第三種「魔化」手法。在小說中，百姓對袁世凱的評論俯仰皆是，如：

> 不幸先生空搗鬼，原來天子是流氓。〔註76〕

> 「恐怕是強盜假充皇帝罷？」柳瑞祥道：「什麼是強盜？什麼是皇帝？什麼是真？什麼是假？我看誰人本領大，手段高，就可以稱大好老！」〔註77〕

> 「我看現在做皇帝，正要有偷著搶著的手段，才好坐在金鑾殿上，治天下的小百姓呢。」〔註78〕

在百姓口中：皇帝＝強盜＝流氓＝小偷。對百姓群像的速寫，烘托出袁世凱倒行逆施的不得人心。在同時期的其他作品中，對袁世凱的戲謔和諷刺也很普遍，如《新新外史》第九回借龍子春之口為袁世凱算了一卦：「此人龍行虎步，兩目重瞳，多半是項羽的後身，將來是一位混世魔王，只怕我朝江山要亡於此人之手。不過他要作漢高、明太，只怕還未必能成功。」〔註79〕其他如《孫中山演義》中的「世凱」，《八十三天皇帝趣談》中的「袁」也都被不同程度地醜化。

綜而觀之，《新華春夢記》通過間接隱喻、正面描寫、側面烘托的方式對袁世凱及其集團進行了「魔化」「畜化」「流氓化」的藝術處理，塑造出了一個由外而內壞得徹底的魔頭形象，也是民國作品中最具魔幻色彩的一個袁世凱形象。

二、蔡鍔形象的神化

作為對比出現的是蔡鍔形象。小說第七十八、七十九、八十回敘述了蔡鍔領導的護國運動。雲南獨立的這一天，楊塵因同樣採用了群像描寫：

> 一時哄動全城的人士，莫不扶老攜幼，爭先恐後的看熱鬧。加

〔註76〕楊塵因：《新華春夢記》下卷，長沙：嶽麓書社，1985年，第510頁。
〔註77〕楊塵因：《新華春夢記》下卷，長沙：嶽麓書社，1985年，第508頁。
〔註78〕楊塵因：《新華春夢記》下卷，長沙：嶽麓書社，1985年，第516頁。
〔註79〕濯纓：《新新外史》第1卷，長春：吉林文史出版社，1987年，第121頁。

著蔡鍔、唐繼堯二人向來與雲南各界的人士聯絡得感情極厚，況此
番舉動，又是恢復共和，所以對於一般來看熱鬧的平民，莫不加之
以禮。由是各方人士，無不歡呼歌頌，大眾爭道：「倒底共和軍是與
皇帝所練的御林軍大不相同，若是皇帝腳下，那些丘八太爺，只披
上那一件老虎皮，就橫眉豎眼，那臉兒長得比閻王還難看。那似這
些兵士，一個個笑嘻嘻的，彷彿都是彌勒佛投胎，惹人敬愛
呢！」……我一言，你一語，全城內外的小百姓，異口同聲，爭著
唱這套太平歌，真有簞食壺漿之概。〔註80〕

小說中的蔡鍔氣宇軒昂，集智慧與能力於一身，正義凜然又能屈能伸。他帶
領的隊伍氣吞山河、力撼山嶽。宣誓討袁時，悲忿填膺的蔡鍔還落下了英雄
淚，感人肺腑。在塑造蔡鍔形象時，作者處處都著意與袁世凱一方進行對比：
一邊是吸食民脂民膏，一邊是與百姓情同手足；一邊是遮遮掩掩，一邊是光
明磊落；一邊是比「閻王」還難看，一邊是仿若「彌勒佛」投胎。由此，完美
無瑕的蔡鍔形象與醜惡至極的袁世凱形象構成了一個二元對立結構。

真實歷史中，護國運動是袁世凱與蔡鍔最激烈的交鋒。蔡鍔在 1916 年 1
月 5 日寫給梁啟超的信中說：

> 滇經濟極窮乏，近得僑商之接濟廿萬，尚有三十萬可剋日匯滇。
> 但非有大宗款項到手，不特難以展布，現局亦難支持，祈函丈特為
> 注意為幸。〔註81〕

1916 年 3 月 8 日，蔡鍔又給李曰垓、何國鈞寫信：

> 各方面煎迫多端，遂不得不以退為進矣。熬不過最後之五分鐘，
> 曷勝扼腕！昨今兩日，默察將士情狀，其精神似甚頹喪。現擬一面
> 以少數部隊扼止逆軍之南進；一面將各部隊在敘蓬溪、大洲驛一帶
> 停駐三數日，切實整頓；一面於上馬場附近築防禦陣地，伺機轉移
> 攻勢，此日來之部署也。逆軍集團處，則其指揮統一，抵抗力甚強；
> 分搏則破之較易，此歷來事實。〔註82〕

梁啟超亦在注釋中指出，蔡鍔這封 3 月 8 日的信寫於雲南義軍「最危險時

〔註80〕楊塵因：《新華春夢記》下卷，長沙：嶽麓書社，1985 年，第 817 頁。
〔註81〕蔡鍔：《致梁啟超函（1916 年 1 月 5 日）》，《蔡鍔集》，北京：文史資料出版
　　　社，1986 年，第 93 頁。
〔註82〕蔡鍔：《致李曰垓、何國鈞函（1916 年 3 月 8 日）》，《蔡鍔集》，北京：文史
　　　資料出版社，1986 年，第 94～95 頁。

期」〔註83〕。蔡鍔在三天後，再度寫信給李曰垓請求援助：「昨日石處員運回三千，頃即發罄，若無來源，則真不堪設想」，最後還附語「餉宜速籌，即酌用強制亦可」〔註84〕。懇求可「強制」徵餉，足見情況之危急。梁啟超感歎道：「以三千一百三十人當大敵十餘萬，志決身殲軍務勞，悲夫！」〔註85〕蔡鍔的信和梁啟超的批註，都實證了蔡鍔的護國軍北上期間面臨著巨大困難：其一是兵力嚴重不足，其二是糧餉十分緊張。梁啟超一句「悲夫」才是護國運動的真實色彩。

　　小說對這一歷史事件進行了浪漫主義地改寫，完全摘除了蔡鍔和梁啟超所描述的緊張、困頓：

　　　　護國軍經過他的地方，沒有不扶老攜幼，爭先恐後的看熱鬧。

　　　於是歡聲鼎沸，互相頌揚道：「這才是保衛國家、保衛人民的神聖軍
　　　人咧。若是大總統所練的軍隊，人人都象這個樣兒，就叫咱們小老
　　　百姓拼死命去供養他，咱們也是心甘情願的。」〔註86〕

這種「歡聲鼎沸」的場面，實在不像是戰爭現場，而更像是一場軍民聯歡會。現實中的「悲夫」色彩被改成了「樂夫」色彩。當時「經濟極窮乏」的雲南，面臨著最實際的供餉問題，即使百姓們從精神上完全支持蔡鍔的軍隊，但應該說還是有心無力的。

　　袁世凱方面則十分輕敵，拿著各種頭銜賄賂各省將軍。迎戰蔡鍔的是統領著「善戰之旅」第七師的張敬堯——「這員虎將乃是個紙糊的，自聽了王占元那番話，嚇得自己也沒有主張。便令手下的兵隊緩緩進行，今天行三里，明天行五里，就在宜昌以下往還駐紮。」〔註87〕其他將領則都借著出師之名索要鉅款。最後，袁世凱的軍隊早不戰而敗。這與真實歷史中蔡鍔所說「逆軍集團處，則其指揮統一，抵抗力甚強」的對手大相徑庭。

　　浦安迪在論及中國古代「四大奇書」時指出：「中國傳統陰陽互補的『二

〔註83〕蔡鍔：《致李曰垓、何國鈞函（1916年3月8日）》，《蔡鍔集》，北京：文史
　　　　資料出版社，1986年，第94～95頁。
〔註84〕蔡鍔：《致李曰垓函（1916年3月11日）》，《蔡鍔集》，北京：文史資料出版
　　　　社，1986年，第97頁。
〔註85〕梁啟超給《瀘州會議兵數計劃稿》作的簽注中有云：「滇中所撥予松公之兵止
　　　　此。以三千一百三十人當大敵十餘萬，志決身殲軍務勞，悲夫！」見北京文
　　　　史資料出版社1986年版《蔡鍔集》，第95頁。
〔註86〕楊塵因：《新華春夢記》下卷，長沙：嶽麓書社，1985年，第820頁。
〔註87〕楊塵因：《新華春夢記》下卷，長沙：嶽麓書社，1985年，第821頁。

元』思維方式的原型，滲透到文學創作的原理中，很早就形成了源遠流長的
『對偶美學』。」〔註88〕顯然，進入民國之後，「對偶美學」也被作家們繼
承了下來。「神魔對比」的人物設置和塑造方式，在民國文學的辛亥敘事中
普遍存在。如《廣陵潮》中的富玉鸞與林雨生，《血淚黃花》中的黎元洪與
瑞辛儒，《俠鳳奇緣》中的俞竹筠與芮大烈等等。

三、革命現場的遊戲化

悉尼‧胡克認為：「在大多數國家裏，特別是在集權國家裏，他們千方百
計地向兒童、學生和成年人宣揚英雄崇拜和領袖崇拜。……他們把歷史改寫
過，叫人毫不懷疑，歷史要麼就是英雄們，亦即領導們的前輩們的業績，要
麼就是惡棍們，亦即領導們的敵人的事蹟。從領導者當權的那一天起，他就
公開鼓吹他的活動，把它說成是每一樁成就的直接原因。」〔註89〕屬於客觀
歷史的偶然性因素，在歷史被當作故事來講述時就消失了。歷史故事成為了
一種完全必然性的演繹。而這個故事的主角就是英雄們和惡棍們。從這一角
度來看，「二元對立」其實是任何一個時代意識形態制約下的歷史言說者所普
遍採用的敘事結構。

評判這種普遍存在的歷史建構方式的意義不大。筆者所關心的是，作為
一種普遍存在的「英雄們與惡棍們」的敘事思路與中國古典小說中的「對偶
美學」，在民國作家們演繹辛亥革命這一題材時發生了什麼樣的化學反應，催
生了怎樣的美學新質。浦安迪認為：「中國古代的批評家對什麼是『真』什麼
是『假』的看法，與西方的文學理論家不一樣。西人重『模仿』，等於假定所
講述的一切都是出於虛構。中國人尚『傳述』（transmission），等於宣稱所述
的一切都出於真實。這就說明了為什麼『傳』或『傳述』的觀念始終是中國敘
事傳統的兩大分支——史文（historical）和小說（fictional）——的共同源泉。」
〔註90〕浦安迪對中國古典小說「真實性」的創作準則所作出的評價是中肯的。
陳平原在論及清末民初小說敘事模式的變化時指出：「『史傳』傳統使『新小
說』家熱衷於把小說寫成『社會史』；而為了協調小說與史書的矛盾，作家理

〔註88〕〔美〕浦安迪：《中國敘事學》，北京：北京大學出版社，1996年，第48頁。
〔註89〕〔美〕悉尼‧胡克：《歷史中的英雄》，王彬清等譯，上海：上海人民出版社，
　　　　2006年，第5～6頁。
〔註90〕〔美〕浦安迪：《中國敘事學》，北京：北京大學出版社，1996年，第31頁。

所當然地創造出以小人物寫大時代的方法。」〔註91〕這是本書第四章所論述過的一種處理方法。這種處理方法顯然是對浦安迪所提到的「傳述」觀念的一種超越。但我們所討論的「神魔二元對立」卻並不在陳平原和浦安迪所論述的範圍之內。這種「二元對立」顯然不僅超脫了「傳述」的「真實性準則」，而且也並非沿著「史傳」傳統所推演而來的「社會史」小說的方向去發展。它借助於中國傳統神魔小說在人物塑造上的神話筆法，形成了對中國傳統歷史小說「史傳」傳統的一種背離，生成了一種更為完整和系統的內容與形式。具體來看：

辛亥敘事中的「二元對立」，本身是對政治觀念的一種文學演繹，是有意識地對主流意識形態的圖解。「社會史」小說的作者，其政治立場是相對模糊的，至少在小說中是隱藏起來的。在《新華春夢記》中，「政治立場」這一思想內核直接貫穿了小說的內容與形式。在這個「歷史故事」中，人不再是複雜矛盾的存在，而是作為政治符號存在。所有人物形象的塑造都以政治分野為起點，形成了鮮明清晰的「革命者」與「復辟者」，或者說「革命」與「反革命」的營壘。對人物個性的塑造，則是在「革命者──美」「反革命者──醜」的前提下進行的。

傳統神魔小說中的神是以宗教故事中的神的形象為基礎的，具有一個完整的體系，因此神的外形、性格、身世都具備較為完整的個性。而辛亥革命的英雄們，本身是活生生存在的人。當作家有意地用虛構的筆法將其不斷神化，作為普通人的個性、缺陷等等複雜的棱角和內涵都被取消了。這種「神化」往往呈現出千人一面的「虛化」面貌，如陸士諤筆下的黎元洪──「相貌堂堂，威風凜凜，佩刀軍服，袖纏白布，尊嚴得天神一般」〔註92〕。這些語詞仔細來看是虛無縹緲的，放在任何一個「神」的身上都沒有大的問題。而在通過故事來塑造英雄的性格時，作者又陷入了更為尷尬的境地。當我們走進歷史現場時，會發現「英雄們」可能存在著這樣那樣的問題和缺陷，甚至有著「劣跡斑斑」的個人史。悉尼・胡克認為：「我們還得把道德上值得重視的人物排除於英雄的概念之外，這並非因為道德判斷不適用於歷史，而是因

〔註91〕陳平原：《中國小說敘事模式的轉變》，北京：北京大學出版社，2010 年，第208 頁。

〔註92〕陸士諤、黃小配：《血淚黃花・五日風聲》，桂林：灕江出版社，1988 年，第31 頁。

為歷史上許許多多事情都是壞人做出來的。」〔註93〕在「革命者——美」這條道路上，作家們把屬於客觀存在的「英雄們」的「劣跡」全都抹去了。那麼，其個性自然也就一併抹去了。所以，這就在文學層面形成了王富仁所說的一種現象：「中國把政治判斷和傳統道德等同起來，就無法把人表現出來。到了現在社會傳統道德和政治判斷結合，人物被概念化，理想的無產階級英雄都是與傳統道德完全契合的人（兩者應是無法統一的），於是活生生的人物被扼殺了。」〔註94〕所以，「英雄們」都通過美化其道德而成為了道德英雄。

在「反革命者——醜」這一條道路上的景象，看上去似乎比「革命者——美」要豐富得多。改用一句俗語，即「美麗的革命者都是相似的，但醜陋的反革命者卻各有各的醜陋。」在塑造革命者時所被壓抑的敘事天賦，都在塑造反革命者時被釋放了出來。但和西方的「魔」比起來，中國的「魔」又因為作者將「革命結果」先驗性地植入了人物的潛意識之中，所以，往往是醜陋但不恐怖。對「魔」的塑造往往與傳統小說中的「幽默」傳統結合，形成了一種「喜劇化審醜」的敘事效果。無論是「紙糊」的張敬堯，還是爬狗洞的瑞澂，這些反面人物並不令人害怕，反而以滑稽之態引人發笑。

在《新華春夢記》中，儘管楊塵因運用了各種妖魔鬼怪來隱喻袁世凱，但仔細觀察這些意象，便不難發現其共通的滑稽氣質，比如「牛魔王」「長蟲」。他給這些意象增添了一些場景，讓其看起來更加猥瑣，如「爬在茅坑上的蜈蚣」。給反面人物編排的故事，也極大地添置了「喜劇化審醜」的戲碼。袁世凱在護國運動與民意的雙重壓力下，抑鬱成疾。臨逝世那一天，袁克定想「割肉盡孝」又怕疼，就咬掉了姨太太身上的一塊肉，還在自己手臂上塗了些鮮血，佯裝是自己獻肉。誰知到袁世凱床前表現孝心時，卻被袁世凱痛罵一番，還起身要打。袁克定立馬溜走，而瀕死的袁世凱則兀地坐起來，掐死了自己的四姨太。對四姨太之死的描寫是這樣的：

> 不多一會，那人兩眼一瞪，喉管裏骨碌了兩下，腿兒一伸，腰
> 兒一挺，已做了袁大皇帝遊地府的先鋒官。〔註95〕

這是袁世凱宅邸裏無數場滑稽戲中的一場，語詞間滲透著嘲諷與戲謔，讓本

〔註93〕〔美〕悉尼·胡克：《歷史中的英雄》，王彬清等譯，上海：上海人民出版社，2006年，第107頁。
〔註94〕王富仁：《中國的文藝復興》，桂林：廣西師範大學出版社，2003年，第150頁。
〔註95〕楊塵因：《新華春夢記》下卷，長沙：嶽麓書社，1985年，第979頁。

身可怖的事情讀來仿似一種玩笑。

「二元對立」模式還表現為革命過程的遊戲性。在真實的革命現場，無論是辛亥年哪一座城池的光復，還是二次革命、以及蔡鍔領導的護國運動，亦或是鋪陳在整個辛亥革命時期的每一次具體的衝突，革命者在踏上戰場時的緊張與忐忑，在槍林彈雨中的畏懼和顫抖，包括裁決他人時的惻隱之心和面臨死亡時的驚恐，都是人性再正常不過的體現。正如汪精衛、黃興等人在革命行動前夜寫下絕命書，蔡鍔在護國運動之中屢屢寫下求援信。這一過程是緊張的更是嚴肅的。

但是，已經「預知」結局的小說家，在敘述神魔對戰時以歷史進化論為總領，將一種樂觀的遊戲精神滲透其中。其筆下的「革命者」便獲得了「先驗的勝利」，擁有了神化的勇力，面對任何一個「惡棍」都無所畏懼。當他們面臨生死對抗的時候，便失去了人的正常反應，甚至自始至終都持有一種居高臨下的法官意識。也正因如此，不僅僅是革命當事人，甚至小說中所有的百姓都能在袁世凱復辟還未失敗時，在街頭巷尾異口同聲地說出「總統是強盜」的言論。百姓的聲音與敘事者的聲音合二為一，致使在描寫百姓反應時的敘述語言出現了頻繁的重複。無奈連作者自己都說百姓們「翻來覆去這套話，大家都將他當作歌兒唱起來。」〔註96〕這種「先驗的勝利」不僅直接貫穿著每一次的正反衝突，還以明喻的方式通過詩詞、戲文、卦文、白日夢的方式呈現。所以，革命者還未革命就已經得到百姓擁戴，復辟者還未落敗就已如喪家之犬。

吳敬恒給《新華春夢記》的評語中有：「民國肇建，雄著與奇變相胚胎，遂得楊子之《新華春夢記》，庶幾紹繼《石頭記》與《三國演義》，可作為定論。其書亦以《石頭記》綿邈之筆墨，記載『三國』操懿歆充之行為，合二書之奇而參一格，實足以競二書者也。」〔註97〕其實，從敘事角度來看，《新華春夢記》在人物塑造、審美範式上都更近於《西遊記》。癡迷帝制的袁世凱和心懷鬼胎的假志士們共同演繹了共和官場裏「群魔亂舞」的滑稽戲碼。正如同時期的另一部小說——《八十三日皇帝之趣談》——的名字一樣。對「趣」的追求，是楊塵因潛在的創作動機之一。

《新華春夢記》所使用的「神魔對立」這一模式，成功地將傳統英雄傳

〔註96〕楊塵因：《新華春夢記》下卷，長沙：嶽麓書社，1985年，第820頁。
〔註97〕楊塵因：《新華春夢記》下卷，長沙：嶽麓書社，1985年，第986頁。

奇的審美情結和敘事策略繼承到了辛亥革命敘事之中，又與紅色經典小說的敘事策略遙相呼應，是中國神魔小說所樹立的審美範式在革命題材文學中的自發呈現。這一模式所存在的問題也是十分明顯的。由於正面人物與反面人物是以革命立場作為分野的，作者往往借助傳奇化手法和道德評價來美化革命者和醜化反動者。「神化」過程放大了人物身上的閃光點，力求達到一種絕對完美的境界；而「魔化」過程則放大了人物身上的污點，力圖將其推至一個絕對醜惡的境地。這種極端化的處理，無疑摘除了人性的複雜性。而「正義必勝」規律的領銜與「主題先行」的運作，讓革命與戰爭都呈現出了一種輕鬆歡快的氛圍，喪失了其本來豐富的內涵。這就讓小說的情節變得毫無懸念，也無從表現歷史中人真實細膩的心靈景觀。

第四節　從神壇走下來的革命黨人

　　田漢的舅父易象追隨孫中山從事革命運動多年。所謂日有所思，夜有所夢。在任教職期間，易象就在夢中偶得「誓將鐵血紅，研就乾坤碎」這樣的詩句〔註98〕。1920 年年底，回到故鄉長沙的易象被軍閥趙恒惕殺害。遇害前，他留下了一首絕命詩：

　　　　天外飛來事可驚，丹心一片付浮沉，

　　　　愛鄉愛國都成夢，留與來生一憾吟。〔註99〕

舅父對革命的赤誠，願為國家赴死的精神深印在田漢心中。這對田漢後來的「開國史劇」產生了深刻的影響。時隔四年，田漢的妻子易漱瑜，即易象的女兒又因重病去世。田漢表示要為舅父「補人間缺」〔註100〕：「此後我只想好好地做點事業，把舅父的『愛鄉愛國』的夢實現起來。我對於我政治的才能是沒有把握的，我還是從文學美術方面去發展我自己吧。我不能把舅父和淑玉從死神手裏奪轉來，但我一定要使他們由我的藝術復活。」〔註101〕獨特

〔註98〕田漢：《白梅之園的內外》，田漢著，董健等編：《田漢全集》第 13 卷，石家莊：花山文藝出版社，2000 年，第 346 頁。

〔註99〕田漢：《白梅之園的內外》，《田漢全集》第 13 卷，石家莊：花山文藝出版社，2000 年，第 346 頁。

〔註100〕田漢：《白梅之園的內外》，《田漢全集》第 13 卷，石家莊：花山文藝出版社，2000 年，第 347 頁。

〔註101〕田漢：《上海》，《田漢全集》第 13 卷，石家莊：花山文藝出版社，2000 年，第 44 頁。

的生命體驗決定了田漢的「開國史劇」將具有一番特別的面貌。

在田漢的劇作生涯裏，曾計劃寫成兩部系列史劇，其一為以黃花崗起義、武昌起義、五卅運動三個歷史事件為題材的「三黃」（《黃花崗》《黃鶴樓》《黃埔潮》）；其二為寫孫中山一生的《孫中山》。「三黃」只完成了《黃花崗》的前兩幕，《孫中山》只完成了獨幕劇《孫中山之死》。這「未完成」的惶愧，正與田漢對舅父所代表的革命黨人的敬重和珍愛相等。這三幕劇作凝結了田漢對於辛亥革命黨人的深刻理解，表現了他在革命敘事尤其是革命黨人形象塑造上的藝術觀念，是民國時期辛亥革命敘事的標杆之作。

一、「革命」與「人情」的合奏

田漢的辛亥革命敘事，最基本的出發點是「人」。他曾說：「我個人對國民黨是有歷史關係的。我的舅父是國民黨的老同志，我對國民黨早年的革命，十三年的改組，北伐……我是始終同情的。我寫的劇本如《黃花崗》，如《黃鶴樓》，如《孫中山》，雖在寫中國的開國史，但都與國民黨有關係」〔註102〕。所以，無論是「三黃」還是《孫中山》，田漢的辛亥敘事都聚焦於革命中的人。

在田漢給《黃花崗》寫的兩篇序言中，均在開篇引用了一段孫中山評價黃花崗起義的話。其中有：「滿清末造，革命黨人歷艱難險巇，以堅毅不屈之精神與民賊相搏，躓踣者屢，死事之慘以辛亥三月二十九日圍攻兩廣督署之役為最……斯役之價值直可驚天地泣鬼神，與武昌之役並壽。」〔註103〕這段話包含兩個意思：第一，黃花崗起義為革命黨死事之最慘烈；第二，黃花崗起義與武昌起義同樣重要。田漢自然是贊同這樣的觀點，但這並不是他對黃花崗起義全部的理解。田漢進一步認為：「武昌之役頗屬僥倖的成功，而黃花崗之役則係預定的失敗！預定的失敗者，知其不可為而為之謂，知其不可為而為的精神是人性的珠玉。」〔註104〕一方面，因為舅父的關係，他與革命黨人有著長期的近距離的接觸；另一方面，由於他秉承著「成功的藝術都寫的是永遠的人性」〔註105〕的藝術觀點，所以選擇了最能代表革命黨人精神的黃

〔註102〕田漢：《南國社的事業及其政治態度》，《南國週刊》1929 年第 1 期。

〔註103〕田漢：《〈黃花崗〉序》，《田漢全集》第 16 卷，石家莊：花山文藝出版社，2000 年，第 285 頁。

〔註104〕田漢：《〈黃花崗〉序》，《田漢全集》第 16 卷，石家莊：花山文藝出版社，2000 年，第 285～286 頁。

〔註105〕田漢：《〈黃花崗〉序》，《田漢全集》第 16 卷，石家莊：花山文藝出版社，

花崗起義。在田漢筆下，一批追隨孫中山的革命黨人，卸下了「神」的外衣，還原為了「人」。

田漢的《黃花崗》並沒有描寫革命領袖，而是以幾個普通革命黨人作為主人公。劇本以革命黨人的家庭為故事的切入口，讓「離別」成為全劇的情感基調。《黃花崗》第一幕第一場寫剛從日本歸國的林覺民，在家中與妻子進行最後的道別，場面淒婉感人。林覺民從日本歸國，是想為廣州舉事做準備。但他一直將這一計劃瞞著妻子。陳意映從劉元棟的口中證實了自己的猜測，為了讓林覺民安心又強忍著未拆穿丈夫。第二場寫病重的馮父不顧自己的生死，堅持要馮超驤參加舉事。第一幕不僅將林覺民、馮超驤的家庭情況展現得生動無遺，也通過轉述將劉元棟等幾個革命黨人的家庭情況做了交代。這些家庭在成員、貧富上有差異，但卻有著極為相似的價值觀。

林、劉、馮等人被推入了家庭倫理命題中「被審判者」的位置。對於林覺民時常的「任性失蹤」，陳意映有這樣一番質問：

> 為的要我哭，是不是？為著你忽然離了家，害得我哭得好苦，害得爸爸尋得好苦。……媽媽死得早，他老人家從八歲起把你撫養大，又親自教你讀書，你到現在還要時時害得他老人家為你擔驚受急，你真是不對呢。〔註106〕

這種在普世的家庭道德框架內的審判，是所有革命黨人都必須面對的心靈拷問。林覺民家中有他視若生命的妻子、可愛的孩子、年老的父親、未成年的弟弟。馮超驤有一位重病的父親，一位善良的妻子，和一個十四歲的弟弟。劉元棟家裏有個體弱多病的妻子，並且還沒來得及生一個小孩。其他的革命志士當然也都有難以割捨的情感牽掛和家庭責任。而他們也知道一旦自己犧牲，家庭中的不幸將會加倍，家人的痛苦也將加倍。田漢將革命者們置於家庭責任與國家大義的天平之上，剖析出他們內心的痛苦和矛盾。在這道無比殘忍的「為家庭而生還是為國家而死」的選擇題上，林覺民如是說：

> 今日中國的同胞並非不知道革命是救中國的唯一的手段，就是畏首畏尾不能斷絕家庭的情愛。我們應該做他們的模範。……我們

2000 年，第 286 頁。

〔註106〕田漢：《黃花崗》，《田漢全集》第 1 卷，石家莊：花山文藝出版社，2000 年，第 227 頁。

> 死了之後又明知道我們的父母妻子、兄弟姐妹不免要挨餓受凍。可
> 是我們可以從容就死，心是多麼的慘傷，腸是多麼的寸斷，我想就
> 是木石也要替我們下淚，何況是有感情的人呢。這一趟的革命若是
> 失敗，我們死的一定多，可是我們死了而同胞還有不醒的是決沒有
> 的事。假使同胞因此醒覺，真正做到「廢滅韃虜清朝，創立中華民
> 國，實行民生主義」，那麼我們真是所謂「雖死之日就生之年」，還
> 有什麼遺恨呢？〔註107〕

生的理由有那麼多，死的理由只有一個。林覺民等人此時做出的「死亡的選
擇」，在生的理由面前顯得更加偉大和感人，更加具有人性的光輝。

　　林覺民有著極強的革命性與個人性。站在宏觀的國家角度，他願意挺身
而出捨身赴死。在家庭中，他對陳意映的愛深沉厚重。在寫給陳意映的信中，
林覺民說：

> 我現在寫這封信來和你告最後的別了。我寫這信的時候，還是
> 陽間的一個人，可是等到你看這封信的時候，我已經是陰間的一個
> 鬼了。我寫這信時眼淚和筆墨同時落下來，好幾次想放下筆來不寫
> 了，又怕你不懂得我的心思，以為我忍心捨你去死，以為我不知道
> 你不想我死。所以我忍著悲痛告訴你，……我極愛你，意映啊，我
> 就因為這愛你的一念，才勇敢地去死的啊。〔註108〕

可以看到，大愛與小愛互為助力，凝成了無法割裂的革命意志。這使得革命
黨人心中的革命，不僅僅是一種理論、一種信仰，而成為了一種情感。田漢
對革命黨人內心的塑造，給予了革命者投身革命、直面死亡的巨大情感動
機。

　　田漢在寫《黃花崗》時所掌握的史料細節不多。基於此，他便不可能沉
浸於革命歷史細節的忠實記錄，而「只好憑著我自己搜羅的一些材料助以自
己的想像開始著筆」〔註109〕。但他很好地把握了《與妻書》的精神內核。真
實歷史中的林覺民如是說：

〔註107〕田漢：《黃花崗》，《田漢全集》第 1 卷，石家莊：花山文藝出版社，2000 年，
　　　　第 274～275 頁。

〔註108〕田漢：《黃花崗》，《田漢全集》第 1 卷，石家莊：花山文藝出版社，2000 年，
　　　　第 278～279 頁。

〔註109〕田漢：《〈黃花崗〉序》，《田漢全集》第 16 卷，石家莊：花山文藝出版社，
　　　　2000 年，第 287 頁。

　　　　吾至愛汝，即此愛汝一念，使吾勇於就死也。……語云：「老吾
　　　老以及人之老，幼吾幼以及人之幼」。吾充吾愛汝之心，助天下人愛
　　　其所愛，所以敢先汝而死。〔註110〕

這種「充吾愛汝之心，助天下人愛其所愛」的想法，與田漢對林覺民等革命
黨人的塑造是一致的。有如此種種通徹的情感「穿越」和動人表達，自然與
田漢的個人經歷有關。如田野所說：「田漢在描寫黃花崗這一歷史事件時，
把林覺民和陳意映之間的感情戲書寫得如此纏綿悱惻不可能只是忠實地記
述歷史，必定是把自己失去愛妻的個人體驗融入到了正在創作的這部史劇
當中。」〔註111〕這種想像之筆，亦展現了田漢對「史劇之真」的理解。譚
桂林認為：「田漢真實觀的根本特徵，即藝術之真不在於狀寫生活的面貌之
真，而在於能『觸人性之真』。」〔註112〕《黃花崗》的創作確為一證。這種
關注「人」而非關注「事件」的出發點，也是五四以來一個重要的轉向。

　　田漢處理革命者個人情感與革命情感的矛盾時，將愛國愛民與兒女情長
融為一體的演繹，還與他的哲學觀念有關。他將革命者視為一個完整的個體，
將「悲哀」和「歡喜」視為一物之兩面。所以，他在還原革命黨在家國選擇時
的艱難與矛盾後，挖掘出了個人情感與革命情感的和諧統一。田漢說：「我常
以為『歡喜』與『悲哀』並非兩元，實為一物之兩面。」〔註113〕這種一物兩
面的唯物主義觀在劇本中多有體現。如陳意映對林覺民說：「我雖不幸而生於
今日的中國，但是何幸而遇著你呢。」〔註114〕馮翁的形象也體現了這種和諧
統一的哲學。處於重病之中的馮翁，本極為反對兒子走當武官的道路，但在
得知馮超驤是去參加革命時，卻又強烈地支持。馮翁講述了自己因漢人身份
而受到的歧視和壓迫的故事。原來他不願意讓子孫當武官，是不願讓後人再
去幫外族壓迫百姓。雨蒼告別老父親時滿眼淚光，引得林、劉二人也不禁潸

〔註110〕　林覺民《與妻書》，葉楚傖編：《革命詩文選》，南京：正中書局，1946 年，
　　　　　　第 193 頁。
〔註111〕　田野：《〈黃花崗〉：田漢「未完成的傑作」——解析田漢早期的寄情之作》，
　　　　　　《戲劇文學》2013 年第 9 期。
〔註112〕　譚桂林：《田漢早期文藝思想初探》，《山東師大學報（社會科學版）》1987 年
　　　　　　第 1 期。
〔註113〕　田漢：《白梅之園的內外》，《田漢全集》第 13 卷，石家莊：花山文藝出版社，
　　　　　　2000 年，第 335 頁。
〔註114〕　田漢：《黃花崗》，《田漢全集》第 1 卷，石家莊：花山文藝出版社，2000 年，
　　　　　　第 229 頁。

然淚下。而馮翁竟當頭一喝：

> 革命黨，哪有這樣多的眼淚！你們不要留連，趕快去吧。

〔註115〕

這兩句話感人至深，塑造了一個深明大義、勇敢果斷的革命黨父親的形象。這種「虛構之筆」，雖捨去了一個戲劇衝突的關節，但為革命者提供了一種精神血脈和情感支撐。如田野所說，馮翁的形象與田漢心中的舅父形象不無關係。〔註116〕如果說舅父易像是田漢劇中馮翁的人物原型，那麼「要成功一個革命黨也不容易，先得有革命黨的家庭呀」〔註117〕則體現了田漢對革命的一種理性認識。劇中劉元棟說：「我們的革命運動雖是為著國家的公事，但是也不能離開人情。」〔註118〕故而，馮翁這一形象的出現也體現了田漢將革命者視為一個矛盾統一體的普通人的創作理念。

較少引起學界注意的是，田漢在《黃花崗》中有意安排了一個為知識分子正名的線索。在真實歷史中，黃花崗七十二烈士（實為八十三烈士），主要來自工人、農民和知識分子三個群體。田漢所選擇的林覺民、劉元棟等人均是受過高等教育的知識分子。田漢先借馮翁之口提出了一種質疑：「我也不是全然不許子孫做武官，只要他真有心替我們民族復仇，我也不反對。因為秀才造反，是不成功的。」〔註119〕又借廣塵之口直接道出了「為知識分子革命正名」的目的：

> 打倒幾千年的傳統的專政體政和統治中國差不多三百年的滿州政府，應該是我們大家的事。可是從前屢次的義舉，死難的都是些老百姓。人家都說我們知識階級膽子小，不敢反抗，我覺得這真是莫大的恥辱。所以這一趟起義，我和覺民商量務必多邀些我們的同志參加，我們打先鋒，讓他們做預備隊，縱然失敗，我弟兄同葬

〔註115〕田漢：《黃花崗》，《田漢全集》第 1 卷，石家莊：花山文藝出版社，2000 年，第 262 頁。

〔註116〕田野：《〈黃花崗〉：田漢「未完成的傑作」——解析田漢早期的寄情之作》，《戲劇文學》2013 年第 9 期。

〔註117〕田漢：《黃花崗》，《田漢全集》第 1 卷，石家莊：花山文藝出版社，2000 年，第 248 頁。

〔註118〕田漢：《黃花崗》，《田漢全集》第 1 卷，石家莊：花山文藝出版社，2000 年，第 246 頁。

〔註119〕田漢：《黃花崗》，《田漢全集》第 1 卷，石家莊：花山文藝出版社，2000 年，第 259 頁。

一丘，也可以暝目了。〔註120〕

田漢筆下的這些知識分子革命者，或是從外表看來已經褪去了傳統的「纖弱君子」的標籤，如林覺民「一意緒瀟瀟的美少年，目灼爍如流星，著學生服，不事邊幅而雄姿煥發，氣象儼然。」〔註121〕又如劉元棟「為人有膽略，身軀修偉，多膂力，長於擊技，但看他的豐儀白皙瀟脫藹然可親，可知他不單是個一勇之夫。」〔註122〕又或是身體羸弱如鑄三、愈心，但卻擁有強大的內心。當所有人都勸他們不必同去，愈心是這樣回答的：

> 不，不，我要去，我要去。我不辦什麼雜誌了，也不要做文章了，我來的時候把所有的稿子都燒掉了。這一趟事情若是不成功，你們都死了，我難道好一個人活著？萬一成功了，得了廣州，革命軍有了基礎，風馳雲捲的，不難蕩平滿虜，恢復故國，這樣的盛舉，怎麼好叫我袖手旁觀呢！〔註123〕

就這樣，所有參與其中的革命黨人均有了「非去不可」的理由。他們都表現了在國家危難之際棄文從武、救國拯民的雄偉抱負。《黃花崗》中的這些青年學生在革命中完成了一場自我洗禮。這既是中國知識分子轉型的一種象徵，也是中華民族即將在革命中浴火重生的一種象徵。實際上，易象也正是這樣一個亦文亦武、能文能武的知識分子革命者。田漢在描寫這一跨越的時候，筆調是振奮人心的。這何嘗不是他以藝術之筆，為舅父「補人間缺」，向舅父所在的那個革命黨集體致敬呢？

二、「完美」與「殘缺」的共存

董健認為：「一代戲劇大師田漢正是在辛亥革命精神的感召下開始走上他的戲劇創作道路的。」〔註124〕筆者贊同這種觀點。田漢曾言：「我這腳本的精神，借一時的事變，寫一種永久的精神，不可當作應時的戲看，作者的

〔註120〕田漢：《黃花崗》，《田漢全集》第 1 卷，石家莊：花山文藝出版社，2000 年，第 275 頁。

〔註121〕田漢：《黃花崗》，《田漢全集》第 1 卷，石家莊：花山文藝出版社，2000 年，第 226 頁。

〔註122〕田漢：《黃花崗》，《田漢全集》第 1 卷，石家莊：花山文藝出版社，2000 年，第 231 頁。

〔註123〕田漢：《黃花崗》，《田漢全集》第 1 卷，石家莊：花山文藝出版社，2000 年，第 276～277 頁。

〔註124〕董健：《談田漢的話劇〈孫中山之死〉》，《劇本》1981 年第 10 期。

精神自有所在」〔註125〕。「借一時的事變，寫一種永久的精神」，也正是田漢辛亥革命敘事的注解。而最能體現他對辛亥革命精神理解的是《孫中山之死》。這部完成於 1929 年的作品，對孫中山形象最大的貢獻在於，將自民國成立以來不斷被神化的「孫中山」形象重新拉回人的陣營。

自清末民初至蔣介石統治時期，孫中山形象不斷被神化。清末民初的著名小說《孽海花》就已經顯露了這種傾向：

> 外面走進一位眉宇軒爽、神情活潑的偉大人物，眾皆喊道：「孫君來說！孫君來說！」那孫君一頭走，一頭說，就發出洪亮之口音道：「上海有要電來！上海有要電來！」……此人姓孫，名汶，號一仙……他年紀不過二十左右，面目英秀，辯才無礙，穿得一身黑呢衣服，腦後還拖根辮子。當時走進來，只見會場中一片歡迎拍掌之聲，如雷而起。〔註126〕

二十歲的孫中山在革命群體中儼然已被奉若神明。在《孫中山演義》中，孫中山的人生軌跡被徹底革命化。童年的孫中山便常常大發革命慨歎。十三歲的他就能說出「倘若他等（洪秀全、李秀成）得手，豈不是光復大漢故土，我們也不受他人的挾制了」〔註127〕這樣的話來。為了讓人物形象完美無缺，莊禹梅對革命籌備期的很多歷史細節進行了改寫。如孫中山初到檀香山，一次偶然路過一個華人會館，便逕自走上臺去演講。在他短短一席話之後，現場的反應是「掌聲雷動，個個歡舞，似乎立刻要去打倒滿清政府似的。」〔註128〕這種誇張的描寫迴避了真實歷史中檀香山時期孫中山的艱辛和窘迫，神化了早期孫中山的革命號召力。又如，真實歷史中孫中山在香港行醫時曾給李鴻章寫過一封長信，等了很久都沒有回音。這個細節在小說中被改寫為了孫中山早知道李鴻章「甘心媚外賣國，必不能行，這建設大計，我也就擱在箱子裏了。」〔註129〕這類「改寫」，在小說中俯仰皆是。顯然，作家們在謳歌革命者時，都自覺或不自覺地用「現在的覺悟」去改寫「過去的歷史」，使得革命領袖成為了完美無瑕的存在。

〔註125〕田漢：《靈光·序言》，《田漢全集》第 16 卷，石家莊：花山文藝出版社，2000年，第 281 頁。

〔註126〕曾樸：《孽海花》，上海：上海古籍出版社，1980 年，第 287 頁。

〔註127〕莊禹梅：《孫中山演義》，北京：中國文聯出版社，1996 年，第 3 頁。

〔註128〕莊禹梅：《孫中山演義》，北京：中國文聯出版社，1996 年，第 61 頁。

〔註129〕莊禹梅：《孫中山演義》，北京：中國文聯出版社，1996 年，第 34 頁。

　　筆者感興趣的是，既然田漢是一個「在辛亥革命精神的感召下」走上創作道路的文學家，那麼他為什麼沒有投身神化孫中山的時代大合唱，而是頂著被當局抓捕的壓力，拼命要將「孫中山」拉下神壇呢？在《孫中山之死》中，孫中山對革命黨人說：

> 你們切不可把我葬得和朱洪武一樣的隆重，孫逸仙只是個平民，不是皇帝。你們也切不可把我當作耶穌一樣的禮拜，孫逸仙只是個人，一個很普通的人，並不是個神啊！〔註130〕

這在當時無疑是一個大膽的詮釋。

　　和前述作品中的孫中山形象比較，田漢筆下的孫中山擁有著普通人的身體、情感和理想。病房中的孫中山，是一個虛弱的、正走向人生最後一刻的病人。他總是閉著眼睛，行動需依靠別人，說完一段話後就無力地再度閉上眼睛。在面臨疾病的時候，他沒有任何與普通人不同之處。選擇這一時刻的孫中山來描寫，當然有具體的原因。在民國混亂的政治場域裏，頂著「三民主義」旗幟，在行為上違背民主共和的當權者大有人在。如董建所說，田漢選擇先寫「孫中山之死」，一方面「是為了批評國民黨『奉安大典』」，另一方面「是對背叛者的一種巧妙而又有力的鞭撻」〔註131〕。除此之外，筆者認為：「死亡」恰恰是對「神化的孫中山」的一個最佳解構。當各種勢力出自各種目的想塑造一個神的時候，還有什麼比「神死了」，更能達到解構神的目的呢？

　　孫中山不僅有一個普通人的身體，也有著一個普通人的情感訴求。他對宋慶齡說：

> 慶齡，我們在日本要結婚的時候，他們不都反對我嗎？他們恐怕那麼一來，人家會要說我不好，會發現我盛德之累。可是慶齡啊，我不是立刻答覆他們，說，「關於國家的事可以充分容納他們的意見，關於一身一家的事還是讓我自己做主吧！」我不是說「我只是一個人，不是一個全智全能的神」嗎？〔註132〕

在他看來「一個人被人家當做神也似的崇敬，終日求全責備，是多麼不舒服

〔註130〕田漢：《孫中山之死》，《田漢全集》第 2 卷，石家莊：花山文藝出版社，2000年，第 26 頁。

〔註131〕董健：《談田漢的話劇〈孫中山之死〉》，《劇本》1981 年第 10 期。

〔註132〕田漢：《孫中山之死》，《田漢全集》第 2 卷，石家莊：花山文藝出版社，2000年，第 26 頁。

的事啊！」〔註133〕張岱曾說：「人無疵不可與交，因其無真氣也。」若聯繫
《黃花崗》來看，不難發現田漢辛亥敘事的一貫性。孫中山選擇丟棄作為神
的枷鎖，追求「個人的勝利」，與劉元棟給林覺民的妻子陳意映獻上的那一個
不自覺的吻一樣，看似旁逸斜出，但作為個人情感流露的瞬間，恰恰還原了
革命者作為「人」的真實。

　　孫中山將成為自己手創的民國的國民視為最大的幸福。劇本中有兩處細
節值得注意。第一處是在病房裏，孫中山出現了幻聽。他聽見了人民議會召
開的聲音。孫中山說：「聽見這種聲音的人是多麼幸福啊！我聽見這種聲音也
可以死了。」〔註134〕另一處是孫中山最後交代黨員們的話：「你們將來真正
能照我的主義建設新的民國，你們就把我的遺體火葬了，水葬了，風葬了，
或給飛鳥吃了，我也是瞑目的；若不然，你們就把我藏得比朱洪武還要隆重，
就把我的遺囑當作聖經似的每天念，也徒然使我傷心。」〔註135〕這兩處分別
從側面和正面傳達了孫中山作為革命領袖的社會願景。這種作為「國民」的
幸福，在《黃花崗》中也有相似的表述。在起義前夕，廣塵對革命以後的生活
有這樣的憧憬：「等到報了祖宗的仇，雪了萬民的憤，我想在西湖邊起一間茅
屋，領略風光，優游詩酒，做個大中華民國的國民。那又是多麼的快樂！」
〔註136〕廣塵的表述和孫中山是何其相似，與姚鵷雛筆下的陳陶遺（《恨海孤
舟記》）、楊幾園（《江左十年目睹記》）等諸多革命黨的「厭官症」獨白又是何
其相似。這些辛亥革命黨人，沒有對功名利祿的追求，有的只是一個「國民
夢」。這種普通的理想讀來如此高貴，然而在民國的現實中又是如此奢侈：民
國成立以來，經歷了袁世凱復辟、軍閥混戰、抗日戰爭，辛亥革命所構建的
那個「理想之邦」一直只存在於民初人們的憧憬之中。「無量頭顱無量血，可
憐購得假共和。」滿目的戰亂與瘡痍，對民主共和的傾軋和踐踏，對孫中山
的反噬與漠視，都傷害著曾經築夢的國人。田漢、姚鵷雛都曾與辛亥革命黨
人有過近距離的接觸，對革命黨人都有無法割裂的情感。因此，他們筆下這

〔註133〕田漢：《孫中山之死》，《田漢全集》第2卷，石家莊：花山文藝出版社，2000
　　　　年，第26～27頁。

〔註134〕田漢：《孫中山之死》，《田漢全集》第2卷，石家莊：花山文藝出版社，2000
　　　　年，第17頁。

〔註135〕田漢：《孫中山之死》，《田漢全集》第2卷，石家莊：花山文藝出版社，2000
　　　　年，第27頁。

〔註136〕田漢：《孫中山之死》，《田漢全集》第1卷，石家莊：花山文藝出版社，2000
　　　　年，第275頁。

些性格鮮明、勇敢熱血、氣質瀟脫的革命黨人形象，一方面既是「觸人性之真」的藝術主張的施行，一方面也正是革命黨人原型的一種真實呈現吧！

　　將孫中山拉下神壇之後，田漢試圖進一步詮釋革命黨人的哲學。這種哲學是對生死問題的終極思考。《孫中山之死》與《黃花崗》同樣彌漫著死亡意識。但是這種死亡意識並不帶給人以恐懼。它所指向的是一種值得珍視的品質，即「革命黨的資格第一就是不怕死，並且以死為幸福」〔註137〕。如田野所說：「在黃花崗起義中，仁人志士以死報國，如譚嗣同一般，希望用『最賢者的血』喚醒民眾。而舅父一生為革命奔走，留下一首絕命詩後從容赴死……舅父的犧牲精神和黃花崗諸烈士一樣可歌可泣。」〔註138〕「以死為幸福」的哲學，讓《孫中山之死》充滿著「完美」和「殘缺」對峙時產生的巨大張力。田漢借孫中山之口說：「因為我安排死在戰場上，沒有安排死在病床上的。」〔註139〕這種「以死為幸福」的精神，不僅是革命黨人的首要資格，也是革命黨人與反動者的最本質區別：「敵人的觀念是以生為幸福，就是貪生怕死；革命黨的觀念是以死為幸福，就是為著主義奮鬥不怕死。以一個不怕死的革命黨打一百個一千個貪生怕死的敵人不是夠多了嗎？」〔註140〕革命者知其不可而為之的勇敢赴死，病危的馮翁將兒子推向戰場，孫中山在病危之際堅持上露臺和百姓說最後的話，這些都是「以死為幸福」的革命黨精神的顯現，也正是田漢自始至終所珍視的「人性的光輝」。田漢在《孫中山之死》中闡釋的「以死為幸福」的革命精神，是對《黃花崗》中革命烈士「知其不可為而為」的犧牲精神的一種理論昇華，也表現了田漢所說的「悲哀」與「歡喜」是一物之兩面的哲學觀。

　　田漢筆下的孫中山還是以「工、農、百姓」朋友自居的孫中山。《孫中山之死》中，工、農代表要來看孫中山，幾個黨員想以總理神思不好為由拒絕，但是孫中山卻非常高興接見他們。孫中山與工農次第握手，然後說：「朋友，

〔註137〕田漢：《孫中山之死》，《田漢全集》第2卷，石家莊：花山文藝出版社，2000年，第15頁。

〔註138〕田野：《〈黃花崗〉：田漢「未完成的傑作」──解析田漢早期的寄情之作》，《戲劇文學》2013年第9期。

〔註139〕田漢：《孫中山之死》，《田漢全集》第2卷，石家莊：花山文藝出版社，2000年，第24頁。

〔註140〕田漢：《孫中山之死》，《田漢全集》第2卷，石家莊：花山文藝出版社，2000年，第15頁。

無論我活著也好，死了也好，我總是你們的。」〔註141〕孫中山又對黨員全體
說：

> 現在我把手創的黨也交給你們了。這黨是教你們用它去替人民
> 謀幸福的，不是讓你們拿起去爭個人的權利的。人民中間最大多數
> 的而又最受壓迫的是農民和工人，我們就是要謀他們的幸福。剛才
> 來的那些人，便是我們黨的基礎。你們要是被敵人軟化了，把黨的
> 基礎移到別一層別一階級，你們××××××××！你們就要受詛
> 咒！〔註142〕
>
> （按：「×」是發表時被刪去的字。有學者認為應是「就是背叛
> 三民主義」或「就是出賣國家民族」之類文字。〔註143〕）

整個獨幕劇中，孫中山先後見了國民黨代表、工人代表、農民代表、北京的
百姓。孫中山對於後三者，都是以朋友自居。真實歷史中，孫中山在 1924 年
確定了聯俄、聯共、扶助農工的三大政策。田漢筆下的孫中山，正是完成了
這一跨越之後的孫中山。

《孫中山之死》處處顯現著「完美」與「殘缺」的對峙與交融。作為神，
其「完美」當在於不能以衰弱之態示以百姓；但是作為人，孫中山卻面臨著
真實的死亡。作為神，似應構建一個完美無暇的形象；作為人，孫中山「固
執己見」，不顧輿論反對與宋慶齡結婚。作為神，孫中山應該一呼百應，完
成他的民國理想，護祐百姓幸福；作為人，他將自己稱作人民的朋友。他的
夢想亦是「殘缺」的，但在「殘缺」之下死志不渝，鼓勵黨人繼續「為幸福
而死」，為「真的民國」而奮鬥，這不是比「完美」更具震撼力嗎？

「完美」往往源於假象與自欺，而直面「殘缺」是矢志不渝、向死而生。
在散文《白梅之園的內外》中，田漢曾說：「即使來生舅舅復生，居然把鄉國
弄得城廓旌旗煥然變色，湖南好亂之民，中國野心之士，又不難把他弄成幾
堆夕陽影裏的散沙亂石，恐怕舅舅又要發『留與來生一「憾」吟』之歎。是這
樣循環下去，舅舅的精神所留與鄉國者，恐怕只有一個『憾』字！雖然你那
夢中的鄉國、鄉國的人民，或亦有能窺到你那一點『丹心』的時候，那麼你那

〔註141〕田漢：《孫中山之死》，《田漢全集》第 2 卷，石家莊：花山文藝出版社，2000
　　　　年，第 24 頁。
〔註142〕田漢：《孫中山之死》，《田漢全集》第 2 卷，石家莊：花山文藝出版社，2000
　　　　年，第 25 頁。
〔註143〕董健：《談田漢的話劇〈孫中山之死〉》，《劇本》1981 年第 10 期。

二三十年來『愛鄉愛國的夢』就不虛做了啊！」〔註144〕又說「舅舅啊！你那
隴畔殘雲補不盡的人間缺，留與我和漱妹來補吧！」〔註145〕這種「愛鄉愛國
的夢」在現實中的「人間缺」，作為革命黨人精神的象徵，亦融入到了田漢對
孫中山的塑造之中。

　　如田野所說：「田漢在字裏行間把當下國民政府的所作所為和黨員的素
質、節操與諸先烈偉大崇高的精神進行對比，不難看出他對前者的批判與痛
心。」〔註146〕正是在這樣的比照中，革命精神愈顯崇高。田漢寫於 20 世紀
20 年代中後期的這兩部作品，其所建構的「辛亥革命」形象在民國文學以及
百年文學中，最為重要的價值便在於將「英雄」重新又還原為了「人」。

三、人性光照下的敘事轉換

　　與田漢「寫人性」的主旨相適應，相較於民初以來革命敘事所形成的一
些基本模式，田漢的辛亥革命敘事具有了一些新的特徵。這主要表現為三個
方面的轉換。

　　首先是二元對立結構的轉換。在「五四」之前的辛亥敘事中普遍存在一
種二元對立結構。這種結構最早可追溯到辛亥前後的古體詩歌。在柳亞子等
南社詩人的筆下，革命黨人被賦予了「扭轉乾坤」的勇力，是孤注一擲的傲
世英雄，而晚清集團則被塑造為蠻夷、小丑的形象。在肅親王善耆的筆下，
那個「拯救日月乾坤」的英雄是自己，袁世凱等人被塑造成為了逆豎的形象。
儘管劃分正反的原則不一樣，但將辛亥革命演繹為正邪兩股勢力之間的抗衡
和搏鬥，並盡可能地美化一方，醜化另一方，卻是共同的藝術處理方法。隨
著時間的推進，正的愈正，邪的愈邪，最後形成了神與魔的對立。這與古代
文學中「忠奸對立」「神魔對立」的結構相呼應。辛亥革命作為一種題材，
在融入對抗性、戲劇性、趣味性後，也迎合了被中國古代文學所培養起來的
讀者的審美期待。這種二元對立本身存在的問題也是極為明顯的。它將人物
扁平化、極端化，抹殺了人物的複雜性，同時也極大地損害了故事本身的真

〔註144〕田漢：《白梅之園的內外》，《田漢全集》第 13 卷，石家莊：花山文藝出版社，
　　　　2000 年，第 346 頁。

〔註145〕田漢：《白梅之園的內外》，《田漢全集》第 13 卷，石家莊：花山文藝出版社，
　　　　2000 年，第 347 頁。

〔註146〕田野：《〈黃花崗〉：田漢「未完成的傑作」——解析田漢早期的寄情之作》，
　　　　《戲劇文學》2013 年第 9 期。

實性。「五四」以來，隨著「人的文學」「平民文學」的提倡和西方現實主義
作品的引進，作家們開始更關注「人的問題」。田漢的創作正體現了「五四」
新文學的這種轉向。在他的辛亥敘事中，外化的誇張的矛盾變為了細膩的內
心活動。《黃花崗》中，戲劇的張力集中體現在革命黨人內心「為家庭而活」
還是「為國家而死」的矛盾抉擇上，最後兩者實現了交融。《孫中山之死》
中，走向死亡的身體與愈加偉岸的人格也形成了戲劇張力。可以說，田漢善
於在「一物的兩面」中尋求戲劇的張力，揭示革命黨人的崇高靈魂。這種對
「二元模式」的背反，順應了新文學運動的要求，亦使得田漢的辛亥敘事具
有超越時代的藝術價值。

　　其次是父子衝突的轉換。塑造「代際衝突」是民初至「五四」期間辛亥
敘事所普遍採用的藝術手法。辛亥革命不僅帶來了政治上的變革，還帶來
了國人戀愛方式、教育理念等生活層面的變革。因此，兩代人政治立場、價
值觀念上的衝突，往往是辛亥敘事的一個重點內容。很多小說將父親設計
為一個迂腐古板、愚忠清朝的形象，將兒子設計為受革命精神洗禮、滿腦子
都是新文明的知識分子形象。兒子要參加革命舉事，便和父親發生了激烈
的衝突。這種衝突常常貫穿故事的始終。最典型的是林紓的《金陵秋》。決
絕的父親形象，成為了橫在革命者前行路上一道巨大的屏障。「父子之爭」
不可避免，「走出家庭」就象徵著和父親及其所代表的封建時代決裂。百年
來的革命文學作品裏，林紓筆下的這種「父子之爭」一直大放異彩。在蔣光
慈《咆哮了的土地》裏，「父子衝突」在「燒李家老樓」的情節中被推向了
一個巔峰：

　　　　李杰的臉孔即時蒼白起來了。他明白了李木匠的意思。怎麼辦
　　呢，啊？……如果何家北莊和胡家的房屋可以燒去，那李家老樓為
　　什麼不可以燒？如果何二老爺和胡根富是農民的對頭，那他的父親
　　李敬齋，豈不是更為這一鄉間的禍害？不燒嗎？不，李家老樓也應
　　當燒啊，決不可以算做例外。但是……躺在床上病著的母親……一
　　個還未滿十歲的小姑娘，李杰的妹妹……這怎麼辦呢？啊！李敬齋
　　是他的敵人，可以讓他去。李家老樓也不是他的產業了，也可以燒
　　去。但是這病在床上的母親，這無辜的世事不知的小妹妹，可以讓
　　他們燒死嗎？可以讓他們無家可歸嗎？這不是太過分了嗎，
　　啊？……

……

現在去止住他們還來得及啊。

「不，進德同志！」李杰很堅決地搖頭說道，「讓他們燒去罷！
我是很痛苦的，我究竟是一個人……但是我可以忍受……只要於我
們的事業有益，一切的痛苦我都可以忍受……」〔註147〕

這一革命語境下的「弒父」情節，詮釋著「為革命大義滅親」是一個合格革
命者所「必備」的條件。從《金陵秋》到《咆哮了的土地》，父子衝突被極
大的強化。即如魏朝勇所說：這是「信仰對人倫的征服，暴力對啟蒙的置
換。……革命者李杰的舉措為民族的傳統倫理送了終，也替人性更換了『顏
色』。」〔註148〕深諳戲劇藝術的田漢，不可能不知道矛盾衝突對於一部戲劇
的重要性。但是，他並沒有為了戲劇性而去建構「父子之爭」。《黃花崗》中，
那位深明大義的馮翁形象，成為了革命黨馮超驤最堅強的精神后盾。這是田
漢調和「大義」和「人情」的一種藝術處理，也是其舅父易象的真實寫照。父
子衝突的消解，其意義已經超越了辛亥敘事本身。在「父子衝突」這一編排逐
漸模式化、極致化的曲線圖上，田漢的辛亥敘事成為了一種「異樣的聲音」，
而這種聲音或許正是革命敘事史上彌足珍貴，但並未引起足夠重視的聲音。

最後是知識分子的身份轉換。清末民初的革命敘事中，知識分子常常充
當著革命領袖、啟蒙導師的角色。南社詩人的筆下，革命領袖無不都是詩壇
的將才；姚鵷雛寫於 1915 年的《恨海孤舟記》中，陳陶遺、蔡松坡、花月
奴亦都是滿腹詩文的知識分子；林紓《金陵秋》中的林述慶、王仲英，陸士
諤《血淚黃花》中的黃一鳴、徐振華，《廣陵潮》中富玉鸞，也是清一色的
知識分子。無論是留日歸來，還是新學畢業，他們都是亦文亦武的革命黨
人，是辛亥革命的中堅力量。在田漢的兩部話劇中，知識分子這一身份經歷
了兩次轉換。《黃花崗》中的知識分子完成了「棄文從武」的「革命化」轉
變。《孫中山之死》中又出現了一個新的危機，即革命黨人啟蒙導師的角色
面臨著工人階級的「審視」。面對孫中山的建議，工人代表說了這樣一段意
味深長的話：

〔註147〕蔣光慈：《咆哮了的土地》，《蔣光慈文集》第 2 卷，上海：上海文藝出版社，
1983 年，第 378～381 頁。
〔註148〕魏朝勇：《民國時期文學的政治想像》，北京：華夏出版社，2005 年，第 116
頁。

你的主義麼，我們也必定能夠懂得。你關於限制資本和平均
地權的理論，自然是為著想預防資本帝國主義的侵略，和免除階
級鬥爭起見的，這站在工人地位的我們看起來，自然還覺得××
×××××××××××，<u>不能十分使我們滿意。可是我們認定
孫先生這種方法，最容易實現，</u>而且假令你所說的方法能夠由你
一樁樁實現起來，我們的地位就會提高得多，離我們最後的目的
也就近了。〔註149〕

劃線句子表明：孫中山與工人群體的主張在共識之外已經有了分離的跡象。
在工人代表看來，孫先生的方法是最容易實現的，是為了「接近」最後目的
「退而求其次」的選擇。顯然，這「最後的目的」並不是孫先生的理論所能完
全給與的。這與當時流行的左翼小說形成了某種程度的合流。蔣光慈在《少
年漂泊者》中塑造的革命黨便有這樣的宣言：

維嘉先生！你莫要以為我是一個知識階級，是一個文弱的書
生！不，我久已是一個工人了。維嘉先生！可惜你我現在不是對面
談話，不然，你倒可以看看我的手，看看我的衣服，看看我的態度，
象一個工人還是象一個知識階級中的人。我的一切，我所有的一切，
都是工人的樣兒……〔註150〕

汪中正是在牢獄中聽了工人李進才的話，才完成了「革命化」的洗禮，堅定
了為國捐軀的信念。〔註151〕不難看到，曾作為革命導師的知識分子成為了被
啟蒙的對象。田漢受俄國十月革命的影響，在政治理念上傾向於無產階級革
命理論。因此，其劇中的「革命」語義具備一種過渡特徵，客觀上重構了「辛
亥革命」的精神血脈，打上了那一時期的時代烙印。綜而言之，田漢的辛亥
革命敘事呈現出了從關注歷史真實到關注歷史中的人性真實，從塑造神與神
話到還原普通人的內心衝突等轉向，代表了民國文學辛亥敘事在藝術和思想
上的一個高峰，也為當下的革命敘事提供了重要啟示。

〔註149〕 田漢：《孫中山之死》，《田漢全集》第 2 卷，石家莊：花山文藝出版社，2000
年，第 20～21 頁。
〔註150〕 蔣光慈：《少年漂泊者》，《蔣光慈文集》第 1 卷，上海：上海文藝出版社，
1982 年，第 68 頁。
〔註151〕 蔣光慈：《少年漂泊者》，《蔣光慈文集》第 1 卷，上海：上海文藝出版社，
1982 年，第 68 頁。

結　語

　　　　觀眾如果欲睹戰場之真相，以振奮發之精神，就請速來觀看這
　　部影片。因為能與親臨戰場無異，大足增發起義之雄心，報國之熱
　　血。〔註1〕

這是於 1911 年 12 月 1 日上映的新聞紀錄片《武漢戰爭》的宣傳詞。這部電
影是中國第一部新聞紀錄片。站在百年之後來觀看這部電影，是具有象徵意
義的。辛亥革命既開啟了一個全新的時代，也為很多現代文藝的誕生提供了
助力。

　　人們嘗試用舊的文藝體裁記錄新生的事物，用新的文藝體裁記錄新舊夾
雜的事物。在這個從舊到新的跨步中，將生未生，將死未死的一切新舊內容、
新舊形式，碰撞激發出了前所未有的敘事盛宴。當我們將古體詩歌、現代歌
謠、小說、傳奇劇本、話劇劇本等具有敘事功能的文體綜合到一起時，才得
以看到以「過渡之形式」所記述的「過渡之時代」的整體面貌。人們在這裡緬
懷舊時代，也在這裡展望新未來。辛亥革命敘事是民國文學中的「羅生門」。
將革命者、清遺民、旁觀者、方外人士的「證詞」綜合起來，我們才看到辛亥
革命近於完全的模樣。正如電影宣傳詞所說的那樣，「如欲睹戰場之真相，請
速來觀看」。還原歷史，就必須回到歷史。在梳理不同立場、不同視角的辛亥
敘事之後，我們離辛亥革命的真相就更近了一步。

　　但客觀事件的真相併不是今天的我們所滿意的全部答案。黑格爾說：「我
們對於過去的事物之所以發生興趣，並不只是因為它們一度存在過。歷史的

〔註1〕 佚名：《電影〈武漢戰爭〉公演廣告》，《民立報》1911 年 11 月 30 日。

事物只有在屬於我們自己的民族時，或是只有在我們可以把現在看作過去事件的結果，而所表現的人物或事蹟在這些過去事件的聯鎖中，形成主要的一環時，只有在這種情況之下，歷史的事物才是屬於我們的。」〔註2〕基於此，辛亥革命的文學敘述，可以放在兩個時間框架內進行價值考察。

第一個時間框架是民國。辛亥革命創造了民國，因此這場革命無論對於民國的國民還是民國的文學而言，都具有起點意義。民國文學家對辛亥革命的書寫，既是一種辛亥記憶的存真，也是對辛亥革命精神的提煉，更是對民國「當下」的反思。漢娜・阿倫特認為：「革命精神，是一種新精神，是開創新事物的精神，當革命精神無法找到與之相適應的制度時，這一切都失落殆盡了。也許失落的還不止這些。除了記憶和緬懷，沒有什麼能夠彌補這種失敗或阻止其走向終結。由於記憶的倉庫是由詩人來看管的，尋找和製造我們賴以過活的語言，是他的業務，因此，明智的做法是在最後求助於兩種詩人（一種是現代詩人，一種是古典詩人），以發現一種貼切的說法，來表達我們所失落的珍寶的實際內容。」〔註3〕辛亥革命及民國的傳統，似還未建立穩固就已經開始「喪失」。正如魯迅所說：「民國的來源，實在已經失傳了，雖然還只有十四年！」〔註4〕民國在成立之後，經歷了袁世凱復辟、軍閥混戰、抗日戰爭……辛亥革命所構建的那個「理想之邦」一直只存在於民初人們的憧憬之中。「無量頭顱無量血，可憐購得假共和」。滿目的戰亂與瘡痍，對民主共和的傾軋和踐踏，對孫中山的反噬與漠視，都傷害著曾經築夢的國人。

> 等到報了祖宗的仇，雪了萬民的憤，我想在西湖邊起一間茅屋，
>
> 領略風光，優游詩酒，做個大中華民國的國民。那又是多麼的快樂！
>
> 〔註5〕

田漢的話劇《黃花崗》中，廣塵這個簡單的「國民夢」，在民國的現實中又是如此奢侈。所以，民國文學的辛亥敘事，始終都有著兩套話語體系。作家們

〔註2〕〔德〕弗里德里希・黑格爾：《美學》，朱光潛譯，北京：商務印書館，1979年，第346頁。

〔註3〕〔美〕漢娜・阿倫特：《論革命》，陳周旺譯，南京：譯林出版社，2007年，第262～263頁。

〔註4〕魯迅：《忽然想到之三》，《魯迅全集》第3卷，北京：人民文學出版社，2005年，第16～17頁。

〔註5〕田漢：《黃花崗》，《田漢全集》第1卷，石家莊：花山文藝出版社，2000年，第261頁。

敘述的是激動人心的辛亥革命，而畫外之音是冷卻人心的民國現實。民國作家們的辛亥敘事，於「還原」之外最重要的主題便是對「喪失」之原因的深刻反思。反思氣質幾乎彌漫在每一個作家的筆下。應該看到的是，他們否定的不是辛亥革命本身，而是致使辛亥革命傳統「喪失」的內在原因。他們不斷地反思和自省，是因為他們對於辛亥革命和民國的深沉的愛。他們想通過激發和復活辛亥革命的精神，以振奮更多的人求得「真的共和」。姚鵷雛說：

> 真正的愛國、救國的，何嘗打過有槍炮、沒有槍炮的算盤來！
> 近如辛亥，革命黨何嘗有過槍炮？眼前的大軍閥既不及二百年臭名
> 教所養的滿清，又不及總領北軍的袁世凱，還怕甚麼？民眾一奮起，
> 軍閥部下，包管槍柄向外咧！〔註6〕

心之拳拳，言之切切。民國作家將辛亥革命黨人塑造成神，又塑造成普通的人，其潛藏的聲音無不是姚鵷雛這一段話所能概括的。由此來看，魯迅筆下的「阿Q革命」、人血饅頭、崗上的花圈，與其他民國作家所懷之情感和精神又是如出一轍，何其相似！

　　第二個時間框架是百年中國。辛亥革命已逾百年。辛亥革命敘事也已逾百年。章開沅說：「歷史是一個整體，所以我提出，應該將辛亥革命研究擴充到『上下三百年』，除了回望辛亥革命之前一百年，辛亥以來一百年，下一個一百年也要納入視野。」〔註7〕我們正站在第三個一百年的起點上。還是回到丁帆所發出的那個疑問──「今為辛卯，何為辛亥？」〔註8〕在一百一十年之後回溯民國文學的辛亥革命的敘事盛宴，最重要的目的在於「拾得」。

　　辛亥革命究竟帶給了我們什麼？他不是一場「政權更迭」那麼簡單。辛亥革命觸發了國人對民主共和的集體想像。這種想像的意義是非凡的。它讓我們摒棄了專制體制，尋求自由精神；讓我們摘除了奴隸的鐐銬，嘗試以人的方式站立；讓我們睜開了眼睛，吸納現代文明的營養；它開啟了我們內在的現代化進程。民國文學的辛亥敘事，展現了從臣民到國民這一國人身份的世紀轉換。隨舊王朝一起隕落，還是迎接新時代的新自我？辛亥故事中大部分的國人選擇了後者。這是屬於每一個中國人的戰爭，一場場「小我」的戰爭。剪辮、放腳、進城、上學、戀愛，這些外在面貌和行為的改變，顯示著國

〔註6〕　湘君：《莫打有槍無槍的算盤》，《國民日報》1923年12月16日。
〔註7〕　章開沅：《反思與紀念：辛亥要談三個一百年》，《同舟共濟》2011年第10期。
〔註8〕　丁帆：《今為辛卯，何為辛亥？》，《隨筆》2011年第5期。

人從生理、心理到精神層面的翻天覆地的變化。變化的過程伴隨著興奮、艱難與陣痛，又從一個個「小我」輻射到整個社會，建構著中華民族的現代人格。這也意味著，無論辛亥革命的果實遭到何種踐踏，國人心中的那面鏡子都將隨時映照出「倒行逆施」的醜陋與荒誕。即使在一段時期內人們迷惑於怎樣言說，但是民族心理的現代人格不需多時又會令一切真相大白。

　　作為歷史段落的辛亥革命，在民國作家的筆下，呈現出了日趨清晰的歷史精神。這種歷史精神的最終指向是「人是歷史和國家的主人」。漢娜·阿倫特說：「革命的目的過去是而且一向就是自由。」〔註9〕悉尼·胡克也認為：「作為一個民主主義者，不管是什麼計劃都得以自由社會（的締造）為計劃的總目標。」〔註10〕民主與自由開啟了現代社會的進程，賦予了辛亥革命正義之師的身份。投身革命是為國家而戰，也是為自己而戰。對民主自由社會的嚮往，引領國人披荊斬棘，無懼前行。亦如丁帆所說，建立民主國家的「最高的目的就在於將大寫的『人』放置在國家和民族的高位上。」〔註11〕國人在辛亥革命中得以成長，得以鍛造。他們敢於投身歷史，敢於表達意願，敢於發出聲音，敢於揭露真相，敢於為真理和民主獻身。這便是我們今天可以從辛亥敘事中「拾得」的珍寶。

　　辛亥敘事書寫了20世紀中國第一批具有「英雄」意義的革命黨人形象。章開沅在《跋烏木山僧癸卯日三首》中以文史互證的方法，論證了孫中山在民初的正面形象。〔註12〕曾樸、柳亞子、陸士諤、陳去病、姚鵷雛、魯迅、楊塵因、田漢等文學家於不同時期、不同文體中所描述的孫中山形象，亦實證了孫中山之於辛亥革命、之於民國的重要意義。今天來看辛亥敘事中的孫中山及辛亥革命黨人，實際上是藉此回溯現代中國的精神傳統。「孫中山的革命歷史遺產還存不存在，他所遺留的事業有沒有人繼續下去，他在辛亥革命前後的思想理念是否還有影響？」〔註13〕這三個問題既是民國文學家們凝聚

〔註9〕　〔美〕漢娜·阿倫特：《論革命》，陳周旺譯，南京：譯林出版社，2007年，第2頁。

〔註10〕〔美〕悉尼·胡克：《歷史中的英雄》，王彬清等譯，上海：上海人民出版社，2006年，第184頁。

〔註11〕丁帆：《今為辛卯，何為辛亥？》，《隨筆》2011年第5期。

〔註12〕章開沅：《跋烏木山僧癸卯日三首》，沉潛、唐文權：《宗仰上人集》，武漢：華中師範大學出版社，2000年，第21頁。

〔註13〕章開沅：《反思與紀念：辛亥要談三個一百年》，《同舟共濟》2011年第10期。

於辛亥敘事中的核心問題，也是今天我們反觀民國辛亥敘事所追問的核心問題。孫中山是人，不是神。所有辛亥革命黨人亦然。從民國作家們所揭示的孫中山及革命黨人的精神中汲取今日民主共和前行的力量，讓其中的精髓和閃光照耀我們的當下和未來，於「喪失」中「拾得」經驗與教訓，是回溯民國文學辛亥敘事的核心旨歸。

　　民國文學的辛亥敘事，開啟了 20 世紀中國「革命敘事」的歷史進程。在其中，我們看到了「革命加戀愛」模式、英雄成長模式、二元對立模式等一些革命敘事基本模式的濫觴與成型。這對於彌合古代文學與「無產階級文學」之間的裂縫，重構 20 世紀中國革命敘事的歷史脈絡無疑有著啟示意義。民國作家們對「革命性」與「人性」在革命者身上的和諧統一的描繪，將革命者從神壇上拉下來的文學實踐，又與新時期以來的辛亥敘事遙相呼應，潤澤著今天的辛亥革命言說。在民國文學和 20 世紀中國文學的整體中，辛亥敘事是革命敘事的一個不可分割的組成部分。

　　當左翼文學被作為「革命文學」之開端的時候，人們習慣性地認為屬於左翼文學的敘事模式、敘事風格、審美規範等都是騰空出現的。但眾所周知，沒有任何事物是真的憑空出現的。正如羅朗·巴特所說：「革命在它想要摧毀的東西內獲得它想具有的東西的形象。正如整個現代藝術一樣，文學的寫作既具有歷史的異化又具有歷史的夢想。」〔註14〕左翼文學中的「無產階級革命」的內涵，是從「辛亥革命」的內涵中分離出來的。姚鹓雛發表於 1929 年的《龍套人語》中，魏敬齋從南京避走上海時有如下內心獨白：

　　　　這真是亂邦不可以居了，我還在此貪戀微祿則甚。……同一軍閥，斷分不出是非好壞來的。天下事順民者昌，逆民者亡。人心之怨毒，已至沸點，盼望南方革命軍來，有同望歲。〔註15〕

在蔣光慈發表於 1927 年 4 月的《短褲黨》中，工人革命領袖史兆炎有如下一段話：

　　　　上海的市民，尤其是上海的工人群眾，沒有一刻不希望北伐軍來。現在北伐軍已到了松江了，我們是應當歡喜的。不過工人的解

〔註14〕羅朗·巴特：《寫作的零度》，李幼蒸譯，《符號學原理》，北京：三聯書店，1988 年，第 108 頁。

〔註15〕龍公：《江左十年目睹記》，北京：文化藝術出版社，1984 年，第 235～236 頁。

放是工人自己的事情，倘若工人自己不動手，自己不努力，此外什
麼人都是靠不住的。〔註16〕

　　可以看到，《短褲黨》中史兆炎之意是要從「北伐軍」的「革命」中分離
出另一種「革命」的內涵——即工人革命。姚鵷雛是辛亥革命的參與者和見
證者，後來在民國政府任職。蔣光慈是二十歲就去莫斯科留學，二十一歲加
入共產黨的左翼作家。兩人在不同的語境中寫下了同一時期上海人民盼望北
伐軍來的心情。姚鵷雛筆下的「革命軍」指的是以辛亥革命為傳統的革命軍，
蔣光慈筆下受群眾歡迎的北伐軍與姚鵷雛所指一致。蔣光慈的《少年漂泊者》
中，汪中最後參加黃埔軍校，加入的也是北伐軍。這種微妙的相似性，客觀
上實證了二十年代中後期，左翼作家與國民黨體系內的作家，其對革命的書
寫在源頭上並不是涇渭分明的。

　　當五四運動歸位於新興燃起的無產階級思潮，從而啟動了一種逐漸強化
的主流文學的書寫時，處於古代文學與左翼文學之間的這一段時間裏的革命
敘事就更受冷遇了。然而，作為新舊文學過渡的這一時期，又是文學創作十
分活躍的階段。可以說，這一時間段的「冷」，不是客觀歷史的「冷」，而是被
文學史言說出來的「冷」。如果我們卸掉先入為主的左翼文學生成論的影響，
按照物理時間的順序來觀察 20 世紀中國的革命敘事，那麼便不難有如此發
現：辛亥敘事所積累的敘事經驗，為左翼文學，以及後來的解放區文學、十
七年文學提供了養料，客觀上起到了承前啟後的作用。

　　往事並不如煙。薩特認為人之所以痛苦，是「當一個人對一件事情承擔
責任時，他完全意識到不但為自己的將來作了抉擇，而且通過這一行動同時
成了為全人類作出抉擇的立法者……在這樣一個時刻，人是無法擺脫那種整
個的和重大的責任感的。」〔註17〕所以，遺忘和忽略並不能完全地改寫歷史，
因為它「屬於我們自己的民族」〔註18〕。那些屬於我們祖輩們的激情燃燒的
歲月和夢想幻滅時的血淚，那些對民主共和的真誠呼喚和對國民根性的絕望
批判，那些熱情洋溢的頌歌和嬉笑怒罵的寓言，都凝聚著民國文學家們對國
家的熱愛和對民族未來的希冀。無論何時，當我們翻開這些情緒飽滿情感複

〔註16〕蔣光赤：《短褲黨》，上海：泰東圖書局，1927 年，第 10 頁。
〔註17〕薩特：《存在主義是一種人道主義》，包利民主編：《西方哲學基礎文獻選讀》，
　　　　杭州：浙江大學出版社，2007 年，第 268～270 頁。
〔註18〕〔德〕弗里德里希·黑格爾：《美學》，朱光潛譯，北京：商務印書館，1979
　　　　年，第 346 頁。

雜的文學作品，一整個時代的社會人生都活了過來，復現於眼前。我們可以由此看到歷史，又何嘗不在歷史的脈搏中看到了自己。

辛亥革命作為中華民族的集體記憶，被持續地、反覆地言說。在接下來的一百年裏，它的故事仍將以文學、戲劇、電影、繪畫等多種多樣的方式被重新講述和傳播。辛亥革命已經成為了藝術創作中一個歷久彌新的母題，在新的時代語境中被不斷地闡釋並生發出新的內涵。這種反覆言說，恰恰證明曾經開啟了一個時代的辛亥革命，已經成為了中國人血液當中不可或缺的組成部分，並且還將以同樣的方式影響著我們的未來。

後　記

　　在南京撰寫博士論文的攻堅期，正值秦淮河張燈結綵，人頭攢動的乙未年春節。冬末的夜晚，我坐著公交車經過南京長江大橋，看著窗外的江水與霓虹，感受著漸暖的江風。忽有一剎那恍惚，彷彿這是一條回家的路。閉上眼，便是湘江與江畔的故人，和那生動的往日時光。南京先鋒書店的牆面上，有一行聞名遐邇的黑體字——「大地上的異鄉者」。對於現代人而言，漂泊既是外在的狀態，亦是靈魂的模樣。支撐著異鄉人背井離鄉的，不是漂泊本身，而是只有借由漂泊才能找尋到的某種生命的價值。那個在異鄉度過的春節，對我而言既有孤獨中的獲得，更有臨別前的感恩。

　　本書得以順利完成，首先要感謝我的導師譚桂林教授。在考博之前，我就一直閱讀譚先生的著述，敬慕於先生嚴謹中正的治學精神和廣博通達的胸襟視野。有幸受業門下，能獲親炙，更是感受到了「一日為師終身為父」的含義。先生是尊敬的師長，每每能夠解心中之惑，讓我的思路柳暗花明豁然開朗；先生亦是慈父，給獨身來南京求學的我事無鉅細的幫助，讓我在隨園時時能夠感受到家的溫暖。於做人做學問，先生的言傳身教總令學生在耳濡目染中獲得一種人生境界的昇華。這種昇華正是先生曾經感受過的吧。老師真是靈魂的雕塑師。這是我在南京三年所得的最大收穫，也將是惠澤我一生的精神財富。感謝師母李達麗女士在生活上給與我的關愛。她的鄉情鄉音總能讓我滌除在異鄉的陌生與孤單感。

　　感恩在暨南大學讀碩士期間引導我走上學術道路的導師宋劍華教授。宋先生縝密嚴謹的思維與犀利精闢的言語，每每讓我醍醐灌頂，收穫學術上的質疑精神和創新精神。先生一直以來對我學業上的關心和指導，是我前行的

勇氣與動力。而他為人的純粹與灑脫，亦是學生所敬羨的人生境界。感謝師母張嵐女士對我的愛護。來南京之後，電話之中她細心的叮嚀與疼惜的眼淚，讓我明白無論走到哪裏，學生都是她內心牽掛的孩子。還需感謝洪治綱教授。在洪先生的課後，我總是在走廊上貿貿然攔住他問一些稚嫩的問題。洪先生認真細心的教授和指引，對後輩的寬容與鼓勵，總讓我收穫滿滿。

書稿能夠出版，需要特別感謝李怡教授。我從碩士階段開始關注李老師的研究，後來選擇研究民國文學，就更常常閱讀李老師的文章與叢書。應該說，我對辛亥革命敘事的研究，得到了很多李老師思想與精神的養料。見到李老師是博士畢業五年之後的事情，但李老師的和藹親切，竟瞬間打通了我的閱讀記憶，給了我更多的啟迪與信心。

譚桂林先生在他的博士論文後記中寫道：「我常常自己在心裏說，有時也對好友說，如王先生、郭先生、馮先生這樣的良師，有一即是很大的福氣，而我竟都獲親炙，真是三生有幸。」這種三生有幸，我也深有體會，常在心中默默感恩。能夠得到譚先生、宋先生、洪先生、李先生的教誨與引導，是一種莫大的幸運與幸福。學生唯有盡自己的心力與能力做得更好一點，以不愧對老師們的不棄與關愛。

感謝南京大學中文系丁帆教授、王彬彬教授，南京師範大學中文系朱曉進教授、楊洪承教授、高永年教授、何平教授。這些我所敬仰的老師在百忙之中審閱了我的這部論文，出席了我的答辯會。他們的寶貴意見和支持鼓勵，給予我繼續求索的能量。感謝杜坤師兄在論文寫作之初給我的啟發與肯定。感謝趙普光師兄、張克師兄、付用現師兄、李瑋師姐、楊姿師姐、張娟師姐，還有所有同門兄弟姐妹。在他們的關懷與陪伴下，我才能夠如此順利且愉快地度過博士階段的生活。感謝花木蘭文化出版社的楊嘉樂老師為我書稿的辛勤付出。

最後，我要感謝我的父親豐世強先生、母親丁翠芝女士。在我漫長出外求學的過程中，他們始終是我最大的精神后盾。他們的堅強與無私，沉默無聲卻給予我源源的感動和力量。

豐杰

2021 年 3 月 6 日於湘潭大學

主要參考文獻

（按作者姓氏拼音排序）

一、作　品

1. 蔡端編：《蔡鍔集》，北京：文史資料出版社，1982 年。

2. 陳去病著，張夷主編：《陳去病全集》，上海：上海古籍出版社，2009 年。

3. 陳寶箴著，汪叔子、張求會編：《陳寶箴集》，北京：中華書局出版社，2003 年。

4. 陳三立：《散原精舍詩文集》，臺北：臺灣商務印書館，1961 年。

5. 陳三立：《散原精舍文集》，臺北：臺灣中華書局，1966 年。

6. 陳天華、鄒容著，邳至選注：《猛回頭——陳天華、鄒容集》，瀋陽：遼寧人民出版社，1994 年。

7. 陳一萍編：《先行者之歌——辛亥革命時期歌曲 200 首》，武漢：武漢大學出版社，2009 年。

8. 陳寅恪：《詩集》，北京：三聯書店，2001 年。

9. 戴逸編，王汝豐注譯：《黃興宋教仁朱執信詩文選》，成都：巴蜀書社，2011 年。

10. 丁玲：《丁玲全集》，石家莊：河北人民出版社，2001 年。

11. 樊增祥：《樊樊山詩集》，上海：上海古籍出版社，2004 年。

12. 傅熊湘：《傅熊湘集》，長沙：湖南人民出版社，2010 年。

13. 廣東省文史研究館、廣東省政協文史資料研究委員會編：《辛亥革命詩歌集》，廣州：廣東人民出版社，1983 年。

14. 郭長海、金菊貞編：《高旭集》，北京：社會科學文獻出版社，2003 年。

15. 郭沫若：《沫若文集》，北京：人民文學出版社，1959 年。

16. 黃人著，江慶柏、曹培根整理：《黃人集》，上海：上海文化出版社，2001 年。

17. 華南師院中文系《辛亥革命時期的詩歌》編寫組：《辛亥革命時期的詩歌》，北京：中華書局，1978 年。

18. 蔣光慈：《蔣光慈文集》，上海：上海文藝出版社，1988 年。

19. 敬安釋，梅季點輯：《八指頭陀詩文集》，長沙：嶽麓書社，1984 年。

20. 老舍：《老舍全集》，北京：人民文學出版社，2013 年。

21. 冷紅生：《金陵秋》，北京：商務印書館，1914 年。

22. 冷血：《虛無黨》，上海：開明書店，1904 年。

23. 李涵秋：《廣陵潮》，太原：北嶽文藝出版社，1986 年。

24. 李劼人：《李劼人全集》，成都：四川文藝出版社，2011 年。

25. 李銳：《銀城故事》，北京：人民文學出版社，2008 年。

26. 李叔同：《弘一法師詩詞集》，北京：華文出版社，2010 年。

27. 李治亭編：《愛新覺羅家族全書·詩詞擷英》，長春：吉林人民出版社，1997 年。

28. 梁鼎芬著，黃云爾點注：《節庵先生遺詩》，上海：華東師範大學出版社，2012 年。

29. 林紓著，林薇選注：《林紓選集》，成都：四川人民出版社，1987 年。

30. 黃興著，劉泱泱編：《黃興集》，長沙：湖南人民出版社，2008 年。

31. 劉運祺、蔡狂生等編注：《辛亥革命詩詞選》，武漢：長江文藝出版社，1980 年。

32. 柳亞子著，柳亞子文集編輯委員會編：《柳亞子文集》，上海：上海人民出版社，1985 年。

33. 龍公：《江左十年目睹記》，北京：文化藝術出版社，1984 年。

34. 魯迅：《魯迅全集》，北京：人民文學出版社，2005 年。

35. 劉成愚著，寧志榮點校：《洪憲紀事詩本事簿注》，太原：山西古籍出版社，1997 年。

36. 陸士諤、黃小配：《血淚黃花·五日風聲》，桂林：灕江出版社，1988 年。

37. 陸士諤：《清史演義》，上海：上海民眾書局，1921 年。

38. 陸士諤：《新孽海花》，北京：中國文聯出版社，1989 年。

39. 陸士諤：《新中國》，北京：九州出版社，2010 年。

40. 陸士諤著，歐陽健點校：《新水滸》，哈爾濱：黑龍江人民出版社，1997年。

41. 呂碧城著，李保民箋注：《呂碧城詩文箋注》，上海：上海古籍出版社，2007 年。

42. 毛翰編著：《辛亥革命踏歌行──1900～1916 中國歌曲選》，合肥：安徽文藝出版社，2011 年。

43. 莫世祥編：《馬君武集》，武漢：華中師範大學出版社，2011 年。

44. 南懷瑾：《南懷瑾選集》第 5 卷，上海：復旦大學出版社，2013 年。

45. 皮明庥、虞和平、吳厚智編：《吳祿貞集》，武漢：華中師範大學出版社，2011 年。

46. 秋瑾著，中華書局上海編輯所編：《秋瑾集》，北京：中華書局，1960 年。

47. 曲波：《林海雪原》，北京：人民文學出版社，1957 年。

48. 濯纓：《新新外史》，長春：吉林文史出版社，1987 年。

49. 善耆：《肅忠親王遺集》，南京圖書館藏朱紅石印本，1928 年。

50. 沈潛、唐文權編：《宗仰上人集》，武漢：華中師範大學出版社，2000 年。

51. 沈曾植著，錢仲聯校注：《沈曾植集》，北京：中華書局，2001 年。

52. 施耐庵、羅貫中：《水滸傳》，北京：人民文學出版社，1997 年。

53. 蘇曼殊著，柳亞子編：《蘇曼殊全集》，北京：中國書店，1985 年。

54. 譚人鳳：《譚人鳳自述》，北京：人民日報出版社，2011 年。

55. 譚人鳳：《石叟牌詞》，蘭州：甘肅人民出版社，1983 年。

56. 譚嗣同：《譚嗣同全集》，北京：生活・讀書・新知三聯書店，1954 年。

57. 唐文權編：《雷鐵厓集》，武漢：華中師範大學出版社，2011 年。

58. 田漢：《田漢全集》，石家莊：花山文藝出版社，2000 年。

59. 汪精衛著，恂如編：《汪精衛集》，上海：光明書局，1929 年。

60. 汪叔子、張求會編：《陳寶箴集》，北京：中華書局，2003 年。

61. 王國維：《王國維文集・觀堂集林》，北京：北京燕山出版社，1997 年。

62. 王國維著，劉寅生、袁英光編：《王國維全集》，北京：中華書局，1984 年。

63. 望見蓉：《鐵血首義路》，北京：人民文學出版社，2011 年。

64. 魏繼新：《辛亥風雲路》，成都：四川文藝出版社，2011 年。

65. 吳承恩：《西遊記》，北京：人民文學出版，2007 年。

66. 吳敬梓：《儒林外史》，北京：人民文學出版社，1985 年。

67. 吳梅：《吳梅全集：作品卷》，石家莊：河北教育出版社，2002 年。

68. 蕭平編，吳小如注：《辛亥革命烈士詩文選》，北京：中華書局，1962 年。

69. 徐枕亞：《茜窗淚影》，上海：國華書局，1914 年。

70. 徐枕亞：《徐枕亞小說經典》，北京：印刷工廠出版社，2001 年。

71. 楊塵因：《新華春夢記》，長沙：嶽麓書社，1985 年。

72. 楊天石、曾景忠編：《寧調元集》，長沙：湖南人民出版社，2008 年。

73. 姚鵷雛：《姚鵷雛文集》，上海：上海古籍出版社，2008 年。

74. 虞和平編：《經元善集》，武漢：華中師範大學出版社，2011 年。

75. 曾樸：《孽海花》，上海：上海古籍出版社，1980 年。

76. 章炳麟：《章太炎全集》，上海：上海人民出版社，1985 年。

77. 鄭孝胥：《海藏樓詩集》，上海：上海古籍出版社，2003 年。

78. 周浩：《白崖詩存》，南京圖書館藏石印本，〔出版時間不詳〕。

79. 莊禹梅：《孫中山演義》，北京：中國文聯出版社，1996 年。

二、專 著

1. 阿英：《阿英全集》，合肥：安徽教育出版社，2006 年。

2. 包利民主編：《西方哲學基礎文獻選讀》，杭州：浙江大學出版社，2007 年。

3. 北京師範大學中文系現代文學教學改革小組編：《中國現代文學史參考資料：中國革命文學的產生和發展》，北京：高等教育出版社，1959 年。

4. 北京圖書館編：《民國時期總書目（1911～1949）》，北京：書目文獻出版社，1992 年。

5. 蔡元培：《蔡元培全集》，杭州：浙江教育出版社，1997 年。

6. 陳大康：《中國近代小說編年》，上海：華東師範大學出版社，2002 年。

7. 蔡翔：《革命／敘述：中國社會主義文學——文化想像（1949～1966）》，北京：北京大學出版社，2010 年。

8. 陳獨秀：《陳獨秀文集》，北京：人民出版社，2013 年。

9. 陳建華：《從革命到共和——清末至民國時期文學、電影與文化的轉型》，桂林：廣西師範大學出版社，2009 年。

10. 陳平原：《陳平原小說史論集》，石家莊：河北人民出版社，1997 年。

11. 陳平原：《中國現代小說的起點：清末民初小說研究》，北京：北京大學出版社，2005 年。

12. 陳平原：《中國小說敘事模式的轉變》，北京：北京大學出版社，2010 年。

13. 陳穎：《中國戰爭小說史論》，上海：三聯書店，2008 年。

14. 陳玉申：《晚清報業史》，濟南：山東畫報出版社，2003 年。

15. 陳文新主編：《中國文學史經典精讀》，北京：高等教育出版社，2014 年。

16. 陳子展：《中國近代文學之變遷》，上海：上海古籍出版社，2000 年。

17. 成都市文學藝術界聯合會、李劼人研究學會編：《李劼人研究：2007》，成都：四川出版集團巴蜀書社，2008 年。

18. 丁文江、趙豐田：《梁啟超年譜長編》，上海：上海人民出版社，1983 年。

19. 丁守和主編：《辛亥革命時期期刊介紹》，北京：人民出版社，1983 年。

20. 董小英：《敘述學》，北京：社會科學文獻出版社，2001 年。

21. 范伯群：《多元共生的中國文學的現代化歷程》，上海：復旦大學出版社，2009 年。

22. 范伯群主編：《中國近現代通俗文學史》，南京：江蘇教育出版社，1999 年。

23. 范煙橋：《中國小說史》，蘇州：秋葉社，1927 年。

24. 傅國湧：《辛亥百年——親歷者的私人記錄 》，北京：東方出版社，2011 年。

25. 方銘編：《蔣光慈研究資料》，銀川：寧夏人民出版社，1983 年。

26. 馮自由：《革命逸史》，北京：中華書局，1981 年。

27. 傅德華編：《于右任辛亥文集》，上海：復旦大學出版社，1986 年。

28. 格非：《小說敘事研究》，北京：清華大學出版社，2002 年。

29. 關紀新：《老舍評傳》，石家莊：花山文藝出版社，1985 年。

30. 關紀新：《滿族小說與中華文化》，北京：社會科學文獻出版社，2014 年。

31. 關紀新：《滿族書面文學流變》，北京：中國社會科學出版社，2015 年。

32. 郭沫若：《反正前後》，北京：華夏出版社，2008 年。

33. 胡樸安：《南社叢選》，北京：解放軍文藝出版社，2000 年。

34. 胡繩：《從鴉片戰爭到五四運動》，北京：人民出版社，1997 年。

35. 胡適：《五十年來中國之文學》，北京：新國民書局，1929 年。

36. 何德剛：《話夢集 春明夢錄 東華瑣錄》，北京：北京古籍出版社，1995 年。

37. 黃修己：《中國現代文學發展史》，北京：中國青年出版社，2008 年。

38. 黃子平：《「灰闌」中的敘述》，上海：上海文藝出版社，2001 年。

39. 金成浦、啟明主編：《私家秘藏小說百部》第 53 卷，呼和浩特：遠方出版社，2001 年。

40. 金沖及、胡繩武：《辛亥革命史稿》，上海：上海辭書出版社，2011 年。

41. 金溟若：《非常時期的出版事業》，上海：中華書局，1937 年。

42. 孔范令主編：《中國現代文學補遺書系》小說卷，濟南：明天出版社，1990 年。

43. 李怡：《作為方法的「民國」》，濟南：山東文藝出版社，2015 年。

44. 梁啟超：《清代學術概論》，成都：四川人民出版社，2018 年。

45. 林琴南著，吳俊標校：《林琴南書話》，杭州：浙江人民出版社，1999 年。

46. 劉納：《嬗變：辛亥革命時期至五四時期的中國文學》，北京：中國社會科學出版社，1998 年。

47. 劉納編著：《呂碧城：評傳・作品選》，北京：中國文史出版社，1998 年。

48. 劉望齡：《辛亥革命大事錄》，上海：知識出版社，1981 年。

49. 劉望齡：《辛亥革命後帝制復辟和反復辟鬥爭》，北京：人民出版社，1975 年。

50. 劉永文編：《晚清小說目錄》，上海：上海古籍出版社，2008 年。

51. 柳無忌、柳無非、柳無垢：《我們的父親柳亞子》，北京：中國友誼出版公司，1989 年。

52. 羅福惠、朱英主編，朱英等著：《辛亥革命的百年記憶與詮釋》第 2 卷，武漢：華中師範大學出版社，2011 年。

53. 茅盾等：《作家論》，上海：生活書店，1936 年。

54. 孟兆臣：《中國近代小報史》，北京：社會科學文獻出版社，2005 年。

55. 南帆：《後革命的轉移》，北京：北京大學出版社，2005 年。

56. 南懷瑾：《中國佛教發展史略》，上海：復旦大學出版社，1996 年。

57. 歐陽健：《古代小說與歷史》，瀋陽：遼寧教育出版社，1992 年。

58. 歐陽健：《晚清小說史》，杭州：浙江古籍出版社，1997 年。

59. 齊裕焜：《中國古代小說演變史》，蘭州：敦煌文藝出版社，2008 年。

60. 錢基博：《現代中國文學史》，長沙：嶽麓書社，1986 年。

61. 錢中聯編著：《近代詩抄》，南京：江蘇古籍出版社，2001 年。

62. 錢仲聯：《夢苕庵清代文學論集》，濟南：齊魯書社，1983 年。

63. 錢鍾書等著：《林紓的翻譯》，北京：商務印書館，1981 年。

64. 秦和鳴主編：《民國章回小說大觀》第 1 輯，北京：中國文聯出版社，1995 年。

65. 秦和鳴主編：《民國章回小說大觀》第 2 輯，北京：中國文聯出版社，2003 年。

66. 秦燕春：《清末民初的晚明想像》，北京：北京大學出版社，2008 年。

67. 清代詩文集彙編編纂委員會編：《清代詩文集彙編》，上海：上海古籍出版社，2010 年。

68. 丘逢甲著，李樹政選注：《丘逢甲詩選》，廣州：廣東人民出版社，1984 年。

69. 邱尚周：《浮華與蒼涼──紅色王子愛新覺羅‧憲東的家族往事》，武漢：長江文藝出版社，2011 年。

70. 饒懷民：《辛亥革命與清末民初的社會》，北京：中華書局，2006 年。

71. 芮和師、范伯群編：《鴛鴦蝴蝶派文學資料》，北京：知識產權出版社，2010 年。

72. 芮和師編校：《維揚社會小說泰斗──李涵秋》，南京：南京出版社，1994 年。

73. 申丹：《敘述學與小說文體研究》，北京：北京大學出版社，2001 年。

74. 沈從文：《記丁玲女士》，上海：良友圖書印刷公司，1934 年。

75. 時萌：《常熟近代文學五家》，常熟：常熟市政協文史資料委員會內部刊印，1995 年。

76. 史全生編：《中華民國文化史》，長春：吉林文史出版社，1990 年。

77. 宋劍華：《前瞻性理念——三維視角中的中國現代文學史論》，北京：文
    化藝術出版社，2005 年。

78. 宋教仁著，陳旭麓主編：《宋教仁集》，北京：中華書局，2011 年。

79. 施曄：《近代小說的城市書寫與社會變革》，桂林：廣西師範大學出版社，
    2013 年。

80. 孫寶瑄：《望盧山日記》，上海：上海古籍出版社，1983 年。

81. 孫昉、劉旭華：《海外洪門與辛亥革命（外一種：辛亥革命時期洪門人物
    傳稿）》，北京：中國致公出版社，2011 年。

82. 孫紹先：《英雄之死與美人遲暮》，北京：社會科學文獻出版社，2000 年。

83. 孫中山著，中國社會科學院近代史研究所中華民國史研究室等編：《孫中
    山全集（1913～1916）》，北京：中華書局，1984 年。

84. 譚桂林：《20 世紀中國文學與佛學》，合肥：安徽教育出版社，1999 年。

85. 譚桂林：《轉型與整合：現代中國小說精神現象史》，西安：陝西人民教
    育出版社，2003 年。

86. 湯哲聲編校：《演述江湖幫會秘史的說書人——姚民哀》，南京：南京出
    版社，1994 年。

87. 唐弢主編：《中國現代文學史》，北京：人民文學出版社，1979 年。

88. 田若虹：《陸士諤小說考論》，上海：上海三聯書店，2005 年。

89. 汪暉：《阿 Q 生命中的六個瞬間》，武漢：華中師範大學出版社，2014 年。

90. 汪榮祖：《史家陳寅恪傳》，臺北：聯經出版事業公司，1984 年。

91. 王彬彬：《魯迅的晚年情懷》，北京：中國書籍出版社，2015 年。

92. 王富仁：《中國需要魯迅》，北京：北京師範大學出版集團、合肥：安徽
    大學出版社，2013 年。

93. 王富仁：《中國的文藝復興》，桂林：廣西師範大學出版社，2003 年。

94. 王海林：《中國武俠小說史略》，太原：北嶽文藝出版社，1988 年。

95. 王世棟編：《新文學評論》，北京：新文化書社，1921 年。

96. 王泰來等編譯：《敘事美學》，重慶：重慶出版社，1987 年。

97. 王永祥：《民初的政治文化生態與新文學的空間場域》，濟南：山東文藝
    出版社，2015 年。

98. 吳梅：《中國戲曲概論》，上海：大東書局，1926 年。

99. 魏朝勇：《民國時期文學的政治想像》，北京：華夏出版社，2005 年。

100. 魏紹昌、吳承惠編：《鴛鴦蝴蝶派研究資料》，上海：上海文藝出版社，1984 年。

101. 溫儒敏、陳曉明等著：《現代文學新傳統及其當代闡釋》，北京：北京大學出版社，2010 年。

102. 文公直編撰：《中華民國革命史》，上海：上海太平洋書店，1927 年。

103. 吳長翼編：《八十三天皇帝夢》，北京：文史資料出版社，1983 年。

104. 吳泰昌：《辛亥文談》，上海：上海文藝出版社，2011 年。

105. 吳玉章：《論辛亥革命》，北京：人民出版社，1972 年。

106. 吳組緗、端木蕻良、時萌主編：《中國近代文學大系》，上海：上海書局，1992 年。

107. 伍大福：《揚州才子李涵秋文學研究》，太原：山西人民出版社，2010 年。

108. 許有成編著：《于右任傳》，長沙：湖南人民出版社，1988 年。

109. 薛綏之、張俊才：《林紓研究資料》，北京：知識產權出版社，2009 年。

110. 楊聯芬：《晚清至五四：中國文學現代性的發生》，北京：北京大學出版社，2003 年。

111. 楊天石：《從帝制走向共和——辛亥革命前後史事發微》，北京：社會科學文獻出版社，2002 年。

112. 楊天石：《帝制的終結：辛亥，把權力關進牢籠的有益嘗試》，長沙：嶽麓書社，2013 年。

113. 楊義：《中國敘事學》，北京：人民出版社，2009 年。

114. 尹康莊：《20 世紀中國文學主流話語研究》，北京：中國社會科學出版社，2006 年。

115. 袁進：《中國小說的近代變革》，北京：中國社會科學出版社，1992 年。

116. 張贛生：《民國通俗小說論稿》，重慶：重慶出版社，1991 年。

117. 張俊才：《林紓評傳》，北京：中華書局，2007 年。

118. 張枬、王忍之編：《辛亥革命前十年間時論選集》，北京：生活・讀書・新知三聯書店，1960 年。

119. 張憲文：《中華民國史》，南京：南京大學出版社，2006 年。

120. 張寅德編選：《敘事學研究》，北京：中國社會科學出版社，1989 年。

121. 張勇：《中國近世白話短篇小說敘事發展研究》，昆明：雲南大學出版社，2006 年。

122. 張元卿、王振良編：《津門論劍錄：民國北派武俠小說作家研究文集》，上海：上海遠東出版社，2011 年。

123. 章開沅、林增平：《辛亥革命史》，上海：中國出版集團東方出版中心，2010 年。

124. 章開沅：《辛亥革命與近代社會》，天津：天津人民出版社，1985 年。

125. 章開沅：《章開沅學術論著選》，武漢：華中師範大學出版社，2000 年。

126. 趙炎秋：《明清近代敘事思想》，長沙：湖南師範大學出版社，2011 年。

127. 趙毅衡：《當說者被說的時候：比較敘述學導論》，成都：四川文藝出版社，2013 年。

128. 浙江省社會科學院歷史研究所編：《辛亥革命浙江史料選輯》，杭州：浙江人民出版社，1981 年。

129. 鄭方澤編：《中國近代文學史事編年》，長春：吉林人民出版社，1983 年。

130. 鄭逸梅：《南社叢談》，上海：上海人民出版社，1981 年。

131. 鄭逸梅：《藝林散葉》，北京：中華書局，1982 年。

132. 中國人民政治協商會議北京市委員會、文史資料編委會：《文史資料選編》第 12 輯，北京：北京出版社，1982 年。

133. 中國人民政治協商會議嵊縣委員會文史資料委員會：《嵊縣文史資料（第 5 輯）辛亥革命史料專輯》，嵊縣：嵊縣供銷社，1987 年。

134. 中國人民政治協商會議浙江省委員會文史資料研究委員會編：《浙江辛亥革命回憶錄》，杭州：浙江人民出版社，1985 年。

135. 〔德〕叔本華：《叔本華論說文集》，范進等譯，北京：商務印書館，1999 年。

136. 〔俄〕巴赫金：《小說理論》，白春仁、曉河譯，石家莊：河北教育出版社，1998 年。

137. 〔法〕羅蘭·巴爾特：《寫作的零度》，李幼蒸譯，北京：人民大學出版社，2008 年。

138. 〔法〕熱拉爾·熱奈特：《敘事話語 新敘事話語》，王文融譯，北京：中國社會科學出版社，1990 年。

139. 〔捷〕米蘭·昆德拉：《小說的藝術》，董強譯，上海：上海譯文出版社，2011年。

140. 〔美〕阿米斯：《小說美學》，傅志強譯，北京：燕山出版社，1987年。

141. 〔美〕布斯：《小說修辭學》，華明等譯，北京：北京大學出版社，1987年。

142. 〔美〕杜贊奇：《從民族國家拯救歷史：民族主義話語與中國現代史研究》，王憲民等譯，北京：社會科學文獻出版社，2003年。

143. 〔美〕費正清：《偉大的中國革命：1800～1985》，劉尊棋譯，北京：世界知識出版社，2000年。

144. 〔美〕海登·懷特：《元史學：十九世紀歐洲的歷史想像》，陳新譯，南京：譯林出版社，2009年。

145. 〔美〕漢娜·阿倫特：《論革命》，陳周旺譯，南京：譯林出版社，2007年。

146. 〔美〕華萊士·馬丁：《當代敘事學》，伍曉明譯，北京：北京大學出版社，1991年。

147. 〔美〕勒內·韋勒克、奧斯丁·沃倫：《文藝理論》，劉象愚譯，南京：江蘇教育出版社，2005年。

148. 〔美〕林毓生：《中國意識的危機》，貴陽：貴州人民出版社，1988年。

149. 〔美〕劉劍梅：《革命與情愛：二十世紀中國小說史中的女性身體與主題重述》，郭冰茹譯，上海：上海三聯出版社，2009年。

150. 〔美〕浦安迪：《中國敘事學》，北京：北京大學出版社，1996年。

151. 〔美〕王斑：《歷史的崇高形象：二十世紀中國的美學與政治》，孟祥春譯，上海：上海三聯書店，2008年。

152. 〔美〕王德威：《被壓抑的現代性：晚清小說新論》，北京：北京大學出版社，2005年。

153. 〔美〕王德威：《歷史與怪獸——歷史、暴力、敘事》，臺北：麥田出版有限公司，2004年。

154. 〔美〕王德威：《知識的考掘》，臺北：麥田出版有限公司，1994年。

155. 〔美〕威廉·H·布蘭查德：《革命道德：關於革命者的精神分析》，戴長征譯，北京：中國編譯出版社，2004年。

156. 〔美〕悉尼·胡克：《歷史中的英雄》，王彬清等譯，上海：上海人民出版社，2006年。

157. 〔美〕夏志清：《中國現代小說史》，劉紹銘等譯，香港：中文大學出版社，2001 年。

158. 〔日〕丸山升：《魯迅·革命·歷史：丸山升現代中國文學論集》，王俊文譯，北京：北京大學出版社，2005 年。

159. 〔日〕沃丘仲子：《現代名人小傳》，北京：中國書店，1988 年。

160. 〔意〕貝奈戴托·克羅齊：《歷史學的理論和實際》，傅任敢譯，北京：商務印書館，1986 年。

161. 〔意〕克羅齊：《美學原理》，朱光潛譯，上海：上海人民出版社，2007 年。

162. 〔英〕卡·波普爾：《歷史主義的貧困》，何林、趙平譯，北京：社會科學文獻出版社，1987 年。

163. 〔英〕托馬斯·卡萊爾：《英雄和英雄崇拜——卡萊爾講演集》，張峰、呂霞譯，上海：上海三聯書店，1988 年。

164. 〔德〕弗里德里希·黑格爾：《美學》，朱光潛譯，北京：人民日報出版社，2005 年。

三、論　文

1. 愛新覺羅·連坤、徐志剛：《我的爺爺肅親王善耆》，《武漢文史資料》2009 年第 6 期。

2. 陳平原：《「史傳」、「詩騷」傳統與小說敘事模式的轉變——從「新小說」到「現代小說」》，《文學評論》1988 年第 3 期。

3. 陳平原：《論蘇曼殊、許地山小說的宗教色彩》，《中國現代文學研究叢刊》1984 年第 3 期。

4. 陳平原：《千古文人俠客夢——文學作品中的俠》，《文藝評論》1990 年第 1 期。

5. 陳平原：《晚清辭書視野中的「文學」——以黃人的編纂活動為中心》，《北京大學學報（哲學社會科學版）》2007 年第 3 期。

6. 陳思廣：《歷史還原·文體選擇·審美接受——談李劼人〈大波〉辛亥書寫的得與失》，《當代文壇》2011 年第 12 期。

7. 崔華杰：《辛亥革命海外英文研究一百年》，《東嶽論叢》2011 年第 9 期。

8. 鄧金明：《民初「時事小說」中的蔡鍔與小鳳仙》，《文史知識》2011 年第 10 期。

9. 丁帆：《新舊文學的分水嶺——尋找被中國現代文學史遺忘和遮蔽了的七年（1912～1919）》，《江蘇社會科學》2011 年第 1 期。

10. 丁帆：《給新文學史重新斷代的理由——關於「民國文學」構想及其他的幾點補充意見》，《中國現代文學研究叢刊》2011 年第 3 期。

11. 丁帆：《今為辛卯，何為辛亥？》，《隨筆》2011 年第 5 期。

12. 丁帆、李興陽：《歷史的微瀾蕩漾在現代轉折點上——李劼人〈死水微瀾〉論析》，《天府新論》2007 年第 3 期。

13. 丁濤：《走近、走進田漢——讀解田漢早期創作》，《戲劇》1999 年第 1 期。

14. 樊星：《寫出革命的複雜性來——讀望見蓉的長篇小說〈鐵血首義路〉》，《長江文藝》2011 年第 12 期。

15. 范伯群：《論新文學與通俗文學的互補關係》，《中國現代文學研究叢刊》2003 年第 1 期。

16. 范伯群：《移民都市與移民小說——論清末民初上海小說中的移民題材中長篇》，《江蘇大學學報（社會科學版）》2007 年第 6 期。

17. 范伯群：《早期鴛鴦蝴蝶派社會小說代表作——〈廣陵潮〉》，《文學遺產》1986 年第 6 期。

18. 馮雪峰：《魯迅與中國民族及文學上的魯迅主義》，《文藝陣地》1940 年 8 月上半月刊。

19. 逄增玉：《〈阿 Q 正傳〉與辛亥革命問題的再思考》，《文學評論》2007 年第 5 期。

20. 耿傳明：《人心之變與文學之變——〈廣陵潮〉與晚清社會心態的變異》，《大連大學學報》2008 年第 2 期。

21. 關紀新：《老舍民族心理芻說》，《滿族研究》2006 年第 3 期。

22. 關紀新：《風雨如晦書旗族——也談儒丐小說〈北京〉》，《滿族研究》2007 年第 2 期。

23. 關紀新：《滿族倫理觀念賦予老舍作品的精神烙印》，《中央民族大學學報（哲學社會科學版）》2007 年第 5 期。

24. 關紀新：《閃耀著現代人文光芒的民族觀——「老舍對滿族及中華文化的憂思與自省」系列論文之三》，《西南民族大學學報》2008 年第 2 期。

25. 郭延禮：《南社作家呂碧城的文學創作及其詩學觀——紀念南社成立一百週年》，《文學遺產》2010 年第 3 期。

26. 洪帆：《〈辛亥革命〉：一次中國知識分子關於革命的浪漫想像》，《電影藝術》2011 年第 6 期。

27. 簡平：《微瀾、風雨見大波——談李劼人「三部曲」的歷史真實性》，《文學評論》1983 年第 2 期。

28. 姜異新：《經歷・書寫・虛構——魯迅的辛亥與國民性經驗的審美生成》，《魯迅研究月刊》2013 年第 11 期。

29. 經盛鴻：《一部反映南京光復的小說〈金陵秋〉》，《民國春秋》1997 年第 3 期。

30. 孔慶東：《鴛鴦蝴蝶派與左翼文學》，《汕頭大學學報（人文社會科學版）》2011 年第 2 期。

31. 李青果：《情感・革命・國家——徐枕亞〈玉梨魂〉、〈雪鴻淚史〉及其周邊》，《清華大學學報（哲學社會科學版）》2008 年第 6 期。

32. 李彥姝：《「革命歷史敘事」的雙重面孔》，《聊城大學學報（社會科學版）》2012 年第 5 期。

33. 李怡：《「民國文學史」框架與「大後方文學」》，《重慶師範大學學報（哲學社會科學版）》2009 年第 1 期。

34. 李怡：《辛亥革命與中國文學的「民國機制」》，《鄭州大學學報（哲學社會科學版）》2011 年第 5 期。

35. 李怡：《歷史如何「小說」——再論李劼人〈大波〉兼及魏繼新〈辛亥風雲路〉》，《當代文壇》2011 年第 12 期。

36. 劉寶慶：《辛亥時期女性形象書寫與女性公共空間的展開——評析陸士諤〈血淚黃花〉》，《北京社會科學》2012 年第 10 期。

37. 劉廣遠：《清末民初的文學思想流變與辛亥革命的發生——以報刊媒體的演進為例》，《學習與探索》2011 年第 5 期。

38. 劉炎生：《怎樣評價魯迅有關辛亥革命的小說？——與王富仁同志商榷》，《江西大學學報（哲學社會科學版）》1988 年第 4 期。

39. 劉勇：《五四新文學視野下的辛亥革命》，《學習與探索》2011 年第 5 期。

40. 盧文芸：《愛情、死亡與革命——論蘇曼殊小說及其他》，《南京理工大學

學報（社會科學版）》2002 年第 1 期。

41. 盧文芸：《大好湖山行路難——論陳去病小說〈莽男兒〉與辛亥革命》，《南京理工大學學報（社會科學版）》2012 年第 2 期。

42. 樂建梅：《辛亥革命與中國文學的現代性轉型》，《南京社會科學》2011 年第 9 期。

43. 羅志田：《辛亥革命的「歷史書寫」》，《讀書》2013 年第 2 期。

44. 馬以君：《論蘇曼殊》，《文藝理論與批評》1997 年第 5 期。

45. 茅盾：《丁玲的〈母親〉》，《文學》1933 年 9 月 1 日。

46. 茅盾：《讀〈吶喊〉》，《文學週報》1923 年 10 月 8 日（總第 91 期）。

47. 歐陽健：《陸士諤論》，《明清小說研究》2002 年第 1 期。

48. 秦弓：《現代文學的歷史還原與民國史視角》，《湖南社會科學》2010 年第 1 期。

49. 秦弓：《現代文學中的辛亥革命》，《徐州師範大學學報（哲學社會科學版）》2011 年第 5 期。

50. 芮和師：《「雲間二雛」評說——江蘇通俗文學作家姚鵷雛、朱鴛雛》，《蘇州大學學報（哲學社會科學版）》1992 年第 4 期。

51. 石在中：《論蘇曼殊與佛教——兼與弘一大師（李叔同）比較》，《華中師範大學學報（人文社會科學版）》1998 年第 7 期。

52. 史元明：《論「革命+戀愛」小說的原型置換》，《中國現代文學研究叢刊》2009 年第 6 期。

53. 蘇建新：《林紓與辛亥革命》，《炎黃縱橫》2011 年第 12 期。

54. 孫玉石、張菊玲：《〈正紅旗下〉悲劇心理探尋》，《北京大學學報》1999 年第 5 期。

55. 譚桂林：《清末民初中國的佛教文學與啟蒙思潮》，《中國社會科學》2010 年第 3 期。

56. 譚桂林：《民國佛教文學對現代中國文學史重構的意義》，《江漢論壇》2014 年第 6 期。

57. 譚桂林：《論「革命和尚」宗仰的佛教文學創作》，《南京師範大學文學院學報》2012 年第 4 期。

58. 譚桂林：《「我雖學佛未忘世」——論八指頭陀的佛教詩歌創作》，《武陵

學刊》2012 年第 5 期。

59. 譚桂林：《田漢早期文藝思想初探》，《山東師大學報（社會科學版）》1987
    年第 1 期。

60. 田野：《〈黃花崗〉：田漢「未完成的傑作」——解析田漢早期的寄情之
    作》，《戲劇文學》2013 年第 9 期。

61. 汪暉：《阿 Q 生命中的六個瞬間——紀念作為開端的辛亥革命》，《現代
    中文學刊》2011 年第 6 期。

62. 汪衛東：《〈阿 Q 正傳〉：魯迅國民性批判的小說形態》，《魯迅研究月刊》
    2011 年第 11 期。

63. 王德威：《被壓抑的現代性——沒有晚清，何來「五四」》，《想像中國的
    方法》，上海：上海三聯書店，1998 年。

64. 王鳳仙：《論〈小說叢報〉中的辛亥革命敘事》，《東嶽論叢》2014 年第
    4 期。

65. 王鳳仙：《論林紓小說中的辛亥革命敘事》，《中國現代文學研究叢刊》
    2013 年第 5 期。

66. 王鳳仙：《論陸士諤〈血淚黃花〉中的革命敘事》，《明清小說研究》2013
    年第 5 期。

67. 王富仁：《中國反封建思想革命的鏡子——論〈吶喊〉〈彷徨〉的思想意
    義》，《中國現代文學研究叢刊》1983 年第 1 期。

68. 王江豔：《舊式文人在時代變遷中的矛盾性與悲劇性——以李涵秋和他
    的〈廣陵潮〉為例》，《劍南文學（經典教苑）》2011 年第 4 期。

69. 王小惠：《魯迅雜文中的辛亥革命想像》，《重慶工商大學學報（社會科學
    版）》2011 年第 4 期。

70. 王學謙：《沒有辛亥革命，何來五四文學——辛亥革命與五四文學革命的
    發生》，《學習與探索》2011 年第 5 期。

71. 王永兵：《辛亥革命的三種演義方式——〈死水微瀾〉、〈大波〉與〈銀城
    故事〉》，《文學評論》2011 年第 5 期。

72. 王兆輝：《試論魯迅對辛亥革命的反思》，《理論導刊》2008 年第 9 期。

73. 吳家榮：《論阿英的辛亥革命文學研究》，《文學理論與批評》2011 年第
    2 期。

74. 項小玲：《善耆與〈肅忠親王遺集〉》，《滿族研究》1997 年第 1 期。

75. 許霆：《論南社詩歌的現代化趨向》，《常熟理工學院學報（哲學社會科學）》2011 年第 9 期。

76. 閆秋紅：《論民國時期滿族作家的民族意識》，《中央民族大學學報（哲學社會科學版）》2012 年第 4 期。

77. 顏延亮：《辛亥武昌起義前後的黃世仲》，《中國文學研究（輯刊）》2011 年第 2 期。

78. 楊聯芬：《從曾樸到李劼人：中國長篇歷史小說現代模式的形成》，《四川大學學報（哲學社會科學版）》2003 年第 6 期。

79. 楊聯芬：《逃禪與脫俗：也談蘇曼殊的「宗教信仰」》，《中國文化研究》2004 年第 2 期。

80. 楊聯芬：《晚清與五四文學的國民性焦慮（二） 晚清新小說批判國民性母題的形成》，《魯迅研究月刊》2003 年第 11 期。

81. 楊聯芬：《晚清與五四文學的國民性焦慮（三） 魯迅國民性話語的矛盾與超越》，《魯迅研究月刊》2003 年第 12 期。

82. 楊天石、馬國川：《辛亥革命是必要的》，《江淮文史》2011 年第 5 期。

83. 楊天石：《辛亥革命的性質與領導力量》，《河北學刊》2011 年第 7 期。

84. 袁進：《試論〈廣陵潮〉與民初社會小說》，《現代中文學刊》2010 年第 4 期。

85. 張菊玲：《「驅逐韃虜」之後──談民國文壇三大滿族小說家》，《中國現代文學研究叢刊》2009 年第 1 期。

86. 張菊玲：《清末民初旗人的京話小說》，《中國文化研究》1999 年春之卷。

87. 張菊玲：《閱讀老舍，記住曾被遮掩的民族歷史文化》，《民族文學研究》2009 年第 2 期。

88. 張蕾：《〈儒林外史〉的現代波瀾》，《中國現代文學研究叢刊》2011 年第 5 期。

89. 張遼民：《中國現代女性覺醒的序曲──試論丁玲的長篇小說〈母親〉》，《中國現代文學研究叢刊》1988 年第 9 期。

90. 張鳴：《革命：搖晃的中國》，《讀書》2011 年第 1 期。

91. 張鳴：《新政與辛亥革命》，《讀書》2011 年第 10 期。

92. 張中良：《李劼人的辛亥革命敘事》，《當代文壇》2011 年第 12 期。

93. 趙霞：《從〈莽男兒〉看中國近代俠文化》，《山西師大學報（社會科學版）》2010 年第 3 期。

94. 鍾賢培、謝飄雲：《中國最早的報告文學——黃小配〈五日風聲〉淺論》，《廣州研究》1984 年第 6 期。

95. 朱英：《百年以來的辛亥革命歷史敘事》，《讀書》2011 年第 6 期。